KB252623

고리

김진주 장편소설

새미

고 리

초판1쇄 2001년 11월20일 / 지은이 김진주 / 펴낸이 김태범 / 펴낸곳 새미 / 등록일 1994.
3.10 제17-271 / 편집 김유리 · 김수진 · 황충기 / 영업 한창남 · 김상진 · 선현영 / 총무 김태
범 · 박아름 / 물류 정근용 / 마케팅 정찬용 · 이충섭 / 인쇄 박유복 · 김기종 · 이정환 · 한주연

주소 서울시 강동구 암사 4동 452-20 럭키빌딩 301호

www.kookhak.co.kr, E-mail : kookhak@orgio.net
ISBN 89-89352-93-2 03810, 가격 8,500원

차 례

작가의 말

　지난 겨울-글을 쓰지 않고는 살 수 없음을 스스로 인정하게 되었다. 글을 쓰면서 행복해지는 걸 어떻게 설명하면 좋을까.

　이번 작품을 시작하게 된 계기는 남편의 교통사고로 인해서였고, 이 작품을 끝낼 수 있었던 것 역시 부부로 산 세월동안 겪어보지 못했던 또 다른 사랑의 실체를 확인함으로부터였다.

　병상에 누워 있는 남편을 간호하면서 난 그 동안 경험하지 못했던 부부의 이름아래 꽁꽁 숨어 있는 또 다른 사랑의 감정을 확인하게 되었다. 서로 건강할 땐 결코 느낄 수 없었던 사소한 부분들.

　사랑이 아니면 불가능한 일들이 부부라는 이름 아래 가능해질 수 있다는 걸…….

　나는 새삼스럽게 '나'의 실체를 들여다보게 되었다. 병상에 누워 있는 남편을 통해서 그가 아니면 '나'는 존재할 수 없다는 걸.

　그가 있으므로 해서 내가 존재한다는…….

　어느 시인의 말처럼 이미 준 사랑은 다 잊어버리고 못다한 사랑만을 생각하면서 살아가리라고 그의 머리맡에서 되뇌었다.

　아- 이제 하늘이 제대로 보인다. 푸르고 높기만 한 하늘이…….

　저 하늘 아래 지난 겨울의 회색 빛 하늘과 그 하늘 아래 별처럼 반짝였던 사랑의 날들이 추억으로 잠겨 있다. 작은 바람에도 향기가 배어 나올 것 같다.

이번 작품을 쓰기 시작하면서 화두를 인연에 놓고 그 수많은 인연의 연결고리를 풀면서 살아 있기에 만들어갈 수 있는 사람과 사람 사이에서 맺어질 수 있는 가능한 모든 인연의 빛깔을 그려내고 싶었다.

그 인연의 첫 번째 고리로 모성이라는 이름의 인연을 화두로 삼았다.

그리고 부부의 이름으로 만나는 인연을 수채화처럼 그리고 싶었다.

살아오면서 부부라는 이름 아래 많은 갈등을 겪었고 행복이 무엇인지 배웠고 사랑이 무엇인지 깨달았다. 그래서 감히 말할 수 있는 건 부부라는 이름의 인연만큼 아름다운 인연은 세상에 없다고…….

나는 이 작품을 '너를 통해서 나를 보는 것'이라고 말하고 싶다.

지난 겨울 엄마 아빠 떨어져서 혼자 묵묵히 외로움을 견뎌준 아들에게 지면을 통해 고맙다고 전한다. 그리고 자식 멀리 떨어트려 놓고도 마음 놓고 오직 남편만을 생각할 수 있게 도와주신 친정어머니께도 감사함을 전하고 싶다.

사랑은 전파되는 것이라 했던가……. 이번 일로 인해서 많은 주위 가족들의 사랑을 느낄 수 있었음 또한 살아오면서 깨닫지 못한 사랑의 큰 공부를 한 셈이다.

또한 혜성병원 주 원장님과 2층 간호사실 여러분의 관심과 사랑 또한 감사했다고 전하고 싶다.

그리고 지금도 병상에서 병마와 싸우고 있는 모든 이들에게 사랑과 희망을 잃지 않고 견뎌주길 간절히 기도하면서 사랑의 마음으로 빠른 쾌유를 빈다.

건강할 땐 장애자의 아픔을 알 수도 느낄 수도 아니 느끼고자 하지도 못했던 지난날을 반성하면서 앞으로의 삶을 외발로 서 있을 그들의 지팡이로 살 수 있길 진심으로 기도한다.

이런 마음을 갖게 한 남편에게 다시 한 번 감사한 마음을 띄운다.

그리고 작가의 이름으로 살 수 있게 길을 열어 주신 채수영 교수님께 고개 숙여 언제까지고 겸허한 자세로 글 쓰는 이로 살아갈 것을 약속드린다.

또한 열심히 살아갈 이유를 만들어주는 진정한 친구 정선에게 감사한 마음을 전한다. 그녀를 통해 어떻게 사는 게 행복한 삶인가를 보게 된 것 또한 잊지 않고 있음을 얘기하고 싶다.

그녀의 뜻처럼 세상이 변하지 않는다고 해도 그녀의 정직하고 아름답게 살고 싶어한 뜻을 내가 알고 있음을 행복하게 생각하라고 …….

아- 어제가 있어 오늘 기쁨을 누릴 수 있었던 것처럼 내일에 오늘을 감사하며 살 수 있길 기대하면서 이 순간 최선을 다하며 살 것이다.

1

초연
初緣

    고속버스 터미널에 도착한 시간은 2시 40분이었다. 부안으로 출발하기 위해 대기 중인 버스에 오르려고 하자 누군가 바쁘게 걸어오는 듯 하더니 꽁꽁 얼어 있는 발을 밟는 것이 아닌가. 아픔을 느끼고 고개를 돌리기도 전에 그는 버스에 이미 오르고 있었다. 획- 지나가는 바람에 그의 야릇한 향기가 남아 있었다. 그렇게 잠깐 순간에 그가 남기고 간 향기에 잠시 걸려 넘어진 듯 발을 톡톡 두어 번 치고 버스에 올라탔다. 익숙한 냄새 때문이었을까 그에게 화가 났던 감정이 공기 빠진 풍선처럼 사그러지고 있었다. 십 년 동안 한 남자에게서 익숙해진 스킨 향이었다. 함께 지내는 동안 그 사람은 단 한번도 스킨과 로션을 바꿔 쓰지 않았다. 다른 신제품이 봇물처럼 쏟아져 나와도 지금까지 하나만을 고집해 써 온 것이다. 지금 핸드백 속에도 그에게 줄 스킨이 들어 있다. 조금 전 그 남자가 흘려 놓은 향과 같은 것이다. 좌석의 배치가 적히지 않은 버스 표를 기사에게 내밀고 버스 뒤쪽으로 걸어가 두 자리가 모두 비어 있는 쪽으로 몸을 기울자, 뒤쪽에서 몸을 밀며 앞으로 나가려고 했다. 어깨가 서로 부딪쳐서야 두 사람은 짜증이 담긴 얼굴로 서로를 바라보았다. 순간 코끝에 스며드는 향기보다 빠르게 그 남자의 목소리가 튀어나왔다.

"잠깐만요."

그는 더 강한 힘으로 가연의 몸을 밀어 앉혔다. 그리고 버스 앞으로 빠르게 걸어 나가 차에서 내렸다. 기사는 내려서 뛰는 그의 뒷모습에 대고 일 분 후면 출발한다고 소리를 질렀다. 일 분이 얼마나 길까? 가연은 손목시계를 유심히 쳐다보았다. 그리고 눈을 떼지 않고 있었다. 초침은 소리를 삼키고 돌고 있었지만 그녀의 귀에는 어떤 시계소리보다도 크고 우렁차게 째깍째깍 돌고 있었다. 이미 초침은 일 분을 훨씬 넘기고 몇 바퀴째 더 돌고 있었다. 기사는 시동을 걸고 밖을 유심히 쳐다보고 있었다. 잠시 후 뒷좌석의 몇몇 사람들이 출발하자고 재촉했다. 그러자 두어 사람이 더 소리를 질렀다. 그 때였다. 그가 버스에 숨을 헐떡이며 뛰어올랐다. 그리고 자기를 바라보고 있는 시선을 의식했는지 자리로 걸어오며

"죄송합니다. 내 일생에 가장 중요한 일을 정리하고 오느라 늦었습니다. 죄송합니다."

미안한 마음이 실리긴 했으나 자신의 입장을 묘하게 피력하고 있었다.

자리에 도착하자 이미 자신의 가방에 기대어 잠들어 있는 나이든 여자 때문이었는지 가방을 슬그머니 빼내어 몇 걸음 앞으로 걸어오더니 그녀 옆에 가방을 내려놓고는

"저…… 옆에 같이 앉아도 될까요?"

라고 묻고는 가연의 대답이 떨어지기도 전에 가방을 선반에 올려놓고 있었다. 그리고 코트를 벗어 그 가방 옆으로 밀어넣고 자리에 앉아 긴 호흡을 했다. 잠시 후 남자의 숨소리는 차분하게 가라앉았고 버스는 이미 의정부 터미널을 빠져 나와 외곽도로를 향해 달리고 있었다. 사람들의 웅성거림도 조금 전과는 다른 양태를 보이며 잠을 청하려고 의자에 몸을 기대기도 하고 음악을 듣기 위해 이어폰을 꽂고 눈을 감은 사람 그리고 칭얼대는 아이를 재우기 위해 안간힘을 쓰는 여자도 있었다. 흔들리는 버스에 몸을 맡기고 그렇게 사람들은 다른 생각과 다른 형태로 목적지를 향하고 있었다.

가연은 핸드백에서 편지를 꺼내 몇 번이고 곱씹듯 읽고 또 읽었다.

'그 사람을 믿나요? 당신의 사랑을 믿나요? 사랑이 영원할 거라고 믿나요? 다 부질없는 일이에요. 영원한 것이란 없어요. 지극히 작은 소망이 있을 뿐이죠. 이루어지길 바라는…… 그러나…….'

발신인도 없는 편지를 받고서 떨리는 가슴으로 몇 날을 방황했는지 모른다. 불투명한 것에 투명했던 모든 것이 물거품처럼 공기에 부서지고 있었다. 사랑을 믿나요? 어쩌면 사랑을 믿지 않죠? 라고 물었더라면 그 물음에 쉽게 대답할 수 있었을지도 모른다. 지금이 무슨 조선시대도 아닌데 사랑을 믿나요? 라고 물어올 수 있는지…… 가연은 그 편지를 보낸 사람의 사랑미학을 비교 분석해보면서 잠시 눈을 감아보았다. 자신의 남자라고 철저하게 믿어왔던 세월이 한낱 꿈인 것 같았다. 마치 완성을 앞둔 그림에 마지막 퍼즐 한 개를 잃어버린 기분이었다. 장혁빈…… 그를 얼만큼 안다고 말할 수 있을까.

누구를 얼만큼 안다는 것과 다 안다는 것의 차이는 무엇일까. 늘 가까이 있기에 그저 자신의 남자라고 믿고 있었다. 당연히 인생의 십 년을 함께 했고 자연스럽게 계절이 가고 오는 것처럼 시간이 지나면 반드시 결혼을 하게 될 것이라고 생각하고 있었다. 아니 생각조차 하지 않았다. 생각하지 않아도 자연스럽게 과일이 익으면 추수를 해야 하는 것과 같은 거였기에.

그는 가끔씩 술에 취하면 노래처럼 흥얼거리는 말이 있었다.

"가연아. 남녀의 만남이란 사랑 없이도 가능하지만 이별은 사랑의 흔적을 동반하는 거 같아."

그의 그런 말을 쓸데없는 소리라고 함구해버리고 말았었는데. 지금 그가 있는 곳으로 달려가고 있는 건 어찌 되었든 그 사랑의 실체를 확인하기 위해서라고 밖엔 생각할 수 없다. 어제까지는 그랬었다.

사랑을 확인하는 일만큼 구차한 사람의 일도 없는 거라고. 요즘 신세대들의 장소를 초월한 사랑의 범람을 동반한 그림을 보며 그런 행동들이 무슨 의미가 있을까…… 어리석게 생각되었었는데.

가연은 머리가 지끈거려 곧 구토라도 할 것 같았다. 그때였다. 버스 기사의 음성이 스피커를 통해 흘러나왔다.

"잠시 휴게소에 들려 승객 여러분들의 휴식을 위해 15분간 정차하겠습니다. 귀중품은 분실하지 않도록 주의하시고 즐거운 휴식시간이 되시길 빕니다. 버스를 확인하고 내리십시오."

기사의 텁텁한 말소리가 끝났을 때 옆자리의 남자는 부스럭거리며 몸을 일으키고 있었다.

"안 내리세요?"

가연의 대답이 떨어지기도 전에 그는 이미 그녀의 무릎을 스치고 한 발을 빼내어 앞으로 걸어나가고 있었다. 그가 빠져나간 자리에서 익숙한 향기가 그를 대신해 앉아 있는 것 같았다. 누군가 그 자리를 차지하기라도 할 것처럼 아주 진한 향기를 머금은 채.

가연은 그가 앉았던 자리 쪽으로 몸을 뉘이고 고개를 의자 등받이에 기대어 눈을 감았다.

'아직은 아무 것도 확실한 것은 없어. 아직은……'

얼마의 시간이 흘렀을까. 옆 좌석의 남자는 손에 무언가 들었는지 그리 상쾌하지 않은 음식물 냄새를 동반하고 돌아왔다.

"잠깐만요."

그는 자리에 앉기가 무섭게 눈을 다시 감아버린 가연을 팔꿈치로 쿡쿡 찔렀다.

"네?"

좀 불쾌하다는 표현이 전달되었는지 그는 멋쩍게 웃으며

"이것 좀 드세요."

그가 내민 것은 호떡이었다. 그 호떡을 보자 웃음이 터졌다. 그 남자의 향기와 너무도 어울리지 않는 것 같아서. 그렇게 언밸런스가 있을까 싶었다. 언뜻 살펴보니 균형이 맞지 않는 건 그것만이 아니었다. 양복바지 아래로 살포시 내민 양말색깔 때문에 또 한번 소리를 동반한 웃음이 터졌다.

오렌지색의 양말이 회색 양복바지를 금새라도 물들여 놓을 것 같았다.

"왜, 그렇게 웃으세요? 뭐가 잘못되었나요?"

"아니에요. 그냥……."

그는 멋쩍어하는 가연의 붉어진 뺨을 슬쩍 쳐다보는 듯하더니 호떡을 한 입 크게 물어뜯었다. 그리고 그가 건네준 호떡을 받아 들고 창 밖을 유심히 내다보고 있는 그녀에게 한 마디 덧붙였다.

"호떡 싫어하세요?"

"아니에요."

"전에 사랑했던 여자가 호떡을 무척 좋아했었어요. 그 땐 그녀를 위해서 별 맛도 모르고 호떡을 좋아하는 척 하면서 그녀와 함께 먹었었는데 지금 생각하니 입맛도 만나는 사람 따라 변하는 것 같아요. 아니 어쩌면 좋아하는 척 하다보니 어느 날 그 입맛이 전부터 그런 양 무뎌진 것 같기도 하구. 아무튼 언제부턴가 그녀가 떠나 버린 후에도 그녀와 함께 했던 습성들이 불쑥불쑥 나와요. 우습죠?"

그 남자는 자신의 얘기를 그렇게 아무렇지 않게 하고 있었다. 표정은 그늘이 드리워져 있었는데도 입가엔 잔잔한 웃음이 상현달처럼 밝게 떠 있었다. 그런 그 남자의 말을 또 아무렇지 않게 들으며 고개를 끄덕이기까지 하는 자신이 이해되지 않았다. 낯선 남자와의 동석, 그리고 낯선 남자와의 대화는 시간이 흐를수록 익숙해져 더 이상 낯선 풍경이 아니었다. 서로에게 익숙해진다는 걸 서로의 사람임을 확인하는 절차라고 생각하며 살았었는데…… 장혁빈…… 그 이름을 떠올리자 머리가 아파오기 시작했다. 그의 이름 석자만으로도 충분히 행복했던 순간이 있었는데. 그 이름이 이제 상처가 되어 곪게 될 줄 어찌 생각이라도 해봤겠는가.

'아니야. 아직은 그 무엇도 확실한 것은 없어…….'

가연의 여린 가슴에 싸리하게 통증이 퍼지고 있었다.

"이거 드실래요?"

옆자리의 남자는 껌을 내밀었다.

"아니오. 전……."

"괜찮다고 하지 말고 입에 넣고 있어봐요. 기분이 한결 가벼워질 테니까요."

"네?"

"그거 아세요? 언제나 질문에 반문하는 거?"

"네?"

"그거 봐요. 또 그러잖아요. 낯선 사람에게만 그러나? 아님 버릇인가요?"

남자는 호탕하게 웃으며 조심스럽게 그녀의 눈빛을 살핀다.

"전에 내가 알던 여자가 그랬어요. 여자는 의심이 많을 때 아니 누군가를 믿지 못할 때 그리고 상처를 입었을 때 상대에게 자신을 보호하기 위해서 그런 식으로 반문하는 습관이 생긴다고……."

가연은 그 남자의 심각한 표정을 피하기 위해 들고 있던 껌을 입에 넣었다. 이내 단맛이 입 속에 퍼졌다. 텁텁했던 혀의 내부가 허브 향으로 기분 좋게 침범 당하고 있었다.

"그러나 그건 자신을 보호하기 위해서가 아니라 자신을 학대하는 방법이 될지도 모른다는 걸 그 여자는 모르고 있었죠. 그래서 마음을 닫은 채로 세상을 떠나게 됐는지도 몰라요. 세상은 그녀가 생각한 만큼 포용력이 있질 않거든요. 세상은 누구에게나 냉정하다는 걸 그녀는 인정하지 않으려 했던 거구요. 그래서 세상을 버리는 게 세상에 대한 복수라고 생각한 건가봐요."

가연은 그 남자의 눈을 바라보았다. 금방이라도 떨어질 듯 눈가에 눈물이 홍건하게 고여 있었다.

"그 세상 안에 내가 있었다는 이유만으로……."

핸드백에서 손수건을 꺼내 그 남자에게 내밀자 잔기침을 토하며 눈물을 찍어냈다.

"그래요. 어쩜 그녀의 생각이 옳았는지도 몰라요. 그녀가 살아 있었던 순간들보다도 그녀를 더 많이 기억하면서 사니까요. 그녀의 죽음보다 더 충격적인 건 아니 가슴에 깊숙하게 박힌 상처가 뭔지 아세요? 그건 그녀가 자살을 하기 위해 자살사이트에서 만난 낯선 남자와 알몸으로 엉킨 채 아주 편한 얼굴로 죽어가고 있었다는 거예요. 그녀의 죽음은 충분히 세상을 떠들썩하게 만들었죠."

자살? 가연은 그 남자가 하는 말 중에 자살이라는 단어에 걸려 넘어져서 옴짝달싹 못하고 있었다.

"바보같이 죽긴 왜 죽어요. 자신의 생명보다 더 중요한 것이 내가 될 순 없잖아요."

"그렇지 않아요. 그런 식으로 자신의 세상 사는 잣대로 모든 사람의 생각까지 강요하지 말아요!"

그는 가연의 성난 듯 그에게 맞서는 말투 때문이었는지 긴장된 얼굴로 호흡을 멈추었다.

"누구에게나 중요한 가치척도는 다를 수 있어요. 그게 사람이든 사랑이든 믿음이든……."

그녀는 잠시 말을 멈추었다가 다시 입을 열었다.

"왜 죽었는가가 중요한 게 아니죠. 무엇 때문에 죽음을 생각할 수밖에 없었는지가……."

남자는 잠시 창 밖을 바라보다가

"그렇다면 난 분명 그녀에게 가해자일 수밖에 없네요. 이제는 용서받을 수도 없는……."

용서? 용서라는 말 앞에 죄인처럼 고개를 떨구고 있는 그를 더 보고 있을 수가 없어 고개를 숙였다. 가연은 그 남자의 사그러지는 목소리의 끝을 잡아당기고 싶었다. 계속 추락하고 말 것 같아서.

순간 가연의 눈 속으로 그 남자의 오렌지색 양말이 불꽃처럼 튀어올랐다. 튀어오른 공을 잡을 새도 없이 가연의 입가에서 웃음이 터져나왔다. 순간 민망해져 손으로 얼굴을 가리고 말았다.

"이 양말…… 좀 어색하죠? 이 양말은 나한테 주홍글씨 같은 거에요. 마치 수인번호 같은 거죠. 나는 부정한 사람이니 접근을 금지하세요 라는 뜻이랄까?"

"네?"

"그녀가 그렇게 가면서 남긴 유일한 거죠. 7개의 오렌지색 양말……."

사랑하는 사람에게 무언가 남기고 갈 수 있었던 그 남자의 여자는 그래도 죽는 그 순간까지 그를 체념하지 못했던 것은 아닐까…… 가연은 가슴이 싸리하게 아팠다. 그러면서도 그 남자의 여자에게 따뜻한 온기가 느껴졌다. 사랑을 할 줄 아는 여자라고. 사랑을 지킬 수는 없었지만 그렇게 자신만의 사랑에 최선을 다하였다고…… 그 남자의 속내도 모르면서 가연은 이미 그 남자의 여자에게 정을 느끼고 있었다.

"그런데 부안엔 무슨 일로 가세요?"

"네?"

"별걸 다 묻는 거죠, 내가?"

"그게 아니라 사실 그 곳을 갈 이유가 지금은 딱히 분명하지 않아요. 떠나올 땐 분명한 이유가 있었는데 지금은 그게 다 무슨 소용인가 싶기도 하구요. 무언가 분명히 내 마음속의 앙금을 다 씻어낼 줄 확실하고 투명한 대답 같은 게 필요했거든요. 그런데 지금은 아니에요. 아니 모르겠어요. 어차피 조금 있으면 싫든 좋든 종점에 나를 내려놓을 테니까요."

"좀 어렵군요."

"어려울 거 없어요. 꼭 만나야 할 사람이 있었는데 지금은 만날 이유가 불투명해졌다는 거니까."

가연은 자신의 얼굴을 심각하게 바라보고 있는 그의 눈빛을 피해 약지에 끼워져 있는 반지에 눈동자를 고정시켰다. 순간 진주알 위에 투명한 눈물이 굴러 떨어졌다. 그 눈물 속에 텀벙하고 지난날들이 파문을 일으키며 점점 둥글고 크게 무늬가 번졌다.

"가연아, 이거 약혼반지라고 하기엔 너무 작지?"

혁빈은 어느 날 만나자는 일방적인 약속을 정해놓고 자신의 손에 진주반지를 건네주었다.

"혁빈씨. 갑자기 무슨 일이야. 응?"

"언젠가 가연이가 그랬잖아. 진주반지 갖고 싶다고."

"진주는 눈물이라며? 혁빈씨가 그래서 절대 해줄 수 없다고 했으면서."

"슬퍼야만 눈물 흘리나? 행복해도 기뻐도 감격해도 흘리는 게 눈물인 걸."

"언제부터 그렇게 눈물의 예찬론자가 됐어?"

"오늘부터……."

"혁빈씬 참 이해할 수 없어. 차갑다 싶으면 어느새 언 가슴 다 녹여줄 것처럼 뜨거운 가슴으로 나를 옴짝달싹 못하게 하고 어느 순간엔 이 사람이 나를 사랑하기나 하나 불안하게 하고."

"그게 무슨 소리야?"

"아니야."

"싱겁긴 뭐가 아니야. 내가 제일 싫어하는 게 무슨 말을 하려다가 마는 거라고 그렇게 얘기해도 그 버릇 못 고치네?"

가연은 그의 기분을 상하게 하는 게 무엇보다도 싫어서 늘 그런 식으로 그의 기분에 거슬리는 말을 되도록 하려다 그만두는 게 습관처럼 되어버렸다. 자존심이 누구보다도 강한 사람이란 걸 알게 된 순간부터. 그는 이해할 수 없을 만큼 여자들의 강한 말투 강한 성격을 싫어했다. 그걸 알기까지 몇 년이 걸렸지만 그걸 안 순간부터 성격도 행동도 말투도 조심스럽고 신중하게 바뀌었다. 다시 한 번 더 생각해서 말하고 행동하고. 그를 사랑하게 된 순간부터 모든 게 바뀌었다. 자신 안의 모든 게 분갈이를 하듯 그렇게 새 화분에 그가 거부하지 않도록 길들여진 그의 여자가 담겨져 새 흙에서 몸살을 앓고 있었다. 어느 순간엔 자신의 모습이 어디에도 없는 그 앞에 서 있는 자신의 모습을 확인하고 섬찟하기까지 했다. 그런데 더 이상한 건 자신이 변하는 만큼 그도 변해야 하는데 그는 언제나 제자리였다. 가까이 간 거리만큼 그는 더 멀어져 있었다. 그래서 늘 제자리를 맴도는 기분이었다. 그런데도 그를 향해 투정을 부릴 수 없었다. 그럴수록 누군가의 말을 믿고 싶었다. 사랑을 주도록 태어난 사람이 있고 사랑을 받기만 하도록 태어난 운명이 있다고. 그래도 사랑을 받기만 하도록 태어난 운명보다는 사랑을 주기만 하는 운명으로 선택된 자신의 삶이 더 나은지 모른다고 자위하면서 행복으로 받아들이며 살았다. 그를 만난 것도 그를 선택한 것도.

살면서 무엇인가를 선택할 수 있는 능력을 가질 수 있을까 늘 불안했었다. 선택되기 위해서 안간힘을 쓰면서 살았던 세월이 길었던 만큼. 그렇게 스스로 운명의 늪 속에 갇히고 있었다. 태어나서 처음 선택된 건 엄마 젖과 우유를 놓고 어떤 게 자신의 입 속으로 들어오게 될지 기다리는 중에 자신이 선택한 젖이 아닌 우유가 일방적인 엄마의 선택으로 자신의 입 속으로 들어올 때부터 불행은 예감되었었는지도 모른다. 모든 건 자신의 의지가 아닌 누군가의 선택에 의해서 행과 불행의 기로가 정해진다는 걸 받아들이게 되었는지도. 아무튼 언제부턴가 주어진 삶에 순응하며 살았다. 그러면서도 억울하다는 생각조차 못하며 살았다. 손에 쥐고 있던 걸 빼앗기면서도 당연한 것으로 받아들였다. 그걸 사람들은 포기의 미학으로 말하기도 한다. 오빠…… 그랬다. 오빠가 있었다. 그 오빠를 잃기 전까진 그래도 행복이 자신의 편에서 있을지도 모른다는 기대를 갖고 살 수 있었다. 그런데 그 기대도 긴 시간 잠재하지 못하고 스스로 말라버리고 말았다. 물거품보다 힘없이 소리도 못 내고 그렇게. 지금도 그 날의 악몽을 잊을 수가 없다. 아니 평생 그 기억 속에서 헤어나지 못할지도 모른다.

겨울이었다. 함박눈이 목화 솜처럼 떨어지던 오후 엄마의 손에 이끌려 오빠와 함께 어디론가 가던 길이었다. 엄마는 잠시 두 남매를 길에 세워 두고 잠깐 다녀올 테니 어디 가지 말고 그대로 서 있으라는 말을 남기고 바쁜 걸음으로 사람들이 많은 길로 숨어 버렸다. 일곱 살 짜리 쌍둥이 남매는 서로의 손을 꼭 쥔 채 차가운 바람을 이기느라 발을 동동 구르고 있었다. 그 때였다. 오빠가 놀란 눈으로 차도로 뛰어들며 '저거'라는 외마디 소리를 지르던 순간 '퍽' 하는 둔탁한 소리와 함께 차들이 서로 엉키고 부딪치고 깨지고 세상은 금새 아우성이었다. 사람들이 모여들고 벽처럼 둘러싼 그 사람들을 비집고 들어가자 오빠가 온통 빨간 물감을 뒤집어 쓴 것처럼 그대로 누워 있었다. 피었다. 피…… 그 때 누구였는지 모르지만 오빠를 차에 태우고 바람처럼 사라지고 말았다. 그 길 그 소리…… 그리고 오빠를 부르며 차가 빠져나간 거리를 쳐다보며 울기만 하던 어린 소녀. 그 순간이 바람처럼 지나간 후 모든 걸 다 잃었다. 그 잃어버린 것 속에 진짜 잃어버리고 싶은 건 절대 지워지지 않은 채 지금도 진한 얼룩으로 남아 있다. 그 날 이후 오빠의 따뜻하고 자그마한 손은 어디에도 없었다. 오빠의 보드랍고 하얀 손이 아닌 거칠고 커다란 손이 자물통처럼 자신의 손을 잡은 채 어디론가 데리고 갔고 그렇게 캄캄하고 좁은 골목길을 지나서야 피곤에 지치고 두려움에 떨던 어린 소녀는 긴 잠을 청할 수 있었다. 평생 중 그 때만큼 아무 생각 없이 긴 잠을 잔 기억은 지금까지 없다. 그 밤 그런 생각을 했었다. 이 밤이 지나고 나면 요술처럼 어른이 되어 있으면 좋겠다고……

"무슨 생각을 그렇게 하세요?"
"네?"
"다 왔어요. 내릴 준비 하셔야죠."
"네."
남자는 둘둘 말아 쥐고 있던 신문과 휴지를 의자에 부착되어있는 그물망 주머니에 집어넣으며 아무런 행동의 변화도 없는 가연을 쳐다보았다.
"누가 마중 나와 있나요?"
가연은 대답 대신 고개를 흔들었다. 그 흔들림에 잔잔한 바람이 일었다.
버스에서 내린 사람들은 우왕좌왕 모두들 목적지를 찾아 떠나고 약속을 정해놓고 아직 못 만난 사람들은 차가운 버스정류장의 초록색 플라스틱 벤치에 앉아 기다림의 끝을 스케치하고 있었다. 그래도 못 만난 사람들에겐 기다림이 있어 행복해 보였다. 기다림의 끝이 만남인 사람들은 더 행복하겠지만 그렇지 못하더라도 기다릴 누군가가 있는 그들은 모두 행복해 보였다.

사람들이 빠져나간 거리를 얼마나 걸었을까 더 이상 사람들이 보이지 않을 즈음 발바닥이 싸리하게 아팠다. 잠시 걸음을 멈추고 눈을 들어 불빛이 현란한 쪽으로 고개를 멈추었다. 그리고 다시 발걸음을 옮겼다. 부안역이라는 이름이 마음에 걸어 들어와서였는지 움직이지 않는 기차 모형이 발걸음을 잡아당겨서였는지 그 곳으로 들어갔다. 기차 안의 풍경은 밖에서 느꼈던 전경과는 사뭇 다른 그림이었다. 겨울이 없는 세상 아니 봄을 먼저 옮겨다 놓은 듯한 분위기였다. 사람들은 모두 화사한 미소를 머금고 있어서 모두 행복해 보였다. 웃고 있어서 행복해 보인 건지 그렇게 보고 싶은 강한 충동 때문이었는지 그들로 인해 함께 행복하고 싶어졌다.

'왜 여기까지 와야 했지? 왜?'

그가 있어서 아니 그를 만나기 위해서 아니다 좀더 솔직하게 말하자면 그의 확실한 대답을 듣기 위해서.

가연은 또 다시 가슴이 답답했다. 그의 확실한 대답이라는 것은 무엇인가. 사랑한다고? 아니 사랑한 건 너 뿐이라는 거? 아님 결혼하자는? 아니면…… 아니면. 그게 다 무슨 소용인가. 뿌리내리지 못한 사랑을 불안스레 바라보는 심경으로 몇 날을 더 지탱할 수 있을 것인가. 아니 그 사랑을 붙들고 있다 한들 무엇이 얼마나 달라질 것인가. 한숨이 터졌다.

누군가의 말처럼 눈에서 멀어지면 마음에서 멀어진다더니 그게 진실일까? 사랑의 거리……사랑하는 이들의 마음을 이어 주는 거리는 몇 미터에서 가능한 거지? 아니 텔레파시의 가시거리는 어느 정도일까?

전에는 자신이 갖고 있던 모든 일과 생각에 당당하게 마침표를 찍었다. 지금처럼 물음표를 달고 있을 필요가 없었는데. 시간이 아니 거리가 아니다 사람이 모든 걸 바꾸어 버렸다. 바뀐 건 아직 아무 것도 없다. 아직은…….

"저기요? 여기서 또 만나네요?"

그였다. 이렇다 할 인사도 없이 돌아섰던 걸 생각해내곤 멋쩍게 웃었다.

"참 묘한 인연이네요. 이런 걸 필연이라고 하나요?"

그는 가연과의 만남을 필연이라는 말로 묶어놓고 싶었는지 필연이라는 단어에 강조를 했다.

"생각하기 나름이죠."

"이왕이면 좋은 쪽으로 생각하는 게 좋은 거 아닌가요? 그래야 더 친밀감을 느낄 수도 있고……."

그가 말끝을 흐린 탓이었을까 그 답지 않은 말투에 그의 얼굴을 유심히 살폈다. 가연은 얼마나 그를 안다고 그 답지 않다는 표현을 자신의 맘속에 집어넣고 공식에 대입해서 수학문제를 풀듯 하고 있다는 게 가당찮게 생각되었다.

"참, 우리 통성명도 없이 헤어진 거 아세요?"

"네?"

"아직도 그 말 습관 여전하시네요. 이거 받으세요. 제 명함이예요."

그가 내민 건 흔하지 않은 홀로그램으로 된 명함이었다. 좌우로 흔

들면 그의 사진이 웃고 있는 모습과 점잖게 폼 잡고 있는 모습이 뒤
엉키며 옷을 갈아입고 있었다. 그런데 더 뜻밖이었던 건 그의 직업이
었다. 더 존 속옷 디자이너팀장 민소담.

"명함이 참 예쁘네요."

"그것도 필연이네요. 딱 한 장 남은 거거든요. 이젠 더 이상 명함
팔 일 없을 테니까요."

"네?"

"왜 그렇게 놀라세요?"

"꼭 무슨 큰 일 벌일 사람 같은 말투잖아요."

"그렇게 느꼈어요? 그렇담 우린 둘 다 같은 눈을 가진 거 같네요."

"네?"

"그렇게 놀라실 거 없어요. 저두 버스에서 내내 그 쪽을 보면서 무
슨 일 벌일 거 같은 심상찮은 뭔가가 있겠거니 했으니까."

"오해하셨네요."

"그렇담 다행이구요. 뭔가 미심쩍은 일이 일어나는 것보단 내가 잘
못 본 게 낫죠."

남자는 칵테일을 시켜놓고 자주 시계를 들여다보더니 공중전화 부
스 안으로 들어가 누군가와 통화를 아주 짧게 끝내고 자리로 돌아와
앉았다.

"참, 성함이……."

"어차피 잠시 후면 헤어질 사람들인데 이름 석자를 아는 게 뭐 의
미가 있을까요?"

"그건 모르는 거죠. 살면서 모든 일에 의미를 붙여가며 살 순 없는
거니까. 무의미 그 자체가 의미 있는 게 아닌가요?"

남자는 비어버린 칵테일 잔을 높이 들더니 아예 양주를 한 병 시켰다. 그리고 안주도 없이 몇 잔째 연거푸 마셨다. 그런 그의 뒷모습에 베긴 짙은 상처가 자신의 것과 같지 않을까 하는 동질감을 가져본다. 그만큼 버거운 문제가 그에게도 있을 거라고 믿고 싶었다.

"저기요. 난 있잖아요. 혼자 있는 게 싫어요. 혼자는 정말 싫어."

그가 벌써 몇 잔의 술에 취해 버린 걸까. 좀 전과는 다르게 질펀해져 있었다.

"사람은 참 이상해요. 옆에 있을 땐 소중한 걸 모르다가 손에 쥘 수 없어지면 그 소중함을 깨닫게 되니 말이에요. 사람 마음만큼 걷잡을 수 없는 게 또 있을까요?"

"다 그렇진 않아요."

"다 그렇진 않아도 그렇게 되긴 쉽죠."

그가 말하고 싶었던 건 무엇이었을까. 그도 누구처럼 영원한 것이란 없다라는 걸 얘기하고 싶었던 걸까? 가변의 원칙론으로 세상을 바라보고 있는 사람들 중의 한 사람이었다, 그도.

그러나 누군가가 변하는 건 아무래도 괜찮다. 내가 믿고 있는 단 한 사람에게만 그 가변이 비껴가길 바랄 뿐이다.

"지금 내가 할 수 있는 게 뭐가 있을까요. 그녀를 보내는 일 조차 지금은 쉽지 않으니."

그가 울고 있다. 남자가 눈물을 흘리고 있다. 그러나 흉하지도 실없어 보이지도 않는다. 아름답다.

조용히 남자의 눈물을 훔쳐보고 있는 동안 가연은 행복했다. 그러는 동안 내 남자도 저렇게 혼자 자신 때문에 뜨거운 눈물을 흘린 적이 있을까 생각해본다. 언제나 그를 향해 더듬이를 열어 놓고 무엇이 필요한지 그에게 무엇이 좋은지 그를 위해 무엇을 해줄 것인지 만을 생각하며 살았다. 그가 무엇을 원하기 이전에 먼저 손을 내밀어 그의 생각보다 빠르게 충족을 주며 살았다. 대학 동창인 미리의 말처럼 이미 부부처럼 살았다. 부부도 아니면서 부부처럼 산다고 빈총거리는 소리를 들으며.

"야, 너 그렇게 다 알아서 해주면 못 써. 남자는 얼마나 이기주의자들인지 아니? 그렇게 길들이면 나중엔 너 원망 듣는다? 알아서 해. 니가 행복해하는 일이 그 사람에겐 전혀 아닐 수도 있다구."

어쩌면 미리의 걱정처럼 자신이 행복해했던 순간 순간 그가 불행했던 건 아닐까. 그래서 도망치고 싶어진 건 아닐까.

아직도 확실한 건 없는데 자꾸 불안스레 그를 향한 믿음에 바람이 깃든다. 문득 잊고 있던 그녀의 안부가 궁금해 전화기 앞에 섰지만 번호가 생각나질 않았다. 가방에서 다이어리를 꺼내 그녀의 전화번호를 확인한 후 버튼을 누르는 동안 술에 만취해 이혼하고 싶다고 절규하듯 몇 시간째 전화기를 붙들고 울먹이던 게 생각나서 잠시 긴 한숨을 들이쉬었다. 벨이 몇 번을 울려도 전화를 받는 사람은 없었다. 잠시 후 기계음이 돌아갔다. 여기는 미리와 창섭의 집입니다. 지금은 부재중이니 메시지를 남겨주시면 연락 드리겠습니다, 라는 남자와 여자의 목소리가 밝은 톤으로 녹음이 되어 있었다. 그들 부부의 행복한 모습을 엿보는 것 같았다. 그랬다. 미리 부부의 사랑전선엔 아무 문제도 발생하지 않았다. 아마도 지금쯤 어느 여행지에서 서로의 사랑을 확인하고 있을 것이다.

전화기를 놓고 돌아서려는데 비틀거리며 공중전화 부스 안으로 들어오는 그와 마주쳤다.

26

"그쪽도 나처럼 누군가와 연락이 닿기를 기다리고 있나봐요."

그는 많이 취한 듯 보였다. 자리로 돌아와 계산을 하려고 하자 종업원은 옆에 계시던 분이 계산 다 하셨어요, 라고 말한 뒤 주방으로 들어가 버렸다. 가연은 종업원을 불러 세우려다 그가 자리로 돌아오는 모습을 보고 어떤 행동도 취하지 않고 자리에서 일어나 반듯하게 서서 그의 반응을 기다렸다. 잠깐이었지만 그를 향한 나쁘지 않은 마음을 느끼고 있음을 자인하고 있었다. 동물 본능이라고 해야 옳을지 모르지만 자신을 해 할 사람은 아니란 걸 알 것 같았다.

"저기…… 제가 계산을 해서 기분 상하셨나요?"

"솔직히…… 그렇지만 크게 확대 해석하지 않기로 했어요. 그래서 그럴 만한 이유를 찾고 있던 중이에요."

"우리 너무 복잡하게 생각하지 맙시다. 살아가는 자체가 이렇게 복잡한데……."

가연은 그 남자의 입을 통해 자신이 하고 싶은 말을 대신 듣는 기분이 그렇게 싫진 않았다. 이후의 어떤 행동에도 설명이 필요하지 않을 것 같아서. 그래서였을까 그가 우리라고 단정지어 말을 해도 반감이 느껴지지 않았다. 아니 그렇게 그가 만들어 놓은 울타리에서 잠시 쉬어가고 싶었다.

"우리 여기서 나갑시다. 가슴이 갑갑해서 더 이상……."

그가 가슴을 쥐어뜯었다. 그리고 남아있던 술을 단숨에 마신 뒤 코트를 팔에 걸치고 밖으로 뛰어나오듯 했다.

"눈이 내리네요. 눈이……."

그가 말하기 이전부터 가연은 하늘에서 뿌옇게 날리고 있는 눈을 보고 있었다. 이마에 내려앉은 눈이 그가 말하기 전에 이미 녹아 간지러웠다. 손을 어깨까지 올리고 눈을 받으려는 시늉을 하자 그가 호탕하게 웃었다.

"아름답군요."

"눈이요? 아님……."

"살아 있는 당신이."

"네?"

가연은 그가 생각도 못한 말을 뱉어낸 것에 너무 놀랐다.

"또, 네? 예요. 참, 아직도 당신의 이름을 물을 만한 자격이 내게 없나요?"

"그게 뭐 그리 중요하다고, 집요하시네요."

"누구에게나 그렇진 않습니다. 내가 얻고자 하는 일에만 그렇죠. 특히 그 집요함이라는 단어를 쓸 만할 땐 내가 속옷을 만들 때, 그것도 내가 사랑하는 여자에게 세상에 단 하나 밖에 없는 속옷을 만들어줄 때 그 시간엔……."

그는 말을 끝내지 못하고 입을 다물어버린다.

"사실 그 직업에 대해 좀 어색해했어요. 아직은 낯선 직업 그것도 여성의 성역을 당신이 침범한 것 같아 좀 그랬거든요. 사실 속옷을 만들려면 여자의 몸에 대해서 잘 알아야 할 것 아니에요. 그럴려면…… 아무튼 좀……."

"처음 그 일에 미쳐 있을 땐 사실 여자만 보면 알몸으로 상상이 되고 그 안에 입고 있을 속옷을 생각하면서 혼자만의 즐거움에 빠져 있었죠. 하지만 어느 시기가 지나면 그런 감각이 무뎌져요. 어느 땐 내가 만든 여자 속옷의 장단점을 보안하기 위해서 내가 직접 입고 생활하기도 했었어요. 그러다 어느 정도 만족스러우면 최후로 그녀의 검열을 받아야 안심되었었는데. 그녀는 속옷을 참 잘 알았어요. 느낌을 절대감정으로 표현해내는 걸 보면…… 그녀를 만난 건 내게 천운이었었는데……."

"사람들은 지나간 일에 대해 때늦은 후회를 하게 되나봐요."

"때늦은…… 누구에게나 때늦은 아니죠. 나처럼 상대가 이 세상 사람이 아닐 때만 그렇죠."

"많이 사랑하셨나봐요. 그 분은 그래도 지금 행복하시겠어요. 어디에서고 그 사랑을 느끼고 있을 테니. 그런 사랑을 받을 수 있어서."

"가엾은 여자죠. 나 같은 사람 안 만났으면……."

"그러지 말아요. 만남까지 부정하진 마세요. 그게 무슨 도움이 되나요?"

"나도 그러고 싶어요. 그런데 생각처럼 세상일이 된다면 얼마나 좋겠어요."

가연은 또 그의 입을 통해서 자신이 하고 싶은 말을 되새김질해 본다.

"저, 내 이름은 가연이에요. 아름다울 '가' 인연 '연'을 써요."

"정말 아름다운 이름이네요. 가연씨 분위기와 잘 어울려요."

"제 분위기요?"

가연은 문득 혁빈이 한 말이 생각이 나서 움찔했다.

"가연아. 이름 바꿀래? 사람은 이름대로 운명이 결정지어진다 그러던데 어째 이름이. 가련…… 그래. 가련이가 뭐야."

그 땐 그의 말이 상처가 되었었다. 그래서 잠시였지만 엄마를 원망했었다. 나중에 들은 얘기지만 엄마는 남녀 혼성 쌍둥이를 낳고 많이 우셨다고 했다. 그리고 배고파 우는 나를 발로 밀어내고 오빠만 안고 젖을 물리셨다고. 밤새 배고파 우는 나를 안아다 우유를 먹인 건 엄마가 아닌 교대근무를 하던 간호사였다고. 엄마는 입버릇처럼 죄가 많아서 그 죄의 씨앗을 달고 오빠의 멍에처럼 태어났다고 눈 한 번 곱게 뜨지 않았었다. 퇴원해서도 엄마는 이름 짓는 곳에서 오빠의 이름만 지어오셨고 백일이 지나도록 이름도 없이 애물단지로 불리다가 보다 못한 한 집에 세 들어 살던 여선생님께서 이름을 지어주신 것이라고. 그렇게 동냥하듯 얻은 이름이었다. 그런데 누군가에게서 그 이름으로 인해 아름답다는 소릴 듣고 나니 서글퍼졌다.

"또 무슨 생각을 그렇게 하세요. 네? 사람 옆에 세워두고 딴 생각하는 거 그거 정말 안 좋은 습관이에요. 얼마나 자존심 상하는 일인 줄 몰라요?"

"죄송해요. 제가 좀 나쁜 습관이 많죠?"

"아직 가연씰 다 모르지만 나쁜 습관보다 좋은 습관이 많은 사람인 걸 알 수 있을 것 같은데요?"

"그렇지 않아요. 아마 절 다 알고 나면 실망하실 걸요?"

"가연씨, 지금 내가 쳐놓은 늪에 빠진 거 알아요?"

우울했던 그의 얼굴은 어디로 숨어 버렸는지 지금 그의 얼굴은 장난기가 돌발한 소년 같았다. 무슨 뜻인지 모르겠다는 표정을 읽었는지 그는 말을 이었다.

"그렇게 놀랄 건 없어요. 가연씨가 날 더 이상 밀어내지 않는다는 뜻이니까. 우리 많이 친해진 거 맞죠? 그렇게 생각해도 되는 거죠?"

가연은 대답 대신 웃어 보였다.

"춥지 않아요?"

그는 불빛이 화려하게 번져 나오는 쪽으로 고개를 돌렸다. 그리고 조심스럽게 물었다.

"정말 아무 뜻 없이 들어줄래요? 오늘 난 바람맞았어요. 가연씨만 괜찮다면 제게 몇 시간만 더 줄래요? 난 지금 누군가가 필요해요. 내 생의 가장 중요한 순간에 남자가 아닌 그냥 사람으로 한 인간으로 나를 봐줄 누군가가 필요해요. 그 사람이 가연씨였으면 좋겠어요."

"하지만."

무슨 말을 하려다가 그만 입을 다문다. 그의 표정이 너무 진지했기 때문에 어떤 이유로도 그 자리를 빗겨 지나갈 수 없을 것 같았다. 그는 가연의 마음을 읽었는지 말없이 좀 떨어진 채로 앞으로 걸어갔다. 그리고 부안호텔로 들어가더니 잠시 후 정중하게 인사를 하며 나왔다. 그의 행동으로 보아 예약이 되어 있었던 것 같았다. 이층의 맨 끝 방이었다. 빨간 융단이 깔린 복도를 조심스럽게 그를 따라 걸었다. 먼지도 밟히지 않을 것 같은 깨끗함이 느껴졌다. 조용했다. 그리고 벽지도 깔끔했다. 특실이라고 명찰을 달고 있는 방문을 열고 안으로 들어서자 융단과 같은 색깔의 커튼이 형광불빛을 받아 더 빨갛게 타고 있었다.

"좀 앉아요."

그가 아주 조용하게 말했다. 그리고 준비해둔 것처럼 냉장고문을 열고 적포도주와 술잔을 꺼내 탁자에 올려놓았다.

"한 잔 할래요? 좀 기분이 좋아질 거예요."

"술기운을 빌릴 정도로 기분이 엉망이진 않아요. 난 괘념치 말아요."

"사람은 자기를 기준으로 생각할 수밖에 없나봐요. 내 기분이 먼저인 거 보면. 미안해요."

가연은 무슨 일이든 다 받아들일 준비가 된 사람처럼 담담했다. 낯선 남자와 한 방에 있으면서도 불안하거나 두렵거나 무섭지 않았다.

사람을 믿어버려서 그런 건지 아무튼 그에 대한 나쁜 생각은 전혀 들지 않았다.

"우선 고마워요. 내 청을 거절하지 않아서."

그의 진지한 표정을 대하고 있자니 가연의 마음속에서 거절할 수가 없었어요, 당신의 그 절박한 심경을 나타낸 눈빛을 보고…… 라고 콜라를 마신 뒤의 트림처럼 걱걱거리며 올라오는 거 같았다. 그는 뭔가 심각한 얘길 할 사람처럼 탁자에서 일어나 서성이다 커튼을 걷어 올렸다. 그리고 아주 작은 소리였지만 한 마디도 굴러 떨어짐 없이 가연에게 잘 전달되어졌다. 떨리는 호흡까지도.

"오늘 난 여기서 한 번도 만난 적 없었던 어떤 여자를 만나기로 했었습니다. 그 여자 역시 날 만난 적은 없었습니다. 그렇지만 우린 어느 누구보다도 서로의 심경을 잘 헤아릴 수 있었습니다. 그리고 같은 생각을 가지고 있었어요. 죽고 싶다는……."

"그럼 자살을 할 생각이었다는 거예요?"

"아직은 자살까지는 용기가 없었어요. 그 여자는 그럴지 모르지만. 아니 그 여자 역시 오늘 이 자리에 나타나지 않은 걸 보면 준비가 안 되었다고 해석해도 무리는 아닐 거예요. 오늘 버스터미널에서 그 여자와 만날 약속까지 정했었으니까. 난 내 여자가 왜 자살사이트에서 만난 낯선 남자와 그렇게 생을 마감했어야 했는지 알고 싶었어요. 그래서 그녀가 드나들었던 사이트에 들어가 채팅을 시작했는데 우연히 나와 같은 생각을 하고 있던 여자를 만난 거예요. 그런데 그 낯선 여자가 늘어놓은 이야기는 나를 충분히 흥분하게 했어요. 내 여자가 아주 낯선 여자가 말하는 그 여자와 동일인이라는 사실이 믿겨지질 않았어요. 어떻게 한 여자에게 그런 여러 개의 다른 얼굴들이 있었는지 믿을 수가 없었어요. 그 낯선 여자 그러니까 ID가 춘희라는 여자는 내 여자의 과거에 대해 낱낱이…… 그 춘희라는 여자는 처음 그녀를 만난 건 단란주점에서 손님을 접대하면서였다고. 그 순진하고 순박하기만 한 내 여자. 내가 믿을 수 없다고 하니까 그 여자가 오늘 그 증거물을 가지고 오겠다고 하더군요. 기가 막혔어요. 왜 그녀가 그렇게 그 남자와…… 그 여자는 몹시 분개하면서 자기들이 무슨 명목으로 자살을 해야 했느냐고. 상처받은 사람은 바로 자기라고 하면서. 난 아직도 믿을 수가 없어요. 아니 믿지 않습니다. 내 여자는 그런 지저분한 여자가 결코 아니었어요. 내겐 더 없이 착하고 순박한 여자였는걸요. 뭔가 잘못된 거예요. 아마도 춘희라는 여자가 알고 있는 여자는 다른 여자일 겁니다. 절대 내 여자가 아니에요. 난 오늘 그 여자를 만나서 내 여자가 틀림없다면 난 더 이상 이 세상을 살아갈 이유가 없다고 생각했어요. 아니 모르겠어요. 내가 잠시라도 흔들렸던 이유가 내 여자의 믿을 수 없는 과거 때문인지 아니면 내가 믿었던 착하고 순박했던 여자가 아닐지도 모른다는 배반감 때문인지 난……."

그는 탁자 위의 술병을 그대로 들고 벌컥벌컥 마셨다.

"그 여자가 내게 그러더군요. 그녀를 정말 사랑했느냐구요. 난 아무 말도 할 수가 없었어요."

가연은 그의 어깨를 감싸 안아주고 싶었다. 그리고 그의 떨리는 손을 잡아주고 싶었다. 그러나 그럴 수 없었다. 다만 그의 흐느낌을 지켜보고 있을 수밖에.

얼마의 시간이 흘렀을까. 그가 잠이 들었다. 그리고 창 밖의 눈도 더 이상 내리지 않았다.

가연은 전화기를 들었다. 그리고 부안의 혜민병원 방사선과로 전화를 걸었다. 그러나 응급실 간호사가 전화를 받아 장혁빈 선생님은 휴가 중입니다 라는 말만 남겼다. 끊어진 수화기를 들고 한참동안 그대로 서 있었다. 새벽은 이미 밝고 있었고, 잠든 그가 소리쳤다.

'가지마!'

2

세상에서 가장 짧은 만남

카운터에서 모닝콜을 알리는 벨소리가 요란스럽게 몇 번을 울리자 잠에서 깬 그가 소리쳤다.

"없어요?"

그가 찾는 소리에 욕실에서 나온 가연은 젖은 머리를 수건으로 감싼 채 밖으로 나왔다.

"속은 좀 어때요?"

"견딜 만해요. 가연씬 한 숨도 못 잤나봐요. 얼굴이 까칠해요. 미안해요. 나 때문에."

그는 가연의 모습을 확인한 후 길게 숨을 들이키며 자리에서 몸을 일으켰다.

"내가 갈 수 없었던 건 솔직히 소담씨 때문은 아니었어요."

가연은 무어라 더 긴 설명을 하려다가 입을 다물고 만다.

"고마워요. 옆에 있어줘서. 제가 실수라도 하지 않았나 모르겠네요."

"걱정하지 말아요. 아무 일도 없었으니까. 뭘 걱정하는지 모르지만."

그 때였다. 전화벨이 울렸다. 그는 뭔가 기다렸다는 듯이 벌떡 일어나 수화기를 들었다.

"네? 오늘요?"

그는 잠시동안 아무 말도 못하고 수화기 저편의 말만 듣는 듯 하더니 가연을 힐끔 쳐다본다. 가연의 무슨 일이냐는 표정을 읽은 그가 수화기를 한 손으로 막고 작은 소리로

"어제 말씀 드린 여자예요. 어제는 급한 일 때문에 못 왔다면서 오늘 만나자고 하는데요?"

마치 어떤 대답을 해야 하는지 도움을 기다리는 듯 그는 가연의 입을 응시했다. 그러나 어떤 말도 해줄 수가 없었다. 그런 난감함을 읽었는지 그는 상대편 여자에게 그 쪽 연락처를 물었고 메모지에 무어라 적는 것 같았다. 그리고 아니라고 뭔가를 강하게 부정하는 것 같았다. 그렇게 또 몇 분이 흘렀다.

"난 핸드폰 없어요. 그 쪽이나 약속 깨트리지 말아요."

전화를 끊고 그는 한참을 깊은 생각에 빠져 있었다. 가연은 젖은 머리를 드라이로 말리고 립스틱을 발랐다. 그리고 거울 속의 남자를 관찰하듯 그의 심각한 표정을 주시하고 있었다.

"저기요. 내가 진짜 알고 싶었던 건 뭘까요. 난 자신 없어요. 죽는다는 거……"

"나한테 설명할 필요 없어요. 난 어제 여기 없었어요. 그러니까 들은 얘기도 없었어요. 그리고 무슨 얘기든 할 얘기도 없구요."

그는 가연의 단호한 말끝에 깔려 잠시 당황하는 듯하더니 담배를

꺼내 물었다.

"나도 한대 줘요."

그는 담배와 라이터를 가연에게 건네주었다. 담배에 불을 붙이지 않고 그대로 입술에 얹은 채 몇 분이 흘렀을까. 그가 옆으로 다가왔다.

"그녀를 죽음 앞에 초연할 수 있게 했던 힘은 무엇이었을까요. 내가 그녀를 사랑했었던 세월 때문이었다고 굳이 믿고 싶었어요. 그리고 여기 오기까지 그렇게 믿고 있었어요. 그녀의 죽음에 이유를 단다면 그건 내 방황이 아니 잠시 스쳐간 바람 때문이었다고 그렇게 이유를 붙이고 싶었어요. 그래서 그 상처 때문에 그녀가 그렇게 간 거라고 그래서 죄인처럼 몇 날을 어제처럼 살았어요. 그랬는데 지금 내 맘에 앙금처럼 가라앉는 기분 나쁜 의심은 뭘까요. 그래서 양파 껍질을 벗기듯 그녀 안에 있는 비밀을 캐낸들 뭐가 달라지는 건가요. 그녀가 살면서 내게 최선을 다해 산 세월만이 내 기억 속에 있는데 지금 그 모습들에 덧칠을 해대듯 다른 사람이 그려준 그림에 그녀를 끼워 맞춰놓고 난 뭘⋯⋯."

그는 혼자 중얼거리듯 내뱉어 놓은 말을 다시 곱씹더니 욕실로 들어가 샤워기를 틀어놓고 옷을 입은 채로 몇 분을 욕조에 앉아 있었다. 그런 그를 놔두고 가연은 방문을 열고 나와 버렸다. 숨이 막혀 버릴 것만 같아서.

바람이 차가웠다. 그 바람사이로 남자의 웅얼거리던 말이 날아다니는 것 같았다. 한참을 걸었다. 어제 그 남자와 걸어왔던 길을 혼자 걸었다. 발이 퉁퉁 부었는지 구두가 꽉 끼어 발가락이 아렸다.

잠시 걸음을 멈추고 하늘을 보았다. 회색 빛 하늘이 낮게 안개처럼 내려 앉았다.

'이제 다시 돌아가야 하는가…… 그는 지금 어디에 있는 것일까. 여행? 혼자서? 아님…….'

가연은 핸드백에서 그에게 줄려고 산 크림을 꺼내 선물포장을 뜯고 스킨을 손바닥에 쏟아냈다.

손바닥에 스킨이 스며들면서 시원한 느낌과 향이 온몸으로 번지는 것 같았다. 너무도 빠르게 스며든 향이 허기진 배를 자극했다.

'이대로 돌아가야 하는가.'

가연은 지난 여름 혁빈과 함께 찾아갔던 그의 이모 댁이 생각났다. 그에겐 혈육이라고는 단 한 분.

식당을 하고 계신 이모뿐이었다. 그는 가끔 이모 얘길 했었다. 엄마 얼굴이 생각나지 않으면 이모를 찾아간다고……. 그래서 이모가 자기한테는 엄마나 다름없으니 결혼하면 잘해드려야 한다고 했던 말이 생각났다. 그래도 그는 가까이 살면서도 이모에게 자주 찾아가지 않았다. 이모가 혼자 사실 땐 자주 찾아갔었다고 했는데 이모의 동거생활이 그를 밀어냈던 것이다. 그는 왜 이모가 쉰 둘의 나이에 굳이 재혼도 아닌 동거생활에 들어갔는지 모르겠다고 했었다. 혼자된 이모 그것도 자식도 없이 혼자 사는 이모에게 꼭 자식노릇 하며 의좋은 모자지간으로 살고 싶다고 했었는데…….

가연은 택시를 탔다. 그리고 우동리로 가자고 했다. 한 번 가 봤던 동네이지만 동네이름이 잊혀지지 않은 건 하도 독특해서였다. 국수를 좋아해서 포장마차를 그와 자주 갔었는데 그가 국수를 시킬 때마다 우동을 시켜 먹었더니

"가연이는 이모네 동네 가서 살아야겠다. 아주 딱이다 딱이야."

그런 말을 하는 그가 혹여라도 결혼해서 시골생활을 원해서 그러

려니 생각했었다. 그런데 밝은 표정으로 그의 말을 받을라치면 그는 얼굴빛이 금새 바뀌었다.

"혁빈씨가 원한다면 그렇게 해요. 나도 텃밭 가꾸며 사는 거 싫지 않아요."

"뭐라구? 농담이야. 농담두 못해, 자기한테는. 이모가 사는 동네가 우동리잖아."

그가 차라리 지금이라도 농담처럼 그 곳에서 살자고 한다면 얼마나 좋을까 한 번 생각해본다.

이십 분쯤 달려왔을까 멀리 외포라고 쓰여진 이정표가 보였다. 산이 원만하게 잘 다듬어진 것이 그대로 액자 속에 넣어가고 싶었다. 훤하게 펼쳐진 논엔 예전의 논 풍경은 찾아볼 수 없었다. 그런데 참 이상한 풍경이 보였다. 산소가 논 중간 중간에 그리고 들에 만들어져 있었다. 잘 다듬어져 있는 걸 보면 자손들이 가까이에 살고 있는 것 같았다. 택시는 우동 저수지 근처에 가연을 내려놓았다.

차에서 내리자 찬바람이 볼을 때렸다. 옷을 여미고 잠시 저수지를 바라보았다. 맑은 물에 혁빈의 웃는 모습이 담겨 찰랑거렸다. 저만치에 이모 댁이 보였다. 그와 함께 이 곳을 찾았을 땐 저수지가 지금처럼 깊고 넓어 보이지 않았었다. 혼자서 걸어가려니 가까운 거리가 아니었다. 그와 함께 걸을 땐 가까운 거리였는데 좀더 이 푸른 물을 보면서 오래 걷고 싶었는데 지금은 춥고 배고프고 외로웠다. 시계를 보니 너무 이른 시간 같아서 다시 발길을 돌렸다. 그리고 동네 어귀를 10분쯤 걸어 내려왔을 때 반계 유형원 서당이라는 푯말이 보였다. 그 앞에 서서 잠시 산 위를 올려다보았다. 아주 정겹게 길이 나 있었다. 그 길을 따라 걸어 올라가자 대나무 숲이 나왔다. 바람이 불자 사르

락거리는 소리가 마치 사람들이 속삭이는 말소리처럼 들렸다. 누군가의 잘 다듬어진 산소를 지나 몇 분을 올라갔을까 반계 유형원의 서당이 보였다. 그 안으로 들어가자 우물이 보였고 잘 정돈된 한옥집이 보였다. 방문이 열려 있어 그 안으로 들어가자 제사상처럼 과일과 곶감 그리고 약과가 놓여져 있었다. 그 옆으로 촛대가 있었고 정면에 유형원의 초상화가 걸려 있었다. 그 옆으로 작은방이 하나 더 있었다. 발이 아파 잠시 쉬고 싶었다. 그렇게 잠시 쉬려고 했었는데 잠이 들었는지 추워서 몸을 움츠리고 깨보니 한 시간쯤 지나 있었다. 다시 마을 쪽으로 걸어 내려와 저수지 쪽으로 걸어가는데 허균이 홍길동전을 썼던 동굴이라고 그가 말했던 곳이 멀리 보였다. 발이 아팠지만 계속 걸었다. 저기쯤 이모집이 보였다.

대문이 없는 집이어서 그랬을까 얘기 소리가 밖으로 새어 나왔다. 그런데 그 소리가 너무 정겨워서 마루에 앉아 몇 분을 그대로 있었다. 함께 산다는 건 이런 아름다움이 있어서 좋은 것이리라고 생각했다.

그 때 안에서 누군가 나왔다. 뒤에서 따라 나오던 이모님은 남자의 옷을 털어주다 가연의 모습을 발견하고 자세를 일으켰다.

"누구슈?"

"안녕하셨어요? 저 기억 못 하시겠어요? 혁빈씨하구 작년 여름에……."

가연은 더 뭐라고 자신을 설명해야 좋을지 몰라 말꼬리를 흐렸다.

"그래. 그 때 같이 온 처녀구먼. 어서 들어와요."

혁빈의 이모보다 훨씬 젊어 보이는 중년남자는 신발을 신고 뒤로 돌아본 뒤 이모에게 눈인사를 하고 밖으로 나갔다. 그 중년 남자의 모습이 멀어질 때까지 따뜻한 미소를 머금은 채 쳐다보고 있는 이모를 보고 있던 가연은 이모의 입을 통해 듣지 않았지만 행복 가득함을 느낄 수 있었다.

"그래 우리 혁빈이는 잘 있수?"

"네."

가연은 '아니요. 이모님은 혹시 아시는가 하고 왔어요.' 라고 하고 싶었지만 너무 행복해하는 이모에게 지금은 그 어떤 걱정도 줄 수 없었다.

"그럼 왜 같이 오지. 우리 혁빈이 본 지도 오래 됐는데."

"다음엔 꼭 같이 오겠습니다."

"그러지 말우. 아마 지도 속이 많이 상할 테지. 여태껏 이 못난 이모 단 한 번도 웃으며 사는 꼴 못 봤는걸. 그 애 걱정하는 거 당연한 일이지 뭐. 그 애 잘못도 아닌 걸. 다 기구한 내 팔자 때문에 그 애가 노심초사하면서 산 세월이 한 두 해인가. 그 애 엄마 아버지만 그렇게 세상 떠나지만 않았어도 이 못난 이모한테 와서 그 고생 안 해도 되었을 걸⋯⋯ 지 애비가 그 몹쓸 병 에이즈인가 뭔가 하는 병에 걸려서 먼저 세상 떠나더니 지 엄마 두 동네에서 따돌림만 당하다가 그만 생목숨 끊어 버렸으니⋯⋯. 그 애만 생각하면 난 지금도 가슴이 떨려서 그냥은 못 견딘다우. 한참 예민해져 있을 중학생이었는데. 아마 지금쯤이었을 거유. 지 엄마가 동네 약수터에서 목 메달은 걸 봤으니. 그것도 꽁꽁 언 채로 동태처럼 빳빳하게 굳어 있는 걸 봤으니 어디 맨 정신이었겠수? 거기다 피붙이라고 달랑 하나 있는 이모집에 왔더니 이모부란 사람은 날마다 술에 여자에 노름에 거기다 술만 마시면 날 피멍들게 팼으니 그 어린 가슴에 뭐 좋았을까. 내가 맞을 때마다 울며불며 지 이모부 팔에 매달려 애원하던 걸 생각하면 난 지금도 가슴이 아파서……. 그 인간 그 어린 가슴에 피멍들게 하더니 나중엔 전답 다 팔아 노름판에서 잃고 간암 말기 선고받아 날 찾아왔지 뭐유. 그래도 그 모진 사람 내치지 못하고 죽어 송장까지 묻어주고 정이 뭔지 지긋지긋하게도 찾아다녔다우. 그 때 우리 혁빈이가 그럽디다. 이모는 지겹지도 않으냐구. 뭐 해준 게 있다고 죽어서도 쫓아다니냐구. 그런데 참 이상한 일이지 나두 모르겠습디다. 부부가 뭔지. 그렇게 날 괴롭히기만 한 사람인데 때론 보고싶기도 해서 울기도 많이 운 걸 보면. 지금 그 사람도 어찌 보면 간 사람 때문에 만나게 된 거라우. 비가 몹시 내리던 날 새벽이었는데 갑자기 그 사람이 보고싶어서 산엘 터벅터벅 올라가는데 빈 택시가 서더니 어딜 여자 혼자 가냐구. 위험하니까 타라구. 자기도 그 쪽으로 가는 길이니 태워다 준다고 해서 탔는데 그게 인연이 돼서 여기까지 온 거라우. 사실 나도 이 양반이 여기까지 인연이 될 줄은 생각도 못했구 상상도 안 했더랬수. 아까 봐서 알겠지만 그 양반이 나보다 8살 아래인데 어떻게 내가 감히 그 양반을……. 난 지금도 그 양반이 나랑 길게 갈 거란 꿈은 못 꾸지. 난 언제고 그 양반이 가고 싶을 때 부담없이 떠나라고 말하는데 그 사람 그럴 위인이 못 되는 게 더 부담스럽다우. 그 양반이 나한테 얼마나 잘 해주는지 세상에 태어나서 이런 대접도 받으며 살 수 있구나 생각만 하면 이건 내 복이 아닌데…… 하는 생각이 절로 든다우. 우리 혁빈이가 이렇게 사는 날 본다면 아마 그렇게까지 걱정 안 해도 될 텐데 말이유. 난 솔직히 말하면 지금 이대로 죽는데도 하나도 아깝지 않을 만큼 행복하다우. 처녀가 볼 때 좀 상스러울지 모르지만 아무튼 난 태어나서 지금처럼 행복한 적 없었다우. 혹여라도 우리 혁빈이 만나면 내 걱정 이젠 그만 하라구, 그리고 보고 싶으니 꼭 한 번 오라고 전해 줘요. 내 부탁하리다.”

가연은 눈가에 눈물이 홍건하게 고여 있는 이모의 얼굴에서 화사한 여자의 진정한 행복을 보았다. 산다는 건 이런 충만한 행복을 느끼기 위해 때를 기다리는 일이라고 생각했다. 언제 어느 순간 찾아올지 모르는 깨달음이 가미된 행복을 즐기는 일이 인생이라고. 그저 작은 행복이 아닌 아픔을 끌어안을 수 있는 참되고 정제된 행복을 숨어 있는 보물을 찾듯 그렇게 찾아가는 게 인생이라는 생각이 들었다. 검은머리보다 흰머리가 더 많은 쉰 둘의 여자에게서 그걸 보았다. 눈이 부실만큼 아름다운 여인의 약속된 노년을 보는 것 같았다. 얼마나 길게 사는 게 중요한 게 아니었다. 이모에겐 얼마나 참된 사람과 단 한 순간이라도 함께 누린 만남의 공간이 있었는가가 중요한 것 같았다. 거북 등 같이 딱딱하게 굳은살이 베긴 손으로 여린 가연의 손을 잡고 ‘이젠 여한이 없수……’라고 수줍게 얘기하던 이모의 입술을 오래도록 쳐다보고 있었다. 가연은 이모가 만들어놓은 행복에 잠시 발을 담근 채 쉬어가고 싶었다. 마치 시간이 흐르면 행복에 겨워 발그레한 얼굴을 한 자신의 발톱에 빨간 봉숭아물이 들어 있을 것만 같았다.

가연은 빨리 혁빈에게 달려가고 싶었다. 그래서 빨리 그의 품에 안겨 이모의 행복을 나누어 주고 싶었다. 그러나 가연은 이내 숨죽은 열무김치처럼 파시시 풀이 죽었다. 이제 혁빈을 찾아 어디로 갈 것인가. 이모는 돌아서서 가는 가연을 붙들고 결혼식에 꼭 불러달라고 당부의 말을 잊지 않았다. 그리고 두 사람이 참 많이 닮은 걸 보면 잘 살 거라고 하시며 주머니에서 뭔가를 꺼내 주셨다. 그리고 귀에 들릴락 말락한 소리로 혁빈 에미가 늘 간직하던 거라고 하면서 결혼예물이라고 생각해주면 고맙겠다는 말씀도 덧붙이셨다. 많이 달아서 무늬가 다 벗겨진 금가락지를 손에 끼고 이모의 손을 놓지 못하고 한참을 잡고 있었다. 그와 결혼을 한다면 이모 옆에서 살면 좋겠다 라는 희망도 가져보면서 택시를 타고 부안의 혜민병원으로 향했다. 오후 3시가 넘어서인지 병원엔 대기실 안을 메운 사람들로 법석이었다. 시골병원치고는 시설이 괜찮았다. 원무과로 들어가 이런 저런 얘길 한 뒤에야 혁빈의 소식을 들을 수 있었다. 갑자기 병가를 냈다는 것이다. 병원측에서도 하필 이렇게 바쁜 때에 개인적인 사정으로 일방적인 병가를 내고 소식이 없는 그를 원망하고 있었다. 차후의 불이익은 자기들도 어쩔 수 없다고 하면서 더 길어지기 전에 병원으로 돌아오는 게 좋을 거라면서.

병원을 나서면서 가연은 무기력에 그만 쓰러질 것 같았다.

'그 사람을 찾아야 해. 도대체 무슨 일이 일어난 거야……' 가연은 그 동안 혁빈에게 어떤 일이 어떤 변화가 있었는지 감조차 잡을 수 없다는 게 믿어지지 않았다. 아니 적절한 표현으로 자신을 변호할 말이 생각나질 않았다. 시간이 흐를수록 수많은 생각들이 서로 꼬리를 물고 가연의 머리 속을 헤집어 놓았다. 스물 스물 선명했던 달력의 숱한 날들이 벌레처럼 빠져나가는 것 같았다. 그대로 두면 그와의 만남 자체도 어떤 흔적도 없이 사라져 버릴 것 같았다. 두 손을 꼭 쥔 채 정신을 차리려고 안간힘을 써 본다. 그러나 이내 정신을 잃고 말았다.

얼마나 시간이 흘렀을까. 환자복을 입고 누워서 팔엔 링거를 맞고 있었다. 간호사가 옆에서 깨어난 가연의 손을 놓으며

"임신인 거 모르셨어요? 벌써 12주 쨌대? 조심하세요. 지금부터 각별하게 신경 쓰세요. 좀 출혈은 있었지만 걱정하실 만큼은 아니에요.

잘 드셔야 해요. 아시죠?"

임신이란다. 임신? 그 사람의 아일? 가연은 뒤통수를 얻어맞은 것처럼 뒷머리가 뻣뻣해졌다. 결혼 전엔 절대 아일 가져선 안 된다며 그는 필요 이상으로 피임에 신경을 썼었다. 단 한번도 실수를 한 적 없는 것 같은데…….

'그럴 리가 없는데 어떻게 이런 일이 실수? 실수로?'

가연은 아랫배에 손이 갔다. 그리고 뭔가 소중한 걸 만지듯이 사뿐사뿐 배를 만져본다. 뭔가 느낌이 오는 거 같다. 아니 배에서 뭔가 움직이는 거 같기도 하다. 기분이 묘하다. 다른 건 아무 것도 생각할 수가 없다.

그 순간 정확하지도 않은 엄마의 얼굴이 떠올랐다. 엄마는 언제나 입버릇처럼 자신을 실수로 태어난 인생이라고 했었다. 실수로. 실수로!

살면서 그런 아픈 기억들이 살아날 때마다 엄마처럼은 절대 안 살거라고 다짐을 했었다. 엄마 같은 사람은 세상에 또 없어야 한다고 미움을 키웠었다. 엄마…… 눈물이 목을 메웠다. 이 순간에 왜 하필 엄마가 보고싶어진 걸까. 미움도 사랑의 뿌리라고 하더니 미워한 세월만큼 애증도 함께 키를 키워 온 걸까. 기억 속에서 지우고 싶었던 만큼 지워진 얼굴. 그러나 형태도 없는 엄마의 얼굴이 그립다.

엄마의 미움은 처음부터는 아니었을 것이다. 한 뱃속에서 양수를 타고 놀면서 차별없이 동등한 행복을 누렸을 열 달 동안의 행복은 아주 짧은 세월이었다. 기억 속에 단 일분도 없는 걸 보면.

어쩌면 뱃속에 오빠와 내가 나란히 있었던 걸 알았더라면 엄마의 미움은 더 일찍 시작되었을지도 모른다. 그래도 그 세월만큼은 엄마의 사랑을 느낄 수 있었을 텐데 왜 아무런 기억이 없는 것일까.

가연은 아랫배에 더 오랫동안 손을 얹고 있었다. 그리고 눈을 감았다. 뜨거운 눈물이 흘렀다.

'만일 실수였다 할지라도 넌, 절대 실수가 아니야!'

입술이 바짝 바짝 말랐다. 혀끝이 타 들어가는 것 같았다. 자꾸 잠이 쏟아져서 눈을 뜨고 있을 수가 없었다. 눈을 감았다. 그리고 긴 잠속으로 빠졌다. 아무 생각도 할 수 없었으면 하고 바래 본다. 잠시라도 다 잊고 완전한 혼자이고 싶었다. 더 바래 볼 수 있다면 그 사람을 만나기 이전까지로 돌아가고 싶었다. 몸이 나른해진다. 옆 사람의 간헐적인 신음이 귓가를 간지렀지만 아주 긴 터널 속의 울림처럼 들렸다. 눈을 떠보려 하지만 무겁다. 이제는 좀 편안하다. 모든 것에서 자유롭다.

아직도 꿈속인가. 많은 시간이 흘러간 것 같기도 하다. 몸이 솜털처럼 가볍다. 달콤하게 입 속으로 뭔가 흘러 들어온다. 끈적거린다. 무엇일까…… 초콜릿 맛 같기도 한 것이. 가연은 입술을 달싹인다. 그리고 계속 빨아 혀끝으로 맛을 본다. 잠시 후 웅성거림이 더 시끄러워진다. 그리고 어디론가 빨려 들어가는 느낌이다. 힘이 없이 축 늘어진다. 누군가 이름을 부른다.

"가연씨! 정신 좀 차리세요. 내 말 안 들려요?"

그러나 대답을 할 수가 없다. 답답해진다. 그 때 누군가 위험하다며 수술실로 옮기라고 한다.

어지럽다. 흔들리는 들것에 실려 어딘가 옮겨가는 것 같다. 그런데 손도 다리도 맘대로 되질 않는다. 입 속으론 계속 뭔가가 들어온다. 이상하게 다리 아래로 따뜻한 것이 흘러내린다. 황홀하다. 기분이 좋다. 뭔가가 보인다. 하늘하늘한 날개옷을 입은 여자아이가 웃고 있다.

'나다! 나야!'

어린 여자아이는 뽀얀 얼굴에 보조개를 들어내며 환하게 웃고 있다. 자세히 보니 처음 보는 여자 아이였다. 참 예쁘다. 아이가 가려 한다. 안 갔으면 좋겠는데…… 아이는 손을 흔든다. 가지 말라고 소리를 지르고 싶은데 그럴 수가 없다. 아무 것도 할 수가 없다. 아이는 돌아보며 환하게 다시 웃는다.

그리고 안개처럼 사라졌다. 거짓말처럼. 아쉽다. 한 번 더 볼 수 있었음 좋겠는데 아이는 오지 않는다. 기다리면 아이가 올까? 얼마의 시간이 흘렀을까. 몇 분? 몇 시간? 아무리 두리번거려도 주위엔 아무도 없다. 낮도 밤도 아닌…… 이젠 아무 것도 보이지 않는다. 아무리 기다려도 아이는 오지 않는다. 아주 오랜 시간이 지난 것 같다. 혼란스럽다. 내가, 내가 아닌 것 같다. 기운이 없다. 자고 싶다. 아주 깊이…….

3

재회

  여긴 어딘가? 하늘이 높고 나무가 많다. 높은 담과 파란 철대문이 보인다. 저쪽에선 아이들이 마당에서 뛰어 놀고 있다. 남자아이들은 축구를 하고 있었고 몇몇 여자아이들은 공기놀이를 하고 있었다. 가연은 놀이터로 가서 파란색 리본을 묶은 여자아이가 타고 있는 그네 앞에서 한 참을 기다리고 있었다. 그네를 타던 여자아이가 물었다. 넌 어디서 왔니? 라고 그러나 말없이 그냥 울고 있었다. 갑자기 엄마가 생각났고 오빠가 보고 싶었다. 오빠는 어떻게 됐을까? 다시 만날 수 있을까. 누구도 오빠와 엄마의 안부를 알려주는 사람은 없었다. 벌써 며칠째 낯선 아이들이 뒤엉켜 자는 방에서 짐짝처럼 끼어서 잠을 잤고 새벽에 깨어서 혼자 훌쩍이다 지쳐서 간신히 잠이 들면 어느새 아침이었다. 아이들이 원장 아버지라고 부르는 사람은 언제나 밥을 먹기 전에 옆으로 와서 기도하는 법을 가르쳐 주셨고 한 번도 해 본적 없던 기도를 식사 때마다 잠자기 전에 해야 했다. 하기 싫다고 말도 못한 채 그렇게 해야 한다는 걸 스스로 깨닫고 있었다. 이런 생활을 며칠만 더 참아내면 엄마가 분명 데리러 올 것 같았다. 엄마니까! 그 때 한 번도 생각 못했던 막연한 아버지에 대한 의문이 생겼다.

'난, 왜 아버지가 없지?'

누구도 가르쳐주지 않았다. 왜 아버지가 없는 것인지. 그리고 엄마는 왜 안 오시는지. 다른 아이들은 가끔씩 찾아오는 엄마 아버지에게서 선물을 받고 그걸 자랑하느라 다시 찾아올 때까지 기다리는 일로 지루하지 않은 날들을 보내고 있었다. 그렇게 엄마 있는 고아가 되어 몇 년을 보내고 그 엄마를 기다리는 일마저 포기하고 살던 초등학교 3학년 여름방학 때였다. 원장 아버지께서 호출을 한다기에 2층에 있는 원장실로 뛰어갔더니

"가연아. 이번 주 토요일에 아버지께서 널 데리러 온다고 하시더구나. 가연인 이제 좋겠네?"

그 말을 듣는 순간 알 수 없는 서러움이 복받쳤다. 존재하지 않는 아버지를 그리워하던 그 때와는 다른 설명할 수 없는 감정들이 싹을 틔우기 시작했다. 차라리 끝까지 아버지를 만나지 않았더라면 원망의 나무를 가슴에 키우지 않아도 되었을지도 모른다. 아버지를 만난 순간부터 모든 게 달라지기 시작했다.

잘 닦인 까만 구두처럼 윤이 번쩍이는 검은색 승용차를 타고 아버지라는 사람이 운전을 하는 옆 좌석에 당당히 앉아 어디론가 실려갈 땐 확정된 미래에 발을 올려놓은 것이라고 꿈에 부풀어 있었다.

속으로 '그것 봐. 나도 아빠가 있지? 난 이제 멋진 집에서 아빠와 행복하게 살 거야. 참 긴 시간이었어. 내 불행의 날들은 이제 추억처

럼 기억될 거야. 난, 버젓이 소공녀처럼 행복해질 테니까.'

그렇게 외치고 또 외쳤다. 그 메아리가 어딘가에 부딪혀 아버지의 귀에 다시 울림으로 빨려 들어갈 것 같았다. 혼자 꿈꾸는 사이 아버지는 가연의 조그만 손을 꼭 쥐었다. 그리고 낮은 음성으로

"괜찮니? 조금만 더 가면 돼. 집에 가면 우리 가연이 오빠도 생기고 여동생도 생기고 엄마도 생긴단다. 가서 엄마 말씀 잘 듣고 오빠하고 동생하고 사이좋게 지내야 해. 알았지?"

가연은 갑자기 엄마라는 단어와 오빠라는 단어에 그만 울음이 터질 것 같아 손으로 입을 가렸다. 그리고 잠시 아버지의 얼굴을 쳐다보고 고개를 끄덕였다. 마치 아버지의 입 속으로 엄마와 오빠가 빨려 들어가 버리는 것 같았다. 그 때 생각했었다.

'그래. 좋았던 기억도 없는 걸. 아픈 기억뿐인 걸. 이것마저도 아빠의 입 속으로 다 들어가 버렸으면 좋겠어. 아무래도 좋아. 설마 지금까지 보다 나쁜 상황이야 있겠어? 난, 잘 해낼 거야.'

가연은 조그만 손을 불끈 쥐었다. 그리고 지나가는 차들을 보았다. 달리는 차 밖의 풍경은 너무 아름다웠다. 가로수가 마치 영화 속 한 장면처럼 환하게 펼쳐져 있었고 은행나무의 그림자 밑을 달릴 땐 꿈속에 있는 기분이었다. 차는 한 참을 달려서야 궁궐처럼 담이 높게 올려진 집 앞에 정차를 했다.

아버지는 리모컨으로 스위치를 눌렀고 이내 차고 문이 웅장한 소리를 내며 커튼처럼 올라갔다. 그 안으로 차는 들어갔고 다시 차고 문은 닫혔다. 환했던 빛이 사라지고 마치 성안으로 들어온 기분이었다.

말로만 듣고 상상만 했던 부잣집이었다. 만화 속에 나오는 공주나 살 것 같은 그림 속의 궁궐 같은 집이었다. 이런 집에 있을 수 있다는

것조차 믿어지지 않아 손을 꼬집어보았다. 잠시 후 안에서 문을 여는 소리가 들렸고 몇 계단을 오르자 한 번도 본 적 없는 여자 둘과 남자 하나가 서 있는 게 보였다. 가연은 짐작으로 충분히 가족관계를 알 수 있었다. 먼저 고개를 숙여 인사를 했다. 서 있던 사람들도 인사를 했지만 웃고 있지는 않았다.

그 사람들 옆을 지나는데 너무 좋은 냄새가 났다. 보들보들한 드레스 같은 옷을 입은 어른이 가연의 어깨를 감싸 안으며

"그래. 어서 와라. 반갑구나. 이름이 가연이라고 했지?"

"네."

가연은 '네 엄마.' 라고 대답을 해야 한다고 생각하고 있었지만 쉽게 입 밖으로 나오질 않았다.

"너희들도 어서 인사해야지."

그 때였다. 여자아이가 신경질적인 말투로

"싫어. 난 싫어! 저렇게 지저분한 애가 우리랑 함께 사는 거 정말 싫어."

가연은 가슴이 오그라 붙는 것 같아 숨을 쉴 수가 없었다. 고개를 숙여 자기가 입고 있는 옷을 쳐다보았다. 정말 그 아이가 입고 있는 하늘하늘한 옷과는 비교도 될 수 없는 누추한 옷이었다.

자기도 모르게 들고 있던 가방으로 치마를 가리고 뒤로 한 걸음 물러섰다.

"그럼 못 써. 언니한테 그게 무슨 말버릇이야."

"언니는 무슨 언니야! 엄마가 낳았어? 난 싫어. 언니라고 안 부를 거야."

그 때였다. 뒤에서 걸어오던 아버지가 그 아이의 옆으로 다가가 불

끈 들어 안으며 말했다.

"하성미. 그러면 못 써. 우리 성미가 얼마나 예쁘고 착한 공주인데. 응? 우리 공주님 어디 보자. 아빠가 우리 성미를 얼마나 사랑하는지 알지? 언니한테 좀 친절하게 대해 줘. 부탁이야."

"그래. 성미야. 오빠 여동생 하나 더 생겨서 좋은데?"

아버지만큼 큰 남자가 가연의 옆으로 다가서며 말했다.

"어서 와. 반가워. 내가 니 오빠야. 이름은 하성민이야."

변성기여서 그런지 목소리가 굵게 갈라졌다. 악수를 청하며 다가서는 그 남학생의 손을 뿌리칠 수가 없어 덥석 잡히고 말았다. 그 남학생은 오래도록 놓지 않고 흔들었는데 기분이 묘했다.

그 날 밤. 유난스럽게 번개가 치고 천둥이 울리고 비가 내렸다. 가연은 무서워서 침대 귀퉁이에 쪼그리고 앉아 소리도 못 내고 베개에 얼굴을 파묻고 울었다. 그렇게 울고 있는데 누군가 가연의 등뒤를 안아 일으켰다.

"무섭니? 바보. 울긴 왜 울어. 이리와봐."

하성민이었다. 그는 가연을 침대에 앉히고 바들바들 떨고 있는 그녀를 꼭 안았다.

"이제 무섭지 않을 거야. 내가 있잖아."

몇 분을 그렇게 있었을 까. 답답하게 안겨 있으려니 숨이 막힐 것 같아 그에게서 좀 떨어져 앉으려 했다.

"괜찮니? 그래. 그럼 나 갈 테니까 무서우면 깨워."

가연은 친절한 그를 보면서 또 눈물이 흘렀다. 오빠 생각이 나서.

그 날 이후 가연은 그 집에서 살게 되었다. 그러나 아버지는 생각만큼 가연에게 친절하지 않았다.

차라리 아버지의 무관심이 어쩌면 가족으로 사는데 도움이 된다고 생각했다. 혼자 눈치채지 못하게 우는 법도 터득했다. 울고 나면 답답했던 가슴이 시원해지는 걸 그 나이에 알아 버렸다. 한국 희곡론을 배우면서 눈물의 미학 이론을 긍정하게 된 건 대학시절 이전 그 때의 경험 때문이었을 것이다. 국문학을 전공하게 된 것도 혼자만의 공간을 외로움에서 탈피하기 위해 일기를 하루에도 몇 번씩 쓰다 보니 중학교 3년과 고등학교 3년 내내 교내 백일장에서 장원을 하면서 아버지의 선택에 의해서 가게 된 것이다. 일기를 통해서만 가능했던 가슴속의 말들을 배설할 수밖에 없었던 걸 아버진 몰랐을 것이다.

끝끝내…… 그 집을 박차고 나올 수밖에 없었던 것조차 비밀처럼 일기 속에 숨겨 놓아야 했었다. 그 땐 누군가가 읽어주길 바라면서 쓰는 그런 일기를 써 보는 게 소원이었다. 그러나 그렇게 될 수 있었다면 그건 아마도 유언이래야 가능할 거라고 스스로를 달래며 살았었다. 이물질처럼 이미 정해진 한 가정에 가족으로 끼어 든다는 게 얼마나 버거운 일인지 당해보지 못한 사람들은 상상도 못할 것이다.

그런 날마다 '차라리 고아로 살고 싶어.' 라고 얼마나 외쳤었는지 베갯잇이 헤져서 몇 개를 갈아야 했을 정도였다. 누구도 모르게 혼자 가슴앓이를 했던 날들. 그 땐 세월이 이렇게 가만히 있어도 흐를 줄 몰랐다. 힘든 만큼 강해졌다. 그리고 독해졌다. 살아 남기 위해서라고 생각을 바꾼 날부터 가연에게 세상은 달라지고 있었다. 고등학교 2학년 중간고사 시험 전날이었다. 새벽에 가연의 방으로 들어 온 하성민은 그녀의 속옷을 벗기기 시작했다. 몇 번 그런 일이 있었지만 그 날처럼 싫다는 가연을 강제로 끝까지 집요하게 성행위를 강행하진 않았었다.

"오빠. 싫어! 이러지 마. 부탁이야. 나 내일 시험이란 말야."

"닥쳐! 오빤 무슨 오빠!"

"이러면 아버지한테 말씀드릴 수밖엔 없어. 정말 이젠 못 참겠어!"

"그래? 그래 봐라 어디. 너두 별 수 있어. 니 엄마의 그 더럽고 천한 피 받아 태어난 니가…… 니 엄마가 어떤 여자였는지 너 알아? 응? 우리 아버지 회사 공장 그래 막말로 공순이였던 니 엄마가 사장인 우리 아버지 어떻게 해 보려고 꼬리친 거? 그래도 안 되니까 누구 씬 지도 모르는 너를 핑계로 돈 뜯어내서 지금 뭐하고 있는지 알기나 하냐구!"

그 말 때문이었을까 가연은 정신을 놓고 말았다. 그 날 그를 더 이상 밀어내지 못하고 처녀성을 잃고 말았다. 그리고도 몇 년을 그가 원할 때마다 그의 여자가 되어 주어야 했었다. 가연은 그렇게 살면서도 더 이상 수치스럽거나 더 못할 일도 없다고 생각했다. 그리고 그 집에 살고 있는 동안은 돈 걱정은 안 해도 되는 것으로 충분했다. 그리고 속내를 모르는 사람들에겐 단란한 가정의 한 요소로 보일 수 있다는 것만으로도 자신이 감수해야 될 상처는 숨길 이유가 충분했었다. 뭐든 얻기 위해선 희생해야 할 무엇이 필요하듯이.

그러나 건전지도 시간이 지나면 닳아서 갈아야 하듯이 그런 안간힘도 오래가지 못했다. 대학 2학년 때였다. 두 달 유럽여행을 다녀오시겠다던 부모님께서 갑자기 바뀐 일정 때문에 집으로 돌아오신 것이다. 그 날 침대에 함께 누워 있는 걸 들켜버렸다. 혼절한 아버지와 엄마를 뒤로 두고 속옷만 걸치고 도망쳐 나온 것이 그 완전한 가정에서의 끝 장면이었다. 그런데 그 날 그렇게 도로를 뛰면서 속이 시원했다. 날아갈 듯이…… 모든 걸 잃고도 모든 걸 다시 얻은 것 같았다.

안간힘을 다해 쥐고 있던 것이 초콜릿의 빈 껍질이었다는 걸 뒤늦게 깨달았지만 모든 건 이미 지나가 버린 날들이었다.

"하가연씨! 정신이 들어요?"

얼마나 잤을 까. 밖은 이미 어두워져 있었다. 몸을 일으켜 세우려 하자 간호사가 부축을 한다. 그 때 아랫배가 몹시 뻑적지근한 게 영 기분이 좋지 않았다. 몸을 뒤척이자 아랫배가 몹시 아팠다.

"왜요? 어디 불편해요?"

"배가 아파요."

"좀 지나야 괜찮아질 거예요. 수술한 뒤끝이라 그래요."

"수술이라뇨? 내가 수술을 받았어요?"

"하가연씨 몸이 많이 안 좋았어요. 난소 아래에 12cm의 물 혹이 있었는데 그것 때문이었는지 출혈이 있어서 검사했는데 수술을 하지 않으면 위험한 상태였어요. 그것보다도 자궁 안쪽에 작은 근종도 보여서 지금 검사중이에요. 수술은 불가피했어요. 출혈이 너무 심했거든요. 그대로 됐으면 가연씨 생명도 위험했어요."

"지금 유산했다는 얘길 하는 거예요?"

가연은 믿어지지가 않았다. 침대시트 밑으로 혈흔이 묻어 있었고 질 안에 뭔가가 박혀 있는지 몹시 부자연스러웠다. 가슴이 뻥 뚫리는 것 같았다. 그 사이로 차가운 바람이 새어 들었다. 가슴을 쥐어뜯으며 울었다.

"이러지 마세요. 혈압 올라가면 안 돼요. 지금 절대 안정하셔야 해요."

마치 꿈을 꾸고 있는 것 같았다. 꿈이라고 믿고 싶었다.

또 얼마의 시간이 흘렀는지 목이 칼칼하고 가래가 들끓어 잔기침을 해 대자 간호사가 입 속으로 뭔가를 넣어주고 있었다. 눈을 떠보니 중환자실이었다.

"하가연 씨. 하마터면 영영 못 볼 뻔했어요. 혈압이 180까지 올라가고 열이 39도를 넘나들었다구요. 영양실조까지 겹쳐서 혼절했었어요. 그래서 중환자실로 옮긴 거예요. 이젠 좀 괜찮을 거예요. 이제부터는 자기 몸 좀 돌보세요. 무슨 일이 있는지 모르지만 건강을 잃으면 다 잃는다는 거 몰라요?"

간호사는 힘없이 누워 있는 가연의 팔을 놓으며 차트에 뭐라고 기록을 한 후 밖으로 나갔다. 옆으로 고개를 돌려보니 많은 환자들이 있었다. 산소호흡기를 꼽고 있는 사람도 있고 다리에 깁스를 하고 코에 호수를 대고 있는 사람도 있었다. 그리고 머리와 가슴에 이상한 기구를 하고 간헐적으로 신음을 쏟아내는 이도 있었다. 그런데 그 많은 사람들 중에 낯이 익은 사람이 있었다.

그였다. 호텔에서 한 밤을 같이 보냈던 사람. 민소담. 그가 분명했다. 자리에서 몸을 일으켜 그의 얼굴을 정확히 보려고 발을 내리려고 하자 어지럼증이 일었다. 그 때 간호사가 들어서며 무슨 일이냐고 물었다.

"저기 저 쪽에 계신 분 말예요. 여기 왜 들어왔어요?"

"저 남자분 말씀하시는 거죠?"

"예."

"아시는 분이세요?"

"네. 조금……."

간호사는 의외라는 표정으로 가연의 표정을 살피며 조심스럽게 말을 이어갔다.

"저 분…… 호텔에서 다량의 약을 복용하고 쓰러져 있는 걸 발견해서 실려왔어요. 응급조치는 끝냈지만 아직 의식은 없어요."

"괜찮아요? 그럼……."

간호사는 말끝을 흐리는 가연의 맘을 읽기라도 한 것처럼 묻고 싶은 것에 대한 걸 말하고 있었다.

"저 분과 어떤 사이인지 몰라도 혼자가 아니었어요. 어떤 여자분과 함께였는데 여자분은 이미 숨을 거둔 상태여서 지금 영안실에 있어요. 가족한테 연락을 했으니까 아마 지금쯤 가족과 함께 있을 거예요. 저 분은 그래도 다행이지 뭐예요. 생명엔 지장이 없다고 과장님께서 말씀하셨어요."

가연은 그만 놔두고 온 것이 못내 가슴에 걸렸다. 마치 자기 탓인 거 같아서 그의 얼굴을 더 이상 쳐다보고 있을 수가 없었다. 간헐적인 신음이 그의 입을 통해서 나왔다. 미간을 찌푸린 그의 얼굴은 어제의 얼굴이 아니었다. 매우 고통스러워하는 그의 얼굴에 잔주름이 깊게 패이고 있었다. 그의 입술은 파르르 떨리기를 매번 반복하면서 뭐라고 알아들을 수 없는 말을 풀어냈다. 실타래가 엉키듯 그의 말도 엉키고 엉켜서 더는 해석해서 듣기가 어려웠다. 그러나 어떤 말이든 그에게 지금은 다 소용없는 헛소리일 뿐이었다. 누가 귀 기울여 들어주는 이도 없었고 신경 써주는 이도 없었다. 가끔 그의 상태를 살피는 간호사마저 무뎌진 얼굴로 환자 이외의 감정은 없는 것 같았다. 그러나 가연은 그렇게 무심할 수가 없었다. 그와의 하루가 인연의 고리를 튼튼하게 엮어놓은 건지 마음의 동요가 인다. 안타까운 사랑의 노예처럼 그는 가버린 여자에게 놓여나질 못하고 있다. 사람의 일이란 알 수 없어 말을 함부로 할 수 없는 것이라지만 사랑하기에 그가 그렇게 괴로워하는 것은 아닐까. 사랑을 흉내낸 모조품 같은 사랑으로 서로의 눈을 속이고 속는 요즘, 그의 그런 안타까운 사랑이 그녀에게 감동을 느끼게 하고 있다. 꿈속에서마저 그는 자유롭지 못한가 보다. 발과 손을 허우적거리며 악몽에 시달리는지 신음소리까지 요란하다. 잠시 후 간호사가 들어와 그의 팔에 주사를 놓고 나간다. 그런 후에야 그가 조금은 편안해진 얼굴로 잠이 든다. 그녀는 잠시 그가 했던 말이 생각났다.

'우리의 인연이 보통 인연은 아닌가봐요. 필연인가…….' 하던.

그의 낮고 굵은 음성이 귓가에 부서지는 것 같다. 곧 그가 일어나 씩씩하게 말을 붙여올 것 같다.

'어? 여기서 또 만나네요? 거 봐요. 우린 필연이지…….'

가연도 이제는 조금씩 그와의 만남이 우연인지 필연인지 헷갈린다. 그러나 맘속에서 필연이라고 트림처럼 올라온다. 내일 그가 깨어나기만 한다면 다정하게 웃는 얼굴로 '반가워요'라고 악수를 할 생각이다. 그리고 그에게 용기를 내라는 말도 잊지 말아야지. 가연은 배를 움켜쥔다. 잠시 통증이 온다.

그러나 울지 않으려 애를 쓴다. 이것도 인연이 아니어서 라고 받아들이고 싶다. 잠시 머물다 간 어린 생명에게 사랑의 맘을 얹어 보낼 수 있었더라면 얼마나 좋았을까 생각해 본다. 혁빈의 사랑까지 듬뿍 확인시켜 보낼 수만 있었다면 더 바랄 것이 없었을 텐데. 마음이 지옥처럼 뜨겁고 아프다. 자신의 몸 일부였던 분신을 잃어버린 죄를 어떻게 감당해야 할지. 순간 엄마의 얼굴이 떠올랐다. 실수로 태어난 인생이라면서 구박했던 말들이 가시처럼 가슴에 박힌다. 그래도 엄마처럼은 아니었다고 절대 미워하거나 원망은 안 했다고 말하고 싶다.

이런 마음을 충분히 아이는 알고 갔을 거라고 강하게 믿고 싶었다. 아니다. 절대 보내고 싶지 않았음을 알고 갔을까 두려워진다. 사랑이라는 미명 아래 보낼 수밖에 없었던 잃을 수밖에 없었던 걸 용서받을 수 있을까. 가연은 소리내어 불러본다.

"아가야. 엄말 용서해. 널 지켜주지 못해서 미안해."

가연은 꿈속에서 보았던 여자아이를 떠올린다. 그리고 분명 딸이었을 거라고 믿는다. 너무 예쁘고 너무 착해서 이 세상에선 살아갈 수 없을 것 같아서 하늘이 데려갔다고…… 그렇게 생각해 본다. 살아 있는 동안은 절대 잊지 않을 거라고 다짐하면서 밝아오는 창 밖의 풍경을 본다. 잊으면 안 돼 라고 속으로 속으로 되뇌어본다. 그러나 어제 일처럼 잊혀질까 겁이 난다. 흐르는 눈물 때문인지 베개가 축축하다. 빨갛게 충혈된 눈이 따끔거려 감았다 떠보니 새벽별이 아직도 총총하다.

'바다가 보고 싶어…… 푸르고 깊게 출렁이는 바다가.'

가연은 몸을 일으켜 깊은 잠에 빠져 있는 민소담의 얼굴을 유심히 바라본다. 그리고 그가 덮고 있는 바다처럼 파란 담요 아래 오렌지색 양말이 신겨져 있을까 궁금해졌다. 어찌 되었든 지금은 편안하게 잠들어 있는 그의 얼굴이 잘생겼다는 생각이 든다. 자세히 보니 호남형의 그에게 매력이 느껴졌다. 살아 있는 그에게서 느끼지 못했던 아니 좀더 정확히 말해 찾지 못했던 매력을 의식 없이 누워 있는 그에게서 호감을 느끼고 있다는 게 기분이 묘했다.

4

비련
悲戀

잠깐 잠들었었는지 법석대는 소리에 눈을 떴다. 여전히 중환자실의 사람들은 수척해 보이고 간호사들은 바쁘게 움직이고 있다. 아무 것도 변한 건 없었다. 오전 근무자와 교대 근무자간의 임무교대가 끝났는지 처음 보는 간호사가 들어와 체크를 한다.

"하가연 씨. 입원실로 옮겨도 되겠어요."

"퇴원하면 안 될까요?"

"글쎄. 그건 조금 있다가 과장님 회진하실 때 여쭤 보세요."

"예. 저 그런데 저쪽에 계신 분은 왜 아직 깨어나질 않죠?"

간호사가 별 걸 다 묻는다는 표정으로 쳐다본다. 그리고 그의 이름을 확인한 후 차트에 적힌 걸 확인하고 몸을 구부려 소변량을 확인한 후 다시 적는다. 그리고 맥을 짚어본 후 안심하는 얼굴로 링거를 확인한 후 밖으로 나가버린다. 그는 아직도 잠들어 있는 것인지 아님

생을 영원히 놓고 싶은 맘에 눈뜨길 거부하는지 아무튼 그의 숨소리
만 간간이 들릴 뿐 아무런 변화도 없다. 좀 더 그를 옆에서 볼 수 있
으면 좋겠다고 생각하면서 그에게로 다가가는 마음을 열어놓은 채로
서 있었다. 그가 빨리 깨어나 듣기 좋은 목소리로 뭐라고 변명이라도
늘어놔 주길 기대하면서 간호사가 알려주는 병실로 발길을 옮겼다. 3
인실 병동엔 아무도 없었다. 미리 와서 침대시트를 갈고 있던 간호사
가 물었다.

"장혁빈 선생님 가족이세요?"

"네."

가연은 생각할 겨를도 없이 그렇다고 대답을 해버렸다. 그리고 가
족이지 뭐…… 라고 되뇌였다. 자기 몸 속에 그의 분신을 담고 있었
으니 그보다 더 확실한 가족의 개념이 어디 있어…… 스스로 혼잣말
로 자위를 한다. 그가 안다면 뭐라고 그럴까 아마도 조심성이 없어서
그랬을 거라며 면박을 주었을 것이다. 그리고 또 뭐라고 했을까. 아마
도 '널 꼭 닮은 딸을 갖고 싶었는데' 라면서 몹시 안타까워 할 거야.
그러면 뭐라고 그에게 변명 아닌 변명을 해야 하지? 그는 또 그럴 것
이었다. 아무리 무딘 여자라도 그렇지 어떻게 여자가 그걸 모를 수
있었느냐고 한바탕 화를 내고서야 진정을 할 것이다. 그에게 어떤 욕
을 먹어도 좋으니 그를 볼 수 있었으면 좋겠다. 몹시 보고싶다. 그의
품에 안겨 실컷 울었으면 좋겠다.

그가 늘 말하던 넌 여자가 냉정한 거니 감정이 메마른 거니 왜 눈
물이 없니? 라는 소릴 삼켜버리듯 소리내어 실컷 울 거다. 그의 넓은
가슴에 안겨서 토닥거려주는 그의 손길을 느끼며.

가연은 그를 생각하는 것만으로도 마음이 따뜻해지는 것 같았다.

그는 지금 어디에 있는 것일까?

　창 밖으로 사람들이 줄을 서서 접수처에 모이는 게 보인다. 그리고 빈 택시의 손님을 기다리고 정차해 있는 것도 보인다. 누군가 자판기에 동전을 넣고 커피가 나오길 기다리는 것도 보인다. 뜨거운 커피 한 잔이 마시고 싶었다. 핸드백에서 동전 주머니를 꺼내 밖으로 나오는데 206호실 앞에 하가연(33세)이란 명찰이 붙어 있었다. 어딘가에 정해진 곳에 안주하고 싶었던 탓이었을까 자신의 이름이 당당하게 붙여진 병실 앞에 서서 잠시 심호흡을 해본다. 계단을 내려와 매점 앞에 놓여진 자판기에 동전을 넣고 커피를 뽑아 휴게실에 앉아 뜨거운 커피를 호호 불어 가며 단숨에 마셨다. 빈 종이컵에 얼룩진 커피 찌꺼기가 무늬처럼 번져 있었다. 종이컵을 한 손에 쥐고 힘을 주었다. 힘없이 쭈그러진 종이컵을 휴지통에 넣고 중환자실 앞을 서성였다. 그의 안부가 궁금해서 발길을 돌릴 수가 없었다. 지나가던 간호사가 그녀를 발견하고 종종걸음으로 뛰어왔다.

　"저기 그 분 깨어나셨어요. 민소담 씨 말예요. 아시는 분 같아서 같은 병실로 옮겨 드렸는데…… 3인실이라 불편하시면 말씀하세요. 원무과에서 전화 왔었는데 장혁빈 선생님 가족이시니까 특실로 옮기고 싶다고 하시면 그렇게 해도 괜찮다고 했어요. 병실비는 걱정 마세요. 병원가족은 20% 할인되거든요. 특실로 옮겨 드릴까요?"

　"아뇨. 괜찮아요. 그런데 전 언제쯤 퇴원할 수 있죠?"

　"선생님께 여쭤봐서 알려 드릴까요? 그리고 어제 피 검사했는데 당뇨 수치가 좀 높게 나와서 주사제로 몇 번 맞으셔야 할 거예요. 약은 드셨어요?"

　"아뇨. 아직……."

"식사는 병원식으로 하실 거죠? 제가 오늘 아침부터 식사 넣으라고 주문 넣어두겠습니다."

간호사는 말이 끝나기가 무섭게 종종걸음으로 응급실로 들어갔다. 병실로 돌아가자 여전히 잠들어 있는 그가 문 옆의 침대에 누워 있었다. 그가 햇빛 때문이었는지 눈살을 찌푸렸다. 창가로 다가가 커튼을 쳤다. 그리고 엉켜 있는 그의 머리를 손으로 가지런하게 쓸어올려 주었다. 그는 그녀의 감촉을 느끼기라도 한 것처럼 아주 편안한 표정이 되었다. 그런 그에게서 남자를 느꼈다. 자기 인생에 남자는 단 한 사람 밖에 존재하지 않는다고 장혁빈 그 뿐일 거라고 생각했었는데. 남녀 관계란 정말 예측불가능 한 것 같았다. 그가 남자로 보이는 것도 그에게로 마음의 창이 열린 것도 그 어떤 것도 부정하고 싶지 않았다. 바람처럼 지나갈 감정일 거라고 믿고 있었기에. 바람은 붙잡아 가둬둘 수 없다는 걸 이미 인정하고 있었던 탓이리라. 그도 바람처럼 지나갈 것이기에. 그렇다면 굳이 나쁜 인상으로 남고 싶지 않았다. 지나가는 바람은 지나가는 것이라 아름다운 것이리라. 아주 가끔 혁빈이 자신에게 지나가는 바람일까봐 조바심을 낸 적도 있었다. 그러나 그 긴 세월 옆에서 마주 앉은 사람으로 세월을 함께 이고 왔다. 그런데 참 이상한 것이 혁빈에겐 등을 기댄 채 보호받고 싶은 남자로 지금껏 생각되는데 민소담은 보호해줘야 할 것 같은 마음이 된다는 게 이상스러웠다. 누가 봐도 강한 남자로 어필될 것 같은 민소담의 외모나 당당함이 그녀에겐 그렇게 생각되지 않았다. 약한 남자 그래서 보호해주고픈 남자였다. 남동생이 있었더라면 아마 이런 맘을 쉽게 이해할 수 있었을 텐데.

가연은 그의 이마에 송알송알 맺혀 있는 땀을 수건으로 닦아주었다. 그리고 바짝 마른 입술 위에 손수건에 물을 묻혀 올려 놓아주었다. 그가 입맛을 다셨다. 수건을 걷어내고 냉장고에서 물을 꺼내 약간 벌려진 입술 사이로 물을 떠 넣어주었다. 물이 들어간 것을 느꼈는지 그가 입술을 움직이며 물을 삼켰는지 꿀꺽하고 물 넘기는 소리가 들렸다. 그가 또 입술을 열었다. 그 순간 자신도 모르게 그의 입술에 자신의 입술을 살짝 얹었다. 그가 혀끝으로 그녀의 입술을 맛보듯 부드럽게 움직인다. 순간 따뜻함이 느껴졌다. 눈을 감았다. 가연의 가슴에 뭔가 살아서 꿈틀대는 것 같았다. 기분이 묘했다.

키스…… 혁빈과 이런 뜨거운 키스를 해보았던가. 기억이 나지 않는다. 가연은 그의 입술을 오래도록 탐닉하고 있었다. 의식이 없는 그도 움직임 없이 그대로 있었다. 마치 의식이 있는 사람처럼 혀가 뜨겁게 달궈지고 있었다. 달콤했다. 그러나 그 순간 가연의 가슴을 쥐어뜯는 목소리가 있었다.

"가연아. 아무런 느낌이 없어? 무슨 여자가 그렇게 뻣뻣해? 요즘 남자들 어떤지 알아? 요조숙녀하고는 못 살아도 요부하고는 산다구 그러더라. 무슨 말인지 알겠어? 좀 표현 좀 해."

언제나 사랑을 나눈 뒤 그는 볼멘 소리를 그녀의 귀에 굴려 넣었다. 그러나 그건 속삭임이 아닌 자책으로 이어졌다. 사실 그와의 잠자리가 언제나 좋았던 건 아니었다. 그런 절차를 겪어야 한다는 게 싫었다. 사랑의 교감을 그런 식으로 표현하고 주고받는다는 게 수치스럽다는 생각을 떨쳐버릴 수가 없었다. 마치 집 앞에서 시도 때도 없이 교미를 하고 있는 개의 성관계를 떠올리는 거 같아서 싫었다. 그런 게 결혼 생활이라면 굳이 결혼이라는 틀을 만들어 거기에 끼고 싶지 않았다.

"가연아. 넌 오랄 섹스가 무슨 죄의식처럼 생각되는가 본데 그거 역시 사랑의 마음을 표현하는 방법 중의 하나인 거야. 별스럽게 굴지 마. 너하고 잠자리를 하고 나면 난 마치 변태가 된 것 같은 느낌이야. 왜 이런 느낌을 내가 받아야 하는 거지? 응? 넌 그러면서도 싫다고도 안 하는 건 뭐야. 싫으면 싫다고 그래야 할 것 아냐."

그런 그의 얘기를 들으면서도 그냥 바람처럼 지나갈 투정이거니 생각했었다.

가연은 의식 없이 누워 있는 민소담 그의 입술을 통해 모든 나쁜 기억들을 다 녹여낼 수 있었으면 좋겠다고 생각했다. 하성민. 그에 대한 모든 기억을 지워버릴 수만 있다면 제일 먼저 그렇게 하고 싶었다. 신문에서 성폭행에 대한 뉴스를 접하면 자유롭지 못한 것이 다 그 때문이라고 그래서 그를 파멸시켜 버리고 싶다는 강한 충동을 느꼈다. 그럴 때마다 그의 안일하고 편안하게 놓여진 특권 같은 미래에 화가 치밀곤 했다. 그 때문에 다 버릴 수밖에 없었다고 그렇게 원망을 그에게로 쌓으면서 살아왔다. 그 미움 때문에 더 억척스럽게 더 냉정하게 세상을 살아올 수 있었는지도 모른다. 그 때문에. 그러면서도 집을 나온 후 한 번도 자신을 찾지 않는 아버지가 비례해서 미웠다. 진짜 아버지의 자식이 아닐지도 모른다며 스스로를 돌아 세우고 살았다. 그런데도 가슴 한쪽에 아버지와 함께 살았던 그 울타리를 그리워하는 맘을 다스릴 수 없어서 생사를 모르는 엄마를 원망해야 했다. 다 부질없는 일인 줄 알면서도 그렇게 살아온 동안 많은 사람을 가슴속에 묻어두고 있었다.

노크 소리에 놀라 그에게서 떨어졌다. 간호사가 약과 주사를 들고 들어왔다. 의식 없는 그에게 다가가 혈압과 체온을 체크한 뒤 가연에게 돌아서서 검사 결과가 나왔으니 산부인과 제2실 선생님께 가보라고 했다. 담당의가 급한 일로 휴가를 냈다면서. 산부인과1실 앞은 텅비어 있었고 제2실 산부인과 앞엔 많은 사람이 접수처 앞에 있었다. 간호사의 호명을 받고 안으로 들어갔을 때 어디서 본 듯한 얼굴이 정색을 하고 한 참을 아무 말 없이 쳐다보고 있었다. 서로 그렇게 몇 분을 그대로 서 있었다. 그런 상황을 그 쪽에서 먼저 깨트렸다.

"여기서 만나게 되네?"

"오랜만이야. 의사가 되고 싶다더니 결국 의사가 되고 말았구나."

가연의 음성은 떨리고 있었다.

"차트 보고 동명이인인가 싶었는데…… 내 기억 속에서 다 지워진 사람인 줄 알았는데 이름을 보자마자 떠오른 걸 보면 12년의 세월이 짙은 악연의 고리를 끊진 못했나봐?"

그녀의 음성은 몹시 떨리고 있었지만 그것도 잠시 강한 어조로 목소리에 힘을 주어 말을 이어갔다.

"집 나간 뒤 엄마 아빠 걱정시키고 집안 쑥대밭처럼 들쑤셔 놓고 이제 여기서 만나다니…… 반갑다고 해야 하나?"

"…………………………."

그녀였다. 하성미. 언니라고 그녀는 단 한번 불러주지 않았었다. 그러면서도 그녀는 늘 당당했다.

어려서부터 누리며 산 사람과 포기하며 산 사람의 차이라고 생각하게 만든 그녀의 당당함은 여전했다.

"아빠 소식 궁금하지 않아?"

가연은 아무런 대답도 할 수 없었다. 같은 여자 입장이면서도 어떻게 자신을 죄인처럼 다룰 수 있는지 가연은 그녀에게 화가 났다. 엄연히 피해자는 자기라고 당당하게 말하고 싶었다. 가해자이면서도 당당하게 그 집에서 행복을 누리며 산 사람들이 자신에게 무슨 할 말이 있느냐고 소리치고 싶었다. 그래도 그녀가 다행스럽게 자신을 가족으로 인정하고 있었는지 아버지라는 공통어를 쓰며 얘기하고 있었다.

"아버지 지금 병원에 계셔."

"어디가……."

"그래도 그렇게 놀라는 거 보니까 아버지 딸은 맞나 보네?"

"많이 편찮으시니?"

"혈압으로 쓰러지셔서 병원에 실려 가셨는데 신부전증이래."

"뭐?"

"그렇게 놀랄 거 없어. 아직 그렇게 위험하진 않으셔. 앞으로가 문제지……."

두 사람은 더 이상 아무 말도 하지 못했다. 잠시 침묵이 흘렀다. 그때 간호사가 들어왔다.

"선생님. 수술실에서 연락 왔어요. 준비됐다구요."

"알았어요. 곧 올라간다고 해요."

간호사가 나가자 성미는 자세를 고쳐 앉았다. 그리고 근엄 있는 목소리로 차분하고 냉정하게 말했다.

전문용어를 써가며 알아듣지 못하는 말이 절반이 넘었지만 더 묻지 못했다. 단지 더 두고 봐야 한다는 것과 6개월에 한 번씩은 꼭 검사를 받아 보라는 것 그리고 당분간 아일 갖으면 위험하다는 말만은 정확하게 입력이 되고 있었다.

방문을 닫고 나오면서 그녀의 자로 잰 듯한 말투와 행동에 주눅이 들어 있는 자신의 뒷모습을 들킬까봐 빠른 걸음으로 나왔다. 병실로 돌아와보니 그가 깨어 있었다.

"여긴 어떻게……."

그는 가연의 담담한 얼굴에 더 놀라고 있었다.

"그렇게 놀랄 거 없어요. 그쪽 말처럼 필연인가 보죠."

"농담하지 말고요. 어떻게 된 거예요."

"좀 쉬어요. 그건 별로 중요한 거 아니니까. 차차 말할게요. 좀 괜찮아요?"

"네. 속이 좀 울렁거리지만 참을 만해요."

"다행이에요. 살아 있는 당신을 보게 돼서."

가연은 그의 슬퍼지는 눈을 의식하고 명랑하게 말을 이어갔다.

"아까 누워 있는 소담씰 보면서 무슨 생각한 줄 알아요? 그 이불 속에 있는 소담씨 발에 오렌지색 양말이 신겨져 있을까 하는…… 우습죠?"

그는 이불을 걷어 자신의 발을 보았다. 그리고 그녀가 볼 수 있게 이불을 들어 보였다.

"신고 있었네? 하하……."

가연은 소리내어 큰소리로 웃었다. 웃으면서도 그의 안색을 살폈다. 겸연쩍게 그녀의 얼굴을 바라보고 있는 그의 눈빛에서 순진무구함이 묻어져 나왔다.

"왜 그렇게 봐요. 창피하게."

"소담씨 참 귀여운 데가 있어요."

"귀엽다는 말 참 싫어했었는데…… 오늘은 그렇게까지는 아니니

다행이에요. 안 그랬음 화냈을 텐데."

"소담씨 화내는 거 하나도 안 무서워요. 그래도 여기선 내가 선배
라구요. 신참 신고식도 몰라요? 군대 안 갔다 왔나?"

"무슨 소리예요. 이래 봐도 씩씩한 공군 출신이라구요. 그것도 헌병
대대……."

"남자는 군대 경험담으로 밤을 새고 여자는 애기 낳은 애기로 밤을
샌다더니……."

가연은 갑자기 애기 얘기가 나오자 입을 다물고 말았다. 그리고 이
내 촉촉히 눈물이 고였다.

"왜 그래요. 내가 무슨 실수했나요?"

가연은 대답 대신 고개를 흔들었다. 그리고 아랫배에 통증이 와서
잠시 몸을 공처럼 둥글게 말아 궁글리고 엎드렸다. 그 모습을 지켜보
고 있던 그가 몹시 난처해하며 옆으로 다가앉았다.

"괜찮다니까요. 어서 가서 누워요. 참을 만해요."

그는 더 이상 그렇게 있기가 안타까웠는지 자리로 돌아가 반쯤 앉
은 자세로 가연의 움직임을 지켜보았다. 그리고 아무 말 없이 그녀의
통증이 멈추길 기다렸다.

"간호사실에 인터폰 할까요?"

"아니라니까요. 난 괜찮아요. 다 아는 병인 걸요. 이러다 말겠죠."

가연의 구부러진 자세 때문이었는지 하얀 등이 나온다. 그 걸 그가
바라보다가 옆으로 다가가 이불을 덮어준다. 그리고 그녀의 어깨에
손을 얹고 다독거린다. 잠시 두 사람은 말이 없었다. 가연은 그의 따
뜻한 손길을 느끼며 한 남자를 생각한다. 그도 이런 따뜻한 손길을
주었었는지…….

옆에 없다는 이유만으로 그가 그립다. 만나지 못할 사람도 아닌데 마음에 절절한 보고픔으로 무늬가 얼룩진다. 어쩌면 아이의 아빠가 되었을 사람. 그는 자신의 아이가 있었다는 사실도 모르고 있다.

어차피 과거의 시간 안에 갇혀버린 가엾은 아이라면 그가 모르는 게 더 나을지 몰라. 가연은 가슴이 아팠다. 어쩌면 아이와 인연이 닿지 않아서라기보다 엄마 될 자격이 없어서였다고 생각이 들자 엄마를 원망할 자격이 자신에게 있는가 하는 자책마저 들었다.

"무슨 일이에요. 네? 울지 말아요. 가연씰 그렇게 슬프게 하는 게 뭐예요. 네?"

"난 말예요. 남들이 흔히 말하는 재수 없는 여잔가봐요. 어느 것 하나 신은 내 편이 되어주지 않은 걸 보면…… 그렇게 많은 욕심을 내면서 살지도 않았는데…… 다 뺏어 가는 걸 보면……."

"왜 그렇게 자책을 해요. 그러지 말아요. 가연씨. 잠시 시련이 있는 것 뿐이라고 생각해요. 더 큰 걸 얻기 위해서라고 그렇게 생각해봐요."

"내게 더 큰 것이란 없어요. 단지 남들이 하는 것만큼만 욕심 내고 남들이 갖고 사는 것만큼만 갖고 살길 바래요. 아주 평범한 사랑만 그리고 평범한 가정만 꿈꿨어요. 내게 버거운 행복은 아예 욕심조차 내지 않았다구요. 사랑마저도 받는다는 게 내게는 사치였는지 늘 주기만 했어요. 그게 뭐 잘못이었나요?"

"그래요. 실컷 울어요. 그렇게 울고 나면 좀 시원할 거예요."

그는 냉장고에서 물을 꺼내 투명한 컵에 따라와 선 그녀에게 내민다.

"좀 마셔요."

물 컵을 받아들고 잠시 애쓰는 그의 얼굴을 바라본다.

"고마워요. 그래도 이렇게 울고 나니까 좀 시원하네요."

"그런데 왜 나한테 아무 것도 안 물어요?"

"가슴 아픈 건 나만으로도 충분하니까요. 아픈 기억 들춰내서 소담 씨 난처하게 하고 싶지 않아서요. 이거면 설명이 충분한가요?"

그는 잠시 창 밖을 보다가 회색빛 하늘을 본다. 마른 나뭇가지에 흰 눈이 쌓여 눈꽃이 너무 아름답게 펼쳐져 있었다. 또 눈이 올 것 같은 하늘이다.

"사람들은 하기 좋은 말로 그러잖아요. 왜 꼭 죽어야만 했느냐구. 나도 가버린 그 사람에게 그렇게 밖에 말 못했어요. 죽을 각오면 왜 살아갈 각오를 못 하느냐구. 하지만 그건 빗나간 충고란 생각이 들어요 지금은."

"그렇담 그 분을 이해한다는 건가요?"

"글쎄요. 하지만 자살을 해야만 했던 그 심경을 이해한다고 해야 옳겠죠. 그렇다고 자살을 동조한다는 건 절대 아니에요. 자살을 동경하는 건 더더욱 아니구요. 어쩔 수 없어서였다는 거죠. 그 상황에서는 그게 최선이라고 생각했었으니까. 아마 내가 자살을 선택할 수밖에 없었고 그게 최선이었다고 하면 다들 미친 소리라고 할거예요. 하지만 그렇게 말하는 사람들조차 자신들이 그 상황에 처하지 않고 선 어떤 말도 함부로 할 수 없다는 거죠."

그는 목이 타는지 물을 마시고 지는 해를 한참 동안 바라보았다.

"그 사람은 언제나 해질녘이면 노을이 아름답다고 노래를 불렀었어요. 왜, 그 사람이 변산반도 근처의 그 호텔에서 그렇게 생을 마감해야 했었는지 알 것도 같아요. 우리가 만난 지 1000일 된 기념으로 여기 변산에 여행을 왔었어요. 그해 마지막 날이었죠. 해넘이 광경을 보기 위해서 5시간도 넘게 운전을 해 변산반도에 와서 그 많은 인파들에 끼여 해넘이의 장관에 취해 노을을 봤었죠. 그 때의 그 사람표정은 정말 이 세상 사람의 것이 아닌 것 같았어요. 그 사람이 그 때 내게 그런 말을 했었죠. 저 태양은 바다에 침몰하면서도 다시 뜰 것을 알기에 행복할 거라고. 저 바다에 몸을 녹였다가 내일 또 다른 태양으로 뜰 땐 밤사이 다른 성을 가지고 태어날지도 모른다고. 우리가 모르는 비밀이 있을 거라고. 그 땐 그 사람이 왜 그런 말을 했었는지 귀담아 듣지 않았었어요. 내게 소용 있는 말만 듣기 위해 귀를 열어놓았었죠. 그게 후회돼요. 좀 더 그 사람 애길 귀담아 들어줄 걸……."

그가 한 숨을 내쉬면서 가연의 옆으로 다가와 앉았다. 그리고 그녀의 어깨에 기대어 말을 이어갔다.

"그 사람 그렇게 갈 수밖에 없었던 거 이제는 이해해요. 얼마나 많은 시간 혼자서 괴로웠을지. 어쩌면 영원히 모를 수도 있었는데 그 모든 비밀…… 그러나 후회하지 않아요. 아니 솔직하지 못한 말이에요. 사실 내가 왜 그 사람의 과거에 집착을 했었는지 차라리 몰랐으면…… 이제와 후회해도 소용없는 걸 알면서도…… 악몽 같아요."

"그렇게 힘들면서 왜 얘길 하려고 하죠? 굳이 그럴 것까진 없잖아요. 그만 둬요."

"아니에요. 내가 살기 위해서 하는 거예요. 그래요. 가연씨가 가고 난 뒤 난 그 여자를 만났어요. 그 여자는 이미 죽을 각오를 하고 약을 준비해 왔더군요. 탁자에 그걸 올려놓고 얘길 시작했어요. 아니 먼저 내게 보여줄 것이 있다면서 앨범을 내밀었어요. 그 앨범 속에서 내가 본 게 뭔 줄 알아요? 그 사람의 고등학교 졸업사진에서의 단정하게 깎은 남학생의 모습이었어요. 그것만이 아니었어요. 여장을 하고 남자들과 뒤엉켜 찍은 사진들…… 그리고 나를 더 놀라게 한 건 그 사람이 함께 동반자살을 했던 나체의 그 남자가 누구였는지 알아요? 그 사람의 쌍둥이 형이었어요. 나를 만나고 얼마 후 그 사람이 성전환수술을 받았다는 거예요. 어떻게 그런 일이 내게 일어날 수 있는 거죠? 난 단 한번도 그 사람에 대해서 의심해보지 않았어요. 진짜 그 사람은 내게 여자였다구요. 내가 사랑한 사람이…… 내가 죽고 싶었던 건 단지 그 사람이 남자였다는 사실만은 아니었어요. 내가 그 사람을 사랑했고 그 사람도 그럴 거라고 믿었었는데 그게 아니었나봐요. 그 여자가 그러더군요. 자기의 남자가 어느 날 그 사람 얘길 하면서 자기한테는 쌍둥이 동생이 있는데 서로 죽을 만큼 사랑했노라고. 그 사실을 부모님이 아시고 농약을 마시고 자살하였다고. 다 자기 때문이라고. 그래서 동생이 자기 때문에 성전환수술을 받은 거라고. 동성애자로 태어난 건 누구의 잘못도 아니라고 하면서……. 그 여자 역시 그 사람을 누구보다도 사랑하였다고 했어요. 그래서 죽어서라도 그 옆에 가서 사후에는 그 남자의 여자로 살고 싶다고. 그 여자의 자살엔 분명한 이유가 있었어요. 사랑했었고 사랑하기 때문이라는. 그가 없는 세상엔 단 하루도 살아갈 의미가 없다고. 난 말릴 수 없었어요. 그 여자가 먼저 약을 먹었어요. 그리고 욕실로 들어가 구토를 하기 시작했죠. 내가 병원에 연락을 하려 하자 그 여자가 내게 물었어요. 정말 그 사람을 사랑하였느냐고. 트랜스젠더인 그녀를 이해할 수 있느냐고 물었죠. 난 아무런 말도 할 수 없었어요. 자긴 정말 최선을 다해 그 남자를 사랑했노라고. 그 없이 사는 건 한 순간도 지옥이라고…… 그 여자는 남은 약을 내게 내밀었어요. 그리고 너무도 편안하게 욕조 바닥에 누웠어요. 그런 그 여자를 보고 있자니 난 그 사람을 제대로 사랑하지 못한 것 같은 죄책감이 목을 조이는 것 같았어요. 그 사람이 남자였건 여자였건 그게 중요한 건 아니라는 생각이 그 순간 들었어요. 내가 사랑한 건 바로 내 앞에 있던 그 사람이었다는 이유만으로 사랑한 거였다는. 그래요. 그 사람이 나를 위해 한 모든 걸 사랑이라고 믿고 싶었어요. 그래서 약을 먹었어요. 죽어도 좋다고. 그런데 시간이 흐를수록 겁이 났어요. 그래서 전화를 했어요. 살려 달라고! 살고 싶었어요. 난 그 여자의 용기가 부러웠어요. 그 사랑도 부러웠구요. 난 죽을 만큼 그 사람을 사랑하지 않은 걸까요? 아니에요. 아니야…… 하지만 나를 향한 그 사람의 사랑은 결코 의심하지 않아요. 정말이에요. 아직도 나를 고통스럽게 하는 게 무엇인지 확실하게 잡히진 않지만 그 사람의 사랑은 의심하지 않아요. 아니 그러고 싶지 않아요. 하지만 내 사랑은 의심스러워요. 나 스스로 자문해보기도 해요. 정말 그 사람을 사랑했었는가 하구요. 정말 사랑했다면 그 사람의 과거까지도 아무렇지 않게 받아들여야 하는 거 아닌가요? 그 사람 안에 있는 이해할 수 없는 부분까지도 다 받아들여야 하는 거잖아요. 그 사람의 과거에 대해 알게 된 것도 앞으로 그 충격으로 많은 세월 혼자 가슴앓이를 하게 될지라도 그 사람만큼은 아닐 테니까. 이제 내 변명이 이해될까요? 이런 변명조차 구차스럽죠? 어쩌면 난 지금까지보다 더 구차스럽게 살아가야 할지 몰라요. 난, 난……."

가연은 몸을 돌려 그의 떨리는 어깨를 감싸 안았다. 그리고 가슴에 안긴 머리를 쓰다듬었다.

"상처 없는 사람이란 없어요. 누구나 가슴에 아물지 않은 상처를 하나씩은 안고 살아가요. 단지 숨기고 드러내지 않을 뿐이죠."

"난 아마 그 사람에게 영원히 용서받지 못할 거예요."

"그렇지 않아요. 사랑으로 용서되지 않을 일이란 없는 걸요."

그가 가연의 품속으로 더 깊이 파고들었다. 그 때 노크 소리가 났다. 자세를 바로 하고 대답을 하자 간호사가 들어왔다.

"민소담 씨. 과장님실에 가보세요. 형사가 찾으세요. 조서를 꾸며야한다고 하던데 괜찮으시겠어요?"

그는 긴장된 얼굴로 간호사를 따라 나갔다. 그가 나간 자리엔 삶에 찌든 곰팡내가 나는 것 같았다.

바람이 분다. 창문을 흔드는 세찬 바람이 을씨년스럽다. 눈이 또 흩날린다. 간호사가 약을 가지고 들어와 창가에 서 있는 그녀에게 말을 건넸다. 여긴 바다가 가까워서 눈이 시도 때도 없이 내린다고 묻지도 않은 얘길 하고 나갔다. 바다가 가깝다는 소릴 듣자 병원을 탈출해 바다로 뛰어가고 싶었다. 오늘도 혁빈에게선 아무런 연락이 없었다. 가연은 그가 돌아오면 어떤 얼굴을 맞이할 것인가를 생각하며 잠시 머리가 복잡해졌다. 한 시간쯤 지났을 때 민소담이 돌아왔다. 그는 어두운 얼굴로 가연의 얼굴을 피한 채 침대에 돌아누웠다. 그의 아픔은 이제 시작일지 모른다. 그 동안 모르고 살았던 고뇌가 한꺼번에 물밀 듯이 밀려들지도 모를 일이다. 그러나 그 혼자 감당해야 할 몫인 것이다. 가연은 그의 돌아누운 등을 다독거려 주고 싶었다. 하지만 다가가면 빠져나올 수 없는 깊은 늪에 발이 걸려 버릴 것 같아 그대로 서있었었다. 그녀는 핸드백에서 뭔가를 꺼냈다. 그리고 그를 불렀다.

"이거 받아요. 좀 기분이 나아질지 몰라요. 어서요."

그가 침울한 얼굴을 돌려 그녀의 얼굴을 보았다. 그리고 의외라는 눈빛이다. 그녀가 내민 것은 불이 붙어 있는 담배였다. 가느다란 담배 필터에 그녀의 입술에서 묻어 나온 브라운계통의 립스틱이 자욱나 있었다.

"담배 해요?"

"그 날 소담씨에게서 배운 거예요. 그렇게 나쁘진 않던데요? 늦게 배운 도적질 밤새는 지도 모른다죠?"

"새삼스레 무슨 유익한 거라고 담배를 배워요. 건강도 안 좋은 거 같은데."

"사돈 남 말하시네요."

그가 웃었다. 도톰한 입술이 화사한 목련꽃처럼 활짝 벌어져 웃고 있었다. 그 때 버스에서 처음 그를 만났을 때 풍겼던 향이 생각났다. 이제는 병원냄새가 배어버린 그의 뺨에서 잃어버린 그의 향기를 찾아 주고 싶었다.

"이거 받아요. 선물이에요."

"뭐예요?"

"뜯어봐요. 스킨은 내가 먼저 개봉했는데 괜찮죠?"

그는 화장품을 받아들고 잠시 말이 없다. 말이 없는 그를 타인처럼 쳐다보는 그녀의 맘이 저려온다.

허허로운 벌판에 혼자 서 있는 그, 그런 그를 보면서 빨리 봄이 왔으면 좋겠다고 생각했다. 아픔이 크면 클수록 그의 외로움도 눈사람처럼 커 갈 것을 생각하니 더 그의 등이 시려 보였다. 그런 그녀의 마음을 읽기라도 한 것처럼 그는 화장실로 들어가 세수를 하고 나와 꺼 뭇꺼뭇 자란 수염을 몇 번 문지르더니 스킨을 손바닥에 따라 향을 음미하는 듯 하더니 뺨에 발랐다.

"어떻게…… 이 향을 좋아하시는가봐요."

"내 남자가 좋아하는 향이거든요. 그래서 그런지 나도 이 향을 좋아하게 됐어요."

그는 가연의 얘길 듣고 있다가 다시 슬픈 눈빛으로 준비도 안 된 채 비를 맞은 얼굴이 되었다.

"이 향기에 선택된 남자라고 하면서 내게 그 사람이 그러더군요. 그 땐 그렇게 생각했어요. 참 향기에 민감한 여자구나, 라고. 내 여잔 뭔가 특별한 데가 있다고. 그래서 그 여자 아니 그 사람이 더 편했는지도 몰라요. 남자의 마음을 너무 잘 헤아려주는 그 사람의 그런 배려 때문에 더 사랑했었는지도 모릅니다. 아니요. 난 정말 그 사람이 너무 편했어요. 설명이 필요하지 않은 일들이 많았거든요. 그걸 이해라고 받아들였어요. 나도 어느 순간 그 사람에게서 놓여날 수 있을까요? 아주 담담하게 옛일을 얘기하듯이 할 수 있을까요. 예전에 아주 예전에 너무 너무 아픈 기억들이 있었다고. 그런데 그 아픈 기억들이 추억이 될 줄 몰랐다고……"

그가 바라는 대로 될 수 있을지 그녀 역시 미심쩍었다. 상처는 오랜 시간이 흘러도 상처일 수밖에 없다고 말해주고 싶었다. 그러나 그의 젖은 눈을 바라보고 있자니 입술이 붙어버렸다. 건드리지 않아도 충분히 곪은 상처를 안고 살아야 하는 가엾은 사람이었음에.

"소담씨. 우리 퇴원하면 바다 보러 갈래요? 지는 해가 아닌 떠오르는 태양을 보기 위해서?"

그는 그녀의 힘이 들어간 목소리에 무게를 느꼈는지 고개를 끄덕였다. 두 사람은 창 밖의 많은 오가는 사람들을 말없이 지켜보았다.

5

예감
豫感

서울로 돌아온 지 사흘째다. 그에게선 아무런 연락도 없었고 메시지도 없는 녹음은 뚜- 하고 돌아가고 있었다. 누군가 하루에도 몇 번씩 전화를 했었으나 이내 끊어버리고 말았다. 누구였을까. 혹 혁빈은 아니었을까?

일 주일만에 돌아온 사무실엔 서류가 산더미처럼 밀려 있었다.

"하 대리. 이번 일 하 대리가 아니면 안 되겠다면서 진미화장품 홍보실장이 다녀갔어. 책상 위에 있는 서류 보면 대강 알 수 있을 거야. 컨셉이 단순하지만 그렇게 쉽진 않을 거야. 우리 과 카피라이터들 명함도 못 내밀게 하니 그렇게 혼자만 뛰어가지 말라구. 숨차서 못 따라가겠어."

정중한 것 같지만 그 말뜻에 빈정거림이 있음을 가연이 모를 리가 없었다. 사실 카피라이터라는 일을 하고 있긴 하지만 진짜하고 싶은 건 드라마 작가가 되는 게 꿈이었다. 홍보실에서 사보기자 활동을 하다가 우연찮게 하게 된 카피라이터의 광고가 뜨기 시작하면서 본인 의사와는 상관없이 회사에서 발령을 낸 대로 자리를 옮겨 앉아 이 일을 3년째 하고 있는 것이다. 그런데 이 일에 흥미를 못 느끼고 있는데도 손을 못 놓고 있는 건 맡은 일마다 광고가 뜨고 있으니 하기 싫어도 발이 묶여버린 거다. 화장품 컨셉은 여름을 겨냥한 남성화장품이었다. 이것저것 자료를 살펴보고 콘티를 보자 머리 속을 번개처럼 스치는 게 있었다. 바닷가에서 민소담 그가 한 말 때문이었다.

"나도 때론 그가 되어 그 사람의 고뇌를 헤아려 보고 싶어요. 이해라는 것도 한계가 있잖아요."

그 깊어지기만 하던 눈 안으로 걸어 들어가 그 작은 바다에 풍덩하고 빠지고 싶었다. 그 순간 솔직히 그 사람의 색다른 맛에 길들여지고 싶었다. 가연은 책상 위에 놓여진 메모판에 생각나는 데로 긁적거렸다. 다른 날은 컴퓨터 자판기를 두드리는 일이 그녀에게 더 편한 일상이었지만 오늘은 누군가에게 편지를 쓰고 싶은 강한 충동 때문이었을 것이다. 그 누군가가 정확히 민소담이라는 사실을 자인하면서도 그렇게 그에게로 향하는 마음을 드러내놓는다는 게 석연치 않았다. 묘한 이끌림이 싫었다. 분명하지 않은 느낌이 부담스러웠다. 자신도 모르게 쓰여진 이름석자 그것도 장혁빈이 아닌 다른 남자를 가슴에 잠시라도 담아 놓은 게 혁빈에게 미안했다. 그로부터 자유롭지 못한 건 단지 사랑하기 때문이라고 말하기엔 솔직하지 못한 대답이었다. 자신 안에 꿈틀대는 비밀이 만삭이 되어 세상 밖으로 나오려고 안간힘을 쓰고 있기라도 한 것처럼 언젠가는 혁빈에게 스스로 고백을 해야 하는 건 아닌가 하는 생각이 들었다. 그러면서도 그토록 괴로워하던 민소담의 얼굴이 아른거렸다. 그 감당되지 않는 슬픔의 그림자를 그 사람에게도 건네주는 건 더 못할 짓 같다는 생각이 들었다. 그저 지금까지 몰랐던 건 영원히 몰라도 상관없지 않느냐고. 아니 사랑의 한계를 어디까지라고 선을 그어야 할지 혼란스러웠다. 민소담의 말처럼 과거까지도 받아들여야 하는 게 사랑이라면 상대에게 가중되는 사랑의 무게가 너무 버겁진 않은 건지. 모르는 건 모르는 채 넘어가는 게 현명할 지 모른다고.

오전 내내 안부를 묻는 전화가 왔었고 점심시간엔 뜻밖의 전화가 그녀를 당황하게 했다.

"저 모르시겠어요? 김창섭입니다."

미리의 남편이었다. 그는 평소와는 다르게 목소리가 많이 가라앉아 있었다. 마치 난파선처럼.

"무슨 일로……"

느낌이 이상했다. 뭔가 심상치 않은 일이 벌어지고 있음을 여자의 직감으로 감지할 수 있었다. 그러면서도 또 이혼하고 싶다고 집을 나간 그녀를 찾는데 도움을 청하는 그런 일이길 바래 본다.

"아직 모르시는 거 같군요."

"무슨 말씀이세요?"

"이렇게 전화상으로는 곤란합니다. 만나뵙고 말씀 드리겠습니다."

그가 회사 앞으로 와 전화를 하겠다고 했고 그 기다리는 시간 내내 숨조차 쉴 수 없을 만큼 긴장되었다. 그러나 오후가 되도록 미리의 남편에게선 전화가 없었다. 퇴근하려다 말고 미리 집에 전화를 넣었으나 여전히 기계음만 돌아갈 뿐이었다. 기계가 사람 대신 가정을 지키는 세상이 되어버린 것 같았다.

퇴근을 하려는데 전화벨이 울려서 긴장된 마음을 풀지 못하고 떨리는 음성으로 전화를 받았다.

"무슨 일 있어요? 목소리가 왜 그래요?"

그였다. 민소담의 목소리가 예전처럼 밝게 개여 있었다.

"목소리가 밝네요? 다행이에요."

"저 뭘 좀 전해 줄려고 사무실 근처에 왔는데 내려올래요?"

"뭔데요?"

"그렇게 시간 낭비하지 말고 어서 내려와요. 나두 바쁜 사람이라구요."

그는 가연을 발견하고 손을 흔들어 보였다. 그에게로 다가가자 익숙한 향이 그를 낯설지 않게 했다.

"어서 앉아요. 그렇게 보고 있지 말구."

"머리 염색했네요?"

"어때요? 왜 이상해요?"

"글쎄요. 뭐라고 설명해야 할지 모르겠네요. 하지만 어울리는 거 같아요."

"다행이네요. 어울린다니. 여자는 마음의 변화가 있을 때마다 헤어스타일을 바꾼다죠?"

"그럼 소담씨의 헤어스타일도 그런 맥락인가요?"

"딱히 그런 건 아니지만 지금까지와는 다르게 살고 싶은 건 사실이에요."

"너무 변하려고 애 쓰진 말아요."

"하지만 지금처럼은 너무 숨막혀요."

가연은 그의 몸부림을 보는 것만으로도 충분히 그의 요즘 생활을 짐작할 수 있을 것 같았다.

"이거 받아요."

그가 탁자 위에 올려놓은 건 핸드폰이었다. 아주 작은 흰색의 폴더형이 장난감처럼 한 손 안에 꼭 쥐어졌다.

"왜 이걸 나한테……"

"거절하지 말아요. 아무 때고 내 얘길 들어 줄 누군가가 필요해요. 아니 아무나……는 아니에요. 가연씨가 내 얘길 들어줬으면 좋겠어요. 다시 누군가에게 내 얘길 그렇게 다 할 수 있을지 아직은 자신이 없지만. 시간이 흐르면 그것도 가능해질 수도 있을 테죠. 세월이 약이라는 말 한 번 믿어보려구요."

"내가 무슨 도움이 될 수 있을지……."

가연은 말끝을 흐렸다. 왠지 그를 무작정 돕고 싶었음이 솔직한 심경이었으니까.

"가연씨에게 부담이 될지도 모른다는 생각은 했어요. 하지만 지금은 나 말고는 그 누구도 배려할 마음의 여유가 없거든요. 그냥 내가 전화를 했을 때 내 옆에 누군가가 있다는 위안만으로도 제겐 큰 힘이 될 것 같아요. 그저 내 얘길 들어주기만 하면 되는데 너무 무리한 부탁인가요?"

기어 들어가는 그의 목소리 때문이었을까 그녀의 머리 속에 비 맞은 강아지가 떠올랐다. 오들오들 떨고 있는 가없은 강아지. 주인을 잃은 그래서 의지할 곳을 찾아 헤매다가 어느 집 처마 밑에서 떨고 있는. 차마 그 가없은 강아지를 내쫓기까지 할 냉정함이 없었다.

"그래요. 소담씨한테 뭔가 해줄 수 있는 게 있다니 기쁘네요."

"정말 고마워요. 가연씬 첫 인상처럼 따뜻한 사람이에요. 고즈넉한 저녁에 만취해서 찾아가도 박대하지 않을 것 같은 맘 좋은 누이 같은 사람."

"그렇다고 정말 취해서 찾아오진 말아요. 술기운을 빌려서 순간 순간을 살아가는 사람은 싫으니까."

두 사람은 오래된 연인처럼 서로를 걱정하고 있었다.

"이건 내 핸드폰 번호예요. 전화 할 일은 없겠지만 그래도 한 번 정도는 해주지 않을까 기대하면서 사는 것도 괜찮을 테니까. 뭔가를 기다리며 사는 거…… 이번 일 겪기 전까진 정말 사람이 사는데 얼마나 필요한 일인지 몰랐었어요. 기다릴 무엇이 없다는 게 사람을 얼마나 지치게 하고 허망하게 하는지……."

"모든 걸 그렇게 비관적으로 생각하지 말아요."

"나도 그럴 수 있었으면 좋겠어요. 다시는 핸드폰 할 일도 받을 일도 만들지 않을 줄 알았어요. 전에 그 사람이 내 핸드폰 때문에 스트레스 많이 받았었거든요. 사실 명랑한 성격 때문에 여자들한테 인기가 많았었어요. 그래서 오빠 오빠 하면서 따라다닌 여자들 때문에 그 사람 속 많이 상하게 했었어요. 그 사람 혼자서 텅 빈 방 지키게 해놓고 여자들하고 밤새고 놀기가 일쑤였는데. 아마 그 사람 나 기다리는 거 물리고 질렸을 거예요. 많이 기다리게 했어요. 나 때문에 그 사람 많이 외로웠을 거예요. 지금 생각하면 그 땐 왜 그렇게 살았는지 모르겠어요. 이젠 다 소용없는 일이 되어버렸지만 후회마저도 내겐 과분한 일이 될지 몰라요."

정말 그는 많이 후회하고 있는 것 같았다. 담배가 재떨이에 수북히 쌓였다. 그는 또 담배에 불을 붙이고 길게 한 모금 빨아들였다. 가연은 그가 내뿜는 담배연기 아래로 검은 구두가 반짝거리는 걸 보고 있었다. 사실 그가 또 오렌지색 양말을 신고 있을까 궁금했는지도 모른다. 그러나 그는 회색에 체크무늬가 있는 양말을 신고 있었다. 양복색과 잘 어울리는 매치였다. 두 사람은 저녁을 함께 하기 위해 밖으로 나왔다. 그녀는 배고파 보이는 그를 그냥 보낼 수가 없었다. 음식점이 즐비한 거리를 사람들과 어깨를 마주하고 나란히 걸었다. 바람이 차가웠다. 겨울 바람이라서라기보다 봄을 기다리는 마음이 간절한만큼 더 싸늘하게 느껴졌다. 그가 코트를 벗어 그녀의 어깨 위에 걸쳐주었다. 그녀는 그의 그런 친절을 물리치지 않고 받아들였다. 마주앉아 있을 땐 몰랐는데 그의 키가 그렇게 큰지 몰랐었다.

바다에 같이 갔을 때도 한 걸음 뒤에서 걸었었기 때문에 그의 어깨가 그렇게 높은 줄 몰랐었다. 그의 큰 키 때문에 그녀의 키가 자그마하게 느껴졌다. 혁빈은 함께 걸을 때면 언제나 그녀의 키가 커서 무엇보다 마음에 든다고 입버릇처럼 말했었다. 2세 걱정은 안 해도 되겠다면서. 아이는 선천적으로 자신을 닮았더라면 뱃속에서도 다른 태아보다도 컸을까? 가연은 자신도 모르게 아랫배에 손을 대본다.

"왜요? 배 아파요?"

"아니에요."

"난 또 저녁 먹는 거 다 틀린 줄 알았잖아요."

그는 정말 긴장한 말투다. 두 사람은 먹자골목으로 접어들었고 누구도 무얼 먹자고 먼저 말하지 않았는데 철판구이집 안으로 들어서고 있었다. 두 사람은 서로를 쳐다보고 피식 웃었다. 아마 누가 먼저 말을 꺼냈더라면 천생연분이네요 라고 말하였을지도 모른다. 그걸 느꼈기에 서로 말을 아꼈는지도 모른다. 두 사람은 시끌벅적한 사람들 틈에 끼어서 저녁을 먹는 내내 아무 말도 하지 않았다. 저녁을 먹은 후 그가 굳이 커피를 사겠다며 커피 전문점으로 들어갔다. 그의 뒤를 따라 들어간 곳은 언젠가 한 번 와본 적이 있는 곳이었다. 물론 혁빈과 함께였다. 발렌타인데이였었다. 그가 초콜릿을 한 바구니 가득 들고 나타났다.

"이거 봐. 나 인기 많지? 방사선과 선생들이 몇인 줄 알아? 그런데 나만 받았다구. 알아?"

"다 기혼인가부지 뭐."

"무슨 그런 섭섭한 소릴 하구 그래. 우리 과 특명이 뭔 줄 알아? 비혼의 방이라구."

"비혼?"

"그래. 비혼(非婚). 결혼을 안 한 사람들을 비혼이라고 하고 결혼을 못한 사람들을 미혼이라고 한다구."

"그게 그거지 뭐. 뭐가 달라요? 엎어치나 매치나지 뭐."

"아니지. 엄연히 차별을 두어야 하는 거야. 못하는 것과 안 하는 건 하늘과 땅 차이니까."

"이어령 비어령이지 뭐."

"아니라니까."

아무 일도 아닌 그런 실랑이를 하다가 두 사람은 커피도 마시지 못하고 나오고 말았다. 그의 그런 작은 것에도 의미를 두는 성격 때문에 항상 지고 마는 건 그녀 쪽이었다.

"또 혼자 무슨 생각을 그렇게 해요."

"소담씬 항상 내가 생각을 할 때만 말 걸면서 그래요."

"네?"

두 사람은 호탕하게 웃었다. 이제는 그의 함박웃음이 자연스럽게

입가에 걸렸다. 그러면서도 다 개이지 않은 하늘처럼 먹구름이 보이
긴 했다. 하기야 그렇게 쉽게 치유될 수 있는 상처는 아닐 테지.

커피숍을 나오면서 그녀는 그의 구겨진 와이셔츠 칼라를 손으로
만져주었다. 수줍게 그가 웃었다. 그가 들릴락 말락한 소리로 말했다.

"가연씨한테 정 들까봐 겁이 나요. 사랑보다 무서운 게 정이라고
하잖아요."

"그거 지금 썰렁개그 한 거예요.?"

그가 말없이 고개를 숙인다. 부정도 긍정도 안 하고 있지만 그녀
역시 그에게로 향하는 마음을 정이라고 말하고 싶었다. 그의 걸어가
는 모습이 또 외로워 보인다. 그런 만큼 그림자도 길게 늘어져 있다.

터벅 터벅 끝없는 사막을 걸어가는 낙타처럼. 그러나 낙타는 강하
다. 오아시스가 보일 때까진 지치고 지쳐도 걸음을 멈추지 않는다. 힘
들어도 힘들다고 소리내지 않고 낙타의 등에 짊어진 짐조차 버겁다고
벗어 던지지 않고 터벅 터벅 걸어간다. 한 번 주저앉지 않고 물이 있
는 곳을 상상 속에 그리면서 오아시스를 찾아 떠난다. 그도 사는 일
에 지치지 말았으면 좋겠다고 생각했다. 그가 헤어지면서 악수를 청
했다. 마주 잡은 손이 너무 따뜻했다. 가연은 속으로 속으로 빌었다.
손의 온기처럼 그의 마음도 모닥불처럼 뜨거워져 어느 순간 사랑하는
사람을 다시 만날 수 있길. 그가 사랑을 믿는 마음이 크면 클수록 사
랑을 다시 시작하기란 쉽지 않을지 모른다. 그러나 포기하지 말았으
면 좋겠다고 생각했다.

그가 돌아서서 정중하게 인사를 했다. 그녀도 그처럼 인사를 했다.
그러나 마지막 인사가 될 수 없음을 두 사람 모두 인정하고 있었다.
그가 다시 발길을 멈추고 돌아서서 핸드폰을 높이 들고 흔들었다.

그게 무슨 말인지 가연은 알고 있다. 그러나 그가 바라는 일이 일어날지 알 수 없는 일이다.

6

마음의 거리

　울리지 않는 핸드폰을 가지고 있다는 것도 마음의 짐이 될 줄 그 전엔 몰랐었다. 그 흔한 핸드폰 하나 없느냐구 미리가 답답한 심경을 토로할 때도 별스럽다고 생각했었다. 요즘은 핸드폰이 필수품이라는 거 모르냐면서 장만할 것을 종용했었지만 별 필요성을 느끼지 못해서 구입하지 않았었다. 그런데 생각도 안 한 선물을 받아 놓고 울리지 않는 전화기를 옆에 끼고 사는 것이 부담스럽게 생각되었다. 신경을 끄고 없는 물건이거니 하고 있으려고 해도 울릴까봐 아니 울려도 모를까봐 자꾸 확인하게 되었다. 습관처럼. 민소담 그가 핸드폰을 처음한 것은 늦은 밤이었다. 술을 많이 마신 듯한 축축한 음성으로 잠이 안 와요. 음악을 들으려는데 그 사람이 좋아하던 음악만 CD케이스에 꽂혀 있더군요. 한 번 들어볼래요? 그리고 음악만이 흐르는 핸드폰을 들고 그대로 잠이 들었다. 그도 그녀도.

그가 선물한 핸드폰으로 처음 전화를 한 곳은 혜민병원이었다. 혁빈에게서 연락이 왔을까 해서 전화를 했었는데 벌써 몇 주째 아무 연락이 없다. 분명 무슨 일이 그에게 일어났음이 틀림없다. 혼자서 아무 말 없이 여행을 떠나긴 했어도 이렇게 오래 그녀를 기다리게 한 일은 없었다. 그의 핸드폰은 언제나 꺼져 있었기 때문에 소리샘으로 연락을 남겨놓는 건 그녀의 몫이었다. 그는 언제나 자기가 필요할 때만 전화기를 켜 두었었다. 그래도 투정 한 번 부리지 않았었다. 그런데 이번만큼은 달랐다. 연락이 되지 않는 것도 문제였지만 발신인도 없는 편지 한 통 때문에 그를 목말라해야만 하는 가연의 마음은 속병으로 다 닳아 버릴 것만 같았다. 그 속을 아는지 모르는지 그는 너무 오래 그녀를 방치해 두고 있는 것이다. 며칠동안 민소담에게선 아무런 연락도 없었다. 핸드폰도 시세말로 캔디폰이 되어 울리지 않고 있었다.

　　가연은 달력을 한 장 넘겼다. 12월의 마지막 주였다. 다음달의 경조사를 먼저 헤아려놓기 위해서였다. 수첩에 미리 한 달 계획을 세워 경사가 있는 날은 빨간 훌라후프를 끼워놓고 직장 동료의 생일은 녹색 훌라후프를 숫자에 끼워넣는 것이다. 사회생활을 함에 있어 실수를 줄이기 위한 자신만의 노하우였다.

　　아침부터 아랫배가 묵직한 것이 생리통이 있을 것 같았다. 진통제를 한 알 입에 넣고 질경질경 씹어 삼켰다. 싸한 맛이 혀끝에 고였다. 물을 마시고 어제 작업하다 만 것을 챙겨 들고 화장실로 들어갔다. 새벽 내 화장품 콘티를 잡고 씨름을 했었는데 별 성과가 없었다. 자기만의 반짝 아이디어가 이젠 에너지를 다 소멸해 버렸는지 흐릿하게 빛이 사라지고 있는 것 같았다.

'이젠 이 일 그만두고 싶어. 내가 하고 싶은 드라마 극본 공부나 다시 시작해 볼까?'

　작년 이맘때쯤이었을 거다. 회사에서 스트레스를 엄청 받고 있을 때였다. 모 방송에서 자막으로 처리되어 화면 밑으로 12기 작가지망생을 모십니다. 여의도…… 그 때 아무 생각 없이 그저 드라마작가가 되고 싶다는 욕망으로 접수를 해버렸다. 그리고 일주일에 세 번 수업을 들었다. 그런데 직장생활을 하면서 눈치 봐가며 공부를 한다는 게 그렇게 쉬운 일은 아니었다. 첫 수업에서 왜 드라마작가가 되고 싶으냐는 질문에 단 한 번 뿐인 인생이니 너무 아쉬운 게 많다고 그래서 이런 저런 인생을 다 표현하고 싶어서라고 대답을 했었다. 그러나 사실 그게 솔직한 대답이 아니었다. 그리고 꼭 공부하고 싶은 이유가 아니었다. 진실을 왜곡해서 사실처럼 말을 했을 뿐. 사실은 그게 아니었다. 진짜 이유는 엄마가 살아 있다면 어디에서고 예전처럼 드라마를 즐겨볼 엄마에게 꼭 하고 싶었던 말을 연기자를 통해 대신 하는 거였다. 사람의 입맛이 변하듯이 엄마의 취향도 변했을지 모른다. 그러나 가연이 알고 있는 엄마는 TV 앞에 앉아 애국가가 끝날 때까지 보았었다. 그게 엄마의 유일한 낙처럼 생각되었으니까. 그 유일한 을 범벅할 수 있었던 게 있었다면 그건 오빠였다. 오빠를 바라보는 시선은 세상 누구보다도 따뜻하고 아름다운 모습이었다. 그걸 사람들은 모성이라고 말한다. 그러나 모성이라는 절대적인 감정도 상대를 따라 상대적일 수 있다는 것이 지금도 이해되어지질 않는 것 중의 하나이다. 그래서 자신도 엄마가 되어 느껴 보리라고. 그 때 가서 엄마를 이해할 수 있었음 좋겠다고 수없이 되뇌였었다. 지금 생각해봐도 엄마의 모성은 오빠에게만 국한된 것이었다. 오빠가 유치원에 입학한

지 일주일쯤 되었을 때의 일이다. 그 때도 가연은 오빠의 유치원가는 뒷모습을 보며

"오빠 빨리 와야 돼. 나 심심해. 오빠 빨리 와!"

소릴 지르며 눈물이 범벅이 될 정도로 울었다.

자길 떼어놓고 가는 오빠의 모습이 보이지 않을 때까지 바라보고 있어야 하는 게 얼마나 서러웠는지 모른다. 서러웠던 기억은 그것뿐이 아니었다. 오빠는 갖고 싶은 것이 있으면 우렁차게 울고 때를 썼다. 그러면 엄마는 타이르다가도 오빠를 안아주면서 그래 사줄게 하셨다. 그 때도 오빠의 눈물은 모든 걸 다 가질 수 있는 무기가 되었었다. 그런데 아무리 울어도 엄마는 가연의 요구사항을 들어주지 않았다. 눈물의 대답은 언제나 회초리였다. 그 아픈 기억이 지워지지 않은 채 세월을 함께 넘고 있었다. 그림자처럼 따라다니다가 지치면 언제고 꼬리 연처럼 떨어져 나갈 때가 있을까.

가연은 바쁘게 사느라 또 잊고 있던 작가가 되고 싶은 꿈을 잠시 꺼내본다. 그러나 이내 접어야 한다는 걸 알고 있어서였을까 입맛이 씁쓸했다. 혁빈은 꿈을 꺾어야 할 때마다 그랬었다.

"바쁘다는 건 핑계에 불과해. 정말 하고 싶으면 해봐. 경험을 쌓는다고 생각하고 드라마극본 써 놓은 거 옷장 속에 넣어두지만 말고 보내봐. 요즘 MBC인가 KBS에서 3월말까지 드라마극본 공모하는 거 같은데 거기 보내봐."

혁빈의 그런 말투가 좀 섭섭했지만 그래도 채찍은 되었었다. 몇 년 전엔 방송대학 원서를 사 와서 국문학과 3학년에 편입하라고 해서 다시 공부를 시작하기도 했었다. 그러나 직장생활과 학교 공부를 병행하는 데는 무리수가 따랐다. 채 2학기도 못 마치고 휴학을 해야 했다.

가연은 지갑에서 방송대학 학생증을 꺼내 보았다. 학번199810-070018 국어국문학과 하가연.

'다시 등록해볼까? 이번엔 포기하지 말고 끝까지 해볼까?'

2월초에 재등록이 있을 텐데. 가연은 인터넷에 들어가 클릭했다. 그리고 학번을 입력시키고 암호를 넣자 홈페이지가 열렸다. 게시판에 들어가자 많은 학생들이 글을 올려놓고 있었다. 올려놓은 글을 읽다 보니 아는 이름이 나왔다. 함께 공부했던 성북구의 스터디그룹 회원이었다. 이번에 졸업을 한다며 여러 학우에게 메시지를 띄우고 있었다. 다시 빠져나와 회사 홈페이지로 들어갔다. 홍보실에 밤새 만든 새 문구를 올려놓고 침대에 누웠다. 음악을 크게 틀어놓고 큰소리로 노래를 따라 불렀다.

그 때 핸드폰이 울렸다. 민소담일 것이 분명했다. 핸드폰 번호를 아는 사람은 그 뿐이었으니까.

"네."

"나 어떻게 지내나 궁금하지 않았어요? 전화 한 통 해주는 게 그렇게 힘들어요?"

"소담씨. 나 오늘 그렇게 농담 받아들일 기분 아니에요."

"우울해요?"

"우울? 침울하다고 해야 더 정확하죠."

"누가 표현으로 말하는 사람 아니랄까봐 또 질책이에요?"

"아무튼 소담씨의 밝은 목소리 들으니 좋긴 좋네?"

"무슨 일 있는 건 아니죠?"

"꼭 무슨 일 있으면 하고 바라는 사람 같네?"

"어떻게 내 맘을 읽었어요?"

그는 제 페이스를 찾아가는 거 같았다. 제자리를 찾아가는 것만큼 사는 동안 중요한 일이 또 있을까. 제자리를 찾아 안주하는 일 만큼 삶의 보람이 되는 일은 없을 것 같았다. 아직도 삶의 터널 안으로 들어가지 못하고 배회하는 영혼들 속에 혁빈과 함께 나란히 서 있는 자신의 모습을 보는 것 같다.

요즘은 그렇게 산다. 사는 것도 아닌 살아 있는 것도 아닌 듯 그렇게 세상 밖으로 밀려난 영혼 같다. 그래서 어쩌면 민소담의 말처럼 무슨 일이라도 있었으면 하고 방정맞은 생각을 해본다. 그 무슨 일 안에는 자신이 할 수 있는 일이 있을 것 같다. 아니 꼭 필요한 일이 있을 것만 같다.

"또 내 전화 받으면서도 딴 생각하고 있죠, 지금."

그는 어느새 자신을 다 알아버린 것 같다. 이렇게 누군가에게 편하게 노출된다는 것과 그 노출이 싫지 않다는 건 무엇을 뜻함인가.

"지금 내가 그 쪽으로 갈 테니까 콘서트 보러 가지 않을래요? 티켓이 생겼거든요."

"혹시 티켓이 생긴 것이 아니라 맘먹고 구입한 거 아니에요?"

"어? 어떻게 알았지? 들켜 버렸네."

그가 큰소리로 웃었다. 그녀도 따라 웃었다. 어쩌면 그렇게 다가오는 그를 밀쳐내지 못 하는 건 그냥 아무 것도 안 하고 있으면 불안해서일지도 모른다. 어둔 밤 먹구름 뒤에 뭔가 숨어 있을 것 같은. 어차피 아무 것도 보이지 않지만 먹구름 때문이라고 아니 지금은 밤이라서 라고 핑계를 대고 싶었는지도 모른다. 아니 어떤 것이든 기대어 있어야 할 것 같은 심경이다. 민소담 그가 지금 그런 때 하필 옆에 있는 거라고 그렇게 이유를 대본다. 그를 따라 걸으면서 새삼 주위사람들을 의식하고 있는 자신을 느껴본다. 뭔가 이상했다. 그랬다. 그와 만나면서 의식하지 못했던 나이차이가 이제 와서 새삼스럽게 의식 속으로 걸어 들어온 건 왜일까. 그런 생각을 하고 있는 데 그가 손을 잡았다. 아주 따뜻했다.

"무슨 여자 손이 이렇게 차요? 네?"

"......................."

그가 대답을 못하는 그녀를 걸음을 멈추고 가로등에 의지해 표정을 살폈다. 고개를 숙이고 잠시 떨리는 가슴을 들킬까봐 긴 한숨을 내쉰다. 잡힌 손을 살짝 빼려 하자 그가 더 세게 잡았다. 순간 이러지 말아요. 지금 뭐 하는 거예요. 내가 그렇게 쉽게 보여요? 아님 나한테 뭘 바라는 거죠? 우린 아무런 관계도 아니에요. 아무런 사이도 아니어야 해요! 라고 가슴속에서 거친 파도처럼 출렁거렸다. 그러나 입 밖으로 쏟아낼 수가 없었다. 자신 안에서 걷잡을 수 없이 회오리치는 감정의 돌파구를 어떻게 피해 가야 좋을지 난감했다. 혼자만의 감정일지 모른다고. 그래서 더더욱 우스운 꼴은 되지 말아야 한다고 생각했다. 그는 단순하게 친구의 손을 잡았을 뿐이다. 친구가 되어달라고 그가 편하게 말했을 뿐이고 그러마고 마음의 문을 열었을 뿐이다. 이건 혼자만의 감정이라고 그래서 들켜선 안 된다고. 그가 이런 자신의 감정을 읽기라도 하는 날에는 얼마나 황당해 할 것인가. 그렇게 감정 조절 하나 제대로 못하는 자신이 초라하기 그지없었다.

"추워요? 왜 그렇게 떨어요."

가연은 더 이상 그 자리에 서 있을 수가 없어 그의 손을 뿌리치고 뛰었다. 숨이 헐떡일 만큼 뛰자 오바이트가 나올 것 같아 그 자리에 주저앉았다. 그 때였다. 바람을 일으키며 그가 달려와 그녀의 등을 쓸어주었다.

"내가 뭐 잘못했나요? 그랬다면 미안해요."

"아니에요. 소담씨 우리 당분간 연락하지 말아요. 그냥 이유는 묻지 말구. 내가 친구가 되어 줄 자격이 없어서라고 생각해줘요. 부탁이에요."

그녀는 뒤에 그를 남겨두고 택시를 잡아탔다. 얼마쯤 차를 타고 달렸을 때 핸드폰이 울렸다.

"그러지 말아요. 내가 뭘 잘못했는지 말해줘요."

"미안해요. 소담씨 때문이 아니고 나 때문이에요."

그녀는 핸드폰을 접어버렸다. 그리고 핸드폰을 껐다. 더 이상 앞으로 나가면 안 된다고 스스로를 다잡았다. 그 날 이후 그는 어떻게 지내는지 소식을 들을 수 없었다. 그가 많이 섭섭해하고 있을 거라고 그의 마음을 낙서하듯 이런 저런 해답을 나열해보았다. 어른답지 못한 행동에 실망했을 것이다.

누이처럼 의지하며 지내고 싶다고 했었는데. 바란다고 다 얻을 수 있는 건 아니지만 혼자 당당하게 설 수 있을 때까지만 옆에 있어 달라고 욕심을 부려본다고 했는데. 가엾은 사람의 손을 먼저 놓아버렸다. 그렇게 할 수밖에 없었고 그래야만 했다고 자위해본다. 그러나 매끄럽지 못한 자신의 행동에 화가 났다. 아니 부끄러웠다. 그의 기억에 어떤 사람으로 남게 될지. 하지만 이제 끝난 사람에게 어떤 사람으로 기억될지를 걱정하고 있는 자체가 우스웠다. 깔끔하지 못하게 일 처리를 한 것처럼 다시 카피를 뜨고 싶었다. 세상을 살다 보면 이런 실수도 할 수 있는 거라고 스스로를 다스려보지만 해서는 안 될 실수를 한 것이라는 자책은 여전했다. 이제는 그에게 미안한 마음보다 혁빈에게 미안해서 잠을 이룰 수가 없었다. 자기 안에 그런 이해되지 않는 얼굴이 숨어 있었다는 게 믿어지지 않았다. 아니 믿고 싶지 않았다. 사랑은 한 사람에게만 충실해야 한다고. 아니 현실에 충실한 사랑을 하는 여자가 되어야 한다고 어려서부터 공식을 세우고 있었는데. 자신의 가슴 안에 혁빈이 아닌 또 다른 남자를 받아들일 수 있었다는 게 몹시 불쾌했다. 그 순간 소담이 신고 있었던 오렌지색 양말이 생각났다.

'그래. 나야말로 오렌지색 양말을 신고 있어야 하지 않아?'

어수선한 마음에 바람이 불었다. 세찬 바람이. 가지마저 다 부러져 버린 뿌리가 흔들리는 나무인 채로 봄을 기다리고 있는. 이제는 작은 바람에도 지탱할 힘을 잃어 누군가 손만 대면 쓰러지고 말 것 같아. 왜 하필 이런 때 혼자 방치해두고 옆에 없는 거야. 야속한 사람. 가연은 혁빈에게로 날카로운 화살을 날려보내고 있었다. 그러나 그 화살은 다시 자신에게로 돌아오고 있었다.

사무실에 혼자 남아 늦게까지 일을 하고 있는데 그가 찾아왔다. 술에 취해서.

"가연씨가 언젠가 내게 그랬죠. 술기운을 빌려서 자신의 얘길 하는 사람 싫어한다고. 그런데 이렇게 밖엔 당신 앞에 찾아올 수밖에 없었어요. 용기가 나질 않았어요. 그래요. 나 당신 좋아해요. 아니에요. 사랑하나봐요. 내 입에서 그 사람이 아닌 누군가를 이렇게 쉽게 사랑한다고 말하게 될 줄 몰랐어요. 그렇다고 거짓이라고 할 수 없어요. 진실은 진실이니까. 그래요. 나 당신 사랑해요. 그럼 안 돼요? 꼭 오랜 시간 그 사람을 사귀고 감정을 교류해야만 사랑이라고 말하나요? 아니오. 난 한순간에 당신을 사랑하게 됐어요. 그냥 아무 욕심 없어요.

당신의 사랑까지 얻을 수 있을 거란 그런 생각 안 해봤어요. 단지 내 사랑이 당신 맘에 들어가 다시 흐르는 물처럼 지나가길 바랄 뿐이에요. 내 사랑이 당신 맘에 고이길 바라진 않을게요. 거기까진 바라지도 않아요. 흘러가게 당신이 문을 열어두면 되잖아요. 내 사랑 때문에 당신이 다친다면……."

그는 더 이상 말을 잇지 못하고 입을 다물어 버린다. 그리고 책상에 쇼핑백을 남기고 나갔다. 그가 나간 공간에 싸리한 소주 냄새가 코끝을 찔렀다. 돌아서서 가는 그를 잡아선 안 된다고 그녀는 입술을 깨물었다. 그가 남기고 간 쇼핑백 안에는 실크로 된 일곱 장의 여성용 팬티가 들어 있었다. 부드러운 레이스가 장식된 속옷은 차마 아까워서 입을 수 없을 것 같았다. 하나씩 꺼내 펼쳐 보았다. 모양이 각기 다르게 디자인되었지만 엉덩이 쪽에 한문으로 佳緣(가연)이라고 야광실로 수가 놓여져 있었다. 그가 그 속옷을 만들었을 생각을 하니 가슴이 울렁거렸다. 눈물이 핑 돌았다. 어떤 마음으로 한 땀 한 땀 수를 놓았을까를 생각하니 가슴속에서 불덩이 하나가 확- 타오르듯 화끈거렸다.

순간 보고 싶었다. 달려가 그를 안고 싶었다. 그러나 절대 그래선 안 된다고 여기서 끝내야 한다고 천둥처럼 쩌렁쩌렁 울렸다. 그 음성이 마치 혁빈의 메아리 같았다. 어디선가 꼭 보고 있을 것만 같았다.

사람은 자신에게 불리한 건 인정하려 들지 않는다. 사람의 감정도 그런가 보다. 사랑하는 사람을 사랑한다고 말할 수 없는 걸 보면. 사랑하는 사람을 가슴에 두고도 또 다른 사람을 받아들일 수 있는 걸 어떻게 이해해야 하는가. 아니 아니다. 사랑하는 사람이 가슴에 있는데도 그 가슴을 헤집고 들어오는 감정을 사랑이라고 말해도 좋은가.

사랑도 바이러스처럼 강한 바이러스에 약한 바이러스가 잡아먹히듯 그렇게 상쇄되고 정복될 수 있는 것인가. 그렇게라면 조금은 이해 받을 수 있을 것 같다. 자신의 의지가 아닌 어떤 힘에 의해 어쩔 수 없이 감염되어 버려서 사람의 이성으로는 더 어떻게 할 수 없는 거라고 사랑을 정의 내린다면.

가연은 머리를 저었다. 어찌되었든 지금 자신의 가슴에 똬리를 틀고 있는 얼굴은 혁빈이 아닌 민소담 그였다. 부인하고 싶어도 부인할 수 없는 사실이었다. 혁빈을 그리워하는 마음은 습관처럼 되어버린 감정이라면 민소담을 향한 마음은 봄 햇살에 무서운 줄 모르고 빳빳하게 올라오는 새순이었다. 지금 소담을 향해 벽을 세우고 자신을 방어하려는 건 감정보다 이성이 싸움에서 이겨서이고 이성보다 도덕성이 강한 힘으로 버티고 있어서일 것이다. 잠시 생각을 놓으면 그대로 허물어져 버릴지도 몰라 한 순간도 정신을 놓을 수가 없다. 사랑은 느낌이라고 했다. 느낌……

언젠가 혁빈과 영화를 보고 나오다가 가연은 물었다.

"어떻게 처음 만난 사람과 사랑을 나눌 수 있는 거지? 그 여자 주인공 말야. 아마 영화니까 가능한 거겠지?"

그러자 그가 기다렸다는 듯이 가연의 말을 치고 들어왔다.

"아니지. 영화여서 가능한 건 결코 아니야. 왜 그런 말 못 들어봤어? 하룻밤에 만리장성 쌓는다는? 그런 거지 뭐."

"그럼 자긴 그게 가능하다고 생각해? 말도 안 돼."

"왜 자꾸 아닐 거라고 생각하는지 모르겠네? 그건 가연이의 잣대로 세상 사람들을 보는 거고 세상사람들은 각각 자기들의 잣대로 세상을 보거든 그러니까 가능할 수 있는 거지."

"자기도 그럴 수 있어?"

"글쎄. 여기서 솔직하게 말하면 난 어떻게 되나."

"그럼 그건 긍정한다는 거야? 남잔 동물이야. 여잔 안 그래!"

그 때 가연은 힘주어 말했었다. 절대 그렇지 않다고 강하게 부정하면서.

그 날 집으로 돌아와서도 괜히 쓸데없이 너무 과민반응이지 않았었나 후회했었다. 그 후회의 밑바탕 그림에 하성민의 얼굴이 능글맞게 웃고 있었다. 감정 없이도 잘 수 있어 라고 악마 같은 얼굴이 비아냥대고 있었다. 그러나 그 날 혁빈에게 맞서고 싶었던 건 사랑 없이도 사랑의 행위가 가능할 수 있느냐를 묻고 싶었던 건 아니었다. 순간의 사랑이 가능한 거냐고 묻고 싶었다.

머리가 빠질 듯이 아팠다. 긴 머리를 짧게 잘라버리고 싶었다. 그러면 머리 속의 복잡한 생각들이 하얗게 지워질까?

가연은 아파트 계단에 주저앉아 불 꺼진 창문을 쳐다보았다. 어두운 공간으로 혼자 들어가기 싫었다.

엘리베이터를 타려다가 우편함 속에 수북하게 쌓인 우편물을 꺼냈다. 아파트관리요금과 전화요금 등등 세금 용지와 카드회사에서 보내온 쇼핑가이드 그리고 또 발신인도 없는 편지 한 통.

가연은 집에 도착하기까지의 시간을 기다릴 수 없어 엘리베이터에서 봉투를 뜯었다. 또 컴퓨터 인쇄로 뽑은 편지다. 지난번과 같은 동일인이라는 걸 직감으로 알 수 있었다. 현관문을 열자마자 소파에 앉아 편지를 읽기 시작했다. 한 장 한 장 읽어 내려 갈수록 차라리 담담했다. 문장력으로 보아선 여자일 것 같은 데 남의 이야기하듯 너무 냉정하게 써 내려간 걸 보면 자신의 문제는 아닌 것 같았다. 누군가의 부탁을 받고 쓴 것 같다. 그렇다면 왜 굳이 이런 방법을 택했을까. 혁빈과의 사랑을 의심하게 해서 뭘 얻자는 걸까? 두 사람의 사랑을 깨트려서 뭘 어쩌자는 건가. 이별?

가연은 욕조에 들어가 샤워기를 틀었다. 갑자기 오기가 생겼다. 상대는 자신을 알고 있는데 그 쪽에 대해선 아무 것도 모르고 있다는 사실이 마치 누드로 거실을 걸어다니고 있는데 누군가가 자신의 알몸을 훔쳐보면서 즐기고 있는 것 같아 불쾌했다. 가연은 샤워를 끝내고 탁자 위에 놓여진 민소담이 주고 간 팬티를 꺼냈다. 그리고 그를 느끼듯 살결에 닿는 실크감촉을 음미했다. 부드러운 느낌이 좋았다. 그렇게 팬티만 입고 소파에 누웠다. 몇 분 몇 시간이 엿가락처럼 늘어졌다. 그리고…… 그렇게 편안한 시간은 공간을 초월하고 있었다. 눈을 뜨고 싶지 않았다. 어둠 속에서만큼은 감정에 솔직할 수 있을 것 같아서. 가연은 몸을 일으켜 소파에 기댄 채 달빛을 의지해서 탁자 위에 놓여진 메모지에 낙서를 하듯 마음의 혼란스러움을 써 내려갔다. 깨알 같은 글씨가 길어질수록 그녀의 어지러운 마음은 공허해지고 있었다.

#1 그녀의 방
여자는 소파에 누운 알몸의 남자에게 안긴다. 몇 분이 흘렀을까 두 사람은 마주보다 입 맞춘다. 길게- 여자는 남자의 리드에 눈을 감고 키스를 음미하는 듯 행복해하는 표정이다. 여자가 말한다.
女: 어둠 속에서만 우리의 사랑은 가능해요.
男: 당신이 나를 사랑하는 마음을 부정하지 않는다면 이 어둠은 걷힐 거예요.

女: 내겐 사랑하는 사람이 있어요.

男: 그 사랑 이미 당신 것이 아니에요.

女: 내게 당신의 사랑을 강요하지 말아요. 그 사람은 아직도 내 안에 있다구요!

男: 그렇게 믿고 싶은 거겠죠.

女: 아니에요. 절대!

男: 절대라고 말하지 말아요. 사랑은 움직이는 거예요. 당신이 나를 사랑한다는 걸 인정해도 부정한 사람이라고 욕하지 못해요.

女: 나를 옭아매지 말아요. 당신의 사랑 방정식으로.

男: 그를 놓아줘요. 그게 당신도 자유롭게 되는 거예요.

女: 난 절대 그 사람을 포기할 수 없어요.

男: 그가 사랑을 찾아 떠나게 놔줘요. 사랑하는 사람끼리 살 수 있게!

女: 안 돼요.

男: 왜 그에게 매달리죠? 사랑은 이미 떠나고 없는 빈 껍데기인데?

女: 그렇지 않아요. 다시 내게 돌아올 거예요.

男: 한 번 마음 떠난 사랑은 다시 돌아오지 않아요.

女: 그래도 아직 그 사람을 보낼 수 없어요.

男: 어제의 사랑을 믿는 당신이 가엾어요. 지금 당신 눈앞에 있는 사랑을 붙잡아요. 자 어서!

(남자는 울고 있는 여자에게 손을 내민다. 여자는 조심스럽게 남자의 손을 잡으려 한다.)

女: 두려워요.

男: 두려워하지 말아요. 당신 마음이 시키는 대로 하면 되는 거예요. 내 사랑을 받아들여요. 어서!

　(두 사람 아주 진한 포옹을 한다. 잠시 후 남자는 여자가 입고 있는 가연(佳緣)이라고 나염된 팬티에 눈길이 멈춘다.)

　벨이 울린다. 어둠 속에서 손을 뻗어 수화기를 든다. 뚜- 신호음이 떨어진다. 다시 수화기를 놓고 핸드폰을 든다. 음악소리가 폰을 통해 흘러나온다. 잠시 후 민소담의 목소리가 음악소리에 믹싱되었다.

　"미안해요. 당신을 난처하게 할 생각은 정말 아니었어요. 그러나 이렇게 당신 목소리를 영영 들을 수 없게 될까봐 겁이 났어요. 당신을 멀리서 보는 것도 안 되나요?"

　"…………………………."

　'나도 당신을 못 보게 될까봐…….' 이런 자신의 생각이 입 밖으로 나올까봐 입을 막고 있었다.

　그는 대답 없는 이쪽의 마음을 어떻게 해석했는지 조용히 목소리를 삼키고 이내 침묵 위로 음악이 포장되었다. 핸드폰을 놓지 못하고 그 음악이 끝나고 또 다른 음악이 시작되었는데도 여전히 핸드폰을 들고 있었다.

7

이별 연가

감기 때문에 병원엘 갔다가 미리에 대한 이상한 소릴 들었다. 대학 동창이었던 해인은 가연을 보자마자 대뜸 서미리의 얘기를 늘어놓았다. 아주 신이 난 사람처럼 어떻게 얘기가 하고 싶어서 그 동안 참고 있었는지 의아할 정도로 병원 휴게실이 떠들썩했다. 그녀의 얘기는 볼륨이 점점 높아갔다. 주위 사람은 의식도 않는지 그녀의 얘기는 속력을 가했다.

"미리네 부부 이혼할지도 몰라. 아니 이혼한다고 그러더라. 하기야 어디 요즘 남자가 여자 바람난 거 참아 줄 사람이 있니? 걘 혼 좀 나야 돼. 우리 신랑은 미리하고 이제 아는 체도 하지 말라더라. 친구 잘못 만나 그런 짓 닮을까봐 겁난다구. 어떻게 그럴 수가 있어. 버젓이 아파트까지 데려와서 잠을 자고…… 상식 가진 여자라고 어떻게 말을 해. 간이 배 밖까지 나왔지. 그 애 남편 무던한 성격이잖니. 그런데도 그건 아마 참을 수 없을 거야. 미리 얼마 전에 산부인과에서 만났는데 임신이라고 하면서 걱정하더라? 애 없어서 그런다 싶었는데 그것도 아니었나봐. 아무튼 이해할 수 없어. 꼭 지울 것처럼 얘기하던 걸? 남자 바람난 건 잡을 수 있어도 여자 바람난 건 걷잡을 수 없다더니 꼭 맞는 말인가봐. 지 남편이 아길 얼마나 기다리는데 어떻게 그 아일 떼어버릴 생각을 할 수 있니. 미쳤어. 하기야 미치지 않고는 그런 짓 할 수 없지. 안 그러니?"

"그런 말 함부로 하지마. 아직 확실하지도 않은데."

"그래도 친구라고 편드는 거니?"

"그게 아니라. 확실하지 않은 얘긴 하지 않는 게 좋잖아. 어느 집이고 부부싸움은 다 하고 사는데. 칼로 물배기라고 하지 않니. 아마 며칠 뒤면 아무 일 없던 듯이 잘 살 거야."

"애 좀 봐. 정말 아무 것도 모르나봐. 미리 남편이 그 남자 만나서 확인했대. 그리고 얼마 전에 흥신소에 의뢰해서 둘이 여행간 거 잡아서 사진 찍고 비디오 찍어서 간통죄로 넣는다고 말도 아니었나봐. 동창들도 다 아는 사실인 걸. 왜 그 우리 남편 친구가 변호사 사무실 냈잖니. 사무실에 그 남편이 찾아왔더란다. 그래도 확실한 게 아냐?"

가연은 더 이상 그녀의 입을 막을 방법이 없을 것 같아 그녀의 얘길 듣고 있었다.

"걘 정말 감당이 안 돼. 학교 다닐 때도 얼마나 유명했니. 킹카라고. 남의 애인 가로채는 데는 선수였잖아. 남의 눈에서 피눈물 나게 한 게 어디 한두 건이니? 그래도 지금껏 잘 산 걸 보면 하늘도 무심해. 너하고 절친해서 우리들은 아무 말도 못 했지만 암튼 너하고는 어울리지 않는 애였어. 어떻게 그런 앨 넌 지금까지……"

더는 듣고 있을 수가 없어서 자릴 박차고 나왔다. 돌아오는 내내 얼마 전 걸려왔던 미리 남편의 침울했던 목소리가 자꾸 맘에 걸렸다. 소화되지 않은 가시처럼 자주 따끔거렸다.

　어쩌면 해인이의 말처럼 우리는 전혀 닮은 곳이 없었다. 성격도 미리는 불처럼 희노애락의 감정이 눈에 확 띌 정도로 분명했고 자신은 감정을 잘 드러내지 않아서 기분이 좋은지 나쁜지 알 수 없다고들 했다. 그런 미리의 성격은 아이들에게 잘 적용되지 못했다. 그래서 친구들이 붙여준 미리의 별명은 유아독존이었다. 또 다른 별명은 잘난 척이었다. 그만큼 미리는 자신의 감정을 숨김없이 다 드러내놓았다. 사랑에도 그랬다. 미리는 자존심이 강해 보였음에도 불구하고 좋아하는 남학생이 있으면 달려가서 너 내가 좋아하는 거 알아? 라고 직설적인 표현을 해서 상대를 놀라게 했다. 그런데 이상한 건 그렇게 미리의 대시를 남자들은 거절하지 못한다는 거였다. 확실한 표현이 내숭 떨지 않아서 좋다고까지 했다. 피곤한 건 질색인데 여자의 본성을 갖고 있지 않아서 좋다며. 사실 남자관계가 복잡하긴 했었다. 그러나 뒤끝도 깨끗했다. 여러 명을 동시에 사귄 적도 있었다. 그럴 때마다 그렇게 하다 실수라도 하면 어떻게 하냐고 안절부절 못하는 가연에게 그녀는 당당하게 말했었다.

　"바보같이. 실수는 왜 해. 사람이 틀린 걸. 그 사람 사람마다 다 갖고 있는 성격이 틀리고 취향이 틀린 걸. 남자는 단순해. 자기들이 원하는 것만 맞춰주면 별 불만 없어. 내가 누구야. 난 서미리야. 갖고 싶은 게 있으면 가져야 직성이 풀리는 서미리라구. 사람이 사는 목적이 뭐야. 해 보고 싶은 거 갖고 싶은 거 다 얻기 위해서 성취하기 위해서 그 욕망 때문에 사는 거 아니야? 난 갖고 싶은 건 가질 거야. 원하는 건 얻어야 해! 그게 내가 사는 방식이라구."

그녀는 강했다. 그런 식으로 삶의 방향을 정해놓고 이정표를 향해 열심히 치달았다. 그녀의 이정표는 시시각각 달라졌다. 어느 순간 순간 그렇게 변해 있는 그녀가 먼 타인처럼 느껴지기도 했었다. 그런 미리의 끝이 없을 것 같은 욕망을 잠재운 건 그녀의 남편을 만나고부터였다. 흔히 말하는 가문 좋은 집안의 최고학벌에 튼튼한 경제력은 그녀를 유혹하기에 충분했었다. 치과의사였던 그녀의 남편은 한 달에 그녀의 생활비로 수백만 원을 주었다. 언젠가는 백화점에 쇼핑을 간다며 동행하기를 원해서 따라갔었는데 두 번 생각도 않고 천만 원이 훨씬 넘는 밍크코트를 사고 신용카드를 내밀며

"너두 하나 골라 입어. 응?"

그녀의 그런 행동에 말할 수 없는 수치심이 목을 치밀었지만 표현할 수 없었다. 그녀는 남편의 경제적 뒷받침을 즐겼다. 좋은 옷에 좋은 보석에 좋은 차에. 그녀는 학창시절 결혼만 잘 하면 여자 팔자는 피는 거야 라며 인생의 종점을 결혼으로 점찍고 있었는데 그녀가 바라던 최적의 환경에 최상의 조건에서 인생을 정말 즐기며 사는 것 같았다. 그런데 가끔씩 그녀의 그런 물질적 풍요로움도 채워주지 못하는 부분이 있는 것 같기도 했다. 결혼생활에 권태를 느끼면서 그 권태로움은 물질적 풍요로도 채워지지 않는 것 같았다. 마치 시너지효과처럼 여러 곳에서 나타났다. 그렇지만 일시적인 현상이라고 생각해서 별 신경을 쓰지 않았었다. 잘 싫증내고 잘 적응하는 그녀. 그녀는 강하니까 또 웃으며 아무 일도 아니었다며 나타날 거라고 생각하고 있었다. 그런데 이혼이라니…… 그녀의 말처럼 아니 입버릇처럼 말하던 걸 믿고 싶다.

"보장된 미래를 쉽게 버릴 순 없잖아. 조금 더 참아볼 거야. 산다는 게 별다른 거겠어? 나 연기 잘 하잖아. 아무 불만 없는 사람처럼 아니 당신이 내 생의 전부야 라며 아무렇지 않게 잘 견딜 거야."

그녀는 분명 제 페이스를 버리지 못할 거라고 단정짓고 싶었다.

미리 소식을 그렇게 전해 듣고 일이 손에 잡히지 않았다. 알고는 가만히 있을 수가 없었다. 그녀의 집에 전화를 걸었다. 몇 번의 전화 벨이 울렸으나 아무도 집에 없는지 벨만 혼자 울었다. 며칠째 메시지를 간단하게 남기고 막연히 그 쪽의 소식을 기다리고 있었지만 아무런 소식도 들을 수 없었다.

일주일 뒤였다. 회사로 처음 보는 여자가 찾아왔다. 그녀는 자기가 끼어 들지 않으려고 했는데 도저히 보고만 있을 수 없어서 이렇게 찾아왔노라고 했다. 자기가 그 편지의 주인공이라면서.

"왜 그런 편지를 내게 보낸 거죠?"

"그건 같은 여자로써 아무 것도 모른 체 한 남자를 지극히 믿고 사는 당신이 너무 안 돼서예요."

"그렇담 나를 아니 우리 혁빈씨를 잘 안다는 얘긴가요?"

"그래요."

"누구예요. 당신은?"

"난 미래치과 간호사예요."

"미래치과라면……."

가연은 그녀의 빨갛게 달아오른 얼굴과 파르르 떨리는 음성 때문에 긴장되고 있었다. 그녀는 목이 탔는지 물을 두어 컵 마신 뒤 호흡을 가다듬었다.

"우리 선생님이 바보처럼 당하고 사는 거 같아서 내가 다 말씀 드렸어요. 처음엔 가연씨가 다 알아서 정리할 거라고 생각했었어요. 그런데 가연씬 아무런 행동도 취하지 않더군요. 자기 남자가 바람이 난 줄도 모르고 아니 더 정확하게 말하자면 친구와 놀아난 것도 모르고……."

"잠깐만요. 지금 누구 얘길 하는 거예요. 네?"

"바로 당신이 그렇게 믿고 있는 남자와 믿고 있는 여자 얘길 하는 거예요."

"그게 도대체 무슨 얘기예요. 믿을 수 없어요. 절대!"

"믿을 수 없는 게 아니라 믿고 싶지 않은 거겠죠. 그런 여자는 파멸해야 돼요. 철저하게!"

가연은 그 자리에서 빨리 일어나고 싶었다. 그것이 사실이라 할지라도.

"당신 친구가 불륜을 저질렀다구요. 그것도 당신 남자와. 차라리 그게 두 사람만의 문제라면 나도 이렇게까지 분개할 필요가 없었겠죠. 그런데 우리 착한 선생님이 다치고 있잖아요."

여자는 몹시 화가 나 있었다. 그런 그녀를 더 이해할 수 없을 것 같았다.

"당신이 이렇게 굳이 끼어들어야 할 이유가 뭐죠?"

"그건……."

"난 당신한테 아무 얘기도 안 들었어요. 내 남자의 입을 통해서 들은 얘기가 아니면 그 어떤 말도 사실이 될 수 없어요. 믿지 않을 거예요."

"그렇게 부정한다고 사실이 지워지진 않아요. 없었던 일로 되는 게 아니라구요."

"지금 두 사람이 어떤 행각을 벌이고 다니는 지 알아요? 그런데도 우리 선생님, 그 여잘 용서하려고 해요. 말도 안 돼요. 우리 선생님을 이용해서 자신의 안일을 꿈꾸는 그런 여잔 추락해야 해요. 아주 세상에서 철저하게 파멸해야 한다구요. 난 다 알고 있었어요. 그 여잔 우리 선생님을 사랑해서 결혼한 게 아니었어요. 선생님께서 세미나에 가셨을 때마다 그 여잔 밤마다 남자를 불러들였어요. 한두 남자가 아니었다구요. 돈으로 자신의 욕망을 채우는 게 부족해서 이젠 선생님이 만들어 준 부유함으로 남자를 사서 욕정을 채우다니요. 정말 말도 안 되는 일이에요. 그런 부정한 여자를 선생님이 용서를 한다니."

"난 더 이상 당신 얘길 듣고 있을 필요를 못 느껴요. 이만 일어날게요."

"잠깐만요. 당신 역시 두 사람을 용서할 건가요? 그래선 안 돼요. 절대!"

가연은 그 여자의 절대 용서하지 말라는 소리를 등에 짊어지고 한참을 걸었다. 상상도 못할 일이었다.

아니 상상하기조차 싫었는지 모른다. 때때로 미리와 함께 식사를 할 때면 미리의 눈빛이 예사롭지 않은 걸 느끼긴 했었지만 혁빈은 그녀에게 냉정했다. 그녀를 믿기보다 혁빈을 더 믿었다. 미리의 화려한 남자관계를 모르는 바가 아니었기에. 혁빈은 미리를 몹시 못 마땅하게 생각했다. 그래서 그녀와 만나고 난 후면 어떻게 그런 여자와 친구가 되었느냐며 그녀를 세상의 잣대로는 잴 수 없는 불쾌한 여자라고 말했었다. 그는 화려한 여자를 싫어했다. 화장한 여자 손톱에 매니큐어를 바른 여자 그리고 머리에 염색을 한 여자는 마치 백화점 앞에 진열된 마네킹 같아서 싫다고 했었는데 그 마네킹 같은 여자가 미리의 취향이었다. 미리 역시 혁빈처럼 평범한 남자는 재미없어 했다. 두 사람은 서로를 밀어냈다. 자석의 같은 극처럼. 그래서 두 사람 때문에 항상 긴장했었다. 그렇다면 언제부터 두 사람이……

그런 생각들로 가득 찬 머리는 무거웠다. 다 털어내고 싶었다. 뭉개 뭉개 피어오르는 안개처럼 혁빈에 대한 의심들이 꼬리를 물고 날아다 녔다. 가슴에서 머리로 머리에서 발끝까지 혁빈의 손이 닿았던 곳에 서 벌레에 물려 진물이 나는 것 같았다. 핸드백에서 방치해 두었던 핸드폰을 꺼내 번호를 꾹꾹 눌렀다. 뻑뻑 소리를 내며 신호가 갔다.

"여보세요?"

"………………."

그의 음성이 차가운 바람을 녹이며 송수화기를 통해 새어 나왔다.

"가연씨? 맞죠?"

소담의 목소리가 달콤하게 귀 안으로 걸어 들어오자 뭉클하고 가 슴이 뜨거워졌다. 하필 그에게 전화를 걸었을까 곧 후회가 됐지만 이 미 늦어버렸다. 그가 곧 달려올 기세다.

"무슨 일 있죠. 말해요 어서. 아니 내가 지금 갈게요."

"아니에요. 오지 말아요. 당신한테 전화하는 게 아니었는데……."

"기다려요. 지금 갈 테니."

"오지 말아요. 제발……."

가연은 핸드폰을 껐다. 그에게 왜 전화를 했는지 그런 행동을 하는 자신의 마음 안에 소담은 어떤 존재로 어떤 의미로 들어앉아 있는지 그리고 세상이 까맣게 무너져야 할 혁빈의 얘길 듣고도 냉정할 수 있 는 그 이유를 생각하고 있었다.

'어쩌면 미리의 남편이 미리를 용서할 수 있다고 한 건 사랑해서가

아니라 사랑하지 않기 때문은 아닐까? 그럼 나는 왜?'

배반감에 죽고 싶어야 할 상황에서 자신을 톡톡히 지키고 있는 게 이상했다. 아무 것도 할 수 없고 무기력하게 세상을 버리고 싶어야 할 상황인데 그렇지 않은 것에 대해 설명할 수가 없다. 그런 자신에게 화가 났다. 그 없이는 한 순간도 못 살 것 같았는데 그게 다 거짓이었나? 사랑한다고 믿었는데 사랑하기 때문에 그를 위해선 뭐든 다 할 수 있다고 생각하며 그게 전부라고 생각하면서 살았는데.

어쩌면 이것도 사랑의 일각인지도 모른다고 생각하고 싶었다. 사랑하기에 사랑하기 때문이라고.

여기 저기 돌아다니다 아파트 벤치에 앉아 담배에 불을 붙였다. 그 때 뒤에서 낯익은 목소리가 들렸다.

"진짜 담배 배우게 생겼네요?"

소담의 밝은 목소리에 그만 웃음이 터졌다. 그가 그렇게 와서 기다려준 것이 고마워서였을까. 혼자서 아파트 현관문을 열고 들어갈 자신이 없었다. 그래서 벤치에 앉아 있었던 것인데.

"얼굴이 왜 그 모양이에요."

그가 너무 긴장하고 묻기에 아무 일 없는데 여기까지 왜 왔느냐고 속에도 없는 말을 했다. 처음부터 그에게 솔직할 수 없었던 것처럼 지금도 그에게 맘에도 없는 말만 하고 있는 것이다. 그러면서도 그가 자기 맘을 다 읽었으면 어쩌나 겁이 났다.

"추워요. 이러다 가연씨 감기 들겠어요. 내가 들어가자고 그럴까봐 그런 거죠."

그가 이미 가연의 마음을 정확하게 읽고 있었다.

"가연씨가 싫다면 갈게요. 얼굴 봤으면 됐어요."

말없이 고개만 숙이고 있는 가연의 등을 떠밀며 그가 말한다.

"어서 들어가요. 나한테 미안해하지 말아요. 다 내 감정인 걸요."

그가 돌아서 걸어간다. 담배에 불을 붙여 한 모금씩 길게 빨아들였다 뱉으며 힘없이 발걸음을 무겁게 옮기고 있다.

"저기요. 소담씨 잠깐만요."

그를 불러 세웠다. 생각보다 먼저 앞서 나온 말이 그를 다시 그녀 앞에 서게 했다.

"난 괜찮다니까요. 그렇게 부담 느끼지 말고 들어가요. 어서."

"미안해요. 그리고 고마워요. 날 이해해줘요."

눈물 흘리는 가연을 그가 안았다. 그리고 등을 다독거렸다. 가로수 등불이 대낮처럼 환하게 들어왔다.

마치 영화의 한 장면처럼 두 사람은 연인처럼 야간 야구경기장에서 포옹을 하고 있는 것 같았다. 그렇게 시간은 흐르고 퇴근하는 사람들이 하나 둘 아파트 정문 안으로 들어왔다. 그는 사람들을 의식했는지 팔을 풀었다.

"어서 들어가요. 내 맘 추슬러볼게요. 너무 걱정하지 말아요. 가연씨 걱정시키는 일은 안 할 테니까. 나 믿죠?"

그가 씩씩하게 손을 흔들며 가벼운 목례를 하며 걸어간다. 불빛 사이로 거대한 그림자가 나타나 그와 함께 걸어간다. 외로워 보이지 않는다. 다행이다. 그가 걱정이 아니라 남아 있는 그녀가 문제였다. 20층 아파트 건물이 즐비하게 서 있는 주차장에 서서 베란다 문을 통해 보이는 사람들의 모습을 한참동안 쳐다보았다. 그들 나름대로 다 걱정거리가 있겠지. 그리고 헤쳐 나가는 방법이 다 있을 터이다. 그래서 지금은 저렇게 행복하게 웃고 있는 거겠지. 가연은 잠시 어린 시절

114

거대한 궁전에서 행복했었던 한 때를 떠올린다.

아버지의 얼굴과 그 옆에 하늘거리는 원피스를 입고 서 있던 어머니 그리고 초라한 모습으로 서 있던 10살 소녀. 바람이 불었다. 그런데 차갑지가 않다. 그 바람에 원피스가 날리자 사각대며 웃고 있는 여자가 손을 내미는데 잡으려는 순간 그 여자가 미리의 얼굴로 변한다. 미리가 초라한 모습으로 서 있는 어린 가연의 손을 잡으려다 획 돌아선다. 놀란 가연은 그만 손을 놓치고 낭떠러지로 떨어지고 만다. 발이 닿지 않는다. 발버둥쳐도 누구 하나 손을 내밀어 잡아 주는 사람이 없다. 이대로 떨어져 죽는가 싶었는데…….

누군가 부른다. 고개를 돌려보니 검은 그림자 하나가 서 있다. 환상이었나? 꿈이었나?

"나야. 여기서 뭐해."

그였다. 혁빈. 그를 보면 어떤 얼굴로 맞이해야 하나를 걱정했었는데 의외로 담담하다.

"웬 일이야. 여기까지."

"할 얘기가 있어서 왔어."

"할 얘기?"

가연은 그가 들고 있는 가방을 보았다. 검은색 양복에 여행용 트렁크를 마치 신혼여행을 다녀 온 사람처럼 들고 있었다. 그녀는 그의 야위어서 광대뼈가 유난스레 나온 얼굴과 가방을 번갈아 보았다.

"어서 들어가. 할 얘기 있다면서."

담담하다. 아마추어 연기자가 처음 대본을 가지고 어설프게 읽듯 목소리에 각이 들어 있다. 감정 없이 자로 잰 듯이 반듯하다.

"가연아. 미안해."

"무슨 소리야. 새삼스럽게 미안하다니. 혁빈씨가 나한테 뭘 미안해해야 하는데?"

"너한테 어떻게 얘기해야 할지…….."

그는 말을 잇지 못한다. 잠시 후 침을 삼키더니 어렵게 입을 연다.

"나 말야…….."

그러다 또 다시 입을 다물고 만다. 그런 그의 행동에 숨을 죽이고 있어야 하는 그녀는 더 괴로웠다. 그를 지금처럼 난처하게 했었던 순간이 있었던가를 생각해봐도 어느 시간에도 들어 있지 않았다. 가연은 그에게 바다 같은 이미지였다. 무엇을 내던져도 작은 소리도 내지 않고 조용히 받아주던. 그러나 지금 그는 가연을 세상에서 가장 부담스러운 존재로 생각하고 있다. 그런 그를 바라보고 있는 그녀의 마음은 긴장되고 심장이 콩닥콩닥 달음질을 치고 있었다.

"들어가요. 여기서 이러지 말구."

그는 잠시 머뭇거린다. 그러나 그런 그를 뒤에 세워 두고 그녀가 먼저 엘리베이터를 탄다. 그는 그녀의 계산대로 그림자처럼 나란히 그녀 옆으로 섰다. 가연은 머리가 쭈뼛쭈뼛 서는 것 같은 서러움이 복받쳤다. '이렇게 다시 또 옆에 나란히 설 수 있을까. 오늘 이 순간이 마지막이 되진 않을까.'

현관에 들어선 그는 가방을 문 앞에 놓고 조심스럽게 들어가 소파에 앉는다. 손님처럼. 그 전 같으면 그는 가방을 작은방에 갖다 놓고 샤워를 하기 위해 화장실로 들어가며 뱀이 허물을 벗듯 옷을 벗고 있을 것이다. 화장실에 들어가자마자 물을 틀어놓고 소리를 질러 댈 것이다. 가연아! 속옷 좀 줘!

그러나 오늘 그는 그 어떤 행동도 없다. 아주 낯선 사람처럼 어설프게 앉아 있다.

"커피 마실래요?"

"커피보다 술 있으면……."

그는 술을 찾았다. 그가 하고 싶은 말이 무엇이든 간에 그가 술을 빌어 하고 싶어한다는 게 그녀를 또 슬프게 했다. 전에는 그런 일이 없었다. 그럴 일을 그가 만들지 않았고 그녀 역시 그가 하는 모든 애길 긍정적으로 받아들였었기에. 이제는 그가 그녀를 부담스러워 하는 것처럼 그녀 역시 예전 같지는 않았다. 세상엔 헤어지는 커플이 하루에도 수십 수백 수천 쌍이 있다. 그렇지만 다 이런 기분이진 않을 거다. 가연은 자신도 모르게 그의 얼굴에서 그의 눈빛에서 이별을 예고하는 말을 읽고 있었다.

사랑이 느낌이라면 이별 역시 말이 필요 없었다. 그녀가 그런 맘일진데 그가 어렵게 말로 표현하려 함은 또 어떻게 해석해야 할까. 가연은 이대로 그가 돌아가 주었으면 좋겠다고 생각했다.

"가연아. 어떻게 말을 꺼내야 좋을지 모르겠다."

"그렇게 힘들어하지 말구 어서 해봐요. 어떻게 얘기하든 결론은 같을 테니까."

그는 가연의 예전 같지 않은 말투와 행동에 당혹스러워했다. 잠시 호흡을 가다듬고 그녀의 눈을 바라본다. 그런 그를 그녀가 더 보고있을 수 없었다.

"우리 이런 생활 여기서 그만 접어야 할 것 같애."

가연은 올게 왔구나 하는 심경으로 그의 입술을 읽고 있었다. 귀에 그가 하는 말이 전혀 들리지 않았기 때문에. 멍 하니 어지럼증을 동반한 그의 목소리는 천둥소리 같았다.

"그래. 나 때문이야. 가연이가 날 떠났으면 좋겠어."

"정확하게 말해. 구차한 소리 더 하지 말구. 날 생각해주는 것 같은 말 사절할래."

"미안해."

"떠나려면 미안해하지 말구 가. 꼭 마음은 그렇지 않은데 어쩔 수 없어서 가는 사람처럼 그러지 말구. 그게 더 잔인해. 미련 같은 거 남겨놓지 말구 가."

그는 가연의 행동에 당황하고 있었다.

"그래. 니가 날 버릴 수 있어서 다행이야."

"말 그렇게 하지마. 난 혁빈씨 버리지 않았어. 혁빈씨가 가겠다고 해서 문을 열어둘 뿐이라구. 자길 보내구 말구 할 권리 나한텐 없으니까 잡을 수 없을 뿐이라구."

"가연아. 미안해."

"아니? 자기가 그렇게 미안하다구 하면…… 그건 나한테 자길 붙잡아 달라구 하는 얘기로 들리니까. 그런 얘긴 하지 마."

"날 용서하지 마."

"용서? 아직은 당신을 제대로 보낼 수 있을지 몰라. 사실 나."

가연은 말을 끊어버린다. 더 어떤 말로도 그를 잡을 수 없을 것을 알고 있었기에. 그래서 더 냉정하려고 애를 쓰고 있다. 그래도 다행스럽게 그에게 아직은 자신의 속내를 들키진 않은 것 같다.

"그만 일어나. 이런 자리 거북할 텐데."

"가연아. 나중에 어떤 소릴 듣게 되더라도 더 충격받지 말구 지금처럼 씩씩하게 잘 살았으면 좋겠어. 나 같은 사람 잊어!"

"그만 해!"

가연은 그를 놔두고 밖으로 뛰어나왔다. 그의 입에서 더 나올 말이 무엇이든 고양이 쥐 생각해주듯 아량이 얹어진 말은 더는 듣고 싶지 않았다. 이별을 앞에 두고 더 아름답게 헤어진들 무엇이 남을 것인가. 상처 밖에는 더 없다. 가연은 그가 서 있었던 자리에 주저앉아 그의 발자국이 남아 있는 곳에 손을 대본다. 차갑다. 자리에서 일어나 가로 등을 뒤로 하고 걸었다. 그가 떠나는 뒷모습을 볼 수 없을 것 같아서 뛰어나왔지만 외투를 걸치지 않아서인지 추워서 더 앞으로 걸어 갈 수가 없을 것 같았다.

주위를 살펴보니 아파트 구석구석에서 하얀 불빛이 새어 나왔다. 온화하고 따뜻하다. 세상에서 축복 받은 사람들이 모여 있는 곳 같다 그래서 더 외로웠다. 세상 밖으로 밀려난 기분이다. 그가 갔을 것 같 을 만큼 충분한 시간이 흘렀다. 걸어왔던 길을 되짚어 돌아가는 내내 그가 혹시 라도 가지 않았을지도 모른다는 기대가 발돋음을 치고 있 었다. 그런 생각 때문이었는지 발걸음이 빨라졌다. 현관문은 열려 있 었다. 그의 신발도 가방도 아무 것도 없었다. 이내 눈물이 쏟아졌다. 잠시였지만 그가 있을지도 모른다는 기대 때문이었을까 가슴에 구멍 이 뚫린 듯 바람이 새어 들어왔다. 이럴 줄 알았더라면 그가 떠나는 뒷모습을 끝까지 바라보고 있었을 걸 아니 잘 가라고 손이라도 흔들 어줄 걸. 아니다. 그 앞에서 눈물이라도 흘릴 걸 그랬더라면 그가 좀 더 머물러 있었을지도 모르는데. 그냥 그렇게 보내는 게 아닌데……. 이젠 정말 다신 못 볼 지도 모르는데. 그가 없는 세상을 어떻게 살려 고…….

가지 말라고 애원이라도 해볼 걸. 그냥 생각나면 한 번씩이라도 들 려주면 그것으로 됐다고, 아니다. 언제고 돌아오고 싶으면 자유롭게 날아오라고. 당신을 위해 창문은 언제고 열어놓겠다고 그렇게 얼마든지 멋지게 아름답게 그의 가슴에 각인되게 하였을지도 모르는데. 가연은 고춧가루를 물에 타서 마신 것같이 목선을 타고 눈물이 칼칼하게 넘어갔다. 생각처럼 그렇게 못한 건 미리 때문이었다.

미리와 그. 두 사람에 대한 감정이 어떤 것인지 확실하게 알기 이전엔 어떤 행동도 취할 수 없다고 생각했다. 정리되지 않은 감정을 그들 두 사람에게 내보이기 싫었기 때문이다. 우선 확실한 건 그가 자신을 떠나고 싶어한다는 사실이었다. 그걸 부인하고 싶진 않았다. 그의 눈빛에서 이미 떠나버린 마음을 읽었기 때문이다.

그가 앉았던 소파 앞에 쪽지가 남겨져 있었다. 쪽지를 읽으려고 든 순간 발 밑으로 또르륵 굴러 떨어진 커플링을 보자 다시 서러움이 복받쳤다. 그 때 전화벨이 울렸다. 가슴이 뛰었다. 그가 전화한 것은 아닐까? 잘못했다고 다시 돌아서서 가다 보니 너 없이는 못 살 것 같더라고 아니 날 보내지 말라고. 가지 말라고 붙잡아 달라고.

그러나 전화선을 타고 비집고 나온 목소리는 미리의 남편이었다.

"밤늦게 죄송합니다. 내일 좀 뵈었으면 해서 전화 드렸습니다."

"저를요?"

"예. 가연씨도 알아야 할 거 같아서요."

"죄송하지만 전 내일 출장가야 하는데요. 아마 며칠 후에나……."

사실은 아니었지만 그 누구도 만나고 싶지 않았다. 뻔한 일을 두고 만나서 그 어떤 얘기도 듣고 싶지 않았다. 더는 상처를 깊게 하고 싶지 않았다.

"그렇담 어쩔 수 없군요. 전화상으로라도 말씀 드려야 할 것 같군요. 전 그래도 가연씨 입장 생각해서 이렇게까진 하지 않으려고 했었는데……."

그의 목소리는 단호했다. 마치 큰일을 저지를 것 같은.

"미리가 지금 임신 중입니다. 그거 아세요?"

이쪽에서 아무런 대답이 없자 그는 계속 말을 덧붙여 갔다.

"사실 이런 말씀까지 드려야 한다는 게…… 하지만 저도 깝깝합니다. 솔직히 말해서 나도 이런 상황을 어떻게 해결해야 할 지 난감합니다. 그렇지만 이건 정말 아닙니다. 미리가 바람을 펴서 차라리 모르는 남자의 애를 가졌다면 내가 이렇게까지 용서 못할 일은 아니었을지 모릅니다. 그런데 그 애 아빠가 다른 사람도 아닌 장혁빈의 애라니요. 도저히 용서가 되지 않습니다. 어떻게 그럴 수 있는지. 지각이 있는 아니 도덕성이 조금이라도 있는 사람들이라면 그런 일은……."

가연은 그가 하는 모든 말 중에 장혁빈의 애라니요 라는 말만 계속 회오리바람처럼 가슴을 헤집고 있었다. 삽시간에 모든 걸 다 삼켜버릴 것 같은 힘으로 세차게 뇌리를 맴돌고 있었다.

"지금 그게 무슨……."

"사실입니다. 미리 입을 통해서 확인한 사실이에요. 처음엔 극구 부인을 했는데 여행에서 돌아와 선 이혼을 해 달라고 하더군요. 난 너무 화가 나서 둘 다 간통죄로 집어넣겠다고 했어요. 그랬더니 차라리 그렇게 하라고 하더군요. 그렇게 되면 복잡할 것도 없이 자동이혼이 될 거 아니냐구요. 정말 둘 다 미쳤어요. 제 정신이 아니라구요. 가연씬 정말 장혁빈 그 사람을 그냥 놔둘 겁니까?"

그러나 그의 말이 그녀를 더 무력하게 했다. 그들은 결혼이라는 형식적인 틀이라도 있었으니 헤어짐에도 절차가 필요하겠지만 자신과 혁빈은 그도 저도 아무 절차도 필요 없는 사람들이었다. 감정만 정리하면 끝인 사람들이었다. 미리 남편의 당당한 어투가 부러웠다. 그렇게라도 할 수 있는 그가 부러웠다.

결혼이라는 건 그런 거였나 싶었다. 그럴 줄 알았더라면 그런 형식의 노예가 되어보는 것도 좋았을 걸 이제 뒤늦은 후회를 한 들 무엇이 달라지겠는가. 가연은 더는 그의 전화목소리를 듣고 있기 거북했다.

"가연씬 화도 안 납니까? 뭐라고 말 좀 해봐요. 사랑하는 사람이 배반을 했는데 그것도 친구하고 말예요. 그렇게 참고 있는 게 미덕은 결코 아닙니다."

"참고 있어서가 아니에요. 내가 할 수 있는 일이 뭐가 있어요. 네? 우린 결혼을 한 것도 아닌데. 무슨 이유로 그 사람을 붙잡을 수 있죠? 말해봐요. 이럴 수밖에 없는 나는 얼마나 더 괴로운지 아세요? 나도 그렇게 두 사람을 다 잃긴 싫다구요. 나한테 두 사람을 다 잃는 게 무슨 의민 줄 아세요? 친구도 사랑하는 사람도 다? 내가 느끼는 절망감은…… 흑흑……."

그는 더 이상 전화를 붙들고 있을 수 없었는지 전화를 끊고 말았다. 끊어진 수화기를 붙들고 멈추지 않는 눈물을 받아내고 있었다. 이제 진짜 세상에 혼자가 되어 고립되어 있었다. 뚜- 기계음과 함께.

탁자 위에 펼쳐진 혁빈의 편지가 눈물로 범벅이 된 채 흐릿하게 보였다.

'가연아. 진정 사랑했었다. 나를 절대 용서하지마. 잊어야 해! 모든 걸 다!'

한 겨울에 포장마차에서 우동을 먹을 때처럼 뿌옇게 낀 안경 너머에 그가 남긴 편지의 글씨는 흐릿해졌지만 사랑했었다!만은 뚜렷하게 너무도 확실하게 보였다. 이제 그에게 사랑했었던 과거의 여자로 남은 것이다. 흔적처럼. 그에게 흔적일 수밖에 없다면 지워지지 않는 흔적일 수 있었으면 좋겠다고 가연은 기도하는 마음이 된다. 그에게 흔적으로 남을 수밖에 없는걸 자인하고 있는 지금. 그녀의 방엔 검은 커튼이 서서히 내려오고 있었다.

8

사랑의 매듭

 이틀째 출근을 못하고 잠만 잤다. 아니 눈 뜨고 있으면 슬픔이 옥
죄여서 눈을 감고 있을 수밖에 없었다. 왼손 약지에 끼워진 진주 반
지가 눈물이 되어 굴러 떨어졌다. 주인을 잃어버린 반지. 이런 일이
있을 걸 알았다면 이런 구차한 일을 만들지 않았을지도 모른다. 굳이
반지를 서로의 손에 꼭 맞게 맞추는 일도 반지를 돌려받는 일도 없었
을 것이다. 그 땐 그와 함께 어떤 생각으로 반지를 맞추고 서로 하나
씩 나눠 가졌는지 지금은 아무 생각도 나지 않는다. 그런 생각을 한
다는 것 자체가 슬픔이었다. 돌이킬 수 없는 일이 되어버린 것이다.
이럴 때 헤어진 남녀들은 어떻게 극복할까? 아니 그는 지금 어떤 모
습으로 어떤 생각을 하고 있을까. 이별의 화살을 당긴 사람도 이별의
화살에 맞은 사람처럼 비참하고 세상을 다 잃은 것 같을까.
 그는 그의 바램처럼 다 잊을 수 있을까? 어쩌면 그건 자신에게 남

긴 편지가 아닌 본인 스스로에게 남긴 편지였을지도 모른다. 혹여라도 돌아서게 될까봐. 그에게 과거의 여자가 된 것처럼 그도 그녀에게 과거의 남자가 될 수 있는 건 아니었다. 이별의 선고를 받고도 순간순간 어지럽게 사랑의 시계는 멈추지 않고 째깍째깍 돌고 있었다.

'딩동' 인터폰이 울리고 있는데 일어설 수가 없다. 다리에 힘이 없다. 공기 빠진 자전거 바퀴처럼 누군가가 바람을 불어넣어야만 될 것 같았다. 누군가? 그 누군가라면 자신이 필요에 의해서 꼭 써야 할 필요성을 느낄 때만 방치해 둔 자전거를 손봐줄 것이다. 인터폰은 몇 번을 울리다간 이내 잠잠해진다. 잠시 후 핸드폰이 울리기 시작하지만 역시 움직일 수가 없다. 제발 누구든 와 줘요. 혁빈…….

그가 아직도 사랑의 끈을 놓지 않고 있다면 텔레파시의 힘으로 여기까지 단숨에 달려와 줄지도 모른다고 희망을 꿈꿔본다. 그가 와 주기만 한다면…… 그와 함께 산 세월이 얼만데 그는 그렇게 돌아서지 못할 거라고 믿고 있었다. 한 번 정도는 그녀의 안부를 물어와 줄 것 같았다. 소담의 말처럼 사랑보다 질긴 게 정이라고 하지 않던가. 사랑은 끝났어도 그의 가슴 밑바닥에 남은 정은 아직도 설거지되지 않은 채 찌꺼기가 남아 있을 거라고 믿고 싶었다. 이제 사랑은 아니어도 상관없다. 그를 단 한 번만 더 볼 수 있다면 진실이 아니었다고 자기 없이는 도저히 아무 것도 할 수 없다고. 달려와서 벨만 한 번 눌러준다면 있는 힘을 다해 걸어가 문을 열어 주리라고.

그 때 거짓말처럼 벨이 울렸다. 그런데 마음처럼 몸이 움직여 주질 않았다. 벨이 멈추어 버릴까봐 안간힘을 다해 현관 쪽으로 기어 보았다. 소리를 질렀다.

"기다려요. 나 여기 있어요. 조금만 더 기다려요."

그러나 더는 소릴 지를 수도 앞으로 기어갈 수도 없었다. 이렇게 끝나버리는 건가.

눈 떠보니 병원이었다. 옆엔 걱정스런 얼굴로 민소담 그가 지켜보고 있었다. 이내 실망의 눈빛이 깃든다. 입가엔 작은 떨림이 일어났다.

"아무리 벨을 눌러도 아무 소리도 없는데 경비아저씬 가연씨 나간 거 못 봤다고 하지 회사에선 이틀째 아무 연락 없이 결근이라고 하지 사람 애 간장 다 녹는 줄 알았어요. 피로가 누적됐데요. 푹 쉬래요. 우리 이젠 병원에선 만나지 않기로 했잖아요."

그를 보자 가슴에 뭉클한 것이 뻥 뚫려 내려가는 것 같았다. 흐르는 눈물을 닦을 줄 모른 채 눈을 감고 있었다. 뭔가 얼굴 위에서 아른거렸다. 손수건에서 익숙한 향이 번졌다. 젖은 얼굴에 그 향이 묻어 지워지지 않을 것 같았다. 이제는 타인을 통해서 그 향을 훔쳐야 할 것 같은 불길한 생각이 들었다.

언제까지라도 그가 싫다고 할 때까지 화장대 위의 화장품이 떨어지지 않도록 대줄 수 있을 것 같았는데 그리 과하지도 않은 욕심 같았는데 그것마저도 허락되지 않았다. 하루는 더 병원에 있어야 한다는 소담의 걱정을 뒤로 하고 병원을 나와 버렸다. 그는 어린아이를 돌보듯 가연의 안색을 조심스럽게 살피며 그녀 곁을 지키고 있었다. 사천왕처럼 근엄한 얼굴은 아니었지만 모든 병마와 싸울 기세처럼. 약을 먹고 몇 시간이고 잤다. 자꾸 졸음이 밀려와서 무거운 눈꺼풀을 이길 수가 없었다. 눈만 감으면 자꾸 혁빈의 얼굴이 보인다. 그의 미소 그의 목소리 그의 갖가지 표정. 그나마 그렇게 꿈속에라도 만날 수 있다는 건 그녀에게 다행스런 일이 아닐 수 없었다. 그가 가버린 것처럼 그녀의 맘속에도 지나간 추억으로 그가 남게 될까봐 가슴을 쥐어뜯고 있었다.

"자 먹어 봐요. 난 죽 끓이는 게 쉬운 줄 알았더니 밥보다 더 힘드네요?"

그는 어디서 찾아냈는지 쟁반에 흰 쌀죽과 간장을 담아 내왔다.

"맛은 어떨지 모르지만 죽이란 게 다 그렇겠죠 뭐. 어서 일어나봐요."

그는 가연의 어깨를 안아 일으켰다. 그의 손끝을 통해 봄 햇살 같은 따뜻함이 살결에 닿았다.

그가 떠 먹여주는 걸 외면할 수 없어서 그릇을 다 비웠다.

"아마 이래서 어미 새가 새끼 새에게 먹이를 구해다가 먹이기 위해 목숨을 거나 봐요. 가연씨가 그렇게 나를 의지해서 식사를 하는 게 이렇게 나를 행복하게 할 줄은 상상도 못한 일이에요. 이렇게 작고 소박하고 사소한 일이……."

"너무 늦지 않았어요? 이젠 가세요. 오늘 일 고맙다구 해야 하는 거죠?"

그는 가연의 그런 백지장 같은 얼굴을 오래도록 쳐다보고 있었다. 그러나 그 무엇도 물어보지 않았다.

"어서 가세요. 난 괜찮으니."

가연은 그의 등을 떠밀었다. 그가 힘없이 밀려나가듯 웃옷을 챙겨 입는다. 돌아서서 가는 그의 뒷주머니에서 뭔가가 발 밑으로 떨어진다.

"소담씨. 거기 뭐 떨어졌어요."

그가 돌아서서 도톰하게 접힌 편지를 주워 주머니에 넣으려다 다시 주저앉는다. 그리고 아주 차분하게 말을 꺼낸다.

"사실 오늘 가연씨 집에 온 건 이거 때문이었어요."

그가 내미는 편지를 받아들었다. 아주 정갈한 글씨체가 깨알같이 가득 메워져 있었다. 유언장이었다.

그걸 다 읽는 동안 침 한 번 꼴깍 넘길 수가 없었다. 그가 단숨에 달려온 이유도 알 것 같았다.

'동성애자인 줄 알았었다. 그를 만나기 전까진. 형과 사랑을 나누면서 죄를 짓는 개운치 않은 기분은 이내 모멸감으로 나를 침몰시켰다. 여장을 하고 만난 남자. 그 남자에게 사랑을 느꼈고 형과 함께 있을 때와는 다른 감정을 느꼈다. 그를 위해서 아니다 나를 위해서 진짜 여자가 되고 싶었다. 진짜 그의 여자이고 싶었다. 그래서 성전환수술을 결심했다. 세상의 이목이 무섭지 않은 건 아니다. 그러나 그보다 더 무서운 건 그를 보지 못하며 사는 거였다. 그를 떠나려고도 생각했었다. 트랜스젠더로 살아가는 거…… 그리 쉬운 일은 아니었다. 내 안에 살아 있던 여성을 잘라내지 못하고 나는 버겁게 살아왔다. 너무 버거워서 그만 세상을 버리려고도 했었다. 그러나 그건 비겁한 일이었다. 그래서 트랜스젠더로 사는 일에 내 남은 생을 걸고 도박을 했다. 사랑을 위해서. 내 사랑을 위해! 난 단 한순간도 여자이지 않은 순간은 없었다. 이건 내 잘못이 아니다. 신의 실수다. 그래 신의 실수다! 그를 사랑하면서 더 확실해진 내 정체성. 나는 나를 찾고 싶었다. 그래서…… 잠시 그를 속일 순 있어도 영원히 그를 속일 수 없다고 생각했다. 그래서 생명이 단축될 수도 있다는 그 위험한 수술을 받았다. 수술을 받는 동안 기적이란 게 일어나서 진짜 여자가 될 수 있길 간절하게 빌었었다. 단 한 순간이라도 그의 여자로 살고 싶었다. 그의 아기를 가질 수는 없지만 그의 여자로 살아 있는 동안 최선을 다하고 싶었다. 형을 다시 만나기 이전까지는. 형은 그에게 내 과거를 다 털어놓을 거라고 협박을 해 왔다. 그리고 싫다는 나를 강간했다. 그 밤…… 나는 진짜 여자였다. 그 날의 악몽을 지금도 지워버릴 수가 없다. 그 사람을 속일 수가 없다. 이제 그 사람 얼굴을 다신 못 볼 것 같다. 형은 마지막으로 한 번만 만나 달라고 했다. 난 이제 형을 만나러 가려고 한다. 형이 왜 만나자고 하는지 나는 안다. 내 비밀이 밝혀지고 어쩔 수 없이 그의 곁을 떠나야 한다면 난…… 그가 영원히 내 비밀을 몰랐으면 좋겠다. 아니 모르길 바란다. 그러나 내 사랑이 추락하는 건 정말 참을 수 없다. 난 지금 내 사랑과 내 생명을 맞바꾸려고 한다. 후회 없다. 그를 사랑할 수 있었던 걸 영원히 잊지 못할 거다. 내가 가고 난 뒤 그 사람이 너무 가슴 아파하지 않았으면 좋겠다. 잊을 수 있다면 철저하게 잊어주길 빌고 싶다. 사랑하는 내 사람…… 더 이상은 당신을 향해 죄를 짓고 싶지 않아요. 이대로 죽어도 이제는 후회 없다. 살아 있는 동안 그를 만나지 못했더라면 진짜 사랑이 뭔지 모르고 갔을지도 모르니까. 난 지금 이 편지를 어디엔가 놓고 가야 한다. 그러나 그가 먼 훗날 이걸 발견한다면…… 그러나 이대로 한낱 휴지조각으로 쓰레기가 될지도 모른다.

그러나 내 사랑이 휴지통에 버려지는 건 싫은데…… 그래서 유언장 대신 난 지금 손수 그를 위해 양말을 뜨고 있다. 그가 나만을 위한 속옷을 만들어 주었듯이 정성을 다해 한 땀 한 땀 그를 위한 양말을 짜고 있다. 그는 언젠가 내가 한 말을 기억할까? 내 사랑이 꺼지는 날 그 사랑대신 심장을 주고 가고 싶다고. 그러나 이제 그 심장 대신 오렌지 양말을 남기고 가려 한다. 그가 이 양말을 신고 다니는 동안 나는 결코 죽은 게 아니다. 내 심장으로 그의 차가운 발을 녹여줄 수만 있다면 그것으로 영원히 행복 할 수 있을 거 같다.

소담씨! 영원히 당신만을 사랑할 거예요. 먼저 가서 기다릴게요. 다시 만날 땐 진짜 여자로 기다리고 있을 겁니다. 영원히 당신을 사랑해요!'

가연은 다 읽은 편지를 손에서 놓지 못하고 있었다. 그는 돌아서서 현관 쪽으로 몸을 기울였다. 그 때 그의 발뒤꿈치가 보였다. 오렌지 양말을 신고 있었다. 웃음 대신 행복한 미소가 그의 뒤꿈치에 밟히고 있었다. 가연은 그의 뒷모습을 보면서 김소월 님의 시가 생각났다. 나 보기가 역겨워 가실 때에는 말없이 고이 보내 드리우리다. 영변에 약산 진달래꽃 아름 따라 가실 길에 뿌리오리다 가시는 걸음 걸음 놓인 그 꽃을 사뿐히 즈려밟고 가시옵소서…… 시 한 수를 다 읊기 전에 그는 가 버렸다. 혁빈처럼. 가연은 그가 혁빈처럼 다신 와 주지 않을까 겁이 났다. 나쁜 기억은 빨리 잊어야 한다. 그렇다면 혁빈이 부르다 간 이별노래를 이어서 자신이 불러야 할지. 그러나 자신이 없었다.

일요일 아침 뉴스를 보고 있을 때였다. 핸드폰과 전화가 동시에 울렸다. 핸드폰을 받으려다 전화기에 손이 갔다.

"나야."

미리였다. 그녀의 목소리를 듣는 순간 바느질을 하다가 찔린 것처럼 싸리하게 편두통이 왔다. 사실 전화 통화 할 일이 없길 바랬다. 그녀와 미묘한 감정싸움은 피해가고 싶었다. 혁빈을 알기 이전부터 그녀와 먼저 인연이 되었었고 친구 이전에 미리는 마음의 짐을 덜어 놓을 수 있는 유일한 빈 그릇이었다. 그런 그녀에게 더 이상 어떤 말도 어떤 고민도 이제는 할 수 없다는 게 공허했다. 사랑의 믿음에도 한계가 있는 것인지 혁빈에겐 말 못할 번민이 있었다. 다 털어놓을 수 없었던 건 그를 잃게 될까봐 입이 떨어지지 않아서였다. 자다가도 몇 번씩 악몽에 시달려도 그가 알아차리기라도 할까봐 숨을 들이쉬고 있어야 했다. 그런 이유로 가연은 그 앞에서 술을 마시지 않았다. 술에 취하면 속에 있는 걸 하나씩 털어놓게 될까 봐서. 혁빈은 그런 그녀를 책망하곤 했다. 술을 좋아하는 그가 술친구가 되어 줄 수 없는 가연을 아쉽게 생각하는 건 당연한 거였다. 그래서 어쩌다 미리와 함께 술자리를 할 때면 술잔을 주고받는 그들을 바라보아야만 했었다. 그들 사이에 끼어 들어갈 수 없는 시간은 그 시간뿐이었다. 두 사람은 가연을 옆에 허수아비처럼 세워두고 얘기꽃을 피우며 웃고 떠들었다. 혁빈도 다른 때와는 달랐다. 술 마시는 동안은 술이 두 사람을 아주 가까운 사람들로 끌어당겨 놓았다. 남이 본다면 누가 누구의 애인인지 분간을 못할 정도로 두 사람의 일치된 화제는 한 시간에서 두어 시간까지 계속되었다. 가연은 정적인 분위기였고 미리는 동적인 분위기의 소유자였다. 혁빈이 동적인 여자에게 매력을 느끼게 되리라고 그 때 생각만 했었어도 지금 여기까지 오지 않아도 되었을지 모른다는 자책이 앞섰다. 그녀는 충분히 이런 상황을 만들어놓고도 전화를 할 수 있는 성격의 소유자였다. 사랑은 쟁취하는 거라고 늘 자신만의 사랑지론을 펼쳤었으니까. 혁빈과 술자리가 끝나면 늘 노래방을 갔었는데 그녀가 즐겨 부르는 노래는 김건모의 핑계나 요즘 유행하는 홍경민의 흔들리는 우정을 부르는 데 반해 자신도 모르게 가연은 GOD의 거짓말이나 송창식의 우리는 이라는 노래를 찾아 불렀었다. 그러면 그녀는 가연의 마이크를 뺏어 들고

"넌 꼭 너 같은 노래만 부른다. 혁빈씨 그렇죠? 그래 두 사람 사랑 대단한 거 알아. 빛이 없는 어둠 속에서도 찾을 수 있는 우리는……."

이라며 질책하듯 그 다음 소절부터 따라 불렀었다. 그녀의 사랑지론에 손을 들어야 할 것인지. 그녀에게 맞설 생각은 아예 안 하는 게 낫다는 걸 가연은 알고 있었다. 그녀가 한 번 마음먹은 건 쉽게 포기하지 않는다는 걸 알고 있기에. 알고 있다는 건 사람을 무기력하게 만드는데 충분한 논리가 없어도 가능하다는 것을 어린 시절부터 받아들이게 된 것이다. 손에 쥐게 된 것마저 오빠에게 다 양보하면서 터득하게 된 논리는 아무리 애를 써도 자신의 것이 될 수 없다는 걸 그래서 포기하고 나면 맘이 편해진다는 것이었다. 미리는 이런 가연의 속내를 다 핥고 있는 것 같았다.

"우리 만날까?"

"………………………."

"가연아. 듣고 있니?"

아무 대답도 없는 이쪽의 말을 막연히 기다리고 있지 않을 거라는 걸 알면서도 무슨 말을 어떻게 꺼내야 할지 막막했다. 그녀는 분명 자신이 듣고 싶어하는 대답을 꼭 듣고야 말 것이다. 언제나처럼.

"난 더 무슨 말도 듣고 싶지 않아."

"가연이 너 그렇게 피한다고 될 수 있는 문제가 아니야. 우리가 영원히 보지 않고 살 수 있을까? 그게 그렇게 간단한 문제가 아니라구. 넌 내가 그저 원망스럽겠지만 왜 이렇게 됐는지 한 번 생각해 봤니? 남녀문제가 어디 한쪽에서 잡아당긴다고 이루어지는 거니? 날 이해해 달라고 하진 않겠어. 하지만 만나자. 만나야 돼. 너도 알건 알아야지."

"아니. 아니야. 싫어!"

"그렇게 자꾸 피하면 구질구질하게 길어진다는 거 너 몰라?"

"지금 구질구질이라구 말했어? 너 말 함부로 하지마! 넌 어떤지 몰라도 난 아냐! 혁빈씨 깨끗하게 보내줄게. 아니 아니야. 니 말대로라면 어디 사랑이란 게 보낸다고 보내지는 거니? 나 아직은 그 사람 보낼 수 없어."

"나 그 사람 아이 가졌어."

"알아. 그래서……."

그녀는 이미 그 사람의 아내가 된 듯 의기양양하다. 하기야 그 사람의 분신을 몸에 담고 있으니 그보다 더 확실한 해답이 어디 있겠는가.

"우리 남편이 혁빈씨하고 나하고 간통죄로 집어넣는다고 난리야. 니가 좀 우리 남편 만나서 얘길 해줘. 부탁이야. 니가 정말 혁빈씰 사랑했다면 아니 사랑한다면 그 사람 아일 감옥에서 낳게 해야겠어? 그 사람 영영 사회에서 발도 못 붙이게 해야겠느냐구. 부탁할게. 우리 남편 좀 만나줘. 니가 설득 좀 해줘."

"………………………"

가연은 그만 쥐고 있던 수화기를 놓고 말았다. 설득? 내 남자를 당신의 아내와 살게 해주세요 라고 빌기라도 하라는 건가. 그녀를 도저히 이해할 수 없을 것 같았다. 가연은 그녀의 뱃속에서 살아 꿈틀대고 있을 아니 지금도 그를 닮은 아이가 자랄 것을 생각하니 아랫배가 빽쩍지근하게 아파왔다.

손으로 아랫배를 감싸고 쪼그리고 앉았다. 그는 과연 어떤 얼굴로 그녀와 밤을 보냈을까. 쓸데없는 생각이 머리 속을 헤집고 다녔다.

그녀의 전화를 그렇게 받았던 그 날 이후 며칠이 지난 오후였다. 미리 남편이 점심시간에 회사로 찾아왔다. 까칠해진 얼굴로 봐서도 한 눈에 그가 얼마나 고통의 나날을 보내고 있는지 알 것 같았다.

두 사람 모두 차를 시켜놓고 서로의 눈을 피하고 있었다. 그런 그를 옆에서 보고 있자니 버거웠다.

"힘드시죠."

"걱정 많이 했는데 저보다 가연씨가 강한가 봐요. 이렇게 잘 견디는 걸 보면."

"잘 견디는 것처럼 보일 뿐이에요. 아직은."

"사실 처음엔 분노 때문에 그 두 사람 간통죄로 쳐 넣으려고 그랬어요. 그런데 막상 그렇게 하려고 하니 이만 저만 걸리는 게 많더군요. 난 그 사람이 간통죄를 운운하면 그냥 주저앉을 줄 알았어요. 그런데 그게 아니더군요. 그 사람 또 집 나갔습니다. 마음대로 하라고 하면서 아주 당당하게 걸어나갔어요. 가연씨. 난 사실 그 사람 포기할 수 없습니다. 이 나이에 사랑 타령하면 유치하다고 하겠지만…… 난 알고 있었어요. 그 사람이 날 사랑해서 한 결혼이 아니라는 걸. 그래요. 내가 가지고 있는 사회적 지위와 물질적 풍요로움 그런 게 그 사람을 유혹한 것이란 걸. 하지만 살다 보면 그 사람도 날 사랑하게 되리라고…… 난 그 사람이 내게 문제가 있어서 아일 가질 수 없다는 걸 알게 될까봐 맘을 졸였어요. 그런데 어처구니없게 그 사람이 지금껏 피임을 하고 있었다는 걸 알았을 때 그 절망감이란…… 그래요. 어차피 아이를 가질 수 없는 내가 그 사람을 속인 것이나 내 아이는 갖고 싶지 않았는지 나 모르게 피임을 했던 그 사람이나 우린 서로를 속이고 산 것임에는 틀림없으니까요. 그런 게 지금 무슨 소용 있겠어요. 단지 난 지금 그 사람이 돌아와 준다면 그 사람의 뱃속에 있는 아이까지도 받아들이고 싶은 심정이에요. 가연씨도 내 맘 같겠죠? 혁빈이 그 사람을 얼마나 사랑했는지 내가 아는데. 우리 좀 더 생각해 봅시다. 그래도 가연씨 만나고 보니 용기가 생기네요."

"사실 내가 여기 나온 목적은 따로 있었어요. 미리가 며칠 전에 전화를 했었어요. 두 사람이 같이 살 수 있게 도와 달라구요. 이혼할 수 있게 설득시켜 달라구요. 이런 날 이해 못하겠죠?"

"아니요. 가연씨가 여기 나온 그 이유도 혁빈이 그 사람을 아직도 사랑하기 때문이란 걸 내가 모를 리가 있겠어요? 입으로 돌아서라고 해 놓고 지금껏 가슴앓이를 하고 있으리란 거 아마 혁빈이 그 사람도 알 겁니다. 두 사람이 함께 산 세월이 얼만대요."

"미리 시댁에선 아직 모르나봐요."

그는 대답 대신 고개를 끄덕였다. 미리는 참 복도 많은 인생이구나 하는 생각이 봇물처럼 치솟았다.

불행을 지뢰밭처럼 안고 살아 온 자신과 가난했지만 그래도 얻고 싶은 것 다 얻고 산 미리와 행복의 가치를 같이 놓고 있진 않았다. 그렇지만 평범하게 살고 싶다는 희망이 이렇게 무참하게 잘려 나갈 때마다 노력해서도 안 되는 인생에 그만 엎어져 다시는 일어나고 싶지 않다는 생각을 해 본다.

일어서지 않으면 넘어질 일도 없지 않을까. 그 날 가연은 집으로 돌아와 혁빈의 짐을 꼼꼼히 쌌다.

그의 속옷을 싸면서 함께 백화점에서 쇼핑하던 기억까지도 다 박스에 집어넣고 노끈으로 질근질근 동여맸다. 청바지도 티셔츠도 양말까지 다 박스에 넣었다. 장롱에서 양복을 꺼내 부직포로 된 덮개를

씌워 따로 구겨지지 않도록 옷걸이에 걸어서 집어넣고 녹색 테이프로
튼튼하게 봉했다. 그 동안의 긴 세월이 몇 박스에 한 사람의 흔적을
담아낼 수 있다는 게 아이러니했다. 몇 시간 후 작은방 하나 가득 짐
이 꾸려졌다. 가연은 그렇게라도 이별의 징후를 스스로 인정하게 하
고 싶었다. 더 긴 시간 이별의 늪에 빠져 허우적거리고 싶지 않았다.
  '그래. 이별을 인정하자면 확실한 이별의 끝을 점찍고 싶어……'
  속에서 끓어오르는 마음의 상처가 곪아 터지고 있음을 부정 할 수
없었다. 마음 속 깊은 곳에 아직도 박혀 있는 사랑의 뿌리를 확실하
게 도려내고 싶었다. 맘속으로 '확실하게 끝내고 싶어……'를 되뇌이
며 혁빈에게 짐을 붙이기 위해 부안 혜민병원으로 전화를 걸었다. 그
런데 그가 사표를 냈다는 것이다. 아직 사표수리는 되지 않은 상태이
지만 이번 주까지 아무 대책이 없으면 수리 될 거라고 했다. 지난 번
일도 겹쳐서 병원측에서 혁빈에 대한 감정이 좋지 않다고 했다. 이미
자기 남자가 아닌 사람의 걱정을 하고 있는 자신의 깔끔하지 못한 감
정에 스스로 화가 치밀었다. 어떻게 늘 지나간 그림자에 깔려 가슴앓
이를 하고 살아야 하는 가하고. 전화를 그대로 끊으려다가 산부인과
의 하성미 선생님 좀 연결해달라고 말해 버리고 잠시 후회를 했다.
할말도 없었는데……
  "네. 전화 바꿨습니다."
  하성미의 전화음성을 듣는 순간 그대로 전화를 끊어 버리고 싶었
지만 마법에 걸린 사람처럼 그 목소리 안으로 걸어 들어갈 수밖에 없
었다.
  "나야. 하가연"
  "음. 그런데 웬일이야?"

가연은 엄밀히 말하면 배다른 동생에게 타인처럼 말하고 있는 자신의 모습을 거울처럼 들여다보니 어색하기 짝이 없었다. 굳이 그녀에게 이럴 필요까진 없지 않은가 하는 생각이 들자 목소리에 힘이 들어갔다.

"아버진 어떠셔?"

"그래도 걱정은 됐나 보지? 그럴 필요 없어. 일부러 이렇게 전화해서 확인할 필요가 있었을까?"

"성미야. 어찌 됐든 우린 자매잖니. 너한테 아버지면 나한테도 세상에 단 한 분이신 아버지라구. 우린 이제 다 큰 성인이야. 되지도 않은 감정싸움으로 서로를 할퀼 필요 없잖니."

"………………"

그녀가 말없이 듣고만 있었다. 아마도 자매라고 이쪽의 편의대로 칭했던 호칭 때문에 자존심이 무척 상하는 모양이었다. 예전 같으면 겨자처럼 톡 쏘며 어떤 말이든 내뱉었을 텐데.

"아버지 건강은 정말 괜찮으신 거니?"

"아직은 아냐. 하지만…… 아니야."

그녀는 혀끝에서 굴러 떨어지기도 전에 입 속에서 무슨 말을 하려다가 얼버무린다.

"말해. 무슨 문제 있구나?"

"아니라니까. 아버지 만나고 싶으면 병원 알려줄게."

"아니야. 됐어. 날 언니 대접해줘서 고마워. 가끔씩 난 니가 그리웠어. 내게도 여동생이 있는데 하구 말야. 난 너 때문에 더 외로웠어. 진심이야. 또 전화해도 되니?"

"………………"

그녀는 대답 대신 긴 한숨을 내쉰다. 그 숨소리가 귓볼을 타고 목선을 간지럽혔다. '잘있어' 라고 기어 들어가는 목소리를 간신히 남기고 수화기를 놓으려는데 그 쪽에서 그녀가 불러 세웠다.

"잠깐만. 나두 늘 싫었던 건 아니야. 지금 생각해보면…… 저기…… 내가 서운하게 했던 거 잊을 수 있으면 잊어줘. 하지만 미안했다고 사과하진 않겠어. 그 땐 정말 그게 내 솔직한 심정이었거든. 알잖아. 나 거짓말 못 하는 거. 아빠 보고싶으면 가봐. 한성병원 507호실이야."

고맙다고 짧게 인사를 남기고 전화를 끊으려 하자 그녀가 덧붙였다. 수요일과 토요일은 피해서 가라고.

오빠가 교대하는 날이라고 했다. 그녀가 어디까지 알고 있는지 모르지만 아무튼 가연의 입장에서 얘길 해준 데 대해 고마운 맘이 들었다. 한성병원 507호실? 아버지는 많이 늙지 않으셨음 좋겠다고 생각했다. 세월이 이만큼 흘렀어도 집을 뛰쳐나온 뒤 한 번도 집 근처엔 얼씬도 안 했었다. 신문을 읽을 때마다 자신을 찾는 전단지가 혹시 끼어 있지나 않을까 순간 순간 기대하기도 했었다. 남 모르게 혼자 낭떠러지로 굴러 떨어진 듯한 그 기분. 아마도 사는 동안 잊혀지지 않을 거 같다. 버스를 타고도 40분 거리에 그리고 전철을 타면 20분도 안 되는 거리에 살고 있으면서도 그 집 앞을 지나갈 수 없었다.

한 때는 너무 어려워서 집으로 들어갈까 생각도 해 봤지만 찾지 않는 아버지에 대한 원망이 너무 커서 높기만 한 담 밖에서 멀리 성처럼 보이는 아버지의 집을 어렴풋이 바라보다 돌아서곤 했다.

그래도 다정하진 않았지만 매몰차지도 않았던 아버지의 기억 때문에. 사랑을 주시진 않았지만 미움도 주시지 않았던 아버지였다. 딱 한 번 술에 만취해서 들어오셨던 날 가연의 방을 들어와 만 원짜리 몇 장을 책상에 놓여진 영어책에 찔러 놓으신 뒤 '가엾은 것……' 하시며 혀를 차셨다. 그 혓소리가 너무 커서 잠자는 척 하던 걸 들킬까봐 가슴이 조마조마했었다. 가끔씩 그 감은 눈 위에서 혀를 차셨던 아버지를 상상해 보기도 했다. 외로움이 짙어 지던 밤이면 그래도 혼자가 아니라고 자위하면서.

그 날밤 가연은 꿈을 꾸었다. 아버지 품에 안겨 환하게 웃고 있는 꼬마. 화려하게 수놓아진 드레스를 입은 가연은 꿈속에서도 이건 내 옷이 아닌데 하면서 불안하게 웃고 있었다. 그 자그마한 손을 커다란 아버지가 덥석 잡았다. 아버지의 손을 꼭 쥐고 언덕을 올라 꽃이 만발한 들길을 뛰어다녔다.

한참을 뛰어다니다가 노을이 무지개처럼 펼쳐진 아름다운 길옆으로 노랗게 핀 들국화를 한 움큼 꺾어서 가슴에 안고 아버지를 향해 뛰었다. 가만히 서 있던 아버지가 갑자기 보이질 않는다. 소리쳐 불러도 대답이 없는 아버지를 찾아 뛰어가다가 발을 헛디뎠는지 쭉 미끄러진다. 아- 끝이 보이지 않는다.

이제 그만 멈춰. 발을 쭉 뻗어 보지만 땅이 닿지 않는다. 손에 들고 있던 노란 들국화가 나비처럼 바람이 날아다닌다. 너무 아름다워 ……. 온통 세상이 노란빛이다.

9

여흔

세상엔 꿈이었으면 좋았을 일들이 수 없이 많겠지만 가연에게 있어 꿈이었으면 좋았을 일 중의 하나가 오빠를 잃었던 그 날의 일이었다. 그 때부터 인생이 꼬이기 시작한 거 같다고 그 날 이후 믿고 있었다. 자신의 의지로 안 되는 일 중에 사람의 목숨과 인연이라는 걸 어린 날 이미 깨달아 버린 것이다.

오빠와 인사도 없이 헤어져 버린 걸 어떻게 가슴에서 지워 버릴 수 있을 것인가. 지금도 사이렌 소리가 한 순간에 오빠를 삼켜 버렸던 걸 잊을 수 없다. 울고 떼를 써도 안 되는 일은 어린 시절이나 다 큰 어른이 된 지금이나 다를 바가 없었다. 사람들은 울며불며 오빠를 부르는 가연을 두고 매몰차게 전투기보다 빠르게 바람처럼 오빠를 데려가 버렸다. 그 땐 사고 때문에 오빠를 잃었다고 믿기보다 사람들이 오빠를 응급차에 실어가 버렸기 때문이라고 믿어 버렸다. 그래서 사

람들이 아니 어른들이 미웠다. 그 미움의 키재기를 아직껏 하고 있는
지도. 하루하루 미움의 고리에 연결된 사람들은 우연찮게도 오래지
않아 불행의 뿌리에 걸리고 만 듯 일이 잘 풀리지 않기도 했었다. 그
런데 그럴수록 가연의 맘은 편하지 않았다. 점점 세상을 보는 눈이
삐뚤어지고 있음을 스스로 자인하면서 그렇게 하루가 다르게 달라져
가는 자신이 무서웠다. 세상을 향해 칼날을 갈고 있다는 건 나를 지
키기 위해서가 아닌 누군가를 향해서 상처를 내기 위해서라는 게. 그
건 누군가 뺨을 때리면 맞대항으로 때린 사람을 향해 보복을 하는 것
이지만 자기가 하고 있는 건 대상이 따로이 있는 게 아니라 세상 누
구도 될 수 있다는 건 무서운 일이 아닐 수 없었다. 불행은 자기만의
소유물인 것처럼 받아들이며 살아온 세월이 차라리 마음 편하고 평온
했다. 그걸 깨닫는 순간 그 미움의 키재기를 제거해줄 누군가가 절실
히 필요했고 그 때 미리를 만났다. 열아홉 살, 꿈도 많고 감정도 여린
그 시절에.

　어제 미리의 전화만 아니었더라도 그녀와의 만남이 있었던 것 까
지 후회하진 않았을지도 모른다.

　"나야. 우리 남편 만났다며?"

　"그래. 참 많이 힘들어 하시더라."

　"그 소린 넌 힘들지 않다는 소리로 들린다? 그래. 다행이지 뭐."

　그녀의 목소리가 흐려진다. 그러나 미안함의 표현은 아니었다. 뭔
가 더 할말이 남아 있을 것 같았지만

　이쪽에서 그녀에게 무슨 일 때문에 전화했었느냐고 물을 수 없었
다. 관계라는 건 그래서 묘한 것이었다. 아무 관계가 없는 지인이 아
니었다면 어떻게 그런 말을 함부로 할 수 있느냐며 윽박지를 수도 있

었을 텐데 그럴 수 없었다. 그러나 지금도 그녀에게 못하고 만 말의 뿌리가 지금도 자라고 있어서 등줄기를 타고 올라오고 있다. 어느 순간 그녀를 향해 도깨비 풀처럼 옮아 붙어 버릴까봐 숨을 죽인다.

"난 차라리 니가 다른 여자들처럼 그랬으면 맘이 더 편하지 않을까 생각을 하곤 해."

그녀는 지금의 처지보다 더 낮고 싶다고 지금 말을 하고 있는 것이다. 어처구니없이. 일말의 양심은 그녀에게도 남아 있었던가.

"니가 그렇게 담담하게 받아들이는 것두 기분 좋진 않아. 정말 아무렇지도 않니?"

그녀의 목소리는 격양되고 있었다. 그럼 그녀는 내가 어떻게 해주길 바라는가. 뺨이라도 때리면서 아니 그녀의 집에라도 쳐들어가서 집안을 난장판을 만들고 그녀의 시댁식구들에게 알리기라도 해서 집안을 풍비박산을 만들어야만 했던가. 그녀의 그런 입장표명을 듣고 있자니 화가 치밀었다. 사실 가연은 잠들기 전이면 속에서 자신의 험난한 얼굴이 자신의 자궁을 통해 쑥 빠져나와 니가 어떻게 나한테 그럴 수 있느냐며 그녀의 머리칼을 쥐어 잡고 땅바닥에 패대기를 치는 생각들이 날아다녔다. 겨울에도 꿋꿋하게 살아 있는 노랑나비가 날개를 나풀나풀거리며 흰 눈꽃으로 덮여 있는 제 동무들의 무덤을 찾아 헤매듯.

"널 보면 꼭 우리 엄말 보는 것 같아서 때론 토악질이 났어. 그러면서도 널 떠나지 못한 나를 지금은 용서할 수가 없어. 기분이 더러워. 내 남자가 너하고 밤을 지냈던 걸 생각하면 참을 수가 없어."

그녀는 지금 혁빈을 자기 남자라고 말하고 있다. 내 남자? 어떻게 그렇게 말할 수 있는지 그녀의 머릿속은 도대체 어떤 구조로 되어있는지 열어보고 싶었다. 정말 이해되지 않았다. 그리고 이해하고 싶지도 않았다. 도저히 그녀의 입을 책임질 수 없을 것 같았다.

"니 속마음을 듣고 싶어. 난 이렇게 미칠 것 같은 데 너는 어떻게 아무렇지 않다는 거지? 정말 너라는 애 알면 알수록 모르겠어. 내가 이런 기분이 될지 정말 몰랐어. 그래. 넌 그 때도 그랬어. 그 비오는 날 말야…… 나라면 도저히 참을 수 없는 수모를 넌 잘 참고 견뎠어. 내가 그 집을 나오라고 말했을 때 넌 아무렇지 않게 그랬지. 잃는 게 있으면 얻는 것도 있는 거라구. 사람 일이 견딜 수 없는 일이란 없다구. 참아내면 충분히 아무 일도 아닌 일이 된다구. 난 그 때도 널 이해할 수 없었어. 여자의 정절을 그토록 소중하게 여길 것 같던 네가 말야. 난 니가 순결한 것 같아서 더 좋았었어. 세상에 이런 애도 있구나. 함부로 사는 나와는 다른 세계에 있는 너를. 아니다. 그렇게 믿고 있었던 나한테 그 날의 니 말은 그 나이까지 살아오면서 더 충격이 될 일은 없었으니까. 난 함부로 살았어도 맘에 없는 남자와는 자지 않았어. 알아? 짐승처럼은 아니었다구. 내가 원했을 때만 ……."

"그만해! 그만 하라구."

"그래. 그렇게 속엣 것 다 털어 내봐. 그게 더 인간적이니까."

그녀는 소리내어 흐느끼고 있는 가연의 귀에 천둥벼락을 함께 치고 있었다. 분노보다 더한 이름의 화롯불 같은 증오가 혀끝에서 뜨겁게 타올랐다. 그러나 입 밖으로 내뱉을 수가 없었다. 그녀 앞에서 가연은 무기력해졌다. 상처로 살아온 날들이 그녀를 그렇게 만들어 버린 것일까. 뱀에 물린 개구리가 뱀 앞에만 가도 그 상처가 되살아나서 물지 않을 꺼라는 약속을 받고도 그 앞을 지나가지 못하는 것처럼. 그녀는 가연에게 있어 뱀 같은 존재였다. 그녀와 함께 있을 땐 원인 모를 불안감에 무기력했었다. 물린 적은 없었어도 언젠가는 물리지 않을까 아니 물리게 될까봐 항상 불안했었다. 악마 같은 입술로 그녀는 계속 소나기처럼 퍼부었다.

"니가 천사 같은 얼굴로 혁빈씨의 순종하는 아내처럼 옆자리에 있을 때 난 왠지 내 것을 빼앗긴 그런 기분이었다. 꼭 찾아와야 할 것 같은 내 물건처럼 혁빈씨는 그런 존재였어. 솔직히 말하면 너한텐 어울리지 않을 것 같은 그런 사람이었어. 지금도 난 그 날을 잊을 수 없어. 가평으로 MT 갔을 때 말야. 우리과 대표하고 내가 CC였을 때 말야. 내가 헤어지자고 하니까 그가 자살을 하겠다면서 강물로 뛰어들고 난리가 났을 때, 넌 그 때도 내가 아닌 니가 과대표를 걱정하면서 물에 뛰어 들었어. 수영도 할 줄 모르면서 말야. 그 때문에 넌 죽겠다던 과대표 대신 니가 진짜 죽을 뻔했었지. 그 때 혁빈씨 아니었으면 넌 정말 이 세상 사람이 아니었을지 몰라. 그가 어디에서 뛰어 왔는지 모르지만 정신을 잃고 있는 너한테 인공호흡을 하던 그 절박했던 표정을 난 지금도 잊을 수가 없어. 니 입술에 자기 기를 다 불어넣었는지 니가 깨어났을 때 그 사람은 기진맥진했었지. 다시 니가 혼절을 하자 그는 너를 업고 자기네 학교 의료실 팀으로 뛰었어. 맨발인 채로 그 자갈길을. 그 모습을 보면서 난 얼마나 후회했는지 몰라. 너 대신 나였으면 하고 말야. 몇 개월쯤 지나서 니가 혁빈씨를 내게 인사시키면서 '내가 사랑하는 사람이야' 했을 때 난 하늘이 두 쪽이 나는 기분이었어. 알고 보니 그 날 S대 방사선과에서도 MT를 왔었고 그래서 너를 만나게 된 걸. 언젠가 혁빈씨가 그러더라? 물에 빠져서 시체처럼 떠 있는 널 보고 마치 자기 엄마를 본 것 같았다고. 그래서 널 꼭 살려야 한다는 생각밖에는 아무 생각도 할 수 없었다고. 넌 혁빈씨가 학비 때문에 학업을 중단해야 한다는 걸 알고 니가 대신 휴학을 하고 취직을 하면서까지 그 사람 공부를 도왔었지. 그래. 너 없이 혁빈씬 지금 없었겠지. 그거 인정해…… 넌 그 희생으로 혁빈씨의 사랑을 붙잡고 있었던 거야. 난 니가 부러웠어. 그러면서도 널 볼 때마다 내 것을 꼭 빼앗긴 것처럼 억울했어. 혁빈씨를 볼 때마다 내 가슴이 얼마나 새까맣게 탔는지 넌 모를 거야. 사실 그 사람을 유혹해서 내 사람으로 만들고 싶었어. 충분히 난 그럴 수 있었어. 그런데 너 때문에 그럴 수 없었어. 니가 만난 지 천 일 되는 기념일이라며 함께 식사하자고 그랬던 날 니가 회사일로 못 나왔을 때 단 둘이 식사를 하면서 내 맘속에서 니 과거를 몽땅 다 털어놔 버릴까 하는 유혹이 나를 목 졸랐지만 난 그러지 못했어. 그 때 만약에 내가 니 과거를 얘기했더라면 좀더 일찍 혁빈씬 너를 버렸을 거야. 결벽증이 있는 사람이니까. 그 사람이 그러더라? 니가 순결해서 좋았다고. 순결? 니가? 그렇다고 오해는 하지마. 혁빈씨가 지금 널 떠난 건 너 때문이야. 나 때문이 아니라구. 그 때 말 못했던 걸 순간 순간 얼마나 후회했었는지 몰라. 그 사람을 옆에 두고도 사랑하는 맘을 털어놓지 못하고 짝사랑으로 내 사랑을 마감해야 했을 때 그 기분 넌 모를 거야. 그 사람을 가질 수 없다면 내 맘속의 욕망을 잠재우는 일 밖엔 없었어. 그래서 선택한 게 남편이었어. 세상에서 촉망받는 의사에 의사 사모님 소릴 듣는 건 나를 충분히 행복하게 했었으니까. 그런데 그 행복은 오래가지 못했어. 내가 순간 순간 널 붙들고 이혼하고 싶다고 말하면서도 난 내 가슴뿌리에서 삭제되지 않은 채 자라고 있는 혁빈씨에 대한 내 맘을 털어놓고 싶었어. 알아? 너만 아니었더라면 난 그렇게 오랜 세월 가슴앓이를 하지 않았어도 됐을 거야. 너 때문에 사랑으로 인한 내 정신질환은 긴 시간 치유되지 못한 채 갇혀서 끙끙 앓아야 했다구. 난 충분히 보상받아야 해. 널 짓밟았다고 생각하지마. 혁빈씨 가슴속에 있는 널 다 도려낼 수 있을지 아직은 자신 없지만 니가 그 사람을 가슴속에 묻어 두는 건 절대 볼 수 없어. 혁빈씨 가슴속엔 나만 들어가 있어야 해. 넌 혹시 내가 혁빈씨 사랑을 얻기 위해 널 결부시킨 그런 부적절한 방법으로 그 사람 마음을 샀다고는 생각하지 마. 그러고도 싶었지만 그럴 필요가 없었으니까. 그래서 가까운 길을 이렇게 멀리 돌아왔는지 모르지만. 아무튼 니 과거를 그 사람에게 말하진 않았어. 그런 유치한 짓은 안 했으니까. 혁빈씨 기억에 충분히 깨끗한 여자로 아직은 남아 있을 거야. 내가 언제까지 그 사람이 널 말할 때 순결한 이란 표현을 참아낼 지 모르지만. 그래. 내가 그런 일을 하게 만들지 마. 혹시라도 혁빈씨가 너한테 전화하더라도 알아서 처신해."

그녀가 전화 한 목적이 무엇이었든 간에 충분히 자존심이 밟히고 있었다. 더 그녀 앞에서 버틸 자신이 없었다. 그럴 수도 그럴 마음도 없었다.

"부탁할게. 그리고 고맙다고 해야 할 일인지 모르지만 이혼서류 보낸다고 그이한테 전화 왔었어. 간통죄 운운하더니 그래도 널 만나고 나서 맘 바꼈다고 하더라. 암튼 고마워. 또 전화 할 일이 있을지 모르지만 잘 있어. 참 어제 혁빈씨하고 병원에 갔었는데 아이…… 3개월 쨌는데 건강하게 잘 자라고 있대." 그녀는 자기가 하고 싶은 말을 다 했는지 망설임 없이 전화를 끊었다. 끊긴 전화를 붙들고 정신 나간 사람처럼 몇 분을 그 자리에 주저앉아 있었다. 눈물도 감정도 모두 상실되어 가는 것 같았다. 아이 잘 자라고 있대 라고 힘 주어 말하던 목소리가 메아리쳤다. 아이? 그 때 자신의 뱃속에 자라던 아이도 지금까지 살아 있다면 4개월 째일 거다. 아이…… 씨는 같아도 밭이 틀려서 그랬던 걸까? 그녀의 뱃속 자궁 안에서 영양분을 받아먹으며 튼튼하게 자랄 그 핏덩이는 축복 받은 듯 웃고 있을까?

'아가 널 지켜주지 못해서 미안해. 차라리 나처럼 사느니 너에겐 그곳이 훨씬 좋은 곳이 될 거야.'

혁빈에게 자신의 뱃속에도 아이가 자랐었다고 말하면 그는 어떤 얼굴이 될까? 잠시였지만 자신의 분신이 그렇게 사라진 걸 가슴 아파하기라도 할까? 자길 닮았을지도 모를 아이한테 흘러가는 애착심이라도 보일까? 새삼 그런 허망한 생각을 하고 있는 자신이 싫었다. 지옥 같다는 표현을 이런 때 쓸 거라고 생각하면서 혼자 너무 감당하기 버거운 짐을 풀지 못하고 있었다. 그 순간 소담의 얼굴이 아른거렸다. 그러나 이런 순간에 그를 생각한다는 것 자체가 이기심은 아닐까 풀어진 감정을 단단하게 옭아매고 전화하고 싶은 마음을 다잡아 앉혔다. 앉은뱅이가 된 감정은 망가진 인형 같았다.

밀렸던 빨래를 세탁기에 돌리고 TV를 켜자 재방송되는 드라마가 하고 있었다. 보는 듯 마는 듯하고 있는데 핸드폰이 울렸다.

"가연씨. 지금 TV 보고 있어요?"

"네. 왜요?"

"채널 3번 돌려봐요. 빨리요."

"무슨 일이에요. 네?"

"내가 만든 속옷 선전하고 있어요. 어서요."

가연은 리모콘 스위치를 눌렀다. 이내 화면이 바뀌면서 홈쇼핑채널에서 그가 제품설명을 하고 있었다. 낯익은 여성 진행자와 개그맨이 나와서 상품을 소개하고 있었고 그 옆으로 소담의 얼굴이 카메라에

비춰지고 있었다. 잠시 후 소담의 상품 선전하는 멘트가 나왔다. 진행자는 빠른 속도로 상품을 재선전하고 한정판매를 하고 있으니 지금 빨리 전화 주세요. 전화 번호는 자막으로 지나가고 있습니다. 보너스 상품까지 얻어가는 좋은 기회니 만큼 놓치시면 후회합니다. 어서 어서 전화주세요. 라며 상품 구매욕구를 충족시키기에 충분한 높은 톤의 음성으로 반복해서 말하고 있었다. 상품이 진열된 마네킹 화면이 비껴 지나가고 진짜 모델들이 나와서 제품을 입고 카메라 앞에서 포즈를 취하며 한껏 자태를 뽐내고 있었다. 여성 모델들이 돌아서서 상품을 소개하는데 팬티의 뒷면에 한문으로 가연(佳緣)이라고 또렷하게 쓰여져 있었다. 그 때 진행자가 이 상품의 특징은 어디에 있느냐고 물었고 민소담은 팬티 뒷면에 수놓아진 수실은 야광실입니다. 말 그대로 모든 여성분들이 이 팬티를 입고 아름다운 인연을 만들게 되길 바라는 마음에서 디자인했습니다. 순면 100%에 느낌은 실크를 착용했을 때의 느낌이랍니다. 가격도 저렴합니다. 편하고 신축성이 뛰어나고 보습효과도 뛰어난 신상품입니다. 이 계절에 딱 맞는 제품이라고 할 수 있죠. 그의 모습은 화면에 조화 있게 잘 그려진 그림처럼 멋지게 나왔다.

"듣고 있어요? 아니 봤어요?"

"네."

"무슨 대답이 그렇게 싱거워요."

"봤으면 소감을 애기 해줘야지요. 보완해야 할 점은 뭐라고 입어 본 소감을……."

그는 잘못 말했다 싶었는지 업 되었던 목소리를 조금 떨어트려 다시 감정을 추스려 말했다.

"아직 안 입어봤나 봐요?"

"………………………………."

"그래요. 괜찮아요. 난 너무 내 감정에만 치우쳐서 이러는 게 단점이에요. 그죠?"

"소담씨. 아마 이번 제품 잘 될 거예요. 아주 좋아요."

"정말이에요? 가연씨. 고마워요."

"고맙긴요. 선물 잘 받아서 잘 입고 있는 내가 고맙죠."

그는 호탕하게 웃었다. 그리고 속옷이 히트해서 돈 많이 벌면 5 : 5로 나누자고 했다. 가연의 공이 크다면서. 그런 그의 밝은 웃음이 가연의 어두운 맘을 가을 고추 볕에 말리듯 뜨겁게 비추고 있었다.

"오늘 내가 술 한잔 사고 싶은데 괜찮아요?"

대답을 못하고 있자 어린아이처럼 때를 썼다. 토요일 오후를 그렇게 빈둥거리며 보낼 수 있냐고.

그는 약속시간보다 30분 일찍 가연의 집 앞으로 와서 인터폰을 했다. 경비아저씨는 좀 이상하다고 생각했는지 고개를 몇 번 절래절래 흔들었다. 그러나 묻지 않았다. 아마도 긴 시간 혁빈이 이 곳을 제 집 드나들 듯 했으니 아파트에서 알 사람은 다 알고 있었을 것이다. 또 시간이 흐르면 그와 헤어진 것도 저절로 알게 될 것이고 여자들 입방아가 이게 웬 떡이냐고 맛있게들 씹어 넘길 것이다. 진실보다 왜곡된 거짓을 진실이라며 우기기도 할 것이다. 누구 입이 더 질기게 씹을지 모르지만 오래가지는 못할 것이다. 남의 얘기 3일이면 지친다고 하지 않던가. 언젠가 혁빈에게 결혼 빨리 서둘러야지 반상회에 나갔다가 다들 결혼사진이 왜 없느냐며 도둑결혼식 올린 건 아니냐고 하더라고 했더니 원래 소문이란 껌처럼 씹히게끔 되어 있어서 씹힐 만큼 씹혀야 된다면서 남의 입에 든 껌을 어떻게 손을 넣어 빼낼 수 있느냐고 했다. 오래 씹다 보면 단물도 다 빠지고 입이 아파서 더는 못 씹게 될 때 다 알아서 뱉을 거라고 다 쓸데없는 걱정이라고 일축해 버렸었다.

민소담은 차 문을 열고 그녀가 타길 기다리고 있었고 그런 그의 모습이 싫지 않았다. 대접받는다는 건 이렇게 기분 좋은 거구나 생각했다. 언젠가 혁빈이 차를 새로 뽑아 온 날 차 문을 열어주지 않자 드라마에서 보면 남자가 여자에게 문을 열어주며 정중하게 기다리는 모습이 너무 좋아 보였다고 그렇게 해 달라고 하자 별 걸 다 흉내낸다며 드라마니까 그렇다면서 면박을 주었었다. 그 때 토라져서 데이트가 끝나고 돌아올 때까지 삐져 있었던 기억이 새삼스러웠다.

"또 무슨 생각을 해요? 사람 옆에 세워두고 그러지 말라고 했는데."

그는 질책의 눈길에 힘을 주었다. 그리고 그녀의 안전벨트를 확인해 채워주었다. 그의 얼굴이 스쳤을 때 묘한 감정이 코끝을 자극했고 잊고 있었던 기억들이 또 살아나고 있었다. 그러나 이내 마음을 추스른다. 그래. 잊을 사람은 빨리 잊는 게 좋아. 잊지 못할 게 뭐야. 그 사람의 향기도 다 잊어버려야 해. 전부가 안 된다면 하나씩 하나씩…….

"소담씨. 오늘 나도 선물해 줄 거 있는데 저기 모퉁이 지나면 제일 백화점 있죠? 우리 거기 들렀다 가요. 화장품 사 줄게요"

"가연씨가 지난번에 준 거 아직 다 안 썼는데?"

"이젠 그 향이 싫어서 그래요."

그는 얼른 표정관리를 하고 차를 돌려 백화점 지하주차장으로 들어갔다. 토요일이라 사람들이 많이 붐볐지만 아직은 이른 시간이라 쇼핑하기에 많은 불편은 없었다. 1층 매장으로 들어서서 화장품 코너에서 직원이 권해주는 요즘 유행한다는 화장품을 샀다. 그는 아주 행복한 얼굴로 화장품을 받아들고 밖으로 나가려다 화장실에 다녀오겠다고 했다. 몇 분이 지나도 그는 오지 않았다. 가연은 화장실 쪽으로 걸어갔다. 그리고 여자 화장실 쪽으로 몸을 돌리고 있었다. 그 때 누군가 가연의 이름을 부르며 어깨를 툭 쳤다.

"아니 이게 누구야. 진짜 가연이네?"

가연은 그 자리에 주저앉을 뻔했다. 그러나 앉지도 움직이지도 못하고 그대로 서 있었다.

"야, 이게 얼마 만이야. 응? 더 이뻐졌는데? 섹시하고 더 매력적이야. 우리 여기서 나갈까?"

"싫어! 이거 놔!"

그가 세게 팔을 잡아당겼다.

"이러지 마. 조용히 해. 촌스럽게 왜 그래."

그가 어깨를 끌어안았다. 그리고 엘리베이터 안으로 끌어들이려고 했다. 가연은 세차게 그의 뺨을 올려붙였다. 그리고 돌아서 가려고 하자 이번엔 그의 커다란 손이 가연의 뺨으로 날라 왔다. 철썩!

그 때였다. 소담이 언제 왔는지 그의 손을 획 휘어잡고 밖으로 끌어냈다. 가연은 그 자리에서 뛰어나가 그의 차가 주차된 곳으로 가 그를 기다렸다. 지하주차장은 어두웠다. 그녀는 쪼그리고 앉아 울고 있었다. 잠시 후 그가 달려왔다.

"가연씨. 괜찮아요?"

그녀는 지금처럼 그가 언제까지고 미덥게 옆에 있어 준다면 이란 생각을 해본다.

"누구예요? 그 사람."

"오빠예요."

"오빠요?"

"네. 배다른 오빠요."

그는 더 이상 묻지 않았다. 그리고 시동을 걸고 어두운 지하실을 빠르게 올라왔다.

"이거 받아요."

"뭐예요.?"

"가연씨 목소리가 안 좋아서 비타민C 정제를 샀어요. 피로회복에도 좋다니까 하루에 한 번씩 잊지 말고 꼭 먹어요, 알았죠?"

"네. 고마워요."

가연은 그가 사준 약이 고마운 게 아니라 그의 마음이 고마웠다. 그리고 어른스럽게 그 일에 대해서도 묻지 않는 마음이 고마웠다. 사람의 마음을 헤아릴 줄 아는 그의 성숙함이 고마웠다. 그와 함께 장흥으로 드라이브를 갔다. 사람들이 오후 한때를 즐기고 있는 중간에 끼워져 두 사람도 웃고 떠들고 즐거운 시간을 보냈다. 저녁을 먹기 위해 눈이 내리는 마을이라는 간판이 마음에 들었는지 그가 잠시 차를 세웠다.

"여기 어때요?"

"좋아요."

"우리가 눈이 내리는 날 처음 만나서 그런지 저기서 저녁을 먹고 싶어요."

"소담씨 마음대로 하세요."

"오늘 모든 시간은 나를 위해서 쓸래요?"

"그래요. 할일 없는 사람 이렇게 불러내줘서 고마운데 그 정도야 할애해야죠."

"가만 있어봐. 어째 밑지는 느낌인 걸요?"

"계산에 밝은 사람도 아니면서 어설픈 계산하지 말아요."

"어? 어떻게 알았죠? 내가 수학 못 했었던 거? 혹시 뒷조사했어요?"

"썰렁해요. 그거 지금 농담한 거예요? 요즘 허무개그가 난무한다더니 TV 너무 많이 봤나봐요."

"그럼 앞으로 가연씨가 날 TV 앞에서 해방시켜주면 돼죠 뭐."

"그 얘긴 날더러 TV 노예를 해방시켜달라는 거니까 소담씰 사면 되는 거죠? 얼마면 돼요?"

"글쎄. 주인님이 절 데려가신다면 공짜가 좋아."

그는 선전에 나왔던 모션을 써가며 가연을 그의 얘기에 꼭 잡아맸다.

"가연씨 뭐 먹을래요?"

그녀는 소담의 정중한 물음에 다소곳해진다. 그리고 잠시 말이 없어진다.

"왜 그래요? 내가 뭐 실수했나요?"

"아뇨. 내가 사랑한 남자는 늘 외식을 할 때마다 자기가 먹고 싶은 걸 정해놓고 오늘 뭐 먹고 싶다 이런 식이었거든요. 그러면 그 정해진 음식에 내 입맛을 맞췄었어요."

"내가 사랑한…… 이라면 아직도 사랑하고 있다는 건가?"

그는 말끝을 흐리면서 가연의 표정을 살핀다. 그러나 대답은 이미 알고 있는 눈치다. 그러면서도 바라는 대답이 나오길 기다리는 사람처럼 그녀의 입술 안에 담긴 말에 신경을 곤추세우고 있는 눈치였다.

"노 코멘트예요."

"그래도 침묵이 아니라 다행이네요."

가연이 뭐라고 더 말을 이으려는 데 음식이 나왔고 그는 정중하게 포크와 나이프를 들고 그녀 앞에 놓여진 접시를 가져다가 능숙한 솜씨로 먹기 좋게 자른 뒤 다시 그녀 앞으로 놓았다.

"이렇게 해 주고 싶었어요. 그런데 그럴 기회가 없었어요. 자, 어서 먹어요."

잠시 그의 눈동자가 새벽 이슬 바람에 떨리듯 파르르 떨리고 있었다. 아마도 그는 지나간 시간 속에 끼워 넣고 싶을 것이다. 상대가 없다는 건 끝없는 아쉬움으로 살아야 하는 버거움이다. 시세말로 있을 때 잘해야 아쉬움으로 허망한 세월을 보내지 않게 될 것이다. 존재가 사라지면서 모든 희망과 욕망도 함께 사라질 테니까. 우리는 그렇게 후회를 하면서 산다지만 그렇게 후회하며 사는 삶이 얼마나 에너지 소모전의 인생이 되는지 겪어보지 않은 사람들은 쉽게 말할 거다.

그가 먹기에 부담이 없도록 배려해준 덕에 먹는 일과 즐기는 걸 동시에 느낄 수 있었다. 입 속으로 넘어가는 감미로운 음식은 일차적인 것을 뛰어넘어 포만감과 쾌락이 일시에 일어났다. 드라마에서의 여주인공처럼 한껏 뽐내며 우아한 자태로 어깨를 펴고 입안의 음식을 혀로 음미하며 립스틱이 지워지지 않게 조심스럽게 음식을 비우고 있었다. 종업원이 와서 와인을 더 하겠느냐고 묻자 그는 눈을 치켜뜨며 가연의 의향을 묻고 있었다. 그녀는 조금만 더요, 라고 그가 들을 수 있을 만큼 작게 대답을 하고 잔을 들었다. 백포도주의 씁쓸한 향이 혀끝에서 녹아 입안 전체로 번져 침이 고였다. 입술에서 막 떼어낸 크리스탈 잔에 립스틱이 묻어났다. 그녀는 한 손으로 컵을 쥐고 다른

손의 엄지손가락을 펴서 둥글게 컵선을 따라 묻어 있는 립스틱을 닦아냈다. 그걸 그가 지켜보고 있다가

"너무 그렇게 신경 쓰지 말아요. 립스틱이 유리잔에 묻는 건 당연한 거잖아요. 난 여자들 커피 마실 때나 음식 먹을 때 조심하는 거 보면 내가 더 불안해지더라구요. 우리 그런 사소한 것들은 편하게 해요. 그런 거 신경 쓰면 음식맛이나 제대로 알겠어요? 내 앞에선 그러지 말아요. 난 괜찮으니까."

순간 혁빈의 얘기가 생각났다. 그는 커피잔에 묻어 있는 립스틱을 보면 늘 짜증스런 말투로

"립스틱 안 묻어 나는 거 있다는 데 그거 사서 바르면 안 돼? 난 여자가 그렇게 유리컵에 립스틱 자국 남기면 왠지 천박해 보이더라. 돈 얼마나 차이 난다고 내가 그렇게 싫다는 데 그걸 못 해."

같은 남자인데도 이렇게 달랐다. 가연은 유리잔 너머로 보이는 그를 유심히 보았다. 짙은 속눈썹이 깜빡거리며 뭔가 생각에 빠져 있는 그는 충분히 매력이 있었다. 젊음이 충전되어 있는 그를 보면서 그의 에너지를 전이받고 싶어졌다. 그러나 그것이 전이될 수 있는 게 아니란 걸 생각하니 차라리 다행이다 싶었다. 그를 돌려 세워야 한다고 심연 깊은 곳에서 샘물 솟듯 하고 있었다.

"가연씨. 아직도 내가 부담스러워요?"

"소담씨가 부담스럽다기보다 제가 지금은 저 혼자를 감당하기에도 너무 버거워요. 그래서……."

"난 가연씨한테 편한 사람이고 싶어요. 다른 건 욕심내지 않을게요."

"사실 난 너무 상처가 많은 사람이에요. 어려서부터 지금까지……

그래요. 날 다 알고 나면 아마……."

그녀의 눈이 촉촉하게 젖어 들어갔다. 곧 투명한 눈물이 또르륵 탁자 위로 떨어질 것처럼.

"미안해요. 가연씨한테 즐거움을 주는 사람이고 싶었는데 또 이렇게 울게 만들었네요."

"나도 소담씨 맘 받아들일 수 있었으면 좋겠어요. 그런데 내 양심이 날 자유롭게 놔두질 않아요. 난 사람을 불행하게 만드는 그런 힘에 눌려 살아요. 그 강박관념은 어려서부터 질기게 나를 따라다녔어요. 벗어나려고 안간힘을 쓰면 그 만큼 나를 괴롭게 해요. 그래서 포기하는 법을 배웠죠. 행복을 포기하고 살면 아픔이 그만큼 줄어들 거라고 생각하면서 지금껏 살았어요. 그런데 포기하면서 살아도 내 불행은 줄어들지 않았어요. 아까 백화점에서 만난 사람, 그래요 내게 오빠가 되는 그 사람이 내게는 제일 깊은 상처의 고랑이 될 줄 몰랐었는데 지금 와서 보니 그 고랑의 줄기가 뻗어서 내 삶의 곳곳에 뿌리를 내리고 있었어요. 아직도 끝나지 않은 채. 끈 떨어진 연도 하늘을 향해 날아갈 수 있다는 걸 그 땐 무심하게 지나쳤어요. 그게 지금 나를 향해 칼날처럼 번뜩이며 다시 날아오게 될 줄 생각 못했어요. 날 가혹하게 무참하게 짓밟은 그는 세월이 이렇게 많이 흐른 지금도 당당히 내 앞에 서서 호령을 하는데 난 숨소리도 못 낸 채 헐떡이고 있는 거 소담씨도 봤잖아요."

"뭐가 그렇게 가연씨를 힘들게 하는 거죠? 이렇게 물을 자격이 내게 있는지 모르지만 ……."

그는 입을 다물어 버렸다. 더 깊게 파고든다고 생각한 듯. 가연은 그런 그를 보고 있자니 그를 만났던 그 날이 떠올랐다. 모든 걸 허심

탄회하게 다 털어놓았던 그. 그는 모든 걸 다 얘기하고 난 뒤 너무도 편하게 자유로웠던 걸. 가연은 그에게 술을 더 마시고 싶다고 했다.

"가연씨. 우리 처음 만난 날 당신이 나한테 그랬었죠. 술기운을 빌려서 맘속의 말을 털어놓는 사람 분명 싫다고 했어요. 그렇게까지 당신 얘길 털어놓을 필요 없어요. 모르는 건 모르는 체로 넘어가요 우리."

"아니요. 당신은 했는데 나는 못하는 거 싫어요. 나두 당신처럼 과거에 투명하고 싶어요. 그래요."

그녀는 어린 시절부터 어제까지의 얘길 단숨에 서른 셋 계단을 뛰어오르듯 마라톤 경기를 끝낸 선수처럼 숨을 헐떡였다. 그는 표정의 변화 없이 그녀의 얘길 담담하게 듣고 있었다.

"괜찮아요? 날 봐요."

그녀는 그의 눈 속에 들어가 안주하고 있었다. 그가 손을 내밀어 떨리고 있는 그녀의 손을 꼬옥 쥐었다. 그리고 옆으로 자리를 바꿔 앉으며 어깨를 감싸 안았다.

"생각보다 훨씬 마음이 편하죠? 나도 그랬었으니까. 이제 당당히 가연씨 스스로 그 과거 속에서 껍질을 깨고 나온 거예요. 스스로 그렇게 아픈 과거를 다 얘기 할 수 있었잖아요. 이제는 과거에 집착하지 말아요. 누구도 과거에 머물러 있을 순 없잖아요. 이제 내일만을 위해서 살아요 우리. 가연씨 친구도 혁빈씨라고 했던 가요? 그 분도 가연씨에게 더 이상은 깊은 상처로 남지 않을 거예요. 한 번이 어렵지 두 번 세 번은 쉬운 거예요. 이제는 진짜 극복해야 돼요. 가연씬 충분히 사랑 받을 자격이 있어요. 누구보다도 행복해야 하구요. 힘들게 기다린 만큼 더 큰 행복이 당신 옆에 손을 내밀며 아주 가까이에 기다리고 있을 거예요. 당신이 얼마나 사랑스러운 지 당신은 몰라요. 내가 살아오면서 만나 온 그 숱한 사람들에게서 찾지 못한 영혼이 깨끗한 사람이에요. 당신은! 내가 가연씰 지켜줄 거예요. 이젠 그 누구도 당신을 향해 돌을 던지지 못하게!"

그는 가연의 어깨를 더 세게 그리고 따뜻하게 안았다. 그리고 그렇게 시간이 흘렀다. 영업시간이 끝났다고 종업원이 알려 오고 두 사람은 마지막 손님의 귀가가 되었다. 열리는 새벽은 봄바람을 실어다 놓을 것처럼 상큼했다. 그가 달리던 차를 멈추고 라이트를 더 밝게 논바닥을 비췄다.

"가연씨. 저기 좀 봐요. 봄이 멀지 않았어요. 그렇죠? 저거 봄 풀 맞죠?"

그가 손가락으로 짚어 보이는 건 정말 봄나물 같았다. 냉이 같기도 하고 쑥인 거 같기도 하고 아니면 돌나물인 거 같기도 했다. 아니 무엇이면 어떠랴 싶었다 그와 함께 파릇한 새싹이 겨울 논두렁을 올라오고 있는 걸 본 것으로 됐다 싶었다.

"가연씨. 주제넘은 애기가 될지 몰라도 왜 그런 말 있죠? 떡 본 김에 고사지내고 내친 김에 끝까지 간다고."

"그래서요?"

"내일 나하고 한성병원에 갈래요? 아버님 만나 뵈러."

그의 입에서 아버님이란 말이 나오자 사위라도 된 듯한 착각 마저 들게 했다.

"뭘 그렇게 쳐다봐요. 친구 아버지가 입원해 계신다는데 병문안도 못 가나요?"

그는 지금 친구라고 말하면서 너무 편하게 가연의 옆으로 섰다. 그리고 차갑게 얼어붙은 손을 잡았다.

가슴까지 따뜻하게 전율이 일었다. 편한 사람이고 싶어했던 소담의 바램대로 가연의 마음속에 편한 사람으로 들어오고 있었다.

"가연씨. 이제는 노크 없이 당신 맘에 들어가도 되는 거죠?"

마치 그가 가연의 마음을 읽고 있는 것 같았다. 그녀가 멋쩍은 눈으로 쳐다보자 짓궂게 말했다.

"왜 내가 너무 정확하게 가연씨 맘을 읽어 버렸나요?"

호탕하게 웃는 그의 목소리가 열린 창문 틈으로 새어나가 아스팔트에 담뱃재처럼 떨어지고 있었다.

10
고리

  병원을 다녀와서 가연의 마음은 더 복잡해졌다. 아버지는 영원히 부자로 누릴 것 다 누리시고 살 것으로 생각했었다. 그런데 부도로 회사와 집이 몽땅 넘어가 버렸다니. 사람일 아무도 모른다고 그러더니 정말 믿을 수 없는 게 사람 일이란 생각이 들었다.

  어깨가 마냥 넓어서 나이 드셨어도 변함 없이 당당한 모습일 거라고 믿고 찾아갔었는데 아버지의 모습은 노쇠하고 병마에 오래 시달리셨는지 몸무게가 50Kg도 안 나갈 것처럼 보였다. 마침 병원을 찾아갔을 땐 간병인과 교대를 하고 들어갔는지 누구의 얼굴도 볼 수 없었다. 간병인은 아버지의 옆자리에서 꾸벅꾸벅 졸고 있었는데 환자와 사촌 조카가 된다고 하자 그 동안 있었던 집안 상황을 얘기 해주고 자리를 비켜주었다. 눈꺼풀이 힘없이 얹어진 아버지의 눈동자는 좌우로 움직이고 있었다. 꿈이라도 꾸고 계신 지 미간에 주름이 잡혔다간 퍼지고 했다. 간헐적으로 새어나오는 신음 소리는 고통 때문이었는지 꿈 때문이었는지 알 수 없었지만 지켜보고 있는 맘은 충분히 안타까웠다. 그 동안 아버지를 원망했었다. 아버지의 이름은 너무 미워서 애증의 그림자만 깊게 드리워져 있었다. 가연은 가슴이 그래서 더 아팠다. 자신의 미움이 이렇게 아버지를 더 고통스럽게 만든 건 아닌가 하고. 이마 위의 땀방울을 그저 보고만 있을 수 없어 가까이 다가가서 손수건을 꺼내 톡톡 두들겼다. 혹시라도 깨실까봐 마음을 졸이면서. 이마 위의 검은 머리는 몇 가닥 보이지 않고 언제 이렇게 밀가루를 뿌려놓은 것처럼 희어졌는지 그리고 횅하니 머리 속이 다 보이는지 저러다 몇 가닥 남지 않는 건 아닌지 노파심이 일었다. 얼룩진 시트와 아버지의 검버섯 핀 얼굴은 닮아 있었다. 링거를 맞고 있는 팔과 손등 위는 검버섯이 얼굴보다 배는 더 많이 피어 있었다. 향기 없는 아버지의 얼굴은 상상도 못 했었다. 아버지가 옆으로 지날 때마다 시원한 애프터쉐이브의 향이 너무 좋았었다. 그래서 아버지 품에 한 번만 안겨보고 싶었었는데…… 집을 떠났던 그 날까지도 단 한번 아버지의 향기나는 품엔 안겨 볼 수 없었다. 욕심이 아닌 소박한 아버지를 가진 아이들이면 누구나 가질 수 있는 소박한 바램이었는데 그게 가연에겐 과한 욕심이었는지 한 번도 이룰 수 없었다. 이제 아버지에게선 무취도 아닌 악취가 났다. 침대 밑으로 변기와 소변통이 놓여져 있었고 머리맡에는 누군가 보내온 오래된 시들은 꽃에선 아무 향기도 나지 않았다. 코를 갖다대면 소독 냄새와 찌른 내가 날 것 같았다. 이제 아버지 옆을 지키고 있는 배경은 아름다움도 멋짐도 아닌 추함과 시들은 추락하는 향기가 담긴 그림이었다. 그렇게 추락하다 쨍그렁 하고 산산조각이 날 것 같았다. 아버지의 얼굴은 더 이상 예전 모습은 어느 한 곳도 닮은 곳이 없었다. 다 사라진 어제의 일처럼. 아버지가 언젠가 말했던 것처럼 지나간 모든 시간은 추억이 된다는 건 거짓말이었다 결코 아름답지도 되돌릴 수 있는 것도 아니었다. 오늘 아버지의 얼굴에선 과거를 생각한다는 자체가 고통이었다. 차라리 과거의 아버지 모습을 잊을 수 있다면 더 바랄게 없을 것 같았다. 아버지의 닫힌 입에선 우렁차거나 목젖을 울리던 바리톤의 매력 있는 음성은 결코 나올 것 같지 않았다. 저 입으로 말씀이나 제대로 할 수 있을까 걱정이 앞섰다. 뭔가 아버지의 입에서 새어 나오지만 그건 말소리가 아닌 웅얼거림이었다. 그 웅얼거림에 가족 누구든 관심을 가져줄 것 같지 않은 노파심이 들었다. 가연은 들릴락 말락 한 소리로 '아버지' 하고 불러 보았다. 그러나 대답이 없었다.

눈을 깜박거리긴 했지만 다시 잔잔한 강물처럼 고요해졌다. 눈을 뜰 기력도 없으셨는지…….

더는 그 자리에 있을 수가 없어 병실 문을 박차고 나오는데 문밖에서 들어오는 누군가와 어깨가 부딪쳤다. 예순이 훨씬 넘어 보이는 여자는 손에 쇼핑백을 들고 있었는데 하마터면 그걸 놓칠 뻔했다. 가연은 고개를 약간 숙이고 미안함을 표현했다. 여자는 눈인사를 하며 등을 돌려 가연의 모습을 오래도록 보고 있음을 느낌으로 알 수 있을 것 같았다. 하늘 하늘 잠자리 날개옷을 걸치고 교양 있게 웃고 있던 여자가 더 이상은 아니었다. 날개옷은 찢겨 버렸는지 어디에서도 그 모습의 흔적은 찾아볼 수 없었다. 가연은 고개를 돌리지 않았다. 복도 끝에서 캔 커피를 마시며 기다리고 있던 그가 가연을 발견하곤 자리에서 일어나 그녀에게로 걸어왔다.

"아버님은 뵀어요?"

가연은 대답 대신 고개를 끄덕이고 이내 눈물을 보였다.

"왜요. 많이 안 좋으세요?"

"차라리 오지 말 걸 그랬어요. 안 봤으면 더 좋았을 걸."

"왜 그래요. 차근 차근 얘길 해봐요."

"그렇게 무기력해진 아버지를 단 하번도 상상해 보지 못 했어요. 언제까지라도 장군처럼 당당하게 호령하실 걸로 믿고 있었어요. 그래요. 아버질 너무 미워했었어요. 그런데 그렇게 아무 것도 할 수 없을 것처럼 누워 있으면 어떻게 해요. 난, 난 어쩌라구요. 왜 지금껏 나를 찾지 않았느냐구 내가 아버지 딸이기나 하냐구 끝까지 책임도 못 질 거였으면서 왜 날 데려왔느냐구 그렇게 아버질 만나게 되면 그 원망 다 털어 버릴려구 그랬는데…… 그렇게 약한 모습으로 누워만 계시면 어떻게 하느냐구요. 나를 버린 대신 지켜야 할 가정이었으면 더 행복하게 잘 사셨어야죠. 왜 그렇게 무참하게 무너져 버린 거예요. 왜!"

"가연씨. 그러지 말구 저랑 같이 들어가요. 아버님 뵙고 손이라도 잡아 드려야죠. 지금이 아니면 영영 후회하게 될지도 몰라요. 어서."

"싫어요."

"지금 아버님 얼굴 제대로 뵙지도 못하고 나온 거 같은 데. 아버님을 위해서가 아니라 가연씨 자신을 위해서 뵙고 오자는 거예요. 그렇게 영영 가 버리시면 어떻게 해요. 가연씨 그 많은 세월 아버지에 대한 죄의식으로 살고 싶어 그래요? 그럴 사람도 못 되면서. 어서요."

"지금은 싫어요."

그는 가연의 강하게 부인하며 돌아서는 등을 다시 돌려 세우지 못하고 그녀의 등뒤를 따라 나갔다.

병원을 나와 한참을 빠른 걸음으로 걷던 가연은 길에 주저앉아 소리내어 울기 시작했다. 그런 그녀에게 어떤 행동도 못 하고 그녀를 지켜보고 있었다.

"우리 다시 돌아가요. 네?"

"못 보겠어요. 그 모습……."

가연은 다시 일어나 걸었다. 그러나 좀 전과는 다르게 차분하게 걸었다. 그녀의 뒷모습에 담긴 알 수 없는 무게를 그는 사랑이라고 점찍으며 조용히 거리를 두고 옆으로 걸었다. 그녀가 스스로의 힘에 의해 걸어갈 수 있도록. 가연도 느끼고 있었다 그의 어깨가 시계추처럼 와 닿았다간 멀어지는 걸.

그는 가연의 집에 도착해서 그녀만 올려 보내고 그대로 집으로 돌아갔다. 한숨 푹 자고 일어나면 기분이 좀 나아질 거라는 말만 남기고.

그러나 잠을 자고 일어났는데도 좀처럼 기분은 좋아지지 않았다. 그가 돌아간 골목을 내려다보고 있으면 밑에서 그가 손을 흔들며 환하게 웃고 있을 것만 같았지만 어디에도 그는 없었다. 그 대신 아버지의 얼굴이 잎 떨어진 앙상한 은행나무에 연처럼 걸려 쓸쓸하게 웃고 있었다 아니 웃고 있다고 보기에도 민망할 만큼 망가진 얼굴로. 그 얼굴에서 곧 고통이 폭발할 것 같아 아슬아슬해서 이내 얼굴을 돌려버리고 말았다. 그 때 벨이 울렸다.

"좀 잤어요?"

"예. 아깐 미안했어요. 이해해줬으면 좋겠어요."

"기분은 영 엉망인 거 같은 데 혼자서 괜찮겠어요?"

"걱정해줘서 고마워요."

"또 혼자서 안 좋은 생각만 하고 있는 건 아닌지. 밥은 먹었어요?"

"…………………………."

"대답이 없는 거 보니 또 굶고 있었나 봐요. 그러지 말라니까요. 웃긴 얘기 하나 할까요? 그 사람이 생 중에 이런 말을 잘했어요. 내가 밥 먹으라고 깨울 때마다 잠자는 게 먹는 거보다 좋다니까 뭐라고 그런 줄 알아요? 잠은 죽어서도 영원히 누릴 수 있는 거지만 한 끼를 못 찾아 먹으면 그 한 끼는 죽는 날까지 영영 찾아 먹을 수 없다구. 아니 죽어서도 영영 찾아 먹을 수 없다구요. 그 사람은 그렇게 한 끼 굶는 걸 무슨 중요한 거 잃어버리는 것처럼 아까워했어요. 그래서 그게 습관이 됐는지 난 굶고는 못 살아요. 그런데 지금 생각하면 그 사람 생각이 옳았던 거 같아요. 가연씨도 굶지 말아요."

"알았어요. 그렇게 해 볼게요."

"참, 내일 출근해서 나한테 전화 좀 줘요. 가연씨 얘길 우리 회사 영업실장한테 했더니 이번 신상품 홍보책자를 가연씨한테 맡기고 싶다고 했어요. 가연씨 듣고 있어요?"

"네. 알았어요. 내일 전화할게요."

그의 전화를 끊고 식탁에 앉아 뭔가 먹어 보려고 했지만 입이 깔끄러워서 도저히 먹을 수가 없었다.

밥상 앞에서 이렇게 음식을 놓고 사치를 부린다는 게 병상에 누워 있는 아버지를 모욕하는 것만 같아 가슴에 날카로운 가시가 박힌 것처럼 따끔거렸다. 그런데 오늘 만큼은 그 따끔거림을 즐기고 싶었다.

오래 그 가시를 안고 살다가 삭을 때까지 그대로 두리라고 마음을 다져 먹어본다. 한잔의 식혜 안에 동동 떠있는 밥풀처럼 아버지의 얼굴이 수저로 꾹 누르고 있어도 다시 떠오를 것 같았다. 다시는 병원에 가지 않을 거라고 맘을 다져 먹었지만 가연은 이틀 뒤 다시 병원을 찾고야 말았다. 가슴이 답답해서 택시를 잡아타고 무작정 달리다 보니 병원 앞이었다. 복도 끝에 서서 서성이는데 엘리베이터에서 내리는 사람 중 누군가가 가연의 이름을 불렀다.

"여기까지 어떻게 왔어."

격양된 목소리가 다 떨어지기도 전에 옆에 서 있던 여자가 그의 말을 받았다. 그리고 주춤한다.

"아, 그 사진 속에 있던 아가씨?"

그 여자는 가연의 옆으로 바싹 다가선다. 그리고 그의 얼굴을 살핀다.

"자긴 무슨 말을 그렇게 해? 동생을 만났으면 반갑게 맞지 않구."

여자는 그를 책망하는 눈빛으로 잠시 째려보는 듯 하더니 다시 고개를 돌려 가연에게 말을 이었다.

"아가씨. 잘 왔어요. 어서 들어가요. 아버님이 얼마나 찾으셨다구요. 어서요."

그러고 보니 오늘이 마침 수요일이었다. 하필 그와 이렇게 맞닥트리다니. 가연은 성미가 했던 말이 생각났다. 수요일과 토요일은 피해가라고 했던.

"미안해요. 내가 잘못 왔나봐요."

가연은 그녀의 손을 뿌리치고 계단으로 내려가려 했다. 그러나 그녀는 가연의 손을 더 세게 잡아당겼다. 그리고 돌아설 수 없는 결정적인 말로 가연의 마음을 낚아 올렸다.

"아버님. 이대로라면 몇 개월 못 사세요."

복도가 쩌렁쩌렁 울릴 만큼 큰 목소리는 아니었는데도 가연에겐 천둥소리처럼 들렸다.

"어서 들어가세요. 요즘 부쩍 아가씨만 찾으세요."

그녀는 흐느끼는 가연의 어깨를 감싸안으며 주머니에서 손수건을 꺼내 뺨을 닦아준다.

"아가씨가 이렇게 찾아올 줄 아버님께선 아셨나봐요. 어젠 이이한 테 전화를 하셔서 가연 아가씨가 다녀갔다면서 찾아오라고 할말이 꼭 있다고 애들처럼 떼를 쓰셨다지 뭐예요."

"아버지가요?"

"예. 어머니도 확실한 건 아닌데 며칠 전에 아가씨를 본 거 같다구. 그러면서도 닮은 사람을 본 건가 보다구 그러시더라구요. 요즘 어머 니도 건강이 안 좋으세요. 백내장수술 받으셔야 하거든요. 가까이 있 는 사람도 잘 못 알아보시거든요. 얼마 전엔 라면봉지에 빨간 개미가 들어간 줄도 모르고 끓여드셨더라구요. 설거지를 하려다가 라면 국물 에 까맣게 떠 있는 개미를 보고 얼마나 놀랐던지. 아가씨. 어서 들어 가요. 네?"

가연은 그가 떠미는 힘에 이끌려 병실 안으로 들어갔다. 잠든 아버 지는 여전히 링거를 맞고 계셨다.

어머니는 보호자용 밤색 침대에 새우처럼 등을 오그리고 잠들어 있었다. 문 닫는 소리에 깨셨는지 어머니가 먼저 눈을 떴다. 그리고 두 내외를 먼저 보셨는지 오늘은 여기서 하루 더 잘 테니 너희들은 들어가 쉬어라 라고 하시며 다시 돌아누우신다.

"어머니. 여기 누가 왔나 좀 보세요."

몸을 일으켜 가연을 보자 놀라신 듯 하였으나 이내 그럼 그렇지 하 는 표정이다.

"왔으면 어서 아버질 뵈어야지 장승처럼 왜 그렇게 서 있어. 그래 도 잘 지낸 거 같으니 다행이다."

반듯한 목소리에 어느 정도 힘이 들어가 있는 음성은 여전히 냉랭

했다.

"죄송합니다."

가연은 자신도 모르게 튀어나온 말이 하필 죄송하다는 말이었는지 자신의 입을 쥐어뜯고 싶었다.

"우리들은 나가자. 오랜만에 부녀 상봉인데."

어머니는 가연에게 맺힌 것이 많은 것 같았다. 마치 모든 게 가연의 탓인 양. 병실에 두 사람만 남겨놓고 모두 밖으로 나갔다. 그 때 간호사가 들어오며 아버지의 팔에 주사를 놓았다. 팔에 통증을 느꼈는지 미간을 찌푸리며 간호사의 얼굴을 올려다본다.

"오늘도 통증 때문에 잠을 못 주무시겠으면 간호사실에 인터폰 하세요. 수면제 드릴게요."

아버지는 간호사에게 그러마고 고개를 끄덕였다. 간호사가 나가자 옆에 서 있는 가연을 유심히 쳐다본다. 그리고 이내 눈시울이 붉어진다.

"너…… 가연이 맞지. 그렇지?"

"네. 아버지."

그녀는 아버지 손을 잡고 그대로 주저앉고 말았다. 물이 묻었다가 말라버린 종이처럼 빳빳해진 아버지의 손을 놓지 못하고 흐느껴 울었다.

"이리 좀 해봐. 얼굴 좀 보게. 얼마나 고생 많았니. 응?"

"아버지……."

얼마나 부르고 싶었던 소리였던가. 그 동안 부르고 싶었던 만큼 목청을 열고 힘있게 불렀다. 두 사람 서로의 손을 꼬옥 잡고 오랫동안 놓지 않았다. 차갑던 손에 땀이 배어났다. 끈적한 아버지의 손을 놓을 수가 없었다. 이대로 놓으면 영영 다시는 잡지 못할 것 같아서.

"내 원망 많이 했지? 그래. 다 내가 지은 죄갚음이지 뭐."

"그렇게 자책하지 마세요."

"지금 생각하니 내가 니 맘을 너무 아프게 했어. 따지고 보면 니 엄마두 그 젊은 청춘 나 때문에……

그래. 내 인생에 니 엄마가 걸림돌인 줄 알았다. 그런데 그게 아니었어. 사실 니 엄마 많이 사랑했다.

성미 엄마 나한테 헌신적으로 잘 했다. 그래. 그런데도 채워지지 않는 게 있더구나. 그 때 니 엄마를 만난 거지. 참 매력 있었어. 당돌하고 많이 배운 건 없었는데도 현명하고 딱 부러지는 성격이 좋았다. 성미 엄마처럼 교양 있는 여자는 결코 아니었지만 나를 편하게 해줬어. 막되어 먹은 듯 하면서도 그 못 배운 게 나한테 위안이 될 줄 나도 몰랐었다. 그래. 많이 사랑했다. 그런데 어느 날부턴가 자꾸 아예 살림을 차려달라고 하더구나. 몰래 만나는 거 신물난다면서. 그때 성미 엄마가 알아 버렸지. 그래서 내 의지와는 상관없이 헤어져야 했다. 그런데 니가 아홉 살 때였다. 니 엄마한테 생각도 못하고 있던 편지가 왔다. 발신지는 미국 샌디에고로 되어 있었는데 너를 꼭 데려다 키워달라고. 그래서 성미 엄마와 의논 끝에 너를 데리고 온 거였다. 니가 그렇게 집을 나가버리고 난 정말 어떻게 해야 좋을지 몰랐다. 니 오빠가 너를 그렇게…… 몰랐다. 니가 그렇게 고통을 받으며 살았었는지. 니 오빠 말만 믿었었다. 아니 그렇게 믿고 싶었다. 그래야 내가 살 수 있었거든. 날 용서해라. 응?……"

목이 말랐는지 잔기침을 토해내는 아버지 입에 수저로 물을 떠넣어드렸다.

"아버지 그만 말씀하세요. 힘드세요. 다 지난 일인 걸요."

가연은 정말 모든 것이 다 지난 일이 되어주었으면 좋겠다고 맘을 다독여.보았다. 갑자기 아버지가 배를 움켜쥐고 구토증이 나는지 몹시 괴로워했고 복도로 뛰어나가 간호사를 불렀다. 잠시 후 간호사는 주사를 놓은 후 수면제도 함께 투여했으니 내일 아침까지는 푹 주무실 거라고 일러주고 나갔다.

잠시 후 어머니와 오빠 내외가 들어왔다.

"그래. 너희들은 들어가 쉬어라. 그리고 가연인 어떻게 할래. 여긴 불편할 텐데. 아무래도 다음 날 다시 오는 게 좋겠구나."

"네."

더는 무슨 말이 필요하겠는가. 모두가 조금씩은 다른 상처를 안고 살고 있었음을.

택시에서 내려 터벅터벅 걸어오는데 경비실 앞에서 기다리고 있던 소담이 다가왔다.

"어디 갔다 와요. 걱정 많이 했잖아요."

"병원에요."

"그럼 아버님 뵙고 오는 거예요?"

"네."

"잘했어요. 정말……."

그는 자기 일처럼 매우 기뻐하는 안색이 역력했다. 들어가 커피를 한 잔 하고 갔으면 좋겠지만 내일 중요한 미팅이 있다면서 어서 들어가라라며 가연을 엘리베이터에 태우고 그대로 돌아서서 가 버렸다.

그를 그렇게 돌려보내고 돌아와 현관문을 잠그고 뭔가 허전함을 느꼈다. 뒤따라 그가 들어설 것만 같아서 다시 문을 열어보았다. 그러나 찬바람만 들어올 뿐 그의 그림자는 없었다.

'진짜 혼자구나. 이렇게 혼자 남았어.'

가연은 잠시 아버지를 생각한다. 엄마를 진심으로 사랑했었노라고 말하던 그 입술을 다시 떠올려본다. 가늘게 떨리고 있었다 아버지의 입술은. 그 떨림으로도 엄마를 그리워하는 아버지의 마음을 읽을 수 있었다. 아버지의 사랑도 정리되지 않은 채 떠돌고 있었구나 하는 생각에 미치자 가없은 엄마는 그걸 모르고 있었기에 미움의 깃털을 공작새 마냥 아버지를 향해 빛깔 좋게 뽐낼 수 있었을 거라는 생각을 해본다. 아버지와 엄마의 사랑은 그렇게 한쪽으로 기울고 있었음이 안타까웠다. 순간 작은방에 방치해 두고 있던 혁빈의 남은 짐들이 아직도 마음속에서 정리되지 못한 짐처럼 느껴졌다. 그 짐으로부터 해방되고 싶었다. 자유롭고 싶다고 혁빈에게서 이젠 완전하게 놓여나고 싶다고 잠재해 있던 강한 충동이 벌떡 일어섰다. 수화기를 들었다. 그리고 버튼을 꾹꾹 눌렀다. 아주 세게. 몇 번의 벨이 울리고 간호사 중 누군가가 받았다.

"죄송하지만 장혁빈 씨 좀 바꿔주세요."

"잠깐만요. 지금 응급실에 계신데 돌려드릴게요."

멜로디가 울리고 있었지만 어떤 노래인지 감을 잡을 수가 없었다. 이미 귀가 먹먹해져 있었다.

"네. 전화 바꿨습니다."

그였다. 분명히 그가 돌아와 제자리를 꿋꿋이 지키고 있었다.

"나예요."

"가연이? 무슨 일이야?"

그는 지금 무슨 일이냐고 묻고 있다. 아주 먼 곳에 있는 타인처럼. 우리가 언제부터 이렇게 타인이 되고 있었는지…….

"당신 짐……."

"그거. 가연이가 알아서 처리해."

그가 자신에게 알아서 처리하란다. 서로 좋았던 시절에 미래를 설계하면서 남대문 시장으로 다리 아프게 돌아다니면서 하나 하나 장만한 것들인데. 무엇 하나 의미가 없는 건 하나도 없었다. 그런데 그는 아무렇지 않게 모두 다 알아서 처리하란다. 그건 다 버리겠다는 의지가 깃들어 있었다. 그가 그렇게 얘기만 안 했어도 이렇게 분하지는 않았을 것이다. 그런데 그의 그런 말투가 가연의 심정을 사납게 했다. 도저히 분노를 억누를 수 없을 것 같았다.

"아니? 그럴 수 없어. 당신 물건 당신이 알아서 해."

"지금 바빠. 전화 끊어!"

그는 그렇게 화를 내며 귀찮은 짐승 대하듯 소리를 질렀다. 그리고 전화를 끊어 버렸다. 어이가 없었다. 그런 그를 이해하려고 해도 도저히 그럴 수 없었다. 가연은 다시 그에게로 전화를 걸었다.

그러나 간호사의 일방적인 말만 흘러나왔다. 선생님은 지금 응급실 환자 때문에 전화를 받을 상황이 아닙니다, 라고 전화를 끊어 버렸다. 그대로 몇 분을 뒤통수를 얻어맞은 사람처럼 앉아 있다가 다시 수화기를 들었다.

"소담씨. 나 좀 도와줘요."

"무슨 일 있어요? 네?"

그의 놀란 음성이 그대로 귓볼을 타고 놀았다.

"지금 여기로 와 줄래요? 나하고 부안에 좀 가 줘요. 꼭 오늘 끝내야 할 일이 있어요. 더 기다릴 수가 없어요. 부탁해요."

"알았어요. 그런데 날 밝으면 가는 게 어떻겠어요? 지금 밖에 좀 봐요. 눈이 흩날리는데."

"……………………………."

"그래요. 가연씨 맘이 그러면 지금 갈게요."

그는 집으로 오는 동안 핸드폰을 해서 마음 좀 진정하고 있으라고 달랬다. 그리고 옷을 따뜻하게 입고 있으라며 기온이 많이 떨어졌다고 당부의 말까지 잊지 않았다. 그를 기다리는 동안 현관에 혁빈의 짐 꾸러미를 내다놓았다. 그렇게 그를 기다리는 동안 커피를 타서 보온병에 담아놓고 냉장고에서 이것저것 꺼내 샌드위치를 만들었다. 그러는 사이 긴장된 얼굴로 그가 벨을 눌렀다. 문을 열고 들어오면서 현관에 내어놓은 짐을 슬쩍 보더니 가연의 얼굴을 살핀다.

"괜찮아요? 정말?"

"그래요. 내 걱정 말아요. 이젠 정말 깨끗하게 정리해버릴 거예요. 내 맘속에서 다 지워버리고 싶어요. 소담씨한텐 정말 미안해요. 하지만 소담씨가 옆에 있어줬으면 좋겠어요. 끝까지……."

그는 짐을 실어 날랐다. 그리고 가연의 어깨를 꼭 끌어안았다.

"그래요. 내가 끝까지 옆에 있어줄게요. 날 믿어요."

차엔 이미 시동이 걸려 있어서인지 올라타자 따뜻했다. 잔잔한 음악이 흐르고 있어서였는지 한결 진정되었다.

"소담씨. 이게 올해 마지막 눈이었으면 좋겠어요. 저 눈에 내 맘의 앙금을 다 실어 내버릴 수 있게. 새로운 시작은 당신하고 할 수 있게."

그는 가연의 새로운 시작이라는 말에 고개를 돌리고 그녀의 입술을 응시한다.

"앞에 보고 운전해요. 내 얼굴이 무슨 백미러인 줄 알아요?"

"가연씨 지금 나한테 프로포즈한 거 맞아요?"

"백미러 얘기가 무슨 프로포즈씩이나."

그녀는 능청을 떨었다. 그도 그런 그녀의 능청이 싫지 않았는지 피식 웃는다. 그렇게 소년처럼 웃는 그의 볼에 살짝 입술을 갖다대며 한마디를 더 한다.

"새 그릇에 새 사랑을 담고 싶어요."

"어라? 점점?"

그는 가연의 볼을 집게처럼 살짝 찝었다 놓는다. 그리곤 핸드폰을 열고 번호를 누르는 그녀를 위해 라이트를 켜 준다. 그런 그의 배려가 고마웠는지 가볍게 웃어 보인다.

"네. 하성미 씨 좀 부탁 드립니다."

간호사는 연결을 시켜주겠다더니 가연의 목소리를 알아듣기라도 한 것처럼 장혁빈 선생님이 아니고 하성미 선생님이요? 라고 반복해서 물었다. 그렇다고 하자 전화를 돌려주었다.

"성미? 나야."

그녀는 금방 목소리를 알아들었다. 그리고 기다렸다는 듯이 말을 덥석 삼켰다.

"엄마한테 얘기 들었어. 아버지한테 다녀왔다면서."

"그래. 그런데 나 지금 부안 가는 길이거든. 너한테 부탁이 있어서 전화했어."

"뭔데?"

"아버지 말야. 콩팥이식 수술만 받으시면 정말 괜찮은 거니?"

"글쎄. 뭐라고 말할 수 없어. 사람마다 다르니까. 사체신이식수술과 생체신이식의 접합이 있는데 사체신이식수술은 접수해 놓고도 몇 년을 기다려야 하니까…… 생이식접합수술의 결과가 90% 이상이니까 혈연이식신이 성공률이 제일 높아. 지금 의학이 발달돼서 새로운 면

역 억제제인 사이클로스포린의 사용으로 수술 후 성공률이 향상되고 있어. 그렇지만…… 여러 가지 검사 후에 딱 맞지 않으면.”

그녀는 벌써 가연의 마음을 읽은 모양이었다.

“그래서 말인데. 니가 할 수 있는 검사는 니가 직접 해줘. 그리고 다른 검사 역시 그 병원에서 받을 수 있게 해줘.”

“하지만…….”

“그렇게 해 줘. 성미야. 아버지를 위해서 내가 적격자였음 좋겠다. 그치?”

“아버지껜 말씀 드렸어?”

“아니. 아직은 혼자 생각이야. 하지만 혹시 백에 하나라도 가능성이 없을까봐. 실망 드리게 되면 어쩌나 해서 말씀 안 드린 거야. 너두 아직은 모른 척 하고 있었으면 좋겠어.”

“알았어. 하지만 너무 기대는 하지마. 오빠두 나두 맞지 않았으니까.”

“그래. 아무튼 고맙다. 이따 보자.”

소담은 조용히 그녀의 얘길 듣고 있었다. 그러나 그 무엇도 묻지 않았다. 그의 침묵이 너무 고마웠다.

새벽이 밝아오고 있었다. 푸르스름한 세상의 빛깔이 마치 아버지의 입술 같았다.

“소담씨. 아버지께 살아 있는 입술 색깔을 드리고 싶어. 석류 알 같은 빨간 입술을. 파랗게 죽어 있는 아버지 입술을 더 이상 볼 수가 없어. 아무 것도 묻지 않아서 고마워.”

그는 가연의 손을 몇 번씩 꼬옥 쥐었다. 그건 아마도 알았다는 이해한다는 그의 표현일 거라고 생각했다. 눈이 도로에 쌓이기 시작했다. 기온은 점점 떨어지는지 찬 기운이 느껴졌다. 히터를 올리고 그는 가연의 표정을 살핀다.

"춥지 않아요?"

"충분히…… 따뜻해요."

이미 차는 고속도로를 접어들고 있었다. 빠르게…….

11

사랑의 한계

사이렌이 울리고 세상은 캄캄했다. 응급차와 렉카가 소란스럽게 도로를 장악했다. 피에 엉켜 있는 여자를 들것에 실어 응급차에 싣고 그 옆에 정신을 잃은 남자를 또 다른 차에 실은 뒤 병원을 향해 달렸다. 얼마나 시간이 흘렀을까. 사람들의 웅성거림이 잠잠해졌다.

머리가 너무 아파서 한쪽 손이 자꾸 머리 쪽으로 간다. 그런데 머리에 뭔가가 칭칭 동여매져 있다.

순간 정신이 번쩍 든다. 사고였다. 눈길에 미끄러지면서 논두렁 아래로 떨어지고 있었는데…… 고개를 돌려 살펴보니 분명 병원이다. 중환자실의 불빛과 그 음침한 냄새가 기억난다. 그럼 여기는…….

가연은 끙끙 소릴 질러본다. 그런데 옆에 누워 있던 환자가 고개를 약간 비틀고 어디 많이 아프냐고 물었을 뿐 간호사는 보이지 않았다. 벽에 걸린 시계를 보니 10시다. 또 회진을 돌고 있는가 보다. 다리를 움직이려고 하자 통증이 왔다. 붕대가 발목부터 발가락까지 친친 동여매져 있다. 미이라처럼. 머리의 통증은 점점 더 심해지는 것 같았지만 또 이내 아무렇지도 않은 듯 참을 만했다. 그러다간 꾀병처럼 또 아프다. 손엔 피로 얼룩져 있었고 얼굴이 세수를 하고 아무 것도 안 발랐을 때처럼 팽팽하게 잡아당기는 것 같다. 눈엔 작은 경련이 일었고 입술이 퉁퉁 부은 것 같다. 사고가 났었다. 분명히 생각나는 건 부안으로 접어들었을 때 민소담이 운전하는 차를 향해 중앙선을 넘어온 트럭을 피하려다 급브레이크를 밟은 것이 그대로 미끄러져 몇 바퀴를 뒹굴고 있었고 그 상황 속에서도 그는 가연의 머리가 유리에 부딪히지 않게 하려고 자신의 손으로 얼굴을 막고 있었다는 것과 밖으로 튕겨나갈까봐 서로의 팔을 놓지 않고 꼭 잡고 있었는데 그게 기억의 전부다. 그는 어디로 간 것일까. 가연은 점점 불안해지기 시작했다. 간호사를 불렀는데 달려온 건 간호사가 아닌 하성미였다.

"왜 많이 아파? 아마 며칠은 그럴 거야. 그래도 다행이야. 별 다른 덴 엑스레이에 나타나지 않은 걸 보면 다리에 타박상이 좀 있고 머리는 몇 바늘 꿰 맸어. 사고 날 때 충격 때문에 머릴 어디다 부딪혔나 봐. 앞니가 조금 깨진 것 말고는 아직은 괜찮은 거 같아. 교통사고는 후유증이 더 무섭다고 하는데 아무 이상 없길 바래야지 뭐."

"난 괜찮아. 그런데 나하고 같이 타고 있던 사람은?"

"그 운전자 말야? 그 사람은 지금 좀……."

"왜? 말해봐. 어서."

"아니 그렇게 놀랄 건 없어. 아직은 확실한 건 아무 것도 없으니까. 목뼈가 골절된 거 같애. 그런 줄도 모르고 언니를 차 밖으로 끌어내고 자기 옷을 벗어서 머리를 감싸고 있더라고…… 응급실 직원이 그

180

남자 얼굴을 알던 걸? 우리 병원에 음독자살로 실려왔던 환자라고 하던데. 어떻게 된 거야. 응?"

"그건 나중에 얘기하고 그 사람 괜찮은 거야?"

"글쎄 아직은 잘 몰라. 지금 CT 촬영하고 MRA 촬영하고 있으니까 그걸 봐야 정확히 알지. 아직은 뭐라고 말할 단계가 아니야. 그래도 우리 병원 박사님 신경과 전문의이시거든. 전라도 쪽에선 인지도가 있으시니까 믿고 기다려. 너무 걱정하지 말구."

"성미야. 나 좀 그 사람한테 데려다 줘. 어서……."

"그렇게 움직이면 안 좋아. 그냥 있어봐. 검사 끝나면 어차피 병실로 올 테니까. 그런데 장혁빈 선생하고는 어떤 사이야? 아까 언니 방사선과에서 촬영하려고 기다리는 데 엄청 놀라던데?"

"…………………………"

"혹시 장혁빈 선생 만나려고 온 거야?"

"………………………………"

"그래. 말하기 싫으면 안 해도 돼. 남녀사이에 무슨 별 다른 문제가 있겠어? 다 그런 거지?"

"참, 아까 소담씨 목뼈가 뭐 어떻게 됐다구 그랬니? 그거 심각한 거잖아. 목뼈 잘못되면 전신마비 된다고 하던데. 응?"

"그렇게 걱정하지 마. 다행히 5번 목뼈가 부러진 거 같아. 신경을 건드렸으면 문제가 심각하겠지만 지금 상태로 봐선 마음놓아도 될 것 같애. 단지 앞으로 다른 데가 아무 이상 없길 바래야지."

"그건 문제가 발생할 확률이 높다는 얘기니?"

"5번 목뼈면 양팔을 못 쓰게 될지도 모르는데…… 아직은 모른다니까."

양손을 못 쓰게 될지도 모른다는 말에 가연은 머리가 하얘졌다. 그는 디자이너 일이 너무 좋다고 했었다. 천직처럼 여길 만큼 그가 하는 일에 자부심을 갖고 있었다. 그런데 두 손을 못 쓰게 된다면 그는 얼마나 좌절할 것인가. 절대 그런 일이 있어 선 안 된다. 다 자기 때문에 이런 일이 벌어진 것 같아 마음이 지옥이었다. 정말 자신은 평생 불행을 안고 살아야 하는 게 숙명인 듯 느껴졌다. 잠시라도 행복을 꿈꾼 게…… 달리는 차안에서 그와 행복한 나날을 만들며 살고 싶다고 간절한 바램을 속으로 곱씹고 있을 때 그 사건이 일어났으니 그렇게 믿고 있는 건 당연한 일이었다. 어디 자기에게 행복이 가당하기나 한 얘긴가 싶었다. 삼십 삼 년의 생을 불행하게 살아온 걸 이제 와서 뭔가 바뀔 거라는 기대를 했던 것부터가 잘못된 생각이었던 것 같았다.

하성미는 가슴을 부여잡고 통증을 호소하는 가연의 옆으로 바싹 다가가 그녀의 등 쪽을 누르며 아프냐고 물었다.

"아니 이쪽 갈비뼈가 아픈 거 같애. 숨을 못 쉬겠어."

"언제부터?"

"조금 전부터 몸을 움직이니까 그런 거 같아."

"가만 있어봐. 가서 엑스레이 찍어 보자. 응?"

그녀는 간호사에게 휠체어를 가져다 달라고 말한 뒤 방사선과에 전화를 했다. 환자전용 엘리베이터를 타고 성미의 부축을 받으며 방사선과 앞으로 와서 접수처 안에 있는 누군가와 말을 하더니 이내 방사선과 안으로 들어갔다. 촬영 준비를 끝내자 나가 있으라는 방사선과 과장인 듯 싶은 나이 지긋한 남자가 성미에게 말을 건넸고 그녀는 가연에게 괜찮을 거라며 자리를 피했다. 촬영을 끝내고 그 중년 남자는 촬영실 안쪽에서 나온 혁빈과 무어라고 말을 하는 것 같았다. 무

표정한 그들 틈에서 가연은 마루타가 된 것 같은 기분이었다. 잠시 후 혁빈은 그녀 옆으로 와서 아무 이상 없는 것 같은 데 아마 차가 구르면서 타박상을 입은 것 같다며 몸조리를 잘 해야 별탈 없을 거라고 간단하게 말했다.

"참, 차안에 있던 짐들은 어디 있죠?"

"함께 동승했던 남자가 기숙사에 가져다 놓으라고 해서 거기에 갖다 놨어. 그 짐들이 다 그건가?"

"그래요. 이제 내 집에 당신 물건은 하나도 없어요."

"대단하군. 전엔 왜 이런 모습이 가연이에게 있을 거라고 상상도 못했었지? 참 매몰찬 구석이 있었네? 내가 몰랐던 모습이 있었다는 게 꼭 속은 기분인 걸?"

"상대성이란 거 몰라요? 나두 당신이 그렇게 나를 배반할 줄은 몰랐었으니까. 그러나 차라리 잘됐다 싶어, 지금은. 더는 당신의 이중성 안 봐도 되니까. 그리고 이건 내가 상관할 일은 아니지만 마지막으로 노파심에 말하는 건데 이모님 한 번 찾아뵙는 게 도리가 아닌가 싶어. 난 그렇게 진솔되게 그 나이에 사랑을 하며 사시는 모습 또 보지 못할 것 같애. 혁빈씨의 잣대로 이모님의 사랑을 저울질하지마. 그 나름대로 세상에서 제일 행복한 분 같았으니까. 피붙이 하나 있는 거 제대로 보지도 못하고 사신다며 한탄하시는 모습 정말 안타까웠어. 가까이 살면서 남보다 못하게 사는 거 그것도 죄 짓는 거 아닌가? 그래도 혁빈씨 이렇게 당당하게 잘 길러내신 거 이모님 덕인 거 같은데. 혼자 힘으로 여기까지 왔다고 생각하지마. 솔직히 혁빈씨 공부할 때 나, 무척 많이 힘들었었어. 이렇게 남 좋은 일 시킬려구 그 애간장 다 태우며 직장생활 했었나 싶으면 다시 돌이킬 수 있는 일만 같으면 그렇게 하고 싶어. 그 당당한 어깨의 한 몫은 내 것이기도 하니까 너무 잘난 척하면서 살지마. 보기 역겨워."

"어떻게 니가 그렇게 말할 수 있어. 응? 지금 니 처지가 그런 말할 처지야? 그 남잔 누구야. 세상 누구보다도 정숙한 여자처럼 굴던 니가 어떻게 세상을 살고 있는지 좀 보라구."

"그렇게 말하지 마. 날 모욕하는 건 참을 수 있어. 그렇지만 그 사람 그렇게 말하지 마. 절대 당신 같은 사람한테 그런 말 들을 만큼 같은 레벨의 사람 아니니까!"

가연은 그 앞에서 처음으로 그렇게 격양된 목소리로 소릴 질렀던 거 같다.

"내 앞에서 지금 누굴 두둔하구 있는 거야 응? 그래. 대단하구나."

"지금 나한테 대단하다구 했어? 정말 우습지도 않아. 누가 누굴 보고 지금……."

가연은 고개를 돌리고 말았다. 더는 그의 눈을 보고 있을 수가 없었다. 두 사람 모두 불길에 휩싸여 누군가가 빨리 달려와 불을 꺼주길 기다리고 있었다. 그 때 성미가 들어왔고 두 사람의 그런 상황을 눈치 빠르게 가로챘다.

"장혁빈 선생. 지금 여긴 병원이야. 사사로운 감정으로 환자를 흥분하게 하면 안 되지. 두 사람 문제는 나중에 몸 성해지면 동등한 입장에서 표명해야 하는 거 아냐? 밖에까지 다 들리잖아. 이젠 좀 성숙한 사람들처럼 일 처리하면 안 되겠어? 이렇게 유치하게 굴지 말구."

성미는 가연의 휠체어를 끌고 밖으로 나왔다. 그리고 간호사에게 뭐라고 지시를 내렸는지 일반병실로 다 옮겨 놓았다면서 하성미 선생의 지시가 있어서 민소담씨와 같은 병실로 적을 두었다고 했다.

병실에 들어가자 깊은 잠에 빠져 있는 그의 얼굴을 볼 수 있었다. 그런데 그 순간 가연은 뒤로 자빠질 뻔했다. 그의 얼굴을 몰라봤다. 간호사의 언질 때문에 누워 있는 사람이 민소담 그일 거라는 짐작 때문에 그라고 생각을 했을 뿐. 머리를 빡빡 밀어 놓은 그의 얼굴은 퉁퉁 부어 있었다. 코는 멍들어 주먹만했고 눈은 핏자국으로 얼룩져 있었고 더 놀란 건 머리 윗 부분에 구멍을 뚫어 시계추처럼 무거운 쇠를 달아 메고 있었다. 그 추는 침대 머리맡을 거쳐서 대롱대롱 매달려 있었다. 소담의 머리는 고정 핀에 의해 고정되어 꼼짝도 못하게 묶어 놓은 것처럼 보였다. 침상에 바싹 다가가 그의 부은 얼굴을 어루만지고 있는 가연에게 간호사가 다가와 좀 쉬어야 한다고 말을 건넸다.

"왜 이렇게 하고 있죠? 지금 어디가 얼만큼 안 좋은 거죠?"

"목뼈가 부러졌을 때 하는 과정 중의 하나예요. 교통사고 당시 그 충격 때문에 목뼈가 밀려나서 휘어져 있었거든요. 얼라이먼트해야 하거든요."

가연은 갑자기 그의 몸이 자동차라도 된 듯한 기분이 들었다. 망가진 자동차…… 자동차 바퀴가 휘었을 때 얼라이먼트 한다고 그가 말했던 게 생각났기 때문이다. 아마도 간호사의 설명은 없었지만 휜 뼈를 고르게 정돈한다는 뜻이었을 거라고 혼자 생각을 점철했다. 팔도 퉁퉁 부어 있었는데 혈관을 못 찾아서였는지 이 곳 저 곳을 여러 번 바늘로 찌른 흔적이 있었다. 환자복도 입지 못한 채 런닝셔츠 차림의 그는 몹시 고통스러운 표정으로 병상에 누워 있었다. 그의 부어 있는 손을 물수건으로 닦아주며 간절하게 빌었다. 제발 더 이상 악운은 그에게 없어야 한다고. 그를 더 불행하게 하는 게 자기 때문이라면 조용히 그를 떠나겠다고 빌고 또 빌었다. 몇 시간이 흘렀을까 그가 눈을 떴다.

"소담씨. 나예요. 나 알아보겠어요?"

그는 고개를 끄덕이려다 통증이 왔는지 눈을 깜빡인다.

"그래요. 나 가연이에요. 많이 아파요?"

"아니. 참을 만해. 너무 걱정하지 말아요. 가연씬 어때요?"

그가 말을 했다. 입술이 터져서 그 움직임마저 애처로워보였다. 그리고 눈물이 크렁크렁 해진 눈속으로 가연을 빠트리고 있었다.

"미안해요. 나 땜에."

"그런 말하지 말아요. 가연씨가 그렇게 내 옆에 있어 준다는 거만으로도 행복한 걸요."

"말하기 힘들면 그만 말해요. 네?"

"나 졸려요. 자꾸 눈이 감기네?"

"약 기운 때문일 거예요. 푹 자고 일어나면 좀 괜찮아질 거예요."

그러나 가연은 자신이 없었다. 정말 그가 괜찮아질런지. 그의 잠든 모습을 지켜보고 있는데 간호사 약을 가지고 들어왔다.

"저기 간병인을 써야 하지 않을까 해서요. 하가연 씨도 몸이 부자연스러울 텐데. 혼자 힘으로 감당하기 힘들 거 같은 데. 아마 민소담 씨는 대소변 다 받아내야 할 거예요. 일주일 정도는 저렇게 꼼짝없이 침대에 묶여 있어야 하거든요."

"일주일씩이나요?"

"저게 할로베스트를 하기 전에 하는 과정이고 저렇게 해서 얼라이먼트가 되면 할로베스트를 하거든요. 아마 할로베스트 하고 삼사 개월은 병원에 계셔야 할거예요. 어떤 사람들은 교통사고 났다 하면 이게 웬 횡재냐 하고 오 육 개월은 룰루랄라 하는데요 뭐."

간호사는 남 얘기라고 쉽게도 말하고 있었다. 일반적인 얘기란 그렇게 쉽게 할 수 있는 것일지도 모르니까. 당사자의 고통 같은 건 아무래도 상관없는 것일 테니까. 간호사는 또 그의 팔에서 혈액검사를 한다면서 혈관을 향해 대바늘을 꽂았다. 그리고 검붉은 피를 주사기로 뽑아냈다. 몇 시간이 지나도 그는 깨어나지 않고 잠만 잔다. 이렇게 잠만 자다가 그가 영영 깨어나지 못하면 어떻게 하나 싶었다.

몇 시간이 또 흘렀다. 교대한 간호사들이 들어와 또 그의 상태를 확인한 후 혈압을 재고 나간다. 저녁을 먹은 후에도 그는 깨어나지 않고 계속 잠만 잤다. 저녁 회진시간이 다 끝났는지 하성미가 퇴근을 하려다가 잠시 들려 그의 상태를 확인하려고 들렸다.

"피 검사가 나왔는데 간수치가 높아서 오늘밤부터 간수치를 떨어트리는 주사약을 링거에 투입시킬 거야. 그리고 밤이면 환자들이 통증을 더 많이 호소하거든 민소담 씨가 통증을 느끼면 너무 참지 말고 진통제 맞으라고 해요. 괜찮으니까. 그리고 언니 몸도 좀 보살펴. 간병인은 안 쓴다고 했다며?"

"응. 내가 직접 하고 싶어."

"언니 몸으로 괜찮겠어?"

"난 아무래도 괜찮아. 이 사람만 무사할 수 있다면."

"아무 일 없을 거야. 다행히 목뼈가 세로로 부러진 게 아니라 가로로 나가서 천만다행이야. 세로로 나가서 신경을 건드렸으면 정말 팔전체를 못 쓰게 될지도 모르는데."

"그럼 괜찮다는 거니?"

"지금 상태로는 그런 거 같애. 하지만 좀 더 두고 봐야 될 거야. 내 전공도 아닌데 내가 뭐라고 장담할 수 있나. 하지만 우리 과장 선생님 믿어도 돼."

"집엔 내 사고 알리지 마. 걱정하실 텐데."

"알았어. 내가 그 정도도 모를까봐? 참, 언니가 부탁했던 검사는 좀 더 있다가 몸이 괜찮아지면 그때 하자 응?"

"그래. 알았어. 그런데 소담씨 이렇게 잠만 자도 괜찮은 거니?"

"차라리 통증 때문에 고통스러워하는 거 보단 그렇게 잠이라도 잘 수 있는 게 낫지 뭐. 언니 몰랐어? 이 분이 언니 보면 맘이 약해질 거 같다구 수면제 좀 놔 달라고 부탁해서 그렇게 한 거야."

"몰랐어. 아무튼 고맙다."

"고맙긴. 의사로서 당연히 해야 할 일을 하는 건데."

"그렇게 얘기 안 해도 돼. 니 맘 충분히 알아. 그래야만 자존심이 서는 거니?"

"별 애길 다 듣겠네. 참 소변통에 1000cc 정도 차면 비워줘야 돼 역행하면 안 되니까. 그리고 주사약이 너무 많이 떨어진다 싶으면 이걸로 조정하구. 그리고 공기 들어가면 안 되니까 여기까지 약이 떨어지면 간호사실에 알리구. 아마 새벽 2시쯤 근육이완제로 교환 줄 거야. 그럼 나 갈게. 고생해? 무리하진 말구."

그녀가 나간 뒤 소담은 잠깐 깨서 가연의 손을 꼬옥 쥐고 안심을 하듯 긴 한숨을 내쉰 뒤 다시 잠에 취했다. 다음 날 새벽에도 잠깐 잠깐 눈을 떴다가 감았을 뿐 분명한 의식으로 가연을 찾진 않았다.

아침 회진을 돌던 담당의가 그녀의 간호하는 모습에 관심을 보였다. 그리고 그의 몸 상태를 직접 사진을 보며 설명을 해 주었다. 엑스레이에 나타난 그의 목뼈와 뇌 사진을 보면서 가연은 그의 내부를 다

본 것 같았다. 그의 사진을 보면서 치아가 고르게 잘 나 있구나 하는 생각도 했다. 그의 목뼈가 마치 대나무처럼 곧게 뻗어 있었다. 오전 회진 때 그의 혈압은 160에 120까지 올라갔었는데 오후엔 정상치로 돌아왔고 간수치도 많이 떨어졌다. 침대에 고정되어 있는 그가 자꾸 목이 아팠는지 목에 팔이 올라갔다. 그녀는 뜨겁게 수건으로 시프를 해주었고 런닝셔츠가 흠뻑 젖어 있어 그걸 가위로 잘라내고 밑으로 입혀서 바느질을 꼼꼼하게 해서 새로 입혀 주었다. 그는 그런 헌신적인 그녀의 마음에 어떻게 보답을 하면 좋을까만 생각했다. 오후 회진을 돌던 의사는 이틀째인 오늘부터는 식사를 할 수 있으니 소담에게 식사할 수 있게 하라고 지시를 내렸다. 가연은 병원 근처에 있는 수퍼에 전화를 해서 쌀과 잣 그리고 소고기 갈아 놓은 것을 주문을 해서 직접 조리를 해 죽을 써서 그에게 하루 세 끼를 각각 다른 죽으로 입맛을 돋구어 주었다. 그는 그런 그녀의 배려를 너무도 고마워했다.

"죽 쓰는 거 힘들던데 그냥 밥으로 먹을게요."

"벌써 사흘째 변을 못 보고 있잖아요. 얼마나 고통스럽겠어요. 오늘은 잣죽을 써 줄게요. 변비에 좋다고 하니까."

"나 땜에 너무 애 쓰지 말아요. 성한 몸도 아니면서."

"이런 경우를 놓고 번데기 앞에서 주름잡는다고 하는 거죠?"

소담은 오랜만에 환하게 웃었지만 그 웃음도 오래가진 못했다. 머리에 박아 놓은 핀 때문에 쑥쑥 쑤시는 모양이었다. 그런 그를 위해 해 줄 수 있는 건 제한되어 있었다. 수건으로 몸을 닦아주는 일, 약을 먹여 주는 일. 약을 먹여 주는 것도 처음엔 능숙하지 못해서 물을 반쯤은 줄줄 흘려야 했다. 나중에 터득 한 거지만 빨대를 이용해서 물을 먼저 먹이고 약을 넣고 삼키게 하는 거였다. 양치도 그런 식으로 빨대를 이용해서 해 주니 그가 편하게 양치를 했다. 점심이나 간식을 먹고 난 뒤엔 가글을 해주었다. 그가 하는 일은 가연이 하는 일보다 훨씬 많았다. 하루 24시간 쉴 새 없이 링거를 맞고 있어야 했고 혈관 주사를 몇 대씩 맞아야 했고 피 검사를 수시로 해야 했다. 바뀌는 간호사마다 근육통을 호소하는 그를 엄살이 심하다고 책망까지 주었다. 가연은 그런 간호사를 향해 발톱을 세우고 자기 몸 아니라고 마루타처럼 실험 인간 취급하지 말라고 야무지게 몰아 부쳤다. 2층에선 이미 가연과 소담에 대한 얘기로 관심사가 되어 있었다. 우연찮게 이 병원에서의 일들. 그리고 장혁빈과 가연의 사이를 다 아는 사람들이었기에 그런 소문은 당연한 거였다. 제일 행동하기에 제약을 받은 사람은 다름 아닌 혁빈이었다. 가연이가 방사선과에 들려 X-Ray 촬영이 있는 날이면 자리를 피해 있곤 했다. 그런 그를 의식하지 않을 수 없어 가연은 신경외과의 성박사를 찾아가 소담을 다른 병원으로 옮겼으면 좋겠다고 했으나 목뼈가 부러진 환자를 위해선 결코 도움이 되지 않는다는 말로 일축해 버리고 만약 옮기다가 생긴 불상사는 책임질 수 없다고 완강하게 부인했다. 그런 얘기를 하성미도 전해 들었는지 직접 병실로 와서 소담과 함께 있는 자리에서 절대 병원을 옮길 생각은 말라고 다짐을 받았다. 그리고 지금 치료받는 상태에선 어떤 큰 병원에서도 같은 치료밖에는 할 수 없다며 대학병원을 가고 싶어서 그러는 줄 오해하고 단호하게 말했다. 안 된다고. 민소담이 병원에 입원한 지 사흘째 되던 오후였다.

그가 몹시 난처해하는 표정을 읽고 가연은 대변을 보고 싶어 그러나 싶어 넌지시 말을 올려놓았다.

"소담씨. 혹시 내가 불편하면 간병인 쓸까요? 난 이미 소담씨한테 내 맘 밝힌 걸로 충분히 우리 사이가 설명된 것으로 알고 있는데 혹시 라도 소담씨 본인이 불편하다면 얘기해요. 지금이라도 간병인 부를게요. 하지만 내 입장을 다시 한 번 말하자면 당신을 위해서 내가 해 줄 수 있는 건 다 해주고 싶어요. 그리고 언제 또 이런 기회가 오겠어요. 당신을 위해 온 정성을 다 쏟을 수 있는 날이 또 와 줄 거라고 어떻게 믿어요 네? 난 지금처럼 행복한 순간 없었어요. 사실 당신도 아는 것처럼 장혁빈이라는 사람과 십 년도 넘게 함께 지냈지만 이렇게는 아니었어요. 서로의 속내를 다 주거나 내 보이지 못하며 살았어요. 난 지금처럼 마음 편하고 진짜 행복하게 산다는 게 이렇게 보람 있던 순간은 없었어요. 이렇게 당신 옆에서 최선을 다하며 남은 날이 몇 날이 될지 모르지만 지금처럼 이 마음으로 살고 싶어요. 당신이 받아 준다면 말예요."

"이럴 줄 알았으면 우리 부부가 되는 예행연습이라도 해 두는 건데 그랬어요."

"그건 또 무슨 말이에요?"

"내 밑에 거 말예요. 미리 보여 줬더라면 덜 창피할 텐데 해서요."

"지금 변 보고 싶다는 거죠?"

가연은 어린아이처럼 깡충깡충 뛸 뻔했다. 그는 그런 그녀의 좋아하는 모습이 의아했는지 표정이 묘했다. 그녀는 처음 있는 일이라 서툴까봐서 미리 걱정을 한다.

"먼저 창문을 조금 열어 줄래요? 그래도 냄새가 좋진 않을 테니. 그리고 내가 일 볼 때까지는 화장실에 좀 있어 줄래요. 그런 모습까지는 다 보여 주기 민망하잖아요."

그녀는 그가 그런 말을 하지 않았더라도 그의 맘을 충분히 헤아려

주었을 것이다. 사랑의 힘으로 못할게 없다는 걸 알고 있었으니까. 그녀는 우선 침대를 화장실 쪽으로 옮기고 준비해 두었던 커다란 수건을 그의 무릎 위에 올려 주고 바지와 속옷을 벗기고 엉덩이 밑으로 커다란 비닐을 넣어 그가 혹시라도 실수하게 되더라도 난처하지 않게 만반의 준비를 해 두었다. 그리고 담배에 불을 붙여 그의 입술에 얹어 주었다.

"간호사한테 들키면 야단 들을려구 그래요?"

"누가 뭐라구 그래요. 문 잠궜는데 들어오긴 어떻게 들어와요. 여기선 환자가 우선이라구요. 밖에 써 붙여 놨어요. 노크해 주세요. 용건이 있으면 잠시 후에 와 주세요. 지금은 화장실 사용중입니다, 라구요."

그녀는 그가 맘 편하게 일을 볼 수 있게 화장실에 들어가 있었다. 그러면서도 그가 수치스럽게 생각하지 않도록 무디게 행동하기로 맘을 다져 먹었다. 자기라도 분명 굉장히 수치스러울 거라고. 자신의 치부를 드러내 보여 준다는 게 어디 부부로 살았던 사람들도 쉽지 않은데 이제 막 마음을 터놓고 사랑을 시작하려는 사람들에게 쉬운 일일 수 있을까.

잠시 후 그가 가연을 불렀다. 가연은 그의 얼굴에 얇은 손수건을 올려 주었다. 그리고 한마디 덧붙였다.

"지금부턴 날 간호사나 간병인으로 생각해요. 그게 더 맘 편할 테니. 뭐 불편한 거 있으면 맘에 두지 말고 얘기해요. 알았죠? 하루 이틀에 끝날 일 아니니까."

그는 대답 대신 고개를 끄덕였다. 가연은 변기통을 우선 화장실 변기에 쏟아 붓고 물을 내렸다. 그리고 일회용 비닐 장갑을 끼고 물티슈로 닦아 낸 뒤 다시 뜨거운 물에 수건을 적셔 다시 따뜻하게 닦아주었다. 아주 깨끗하게. 그는 말이 없었지만 아주 만족해하는 것 같았다.

"고마워요."

"고맙다는 인사 대신 차라리 뽀뽀를 해주는 게 나한테 더 좋은데."

그녀는 정말 그가 뽀뽀를 해주리라고는 생각도 안 했다. 그저 그가 난처해 할까봐 한 말인데 그가 입술을 오므리고 눈을 감아 보였다. 가연은 얼굴을 그에게로 바짝 댔고 그가 볼에 입 맞췄다. 그의 입술이 활활 타고 있었다.

"소담씨. 그거 모르죠. 소담씨와의 첫 키스가 우리가 여기서 만났던 그 날이었다는 거."

"언제요. 내가 약 먹고 실려왔던 날요?"

"그래요. 그 날 소담씨가 새근새근 잠들어 있었는데 나도 모르게 소담씨 입술을 훔치고 싶어서 방어능력도 없는 소담씨 입술에 도장 꽉 찍었던 거."

"그래요? 어쩐지 꿈속에서 기분이 묘하더라니."

두 사람은 그렇게 서로의 사람으로 한 발씩 다가오고 있었다. 세상 누구도 부러울 것 없다고 가연은 그를 향해 몇 번이고 외쳤다. 그는 아침 회진이 끝나고 나면 10시경에 일을 보았고 가연은 그렇게 시간 맞춰 일을 보는 그가 고맙기까지 했다. 여전히 링거를 24시간 달고 살아야 하는 그의 고통은 좀처럼 줄어들지 않았고 날이 갈수록 목의 통증은 심해지는 거 같았다. 진통제 없이 몇 시간을 넘기는 것조차 버거워 보였다. 참다못해 그는 통증을 호소했고 그럴 때마다 간호사실로 뛰었다. 간호사들은 가연의 그런 헌신적인 사랑에 다들 한마디씩 거들었다. 아주 오랫동안 부부로 살았던 사람들도 이 정도 되면 짜증이 날만도 한 데 용케 잘 견디고 있다고. 그가 추를 단지 일주일

째 되던 날이었다. 그의 회사에서 전화가 왔다. 그가 없어서 영업에 많은 지장이 있다면서 언제쯤 출근이 가능하겠느냐고. 그는 몹시 난처해했고 의사 선생님과 의논을 해야만 했다. 담당의사 선생님은 우선 할로베스트를 하고 나면 거동할 수 있으니 그 때 가서 상태를 보자고. 괜찮을 것 같으면 서울로 옮길 수 있도록 조처를 취해주겠다고 했다. 며칠 후 보험회사에서 나왔고 여차 저차 사정을 듣고 차 상태를 사진 찍어놓은 걸 보여주었다. 그리고 견적이 600만 원 정도 나올 거라고 했다. 병원비는 보험처리도 되는 것과 여러 가지 퇴원후의 후유증에 대해서도 상세히 설명을 해 주었다. 장애자진단을 받아서 좋은 점과 받지 않아서 좋은 점을 나열해가며 설명을 해주었다. 만약 장애 진단을 받게 되면 17%에서 20%까지 받을 수 있을 거라는 것도 알려 주었다. 그는 맘이 급했는지 회사사정으로 봐서 빨리 서울로 올라가야 할 것 같다고 했으나 며칠 더 두고 보자는 의사선생님의 말씀을 어길 수는 없었다. 밤마다 통증을 호소하는 그를 지켜보는 일만으로도 충분히 버거웠던 그녀에게 그가 할로베스트 착용하는 과정을 수술실 밖에서 기다리는 일이 가중되었는지 그 날 몸살이 나서 열이 39도까지 웃돌았다. 두 사람 모두 지쳐 있었다. 할로베스트를 착용한 그는 마치 예수님이 가시관을 쓰고 있는 것처럼 보였다.

"소담씨. 거울 한 번 볼래요? 자기가 무슨 예수님 같아요. 검은 가시관을 제대로 쓰고 있으니. 아깐 많이 아팠나 봐요. 지금은 좀 어때요. 네?"

"나 보다 가연씨가 더 걱정됐었어요. 밖에서 그렇게 떨고 있는데 빨리 끝났으면 좋으련만 머리에 추를 달 때는 마취를 하고 드릴 같은 걸로 뚫더니 이번엔 마취도 안 하고 나사 같은 걸로 4군데나 고정 핀을 꼽으니 차라리 그만 하자고 소릴 지를 뻔했다구요. 가연씨가 밖에서 안절부절 못하는 게 유리창을 통해서 보이길래 참아야 한다고 내가 나를 윽박질렀다니까요?"

"지금은 좀 어때요?"

"어지러워요. 자꾸 쓰러질 것 같이 중심을 잡을 수가 없어요. 그래도 이젠 혼자 화장실에 갈 수 있는 게 제일 좋아요."

"그 동안 아주 힘들었나봐요? 난 소담씨 맘 편하게 해 준다고 했는데……."

"삐졌어요? 그게 아닌데. 가연씨 고생 덜 시키게 돼서 좋다는 건데."

그 때 담당의가 들어와서 오늘부터 소변 줄 조정을 잘 해서 내일은 소변 줄을 떼어 내자고 했다.

소담은 긴 소변 줄의 중간쯤에 부착되어 있는 핀으로 소변이 보고 싶을 때까지 참았다가 그 핀을 조절해야 한다는 것에 신경을 써서 몇 번 시도를 해 보더니 신기하다며 아이처럼 좋아했다. 소변 줄의 핀을 놓으면 주루룩 소변이 투명줄에서 흘러내리다가 털컥하고 끊기는 게 너무도 신기했다. 소변이 나오다가 끊길 때는 통증이 있었는지 '아'하고 외마디 소릴 내기도 했다. 다음날 간호사가 들어와 바지춤을 내리라고 한 뒤 소변 줄의 한쪽 호수에 투명한 액체를 집어넣자 쑤욱하고 끼워 넣은 소변 줄이 부드럽게 빠졌다. 그런데 소변 줄을 끼웠던 음경이 따끔거리고 아프다고 호소를 했다. 의사는 소변검사를 했지만 아무 이상이 없다고만 했다. 할로베스트를 한 날도 그 다음날도 욱신욱신 쑤신다며 그가 잠을 이루지 못했다. 침대를 반쯤 세우고 앉은 듯이 몇 분을 눈을 붙였다가 이내 통증을 호소했다. 수면제가 없인 잠을 못 이루는 밤이 계속되었다. 그런 그를 지켜보고 있는 가연은 더 이상 이제는 그를 위해 해 줄 수 있는 게 없는 것 같아 미안스러웠다. 갑옷같이 생긴 딱딱한 플라스틱 조끼를 입고 머리엔 쇠를 박고 있었으니 앉으나 누우나 불편하긴 마찬가지였다. 낮에는 그래도 참을 만하다가도 밤만 되면 통증이 더 심해졌다. 링거에 알약에 약에 지칠 것만 같았다. 교대하고 들어온 간호사가 왼쪽 팔이 퉁퉁 부어 더 이상 그 쪽으로 주사를 놓을 수 없다며 엉덩이 주사를 권했다. 알약은 8알씩이나 먹어야 했고 계속 되는 링거 병만 보고 있어도 신물이 날 것 같았다.

"약이 왜 이렇게 많은 거예요?"

"항생제와 근육 이완제 소화제 그리고 …….."

간호사의 설명은 들을 때 뿐이었다. 점점 지쳐가는 그를 보고 있자니 울컥 하고 눈물이 솟았다.

그렇게 또 며칠이 갔다. 고통스럽게. 이 주쯤 지났을 때 의사는 경과가 좋다며 X-Ray 촬영사진을 놓고 설명을 쭈욱 해주었다. 어깨가 빠질 것 같다는 그의 호소에 의사는 이리저리 그를 관찰하고 목뼈 때문에 그런 것이니 참아야 한다는 말밖엔 없었다. 혹시 팔에 마비가 오거나 저리면 빨리 말을 하라고 지시를 했고 다행히 그런 일은 없이 또 몇 주가 지났다. 소담이 병원에 입원한지 꼭 한 달째 되던 날이었다. 가연은 머리에 꿰맸던 실을 풀었고 다리의 부상도 다 나아 깁스를 풀었다.

"가연씨. 이번 주 내로 회사에 가야 하는데……."

"그 상태로 어떻게 출근을 할려구요."

"회사에서 이제 여름 신상품 디자인을 뽑아야 한다면서 칸막이가 있는 혼자 쓸 수 있는 방을 내준다면서 할로베스트를 한 상태로 출근을 해도 상관없다고 했어요."

"그럼 선생님께 여쭤 보고 올게요."

가연은 담당의와 의논을 한 끝에 그렇게 해도 좋다고 허락을 받았고 서울에 잘 아는 정형외과 병원 원장이 있으니 소견서를 써 주겠다고 했다. 걱정스런 얼굴인 가연을 향해 담당의는 회사와 가까우니 그렇게 염려할 건 없다고 위안의 말도 얹어 주었다. 두 사람은 그렇게 퇴원을 하기로 맘을 정했다.

퇴원하기 하루 전 가연은 병원 근처의 상설시장으로 나갔다. 런닝셔츠에 할로베스트만 입은 그가 회사출근을 한다는 건 미관상 좋지 않을 것 같아서. 시장에서 남방을 다섯 개를 사 와서 그 날 밤을 세워 할로베스트 위에 입을 수 있는 남방을 만들었다. 줄자로 재고 재단을 하듯 다 뜯고 오리고 해서 다시 그 위에 입혀서 손수 바느질로 1시간 30분이 넘게 옷을 만들어 입혔다. 다음날 회진을 돌던 의사가 깜짝 놀랐다.

"내가 지금까지 할로베스트를 착용한 환자는 수 없이 봤지만 이렇게 멋진 옷을 입은 환자는 처음 보는데요? 이거 특허감이에요. 아무튼 대단한 부인을 뒀습니다."

의사의 말에 소담은 가연의 얼굴을 살피며 만족해하는 표정이었다. 가연은 '대단한 부인'이라는 단어에 걸려 한참을 쉬어 가고 싶었다. 그도 그런 가연의 마음을 읽은 것 같았다.

"가연씨. 우리 서울 올라가면 간단하게라도 식을 올리는 거 어떨까요?"

"이런 몸을 해 가지고 어떻게."

"난 하루도 가연씨 없으면 안 되는 거 알잖아요. 그렇다고 동거부터 하는 거 이젠 싫어요. 당당하게 부부가 되어 함께 한 집에서 살아요, 네?"

가연은 대답 대신 고개를 끄덕였다.

퇴원을 하기 전에 X-Ray를 한 번 더 찍어 보자는 의사의 말에 방사선과에 들렀을 때 밖에서 소란스럽게 다투는 소리가 나서 자연스럽게 고개가 돌아갔다. 다투던 사람들은 가연과 소담을 동시에 보았다. 그리고 잠시 난감한 표정으로 두 사람의 시선을 피하고 돌아서서 있었다. 가연은 소담의 손을 잡고 방사선과로 들어가 촬영을 끝내고 나와 담당의를 만나기 위해 대기실에서 기다리고 있었다. 그 때 미리가 다가왔다. 그리고 벌겋게 상기된 얼굴로 소담의 표정을 살폈다.

"잠깐 얘기 좀 할 수 있니?"

"지금은 안 돼. 선생님 뵙고 난 뒤에 내가 매점 앞으로 갈게."

"그래. 알았어. 기다릴게."

그녀의 배는 임신한 걸 알아 볼 수 있을 만큼 많이 불러 있었다. 임신복을 입고 있어서 더 배가 불러 보인 것 같았다. 담당의는 10일치 약을 조제해 주었고 할로베스트 고정핀 자리에 소독할 수 있는 약과 Y거즈를 한 봉지에 가득 담아 주었다. 핀셋과 테잎도 잊지 않고 챙겨 주었다. 소담은 그녀가 미리와 만나고 올 동안 병실로 올라가 이것저것 퇴원수속을 밟고 있었다.

가연을 기다리고 있던 미리는 뾰루퉁하게 그녀를 쳐다보았다.

"보기 좋더라?"

"할 얘기가 있다면서."

"보기 좋게 한 방 맞은 기분이야. 우린."

"우리라면 혁빈씨와 너를 말하는 거니?"

"어떻게 니가 그럴 수 있어? 난 그래도 니가 혁빈씨를 잊지 못할까 봐 죄를 지은 기분이었는데……."

"무슨 말이 하고 싶은 거야. 듣고 싶은 얘기가 뭐야 응?"

"난 니가 혁빈씨…… 바보 같은 혁빈씬 널 못 잊겠는지 요즘 얼마나 힘들어하는 지 너 알아?"

"그래서 그게 내 탓이란 말이니?"

"너 여기까지 와서 혁빈씨 괴롭히는 건 무슨 저의야 응?"

"저의라니? 너는 항상 나한테 그런 게 있었는지 몰라도 난 아냐."

"누가 지금 말씨름하고 싶대? 여기까지 와서 혁빈씨 곤란하게 하면서까지 입원해 있는 건 뭐냐구."

"사실 설명할 필요까진 없었는데 할 수 없구나. 그래. 나 혁빈씨 깨끗하게 잊어버리고 싶었어. 나한테 어떻게 했든 과거에 내가 사랑했던 사람이고 해서 좋은 기억으로 좋은 추억으로 그렇게 남기고 싶었어. 그런데 그 사람은 날 수치스럽게 했어. 그래서 집에 있는 그 사람 물건 다 돌려주려고 여기까지 오다가 사고를 당한 거야. 이제 알겠어?"

"그게 그렇게 중요했어?"

"사람마다 생각하는 가치 척도가 다르니까 그걸 너한테 어떻게 설명하겠니. 나한텐 중요한 문제였어."

"여기서 떠나."

"니가 그렇게 하지 않아도 지금 퇴원 수속 밟고 있을 거야."

"그래. 이제 정말 혁빈씨 앞에 나타나지 마."

"걱정 안 해도 돼."

"너한테 충고하나 할까? 혁빈씨 한테 처럼은 하지마. 남자는 다 같거든."

"그런 충고 별로 고맙지 않은데? 왜냐면 세상엔 니가 생각하는 사람들만 있는 건 아니거든. 내 일은 내가 알아서 해."

"그렇담 다행이다. 암튼 더 이상은 부딪히지 않고 살았으면 해."

"나도 바라는 바야 그건. 나도 충고 한마디 할까? 쉽게 달궈진 쇠가 쉽게 식기 마련이니까 너두 혁빈씨 관리 잘 해야할 거야. 마른 낙엽에 불붙은 건 삽시간에 다 타 버리기 쉬우니까."

그녀는 잘 익은 사과처럼 붉어진 얼굴을 삭히지 못한 채 불덩이 하나를 더 얹어 가고 있다는 걸 가연은 그녀의 뒤뚱뒤뚱 걸어가는 모습으로도 알 수 있었다. 그녀는 화가 몹시 나면 머리를 뒤로 재끼고 걷는 습관이 있었는데 여전했다. 퇴원 수속을 마친 민소담은 이미 응급실 접수처 앞에 앉아 있었다.

접수처로 들어오는 사람들마다 민소담의 할로베스트를 착용한 모습이 신기했는지 한 번 보고 돌아섰다간 다시 또 오래 쳐다본다. 그런 사람들의 시선이 몹시 부담스러운 모양이었다. 가연은 그 옆으로 가서 살짝 그의 손을 쥐었다가 놓는다. 그가 그녀의 그런 잔잔한 마음을 읽었는지 한 마디 덧붙인다.

"난 괜찮아요. 신경 쓰지 말아요."

"아마 요즘 TV에서 본 가수 강원래의 할로베스트를 한 모습을 봐서 더 신기해 그럴 거예요. 그래도 강원래는 옷도 입지 않고 그 모습 그대로 플라스틱 조끼만 착용한 채로 촬영을 했지만 당신은 내가 멋진 옷을 입혔으니 그렇게 흉하진 않아요. 정말이에요."

"그렇게 애 쓰지 않아도 된다니까요. 가연씨 몸은 정말 괜찮은 거예요?"

가연은 고개를 끄덕였다. 몇 분이 지났을까 하성미가 바삐 뛰어왔다.

"많이 기다렸죠? 저기 보이는 코발트색 차가 병원 원장님 차거든요. 원장님께서 이 차를 이용하래요. 기사 아저씨한테는 말씀 드려 놨으니까 어서 가서 타세요."

"고마워, 성미야. 서울 도착해서 전화할게."

"알았어. 어서 가."

많이 달라진 동생의 배웅을 받으며 가연은 뜨거운 눈물이 배출되는 걸 참아내기가 힘들었다.

다신 울지 않겠다고 다짐한 게 어제 일인데. 하루도 못 가서 또 눈물을 흘리고 있다. 가연은 그를 부축하고 차에 올라탔다. 멀리 차가 돌아서 나갈 때까지 그녀는 손을 흔들고 있다. 그녀의 갈색 머리가 바람에 날린다. 빛을 바랜 갈색머리는 더 아름다웠다. 그렇게 화려한 생활만 할 것 같던 그녀에게서 더 이상 그런 모습을 찾아 볼 수 없었다. 아마 많은 시련을 겪은 탓에 절로 성숙함이 몸에 익었을 거라고 혼자 생각을 키워본다. 그리고 흰 가운이 잘 어울린다고 생각했다. 이제 저 얼굴에 느긋하고 부드러운 미소만 깃들면 더 바랄 것이 없겠다고 생각하면서 멀어진 그녀의 모습을 뇌리에 접어 넣었다.

하지만 지금의 모습으로도 충분히 아름답다고 생각이 들었다. 잡티 하나 없는 뽀얀 얼굴에 핑크색 립그로스가 아직 잘 어울리는 걸 보면서 마냥 고생을 모를 것 같았던 소녀로 남아 있을 수 없었던 비애를 김밥처럼 돌돌 말아 자신이 대신 삼켜 버리고 싶었다. 그녀에게도 이런 사랑이 가슴속에 자라고 있었다는 게 문득문득 꿈처럼 생각되기도 했다. 톡톡 겨자처럼 혀끝을 자극하는 성격이 아직 배어 있지만 그것 역시 그녀만의 매력이라고 생각했다. 이제 그녀의 모습이 보이지 않는다. 그러나 가슴속엔 더 가까이 들어와 앉아 소곤대는 것 같다.

202

12
선택

소담이 할로베스트를 한 지 벌써 한 달째 되는 날이다. 여전히 잠잘 때면 통증을 호소 하지만 그래도 혼자 잘 견뎌내고 있었다. 병원엔 일주일에 한 번씩 들려서 X-Ray 촬영을 한 뒤 의사선생님의 설명을 듣고 온다. 그는 요즘 뼈에 좋다는 홍화씨와 사골 그리고 뼈로 가는 두유 및 생강차와 대추차는 떨어지지 않고 먹고 있다. 사무실에 가끔 들리는 소담의 친구가 세라믹이 통증을 줄여 준다면서 세라믹 목걸이와 부황기를 선물해 주어서 그것으로 요즘 가연은 소담의 무릎에 부황을 떠 주고 있다. 할로베스트 안에 런닝셔츠를 입고 있으면 자꾸 돌아가서 갑갑해하는 그를 위해서 수건으로 런닝셔츠를 만들었다.

똑딱단추를 달아서 입고 벗기 편하게. 그를 회사에 출퇴근시키기 위해 한 번도 만져보지 못했던 운전대를 잡고 운전면허증을 속성으로 따기도 했다. 겁이 많은 가연이 운전을 배우게 될 거라고는 상상도 못한 일이었다. 오빠가 교통사고를 당한 이후로 운전을 한다는 것과 운전대를 잡는다는 건 두려움의 대상이었는데 그것을 극복할 수 있었던 건 그 때문이었다. 그가 아니었다면 평생 사는 동안 운전대를 잡지 않아도 됐을지도 모른다. 그를 위해서 운전을 하게 된 것이 지금 생각해 보면 자기 자신을 위해 잘된 일이라는 생각이 든다. 요즘은 운전을 할 때 가끔씩 행복해지는 걸 느끼면서 자기만족감에 더없이 행복하다. 그가 있어서 가능한 일이 하나 둘 늘어간다는 것 자체도 살아가는 이유가 된다.

회사에서도 그가 내어놓은 디자인에 관한 안건이 모두 좋다고 오케이를 했고 이제 누드팬티에 야광수실로 장식될 도안만 하면 여름상품으로 내어놓을 준비과정은 모두 끝난다. 지난 번 히트된 가연(佳緣)은 두 해 동안 적자를 보았던 걸 다 보충 할 만큼 대량의 물건이 팔렸었다. 이제 이번 건만 잘되면 소담은 최연소 부장으로 승진을 하게 된다. 가연은 그가 디자인을 잘 할 수 있도록 일본에서 들어온 책자를 사다가 책상 위에 산더미처럼 쌓아 두는 게 자신의 홍보책자 만드는 일보다 더 중요하게 생각되기도 했다. 그럴 때마다 감초처럼 그가 나선다.

"자기 우리 회사로 스카웃 해온 거 나한테 감사해야 해요. 월급도 그 쪽보다 많지 시간도 많지 공부도 틈틈이 할 수 있지. 그래서 여잔 남자 하나 잘 만나면 끝이라니까?"

"지금 그거 자기 얘기하는 거 맞죠? 남잔 여자 잘 만나야 인정받고 산다니까?"

"참. 어제 내가 한 얘기 생각해 봤어요?"

"아직은 ……."

"다음달이면 이거 철거해도 된다니까 우리 그냥 날 잡아 버려요. 왜 그렇게 망설이는 거지?"

"다른 건 아니구. 아버지 땜에 그래요."

"그게 왜 문제가 되느냐구요. 결혼식 날 하루 외출하시면 될 걸."

"소담씨한테 말 못한 게 있어요. 사실 며칠 전에 성미한테 전화 왔었어요. 검사결과가 나왔는데 내 콩팥 아버지한테 드릴 수 있다구요. 막상 그런 결과가 나오고 보니까 결심하기가 힘들었어요. 소담씨 사람 되기 전에 몸두 마음도 다 깨끗하게 정리하고 싶어요. 이런 내 맘 이해해 줬으면 좋겠어요."

"난 허락 못 하겠어요. 그러다 당신 잘못되면 어쩔려구요. 사람일 모르는 건데 건강도 안 좋은 사람이 콩팥 하나로 살 수 있을지 어떻게 장담을 해요. 난 싫어요."

"나두 많이 생각했어요. 그렇게 말하는 소담씨 맘 충분히 알아요. 그래서 더 고맙구요."

"그러지 말구 우리 진지하게 생각해 보기로 해요."

"아버진 하루 하루가 너무 힘드세요. 당신도 봤잖아요. 그렇게 고통스러워하시는 거 어떻게 더 보고 있어요. 네?"

"난 당신만 괜찮으면 돼. 더는 희생하면서 살지 말아요."

"소담씨 답지 않게 왜 그래요. 이건 소담씨 아니에요."

"나 당신과 오래도록 함께 건강하게 살고 싶어. 당신이 나보다 먼저 잘못 될까봐 얼마나 노심초사하는 줄 알아? 자꾸 악몽을 꾼다구. 그 사람처럼 어느 순간 바람처럼 날아가 버릴까봐서. 소리도 없이 사라져 버리면 어떡해."

"왜 그런 생각을 해요. 바보같이……."

그녀는 소담의 떨리는 손을 꼭 쥔다. 여전히 파르르 떨고 있다. 그의 맘속에 진정되지 않은 뭔가가 있다는 게 걱정스러웠다. 자기 몸이 정상이 아니라는 생각 때문에 더 맘이 약해진 거 같아서.

　"사고 났던 순간 내내 난 무슨 생각한 줄 알아요? 제발 살아만 있게 해 달라고. 이렇게 무참하게 갈 순 없다고. 살고 싶다고 살고 싶다고…… 그 순간 내가 본 게 뭔 줄 알아요. 하얀 옷을 입고 있는 여장을 한 그 사람이었어요. 여전히 그 사람은 완전한 여자가 아닌 여장남자였다구요. 날 부르면서 자기한테 오라고 손짓을 하는데 난 갈 수 없었어요. 당신 땜에!"

　"그만해요. 그 날 일들 다 잊을 순 없겠지만 우리 부러는 생각하지 말아요. 난 절대 당신 두고 먼저 안 가요. 우리 끝까지 서로를 지켜주기로 한 약속 잊었어요?"

　그는 강하게 고개를 저었다. 그의 충혈된 눈에서 뜨거운 눈물이 흘러내렸다.

　금요일 오후였다. 소담의 옷을 갈아입히기 위해 입고 있던 남방의 바느질 한 부분을 칼로 뜯으려고 하는데 그가 몹시 불편해 했다. 한 달 보름은 더 이런 모습으로 있어야 하는데 그가 갑갑하게 옷을 입은 채로 잠을 자고 그대로 일어나 출근을 하는 게 맘에 걸렸다. 그래서 생각한 것이 입고 벗기에 편리하게 재구상을 해 보았다.

　어렸을 때 남들이 갖고 노는 인형이 탐나서 자신도 모르게 훔쳐 왔었다. 그 날 저녁에 엄마를 찾아온 동네 아주머니는 애비 없이 자란 애는 뭐가 달라도 다르다면서 남의 물건 훔치는 교육까지 시켰느냐면서 엄마를 향해 세상에 존재하는 욕설이란 욕설은 다 퍼부었다. 엄마는 그 사람이 돌아가자 가연을 무릎 꿇게 하고 오빠가 보는 데서 회초리로 종아리에서 피가 날 정도로 때리셨다. 반항도 못한 채 그렇게 매를 맞고 있는 그녀를 쳐다보던 오빠가 조막만한 손으로 뭔가를 그리고 가위로 오리고 있었다.

종이 인형이었다. 종이 인형을 만들어 드레스며 치마 웃옷 등을 만들어 접었다 폈다 할 수 있게 해서 눈이 퉁퉁 부어 있는 가연에게 내밀며 말했다.

"이거 가지고 놀아. 이건 세상에 하나 밖에 없는 인형이야. 그치? 봐. 이거는 이렇게 떼었다 붙였다 할 수 있어서 옷을 갈아 입힐 수 있어. 옷이 더 필요하면 말해. 내가 그려 줄게."

같은 나이였으면서도 어쩌면 그렇게 어른스러웠는지 지금 생각해도 범상한 인물이었다. 그래서 그렇게 빨리 가 버렸는지도 모르지만.

가연은 남방을 다시 디자인해서 가위로 써걱써걱 오려서 언젠가 사 두었던 끈적이를 오려낸 부위에 붙였다. 그리고 딱딱한 부분을 가위로 마무리를 했다. 그걸 지켜보고 있던 소담은 눈이 휘둥그레졌다.

"잠깐만요. 왜 진작 이런 생각을 못했었죠? 대단해요. 당신 손은 요술 손이야."

"칭찬이에요?"

"지금 농담할 때예요? 이건 실용신안 감이에요. 내일 인터넷에 들어가서 전 세계에 이런 제품이 있나 알아봐야겠어요."

그의 눈은 총명하게 빛나고 있었다. 그가 무슨 생각을 하고 있는지 알 수 없지만 디자인 하나 만큼은 속옷시장에서 알아 줄 만하니 그가 하는 데로 이끌려 가면 되는 것이다. 그는 퇴근을 해서도 숙소에서 밤을 세워 인터넷에 들어가 메일을 열심히 보내고 또 편지함을 확인해 다시 답장을 써서 보내고 있었다. 새벽 내내 피운 담배가 재떨이를 가득 차 넘치고 있었다.

"이 담배 소담씨 혼자 다 피운 거예요?"

"그럼 이 방에 나 말고 또 누가 있었나?"

"이거 먹고 해요. 그러다 진짜 다른 병 때문에 병원에 입원해야 할 것 같아요."

"다른 병?"

"그래요. 과로라고나 할까?"

"새삼스럽게 왜 그래요. 난 한번 손에 일 잡으면 끝장을 봐야 한다는 거 몰라요?"

"벌써 5시 다 돼 가요. 어서 눈 좀 붙여요."

"잠깐만요. 일본에서 온 멜 답장만 쓰고요."

그는 열심히 일본어 책을 뒤적이며 메일을 쓰고 있었다. 그리고 한일사전을 뒤적여 단어를 다른 종이에 옮겨 적고 있었다. 그런 그를 보고 있자니 일 욕심 만큼은 타고났다는 생각이 들었다. 그는 다음날 아침까지 계속 컴퓨터 앞에 앉아 있었다. 덩달아 밤을 세우고 피곤에 지쳐 있는 건 그녀였다.

"거봐요. 건너가서 자라니까."

그는 못내 쪼그리고 졸고 있는 가연이를 애처로워 더는 못 보겠던지 그녀를 일으켜 방밖으로 밀어낸다.

"어서 가서 눈 좀 붙여요. 남들이 알면 여기서 동침한 줄 알잖아요. 다른 직원 보기 전에 어서 건너가요. 어서."

가연은 그의 떠미는 힘에 못이기는 척 자신의 방으로 건너갔다. 그리고 누적된 피곤 때문이었는지 금새 잠이 쏟아졌고 12시가 넘도록 잠에 취해 있었다. 그가 점심 먹으러 가자고 안 했으면 그대로 오후 내내 잠들어 있을 뻔했다. 마침 병원에 가야 하는 날이라 만들어 놓은 옷을 입고 병원엘 갔다. 소변 줄 끼웠던 자리가 자꾸 따끔거린다고 얘길 해서 의사와 면담을 요청해 놓았던 터라.

"많이 아파요?"

"예. 아침에 소변보려고 할 때 성기가 커져 있으면 더 그래요. 아주 기분이 안 좋을 만큼."

"그럼 오늘 간호사실에 얘기 해 놓을 테니까 소변 받아 놓고 가세요. 검사 좀 해봅시다. 혹시 염증이 생겨서 그럴 수도 있으니까. 하지만 너무 걱정하진 말아요. 몇 몇 사람 중에 이런 증상을 보이는 환자들이 있으니까 시간이 지나면 괜찮아져요."

그의 목뼈는 많이 호전되고 있었다. 사고 당시의 필름과 비교해서 보니 누가 보아도 쉽게 알아볼 수 있을 만큼 좋아져 있었다. 의사는 원래 8주에서 12주까지는 할로베스트를 하고 있어야 된다고 하면서 너무 일찍 제거해서 좋을 건 없다고 했다. 그는 12주라는 소리에 한숨을 푹 내쉬었다. 그만큼 고통스러움을 인지 할 수 있었다. 그가 혼자서 감당하고 있는 부분이 가연이가 모르는 시간 중에 숨어 있었음을 그의 표정으로 읽어 넘겼다. 그러나 그의 의지가 약해질까봐 모른 척 하고 있었다.

"이젠 몸의 일부가 될 때도 됐는데 아직도 많이 불편해요? 마음을 좀 편하게 가지세요. 그러면 그럴수록 시간이 더 늦게 가는 것처럼 느껴질 테니까."

"밤이 되면 더 통증이 심해요. 누워도 소파에 기대도 편하질 않아요."

"그럼요. 어떻게 편할 수가 있겠어요. 쇠붙이를 머리에 박아 놨는데. 다 알아요. 그러니까 도를 닦는다고 생각하고 몸에 그걸 쓰고 있다고 생각하지 말고 잊어봐요. 힘든 일일 테지만."

의사는 아주 이례적인 말투로 너무 쉽게 얘길 했다. 전혀 도움이 될 것 같지 않은 위로 같지 않은 위로로. 아마 자기 몸에 저런 게 부착되어 있다면 몸살을 앓을 거다. 누구나 자기가 직면한 일 아니면 쉽게 도량 있게 얘기하긴 쉽다. 자기 몸 아픈 게 아닌데 뭐가 어렵겠는가.

지난 번 혈액검사를 받으러 왔다가 근육이완제와 진통제를 맞고 가라면서 링거를 꼽기 위해 혈관을 찾다가 여기저기를 찔러 대는 간호사의 미숙함에 화가 나서

"환자 생각 좀 해요. 혹시 수습생 아니에요? 혈관 하나 못 찾고 이게 뭐예요!"

라고 화를 내자 그녀도 지지 않고 맞대항을 했다.

"다른 남자 환자들은 바늘만 던져도 저절로 혈관을 찾아 들어가는데 어디 혈관이 약한 게 내 탓이에요? 공부 못하면 책가방 탓한다더니……."

그녀 때문에 대판 시끄러웠었다. 간호사 교육 제대로 받고 나왔느냐 간호사를 왜 천사라고 하느냐며 그녀를 향해 날카로운 비수를 들고 맞서고 있었다. 그런 힘이 어디에 잠재해 있었는지…… 가연은 한번도 누구와 말싸움을 한다거나 자신의 안일을 위해서 남과 맞대항을 해본 일이 없었기 때문에 스스로에게 놀라고 있었다. 소담은 더 보고 있다간 큰일 나겠다 싶었는지 그녀를 만류했다.

"난 괜찮아요. 가연씨 그렇게 열받을 거 없어요."

그의 몸만 괜찮았다면 아마 가연도 물러서지 않았을 것이다. 그러나 그의 몸이 불편한 상태이기 때문에 남들에게 병신 꼴깝떤다라는

210

말 듣게 될까봐 화를 삭히고 돌아서야 했다. 그가 이렇게 영영 장애인으로 남게 되면 어쩌나 이 수모를 평생 당하고 살게 될까봐 몸서리가 쳐 졌다. 돌아오면서 그는 가연에게 내내 이런 말을 했다.

"내가 장애를 겪고 보니까 장애인의 고통이 남다르게 느껴져요. 몸의 장애보다 마음의 장애가 이렇게 클 줄 나도 몰랐었어요. 다 나으면 장애인을 위해서 뭔가를 하며 살아야겠어요."

사실 그는 요즘 대인기피증이 생겼다. 맘대로 외출 할 수도 없었고 만나자고 누가 찾아와도 불편한 몸 때문에 어쩔 수 없이 거절을 해야 했다. 사람 만나는 걸 부담스러워 하는 그를 위해서 가연도 사람들과 만나는 걸 피하고 있었다. 그와 모든 상황을 맞추고 싶었기 때문에. 의사는 혈압을 잰 뒤 그의 등뒤로 가서 목을 마사지하듯 만지더니 통증이 있냐고 물었고 그는 괜찮다고 말했다. 뼈에 좋다는 건 다 열심히 먹으라는 당부도 잊지 않았다. 그가 알았다며 일어서려 하자

"그 옷 어떻게 입었어요? 올 때마다 바뀌네요?"

"이 사람이 직접 디자인해서 만들었어요. 이렇게요."

소담은 그녀를 칭찬해 주고 싶었는지 끈적이를 뜯어서 보여 주었다. 의사는 뜻밖의 일이라는 양 유심히 보았다.

"의사생활 오래 했어도 그렇게 할로베스트에 옷을 딱 맞게 입고 벗는 거 처음 봐요. 암튼 대단하시네요. 요즘도 회사에 출퇴근하세요?"

"네. 숙소에서 회사까지 20~30분 정도 걸리는 데 이 사람이 운전하니까 전 편하죠 뭐."

"그래요. 두 분 사시는 모습이 너무 아름다워요. 늘 그 마음 변하지 마세요. 요즘 세상에 결혼한 부부 10쌍 중에 3~4쌍은 이혼한다고 들하는데 아무튼 보기 좋습니다. 그 몸을 해 가지고 출퇴근을 한다

니…… 다른 사람 같으면 이게 웬 떡이냐 싶어서 오 육 개월은 병원에서 푹 쉰다고 난린데. 하기야 요즘처럼 언제 짤릴지도 모르는 판에 그렇게 라도 하고 직장에 나가야 자리 보존할 수 있겠죠. 민소담씨처럼 할로베스트한 환자들 있으면 꼭 알려 줘야겠어요. 그렇게 옷 입는 방법도 있더라 하고 말이죠.”

의사가 호탕하게 웃었다. 그러자 그가 그 웃음을 낚아 올렸다.

“아니요? 아무한테도 아직은 말씀하지 마세요. 지금 실용신안 준비 중이거든요.”

“그래요? 그것 참 좋은 생각인데요?”

“잘 될지 모르지만 해 보지 않고 누가 장담하겠어요.”

“그럼요. 나도 잘 되길 빌게요. 두 분 사랑이 만들어 낸 작품이름이 뭐죠? 아직 안 정했나요?”

“이 사람이 내 이름을 따서 MCW할로베스트라고 지었대요.”

“그게 무슨 의미가 있나요?”

“M은 내 성이 민씨니까 Min에서 땄고 C는 카바한다라는 Cover W는 훌륭하게란 뜻으로 Wonderful에서 땄대요.”

“MCW 할로베스트라…… 그러니까 훌륭하게 카바하는 민의 작품이다 이거죠? 그거 장사 되겠는 걸요? 만약에 돈·많이 벌면 술 한잔 걸 하게 사야 합니다? 알았죠?”

의사는 정말 우리가 성공할 것처럼 관심을 보였다. 소담도 가연도 돌아오는 내내 그 생각으로 행복했다. 소담은 불편한 몸으로 실용신안에 들어갈 서류들을 알아보고 이내 작성을 하기 시작했다. 가연에게 할로베스트를 하고 있는 자기 몸을 옷 입기 전의 모습과 옷 입은 후의 모습 그리고 찍찍이를 뜯어내는 모습과 누가 보기에도 쉽게 알아 볼 수 있도록 디테일하게 몇 장의 사진을 찍게 했다.

며칠 동안 그 일에 매달리더니 그는 에너지를 다 쏟아낸 인형처럼 밥도 먹지 않고 계속 잠만 잤다.

가연은 그가 내어놓은 디자인을 가지고 손수 바느질을 하며 칼라 있는 옷과 V넥 형식의 옷을 여러 벌 만들어 그에게 보여 주었고 환자복으로 쓰일 만하게 잠옷의 상의를 구해다가 디자인을 다듬어서 만들어냈다. 그는 가연의 작품을 보고 의기양양해서 기운을 다 차린 사람처럼

"그래. 환자들을 위해서 우선 이 옷부터 병원에서 구입해야 되지 않나? 그치? 다른 건 다 환자복이 있으면서 왜 할로베스트복만 없는 거야. 그치?"

그는 벌써 장애인협회 회장이나 된 듯 장애자 편에 서서 불편함을 호소하고 있었다. 그와 가연은 일에 미친 사람들처럼 실용신안 건에 매달려서 서류를 만들고 유통경로를 계획하느라 시간을 어떻게 보내는 지도 모르게 바쁜 하루 하루를 보내고 있었다. 실용신안을 낸다는 게 보통일은 아니었다. 쉽게 생각하고 시작한 일이 절차가 그렇게 복잡한 일인 줄 몰랐었다. 그는 밤새는 일을 밥 먹 듯했고 그런 그를 옆에서 챙겨 주는 건 가연의 몫이었다.

그렇게 바쁘게 일상을 보내고 있던 가연에게 하성미의 뜻하지 않은 연락이 있었다. 아버지가 위중하다고. 응급실로 달려간 가연은 시체처럼 누워 있는 아버지를 보고 더 머뭇거릴 수가 없어 수술 날짜를 정하고 돌아왔다. 그는 가연의 굳은 표정을 보고 더는 말릴 수 없음을 깨닫고 그녀의 뜻에 응할 수밖에 없었다. 그녀가 수술 받기로 예정한 날이 되었다. 새벽 일찍 일어나 그녀는 가방을 챙기고 메모지에

소담을 위해 약을 챙겨 먹을 시간과 보약을 손쉽게 데워 먹는 방법 그리고 생강차에 홍화씨를 타서 먹는 방법을 세세하게 적어 그가 보기 좋게 냉장고 문에 스카치테잎으로 잘 붙여 놓았다. 그리고 그가 좋아하는 음식을 만들어 찾아 먹기 좋게 숙소 냉장고에 이름표를 달아 꺼내 먹기 쉽게 넣어 두었다.

소담도 그녀가 준비하는 시간 내내 그녀의 발자국 소리만 듣고도 어떤 심경인지 짐작 할 수 있었다. 그러면서도 아주 먼 길을 떠날 사람처럼 꼼꼼하게 가방을 챙겨 넣는 그녀를 불안스레 지켜보고 있었다. 며칠 만 다녀오겠다더니 그녀는 아주 오랜 시간 비워 둘 것처럼 쓰레기분리수거까지 꼼꼼하게 하고 있는 것이다. 하기야 그녀의 성격으로 봐서 그가 혼자 불편을 겪게 될까 봐서 이것저것 챙겨 놓지 않고는 움직이지 못할 것이었다. 가방에 지난번에 함께 찍은 사진까지 챙겨 넣은 걸 보고 소담은 바쁜 와중에 한 마디 섞어 놓는다.

"아예 병원에 살림을 차릴려구 가는 사람처럼 그렇게 사소한 것까지 다 챙기구 그래요."

가연은 그의 목소리가 젖어 있음을 느낄 수 있었다. 불편한 몸으로 밤마다 베개 높이며 팔걸이를 누가 맞춰 줄까를 생각하니 선뜻 나서지지가 않았다.

"나 없이 잘 할 수 있죠?"

"그럼요. 문제없어요. 내 걱정은 말아요."

"그래요. 좀 불편해도 참아요, 우리."

그는 고개를 끄덕였다. 어쩔 수 없는 선택이라면 받아들이는 일도 두 사람의 몫이 되어야 한다. 마음먹기에 따라서 좌절도 기회가 될 수 있다는 걸 깨달은 두 사람은 모든 걸 수용할 준비가 된 것처럼 보

214

낼 사람도 떠날 사람도 가벼운 얼굴이 되었다. 극복해야 할 일이 두 사람에게도 병마와 싸우는 아버지에게도 또 다른 가족들에게도 각각의 몫이 정해져 있었다. 사랑이 있는 한 두렵지 않다고 두 사람은 어깨를 나란히 하고 밝아 오는 거리를 바라보고 있었다.

13
가면

　가연이 병원으로 간 지 사흘 후에야 전화가 왔다. 하루 종일 핸드폰을 옆에 두고 그녀의 전화를 기다렸었다. 그런데 울리지 않는 핸드폰을 하루에도 몇 번씩 확인을 했다. 소담은 그녀가 옆에 없다는 이유만으로도 일의 의욕이 떨어지고 해야 할 일과 하고 있던 일도 손에서 놓아야 했다. 몸이 불편하다는 이유로 회사도 휴가원을 내고 숙소에만 있었다. 그런데 그녀에게서 전화가 온 것이다.

　"몸은 어때요?"

　"괜찮아요. 수술이 잘 됐대요. 걱정 많이 했죠? 미안해요 이제야 연락을 해서."

　"아버님은 어떠세요?"

　"사실 아직은 잘 모르겠어요. 하지만 박사님께서 수술이 성공적으로 잘 됐다고 하셨으니까 앞으로 좋아지실 거예요. 소담씬 약 잘 챙겨 먹고 있어요?"

"그럼요. 내 걱정은 하지 말라고 했잖아요."

"그런데 목소리가 왜 그렇게 안 좋아요? 감기 걸렸어요?"

"아니라니까요. 빨리 왔으면 좋겠어요."

"어린애처럼 왜 그래요. 이번 주 토요일엔 갈 수 있을 거예요. 잘하고 있어야 해요?"

"그래요. 알았어요. 그런데 가연씨가 옆에 없으니까 사실……."

그는 보고 싶다는 얘길 하고 싶었을 거다. 가연 역시 그가 보고 싶어서 수술실에 들어가기 전에도 얼마나 두려웠던지 모른다. 그를 다신 못 보게 될까봐. 흔들리는 수술실용 침대에 실려 가면서 시트를 꼭 잡고 있어도 손에 땀에 배어 있었다. 수술대기실에서 소담이 자신에게 있어 얼마나 소중한 사람이었는지 절절히 깨달았다. 마취를 하기 전에 의사 선생님의 허락을 받고 허겁지겁 들어 온 건 하성민이었다. 그는 아주 담담한 표정으로 흔들리는 수술조명 때문에 머리가 어지러운 그녀에게 속삭이듯 아주 작은 목소리로 말했다. 그 소리가 너무 작아서 눈을 감고 들어야 했다. 그래야 정확하게 들을 수 있을 것 같아서. 아니 그보다도 그의 눈을 보고 있을 수가 없었다. 악몽이 되살아나서.

"가연아. 날 용서해 줘. 어제 한 잠도 못 잤다. 그래 너한테 어떻게든 내 진심을 알려야 한다고 생각했어. 지난 날 내 행동을 용서하기 힘들면 내가 너무 철이 없어서였다고 생각하고 다 잊을 수 있으면 잊어. 널 위해서. 수술실에 들어가는 널 보고 이대로 돌아설 수가 없어서 들어왔어. 나두 너 만큼은 아니었지만 괴로웠어. 그래서 방탕한 생활로 내 삶의 절반은 갉아먹은 거 같애. 그래. 다 잊었음 좋겠다. 널 앞으로 편하게 볼 수 있었음 좋겠다. 다른 집 오누이처럼 사랑을 주고받으며 살 수 있게. 앞으로 너한테 잘 할게. 믿어 줘."

그는 가연의 핏기 없는 손을 꼭 쥐었다. 그녀도 그의 손을 뿌리치지 못하고 잡혀 있었다. 그 손위로 뜨거운 눈물이 떨어졌다. 참회의 눈물은 그렇게 가연의 마음속에서 희석되고 있었다.

"가연아. 오빠 수술실 밖에서 기다리고 있을 게. 무사히 마치고 웃는 얼굴로 보자 응?"

가연은 고개를 끄덕였다. 그가 돌아서서 나가는 뒷모습을 처음으로 따뜻하게 쳐다 볼 수 있었다.

수술실 침대에 누워 별처럼 아득하게 흔들리는 불빛을 보면서 최면을 스스로 걸면서 기도를 했다. 깨어날 때는 과거의 아픈 기억은 다 깨끗하게 지워져 아무 흔적도 없길.

수술실에서 칸막이 하나를 두고 아버지와 함께 누워 있으면서도 서로 같은 생각을 했다. 서로가 무사하기를 그래서 한 가족이 옹기종기 모여 앉아 삼겹살이라도 구워 먹을 수 있게 해 달라고.

가연은 다른 온전한 가정을 보면서 웃고 떠들면서 서로의 입에 상추쌈을 싸서 넣어주는 그런 그림 속에 자신의 모습도 끼워 넣을 수 있다면 좋겠다고 바랬었다.

그래서 수술이 잘 돼서 아버지와 함께 퇴원을 하게 되면 온 가족이 삼겹살 집에라도 가서 외식을 하면서 가족의 단란한 한때를 과시하리라고.

그런데 이제 그 꿈을 이룰 수 있을 것 같다. 가연은 아버지가 완쾌되시면 우선 민소담을 가족들에게 소개를 해야겠다고 생각했다. 그의 온화하고 명랑한 성격은 잘 희석되어 가족의 품속에 자연스럽게 안길 수 있을 것을 생각하니 시간이 더디게 가는 것 같았다.

수술실에 들어가기 전에 아버지의 손을 잡고 약속을 했었다. 꼭 좋은 사람 만나서 행복하게 살 거라고.

아버지는 그녀의 얘길 듣고 있다가 젖은 음성으로 당신의 마음을 보이고 싶으셨던지

"가연아. 널 꼭 내 손으로 좋은 남자한테 행복하게 잘 살라고 결혼식장에서 만인이 보는 앞에서 당당하게 네 손을 잡고 들어가고 싶구나. 누가 될지 모르지만 널 데려가는 사람은 참 행복할거야. 지금의 니 모습은 젊은 시절 니 엄마의 모습을 꼭 닮았어. 니 엄마도 너처럼 참 예뻤는데……."

아버지가 계신다는 건 이런 거였구나 그 순간 너무 행복했다.

이제 그에게 돌아갈 날을 손꼽으며 수술부위의 통증쯤은 아무렇지 않게 이겨낼 수 있을 거라고 생각했다. 왠지 그와 고통을 함께 나눈 거 같아서 그 고통마저도 감수 할 만했다.

병실은 아버지와 함께 썼다. 아버지를 찾아오는 손님들은 하루에 몇 분씩은 꼭 있었다. 친구분들 앞에서 우리 딸인데 이 애가 나한테지 몸의 일부분을 떼어 주었다고 자랑삼아 말씀하셨다. 그런 아버지의 모습을 지켜보면서 묘한 감정이 뒤섞이고 있었다. 어머니는 집에서 밑반찬을 만들어 오셔서 함께 식사를 하셨다. 아버지와 함께 둘이 시간을 오래 보낼 수 있도록 때론 일부러 집에서 주무시고 오시기도 했다. 아버지를 옆에서 간호하면서 몰랐던 걸 하나씩 알아 가는 기쁨 역시 비교할 수 없는 즐거움의 하나였다. 아버지는 가연과 함께 살았던 시절의 찍어 둔 사진을 모두 버리지 않고 앨범 속에 넣어 두셨었는지 어머니를 통해 집에서 앨범을 가져오게 했다. 그걸 아버지와 함

께 어깨를 나란히 하고 보면서 집 떠나서 지낸 세월을 호두알 까먹듯 깨트려서 오물오물 씹어 먹었다. 그제서야 아버지가 예전에 했던 말이 거짓말이 아니었구나…… 틀린 생각이 결코 아니었구나 하고 생각했다. 모든 지나간 것들은 추억이 된다는.

가연은 아버지보다 일찍 퇴원을 할 수 있었다. 집으로 돌아 온 가연을 끌어안고 소담은 오래도록 놓질 않았다. 그의 머리에서 기름 찌든 냄새가 났다. 손도 못 대고 끙끙 앓았을 그를 생각하니 가슴이 아팠다. 가연은 화장실로 들어가 뜨거운 물에 수건을 빨아 그의 머리부터 닦아주었다.

"냄새 많이 나죠."

"아니요. 그 냄새 마저 당신의 일부분인걸."

"거봐요. 냄새 난다는 말이잖아."

"그 냄새 마저 사랑한다는 거예요. 해석을 하려면 제대로 해야죠."

다시 그와 함께 생활의 일부가 물감처럼 번지고 있었다. 그렇게 그도 가연도 나름대로 자신들의 생활을 찾아 열심히 일에 몰두할 수 있었다. 가연의 이번 홍보책자도 성공적이었다. 그 중에서도 소담이 디자인한 여름준비 상품 중에서 남성용 팬티 선전문구가 대박을 터트렸다.

'남성의 힘 속옷에서 시작된다' 라는 타이틀은 홍보 책자의 맨 앞을 장식했다. 그는 가연의 성공적인 이번 일을 놓고 대사를 외우는 배우처럼 시도 때도 없이 놀려댔다. 회사에선 포상휴가로 3박4일을 주었고 두 사람은 이번 휴가를 실용신안 신고하는 일을 마무리 짓기로 하고 여러 가지 못 다했던 필요한 서류를 직접 찾아다니면서 등록을 했다. 등록이 되기까지 3개월 정도가 걸린다고 했다.

두 사람은 서류등록을 끝내고 돌아와 지친 몸을 풀어놓고 이틀을

가면
221

먹고 자는 일의 반복을 일 삼았다. 휴가 마지막 날이었는데 뜻밖의
전화가 왔다.

"기억하시겠어요? 미래치과 간호사였던…… 한 번 만난 적 있죠?
그 땐 정말 죄송했어요. 좀 만나 뵙고 전해 드릴 게 있는데 우리 결혼
해요."

"네?"

"우리 선생님이랑 저랑…… 다음주예요. 바쁘시면 시간하고 장소만
말씀 드릴게요. 선생님께서 하가연 씨께서 꼭 참석해 주셨으면 좋겠
다고 하셨어요. 가족들과 가까운 친구들만 모셔 놓고 간단하게 결혼
식을 하거든요. 꼭 와주실 거죠?"

"그래요. 별일 없으면 가도록 할게요."

"꼭 오실 거라고 믿어요."

그녀의 목소리는 풍선처럼 동동 떠 있는 거 같았다. 그래. 결혼을
앞둔 여자의 기쁨이 어디 그 뿐이랴.

미리의 전남편도 충분히 고통받았을 거라는 생각이 들었다. 얼마나
힘들었겠는가. 그래도 기다려 볼 겁니다. 포기할 수 없다고 분명 말했
던 사람이 포기할 수밖에 없었다면 누굴 탓할 것인가. 그의 포기가
또 다른 선택을 할 수밖에 없었다면 그것 또한 받아들여야겠지. 주어
진 삶에 충실해야 하는 것은 당연한 이치라고 생각하면서 그의 행복
을 빌어 주고 싶었다. 미리가 이 사실을 안 다면 어떤 표정이 될까 생
각하니 만감이 교차했다. 선생님을 사랑해요 라고 절규하듯 말하던
그 간호사의 목소리가 다시 들리는 것 같았다.

'사랑하는 사람들끼리 함께 살아야 하겠지…….'

짝사랑의 마음을 받아 주는 일도 사랑의 커다란 배려인 걸.

가연은 낮잠을 자고 있는 소담의 헝클어진 머리를 쓰다듬었다. 꿈을 꾸는지 피식피식 웃는 그의 얼굴에 살짝 키스를 해 본다. 여전히 그의 볼에선 향기가 났다.

미리 남편의 결혼식이 있기 하루 전 이었다. 뜻밖에 미리 남편이 가연의 회사 앞으로 찾아왔다.

아주 초췌한 얼굴의 그는 가연을 보자마자 자리에서 일어나 정중하게 인사를 건넸다. 얼굴엔 면도를 안 한지 며칠이나 된 것처럼 턱수염이 잡초처럼 비죽비죽 자라있었다.

"얼굴이 왜 그래요. 무슨 일 있으세요?"

"엊그제 집사람이 절 찾아왔었어요."

"미리가요?"

그는 고개를 끄덕이며 더 이상 말을 잇지 못하고 머뭇거리더니 입술을 굳게 다물고 있다가 담배를 피워 물고 입 속에서 구겨져 있던 말을 꺼냈다.

"술에 많이 취해 있긴 했지만 취중이라고 생각할 수 없을 만큼 절박했어요. 그 사람 지금 몹시 힘든가봐요. 장혁빈 그 사람 아주 못난 사람이더군요. 어떻게 여잘 그렇게 때릴 수가 있습니까. 한 번도 그 사람을 손 댈 생각 못하며 살았었어요. 그래요 그 사람이 철없긴 하지만 어떻게 임신까지 한 그 사람을 그렇게 얼굴을 못 쓰게 만들어 놓다니요. 용서 할 수가 없어요."

"지금 그런 말 듣고 있을 필요가 있나요. 내가?"

가연은 더 이상 그 자리에 앉아 있기가 민망했다. 지금은 아닐지라도 예전에 사랑했던 사람에 대한 험담을 어디까지 듣고 있어야 할지 난감했다.

"미안해요. 가연씰 그렇게 난처하게 할 생각은 아니었어요. 그저 답답해서 찾아 올 데라고는 여기 밖에 없었어요. 다시 돌아오고 싶다고 하더군요. 이제와서!"

"내일 결혼식은 어쩌구요. 그 분은 알고 계신가요?"

"아니요. 아직 모릅니다. 나두 어떻게 하는 게 좋은지 모르겠어요. 사실 나도 내 맘을 모르겠는걸요. 단지 정확한 건 그 사람을 아직도 사랑하고 있다는 거예요. 나도 날 어쩌지 못 하겠는걸요. 그래요. 도저히 용서 할 수 없다고 생각했었어요. 그랬어요. 그 사람을 보기 전까지는. 그런데 막상 그렇게 시퍼렇게 멍든 얼굴을 보니까……."

"또 한 사람이 상처를 받겠군요. 우리가 무슨 자격으로 아낌없이 주는 사람들에게 상처를 줄 수 있죠? 미릴 믿을 수 있어요? 난 사실 미리보다는 선생님의 인격을 믿고 싶어요. 돌아온다고 했다구요? 그랬어요? 미리가? 이렇게 다 엉망으로 만들어 놓고 무슨 자격으로 돌아온다고 하는 거죠?"

"그 사람 그런 시골에서 못 살 거예요. 답답해서. 여기서도 쇼핑하고 문화생활 즐기는 걸 낙으로 생각하면서 산 사람이에요. 집엔 갇혀서 못 산다구요."

"그렇게 미리를 잘 아세요? 그럼 이렇게 되지 않게 잘 하셨어야죠. 이제 무얼 어떻게 돌려놓을 수 있겠어요."

"가연씬 혁빈이라는 사람 다 잊었다는 건가요? 그래요?"

"확실한 건 지금 내 옆에 있는 사람한테 충실하면서 살 거예요. 사랑하느냐고 묻고 싶겠죠? 그래요. 그 사람 사랑해요. 앞으로도 내 대답은 변하지 않을 거예요. 우리 몇 달 후면 결혼해요."

"가연씨도 후회하지 말구 다시 한번 더 생각해봐요."

"난 그 동안 선생님의 인격을 존경했어요. 미리의 부족한 점 다 덮어 주고 아껴 주고 사신 거. 하지만 이제는 아니에요. 아무 것도 모르고 선생님 한 분만을 사랑하고 있는 그 여자분을 생각해봐요. 배반할 수 있나요? 평생 선생님으로 인해 상처를 안고 살아가야 할 걸 생각해봐요."

"모르겠어요. 난 정말 어떻게 해야 좋죠? 내가 어떻게 해야……."

"미리가 선생님을 사랑해서 돌아온다고 생각하세요?"

"………………………."

그는 대답을 못한다. 애꿎은 담배만 피우고 있다. 몇 개피 째. 재떨이에 하나 가득 담배가 쌓여 있다.

"미리가 그러더군요. 혁빈이 그 사람 가연씰 못 잊고 지금도 술에 찌들어 산다구. 술에 취해서 자길 안을 때마다 가연씨 이름을 부른다구요. 이래도 미리가 정착하지 못하는 이유를 모르겠어요?"

"다 미리 몫이에요. 이기고 살아가야죠."

"가연씬 정말 괜찮은 거예요?"

"내가 어떻길 바라세요? 그가 나를 못 잊고 괴로워하는 걸 감격이라도 하면서 당장 달려가기라도 할까요? 안 그럼 미리한테 가서 이제 내가 왔으니 니가 물러나라 그러기라도 해요?!"

"미안합니다. 내가 괜히 찾아왔군요."

"선생님께서 현명한 판단을 하시길 빌어요. 인생의 오류는 한 번으로 족하니까……."

"암튼 고마워요."

"내일 헛걸음하지 않게 아침에 전화 주시면 좋겠어요. 먼저 일어날게요. 살펴 가세요."

그는 여전히 담배를 입에 물고 있었다. 그의 뒷모습을 배경으로 무거운 삶의 희비가 그에게 기대어 있는 것 같았다. 어찌 되었든 시간은 흐를 것이고 그는 어떤 선택이든 해야 한다. 가연은 그의 어깨에 실린 무게를 조금 이나마 덜어 주고 싶었지만 그럴 수 없었다.

다음 날 아침 아무런 연락도 없었다. 가연은 머리를 감고 드라이를 하고 화장을 했다. 그리고 잠시 생각에 잠긴다. 결혼식장에 꼭 가야하나 망설여졌다. 두 사람이 모두 원하는 결혼식도 아니고 미리의 남편은 고삐에 묶인 망아지처럼 억지로 끌려가는 심경인 걸 밝혔다고 할수 있으니 축복 받은 결혼식이라 할 수 없는데 거기에 꼭 가야할 당위성을 잃고 있었다. 민소담은 그래도 그 간호사와 약속을 했으면 가야지 않겠느냐고 했지만 발길이 쉽게 떨어지지 않았다. 많이 망설이다 하는 수 없이 예식시간에 임박해서 예식장 안으로 들어갔다. 그런데 결혼식장이라고 볼 수 없을 만큼 조용한 식장 분위기는 무슨 일이 일어나고 있는지 직감 할 수 있었다. 예식장안은 썰렁했다. 시간이 지났지만 거행되지 않는 예식은 이미 끝나고 있었다. 신부대기실 안에서 여자의 흐느끼는 소리가 나서 문을 열어 보았다. 신부는 눈물로 화장이 엉망인 채 흰 드레스는 수채화가 빗물에 번진 것처럼 얼룩이 지고 있었다.

"왜 그래요. 무슨 일이에요. 네?"

"선생님이 오지 않았어요. 지금까지……."

"어떻게 된 거예요. 네?"

"새벽에 선생님이 오셨었어요. 술에 많이 취해서. 결혼식 못할 거 같다구. 날 속였다구 하면서 또 두 번 속이게 될까봐 겁이 난다구. 날 사랑하지 않는대요."

그녀는 가연의 무릎에 엎드린 채 소리내어 엉엉 울었다. 머리에 쓰고 있던 화관과 귀걸이를 뽑아 내고 속눈썹을 뜯어내고 입술을 지워 버렸다. 그리고 악에 바친 사람처럼 소릴 질러 댔다.

"바보같이. 어떻게 사람 진심을 그렇게 모를 수가 있죠? 선생님은 또 속고 있는 거라구요. 어떻게 그렇게 철저하게 속을 수가 있는 거죠? 내가 그렇게 만류를 했는데…… 결혼식은 절대 취소할 수 없다구 난 선생님이 결혼식장에 나타나실 줄 알았어요. 우리 선생님 그렇게 모진 사람 못 되거든요. 그런데 그런데……."

"사람일 억지로 되지 않는가 봐요. 사람마음은 더더욱 그렇구……."

"나 선생님을 바라보는 것만으로도 행복했어요. 이렇게 선생님 보낼 수 없어요. 기다릴 거예요."

"그래요. 힘내요. 진실은 언제고 통하는 거니까."

"그런데도 불안해요. 우리 선생님 그렇게 영영 망가지게 될까봐."

"아니요. 이렇게 옆에서 걱정해주는 사람 있는데 그런 일은 없을 거예요."

"와 줘서 고마워요. 부케 받게 해 주고 싶었는데……."

그녀는 가연에게 부케를 내밀다간 이내 거둬들인다. 그리고 눈물 젖은 부케가 아닌 행복이 묻어 있는 부케를 드릴 수 있길 기다려 달라고 말하면서 탈의실로 들어갔다. 그녀의 바램처럼 될 수 있길 빌면서 예식장을 돌아서서 나왔다. 같은 시간에 예식을 하기로 되어 있던 다른 쌍은 이미 결혼식을 끝내고 피로연회장으로 장소를 옮기고 있었다. 붐비는 그들 틈을 비집고 나오면서 마주친 얼굴은 미리남편이었다. 그는 가연의 놀란 얼굴을 뒤로 하고 예식을 올리기로 했던 2층 계단을 뛰어 올라갔다. 그가 지나간 자리에서 짙은 니코틴 향이 코를

쩔렀다. 그의 심경을 대변하기라도 하듯 오래 그 냄새는 사라지지 않았다. 가연의 가슴속에 뭉클한 서글픔이 피어올랐다. 그래도 그녀의 기다림은 끝이 있었다.

소담은 결혼식의 풍경이 궁금했는지 아무 말이 없는 그녀의 등뒤를 맴돌다가 먼저 말을 꺼낸다.

"예식 잘 끝냈어요?"

"...................."

"신부가 예뻤어요?"

"...................."

가연은 입을 다물어 버렸다. 어떤 말을 어떻게 해야 좋을지 몰랐기도 했지만 아무튼 그들에게서 놓여나고 싶었다. 그들 얘기를 통해서 혁빈과 미리로 이어지는 가교를 끊어 버리고 싶었다. 살면서 어쩔 수 없이 연결될 수밖에 없다 할지라도 일부러는 그 연결고리를 스스로 잇고 싶지 않았다.

"왜 그래요. 또 뭐 안 좋은 일 있었어요? 여자는 친구 결혼식에 갔다 오면 우울해진다더니 정말 그런가 보네?"

그는 가연의 가라앉은 기분을 퍼 올리려고 애를 쓴다. 그런 그가 안타까워 또 입을 열게 된다.

"아니에요. 그냥 기분이 묘해서요."

"가연씬 더 예쁘고 아름다운 신부가 될 거예요. 내가 세상에서 제일 아름다운 신부로 만들어 줄 거니까. 속옷부터 몽땅!"

가연은 그의 품에 안겨 잠시 그 만의 숨결을 느껴 본다. 그가 좌우로 흔들면서 음악에 맞춰 왈츠를 추듯 가볍게 몸을 움직인다. 그런 그의 움직임에 따라 가연은 몸을 맡겨본다. 기분이 좋다. 그대로 그가 그녀의 얼굴을 살포시 감싸고 입술을 얹는다. 그의 뜨거운 혀끝이 감미롭게 움직인다. 음악이 없었어도 두 사람은 춤추듯 긴 포옹에 오래 두 사람을 서로 가두고 있었다. 갇힐수록 자유로워지는 걸 느끼면서 두 사람 모두 황홀감에 눈을 감아 버렸다. 가연은 그와 함께 갔었던 겨울바다를 생각했다.

파랗게 열린 끝이 보이지 않던 여름바다 보다 더 아름다웠던 겨울바다는 옷을 벗고 있었다. 아득하게 열린 눈 내리는 하늘을 바라보면서…….

가연과 소담이 탐닉하고 있던 건 누드의 바다였다. 아무것도 걸치지 않고서 떨어지는 눈송이를 받아 숨결 그대로 녹이고 있던 겨울 바다. 평온해 보이는 푸른 파도 아래로 숨어 있는 고통은 고통대로 좌절은 좌절대로 탄생은 탄생대로 누드인 채로 바다는 몸을 열고 있었다.

'그 바다는 여전히 누드인 채로 몸을 열고 있을 거야…….'

가연은 이제 며칠 안 남은 할로베스트를 풀 날짜를 손꼽고 있었다. 그 날 가까운 바다라도 가서 그와 함께 회를 시키고 소주라도 곁들여 건배를 하리라고.

14

사랑의 실체

언제부터 비가 내렸는지 땅이 축축하게 젖어있었다. 차에 시동을 걸고 그와 함께 병원에 가기 위해 준비를 하고 아침식사를 했다. 소담은 마지막으로 입을 옷이라며 축축하게 젖은 눈으로 끈적이를 손수 뜯어내고 붙여서 거울을 보고 옷 매무시를 고쳤다. 그리고 많이 자란 머리를 빗으로 슥슥 빗어 본다.

"나 있잖아요. 오늘 병원에서 나오면 제일 먼저 뭐하고 싶은지 알아요?"

"글쎄?"

"사우나실에 가서 샤워를 하고 싶어요. 샴푸로 머리도 감고."

가연은 설거지를 하다 말고 돌아서서 그의 말꼬리를 놓지 못하고 잠시 눈을 깜빡이고 있다. 그 기대를 꺾어 버릴 수 없어 잠시 그의 표정을 살핀다.

"왜 그렇게 봐요. 당신이 불편하게 해줬다는 게 아니라…….""

"알아요. 그런데 아마 오늘은 샤워 못할거예요. 그 나사못 조인 것 풀러 내면 상처자리가 다시 건드려 졌기 때문에 당분간 약을 먹어야 할거예요. 그리고 그 상처 아물려면 한 며칠은 물 닿으면 안 될 거예요. 너무 기대하지 말아요. 그 무겁고 갑갑한 옷 벗어버릴 수 있다는 것만으로 다행스럽게 생각해요. 응?"

그는 잠시 시무룩해지더니 이내 밝은 표정이 된다.

"내가 아직 가연씨한테 말 안 했는데 어제 부안에 성박사님하고 통화했어요. 할로베스트를 혜민병원에서 장착한 거니까 거기서 철거하고 싶다고. 그랬더니 그러지 않아도 그게 좋을 것 같다고 했어요. 할로베스트 대여한 거라고 하면서 어차피 장착했던 그 의료기상사에서 와서 제거해야 한다고……."

"지금 부안으로 가자고 하는 거예요?"

"그래요. 3시간이면 될 텐데요 뭐. 이제 나두 운전할 수 있으니까 올 땐 내가 운전하면 되잖아요."

"착각하지 말아요. 할로베스트 풀고도 당분간 물리치료 해야 해요. 힘을 못 받고 있어서 아마 목에 힘이 없을걸요? 너무 기대하지 말라니까요. 천천히 한다고 생각하고 있어요. 그래야 지루하지 않을 테니까."

"또 누나처럼 군다."

그가 가연을 쳐다보며 찡긋해 보인다. 긍정한다는 뜻으로 받아들이고 그의 볼에 살짝 입 맞춘다. 비오는 창 밖을 바라보며 담배를 태우던 그가 그녀를 불렀다. 그리고 조심스럽게 묻는다.

"가연씨. 혹시 장혁빈 그 사람 보는 거 불편하면……."

그가 말끝을 흘린다. 그가 흘린 말끝을 가연이 받아서 삼킨다.

"솔직하게 말할게요. 사실 아직은 그 사람 보는 거 편하진 않아요. 하지만 일부러 피하려고 하진 않으려고 해요. 피할 이유도 없구요. 그게 당신에 대한 예의라고 생각해요. 난 앞으로도 당신한테 예의를 다 하면서 살고 싶어요."

"고마워요. 솔직하게 대답해 줘서."

그는 가연의 젖어 있는 손을 두 손으로 감싸고 있다가 뭔가를 손에 쥐어 준다.

"이건 뭐예요?"

"맘에 들었으면 좋겠어요. 가연씨 그 동안 나 땜에 많이 힘들었잖아요. 그래서 통신판매로 샀어요. 내가 직접 다니면서 살 수 있었으면 좋았겠지만 내가 이런 상태라서……."

그가 내민 선물포장을 뜯자 은반지였다. 유리알이 맑게 물려 있는.

"결혼식 땐 진짜 좋은 걸로 해줄게요. 은반지이긴 하지만 알은 진짜 다이아 예요. 일부러 금으로 안 했어요. 난 은이 좋거든요. 색이 바라는 걸 눈으로 확인할 수 있으니까. 난 살면서 가연씨의 마음이 은반지처럼 힘들면 힘들다고 표현이 되길 바래요. 그래야 내가 다독여 주죠. 서로 무관심으로 살지 않게. 우리 노력하면서 살아요 앞으로도 쭈욱. 내 속맘 알죠?"

가연은 고개를 끄덕였다. 그리고 그가 끼워 주는 반지를 수줍게 받아들였다.

차는 다행히 밀리지 않아서 3시간 20분쯤 뒤 병원에 도착을 했다. 겨울엔 응급실 앞이 붐볐었는데 병원도 계절을 타는 건지 환자들이 많이 줄어 보였다. 방사선과 앞을 지나는데 누군가 소담의 팔짱을 끼고 걷고 있는 가연을 유심히 보고 있었다. 가연은 그가 혁빈임을 직감으로 느낄 수 있었다. 애써 고개를 돌리지 않고 예약이 되어있는 성박사의 방으로 들어갔다. 기다리고 있던 참이라며 여전히 행복한 모습이네요 라고 짧은 인사를 건넨 의사는 소담과 함께 '수술실2'라고 푯말이 붙어 있는 곳으로 들어갔다.

20여분이 지났을까. 그가 목에 깁스를 하고 나타났다. 떼었다 붙였다 할 수 있는 하늘색 필라델피아를 하고 나왔다. 아직은 목뼈를 가능할 수 있는 힘을 길러야 한다며 의사는 당분간은 목에 깁스를 하고 있어야 좋을 거라고 충고를 해주었다. 의사는 방사선과로 가서 X-Ray촬영을 하고 필름을 가지고 다시 오라고 했다. 방사선과에 접수 번호를 내자 간호사가 호명을 하며 들어오라고 했다. 가연도 따라 들어가자 안에서 혁빈의 음성이 들려왔다.

"보호자는 나가서 기다리세요."

분명 혁빈의 음성이었는데 그는 가연을 소담의 보호자라 칭하고 있었다. 그의 음성이 알맞게 굳어 있어서 툭 건드리면 설탕이 알맞게 끓고 있는데다 소다가 들어간 달고나 과자처럼 바스스 부서질 것 같았다. 잠시 후 소담은 촬영을 끝내고 밖으로 나왔고 몇 분 후 혁빈은 필름을 가지고 다른 방으로 들어가려 다가 뒤를 돌아 소담의 앞으로 걸어왔다.

"성 박사님 방에 가서 기다려요. 필름을 판독 후에 선생님께 직접 갖다 드릴 테니."

소담은 그의 조각된 듯한 말투에 기분을 좀 상한 것 같았지만 이내 '수고하세요' 라고 목소리를 가다듬었다. 그리고 가연의 손을 깍지끼고 대기실에 앉아 기다렸다.

234

"여기까지 온 김에 하성미 선생 만나 보고 가야하지 않나? 어서 가서 만나봐요. 나 혼자 들어 갈 테니. 내 염려는 말구. 편하게 있다 와요."

"지금 진료 중일 텐데……."

"가봐요. 진료 중이면 다시 오면 되지 뭐."

그의 뜻을 저버릴 수 없어 그녀의 방으로 가서 노크를 했다. 다행이 한산했는지 들어오라고 했다.

성미는 많이 피곤했던지 입술이 부르트고 얼굴에 잡티가 많이 눈에 띄었다.

"많이 피곤해 보인다. 괜찮니?"

"이 생활이 다 그렇지 뭐. 언닌 몸 괜찮아? 아버지한테는 자주 가?"

"응. 많이 좋아지셨어. 참. 집에서 너 선보라고 연락 안 왔든?"

"왜? 또 엄마가 극성이지? 내가 엄마 땜에 못 살겠어. 아직은 결혼 생각 없다구 그래도 막무가내야. 공부시킨 거 본전 생각나서 그러나?"

"앤 그런 농담이 어딨니? 어머닌 정말 니 걱정돼서 그러시던데."

가연은 어머니 얘길 하면서 딸의 장래를 그렇게 몸이 닳아서 걱정하는 그녀의 친모를 부러워했다.

미움의 불씨만 가르쳐준 자신의 엄마와는 끝까지 다른 양상을 보이는 그녀의 어머니. 그런 어머니를 귀찮아하는 그녀. 모든 게 부러웠다.

"참, 민소담 씨 오늘 철거수술 받지? 지금 위에 있겠네?"

"아니야. 벌써 끝냈어. 지금 X-Ray 필름 판독 중이래. 필름 보고 있을 거야."

"정말 힘들었겠다. 오늘부터는 자유네?"

"근데 좀 섭섭한 거 있지? 이제 내 손을 필요로 하지 않을 거 아냐."

"언닌? 농담이래두 그런 말하지마. 본인은 얼마나 지옥이었겠어?"

그녀는 정말 인정이 넘치는 말투로 감동을 주고 있었다. 예전엔 안 그랬는데…… 아니 어쩌면 자신이 부담스러워서 부러 그랬는지도 모른다. 다른 사람들에겐 처음부터 이런 모습이었는지도. 사랑받을 만한 매력이 충분히 있었다 그녀에게.

"언니. 결혼식은 언제쯤 올릴 거야? 아버진 찾아뵀었어?"

"아직. 이젠 찾아뵈어야지. 결혼 날짜도 잡아야 하고……."

"참. 내가 이런 말해도 괜찮을지 모르지만 그냥 모른 척 하고 있기도 모하고……."

"무슨 얘기야?"

"장혁빈 선생 말야. 요즘 많이 힘들 거야. 병원에 소문이 자자하던걸. 언니 친구라는 그 장혁빈 선생 부인 말야. 아니지 아직 결혼식도 안 올렸는데 부인은 무슨 부인. 암튼 그 여자 얼마 전에 우리 병원에 실려 왔었다?"

"아니 왜?"

"그렇게 놀랄 건 없어. 다행히 일찍 발견돼서 생명엔 지장 없었으니까."

"그게 무슨 말이야."

"술 먹구 손목을 그어서 피로 난장판이 되어서 새벽에 실려 왔어. 장선생 정말 많이 놀랐을 거야. 그 여자 성질이 보통이 아니더라구. 그 몸을 해가지구 장선생 멱살을 잡고…… 대단해. 어떻게 그럴 수 있는지 말야. 여기가 무슨 시장판인 줄 아나봐. 장선생 얼굴 어떻게 들고 다니라구. 하루 이틀도 아니구 아무튼 남의 일인데도 걱정돼."

가연은 그 얘기 때문에 다른 말은 귀에 들여놓을 수가 없었다. 성미도 눈치를 챘는지 더는 얘길 하지 않았다. 그녀와 인사를 하고 나오다가 이층에서 내려오던 혁빈과 마주쳤다. 가연은 등을 돌려 엘리베이터 앞에 섰다. 그러다간 굳이 2층을 엘리베이터를 타려고 서 있는가 싶어 고개를 돌렸다. 그런데 그가 그런 그녀를 계속 쳐다보고 있었는지 그와 눈이 마주쳤다.

"행복한가?"

"그럼 불행하길 바래요?"

"그런 공격적인 말투 가연이한텐 안 어울려. 그렇게 하지 않아도 돼."

"내 염려는 말아요. 충분히 행복하니까."

"그래. 그렇게 말하지 않아도 그렇게 보여."

"그런데 굳이 행복한가는 왜 물어요?"

"미안하군. 그런데 나는 행복한지 궁금하지 않나?"

"날 떠난 걸로 나와의 삶이 행복하지 않았단 대답으로 충분하니까 그것도 물을 필요없겠죠."

"묘한 대답이군. 그래 내가 널 떠난 거지. 그러니까 내가 감수해야 할 몫이다 이거군."

"이만 가 볼게요. 이런 만남 미리가 알면 불쾌할 거예요. 일부러는 아니었지만."

그녀는 그를 남겨두고 바쁜 걸음으로 계단을 올랐다. 그가 여전히 뒤에 서 있는 거 같아서 자꾸 고개를 돌리고 싶었지만 그러지 않았다. 소담은 계단 끝에서 누군가와 얘길 주고받고 있었다. 간호사였다. 약을 건네주는 그녀에게 악수를 청하고 있었고 가연을 보자 윙크를 해 보인다. 일이 끝났다는 신호였다. 그는 동생 잘 만났느냐고 몇 마디 물어보고 차 있는 곳으로 가서 차 문을 열었다.

"운전 할려구요?"

"왜? 안돼나?"

"………………"

가연은 대답대신 고개를 흔들었다. 그리고 키를 받아 운전석에 덥석 앉았다. 그는 하는 수 없다는 듯 조수석에 앉아 음악을 틀었다. 그리고 등받이에 고개를 기댄다. 시동을 거는 그녀를 향해 그가 말했다

"오늘 우리가 첫날밤을 보냈던 그 호텔에 가서 자고 가면 어떨까?"

"첫날밤?"

"첫날밤은 첫날밤이지 뭐 꼭 무슨 일이 있어야만 첫날밤인가? 가연씨 그렇게 하자 응?"

그의 청을 거절할 수가 없어 그 날 거기서 하루를 묵었다. 그리고 그 다음 날 변산반도에서 점심을 먹고 다시 서울로 올라왔다. 상경하는 차안에서 뜻밖의 전화를 받았다. 그는 아이처럼 좋아라 하며

"가연씨. 우리 실용신안 통과됐대. 우리가 해냈어."

"정말이에요?"

"그렇다니까. 우리 이제 정말 바빠지겠는걸. 뭐부터 해야할 까?"

그는 올라오는 차안에서 내내 사업 구상을 하느라 담배 한 갑을 다 피워댔다.

"가연씨. 우리 시장은 넓어. 한국에서만이 아니라 유럽 일본 중국…… 우선 회화부터 배워야 할게 아닌가 몰라. 바이어한테 오파를 넣을려면……."

그가 침을 꼴깍 삼켰다. 그리고 다시 말을 이으려고 가연을 쳐다본다.

"알았어요. 그래요. 하지만 당분간은 당신 건강부터 챙기구요."

가연은 너무도 오랜만에 그의 해맑은 미소를 보았다. 젊은 청춘을 다 내주어도 아깝지 않을 것 같았다. 그를 위해서…… 그녀는 그를 위해서 라는 말을 입안에서 뱉어 내지 않길 다행이다 싶었다. 왠지 성미에게서 들은 얘기 때문이었을까. 마음이 가볍지 만은 않았다. 한때 혁빈을 위해서 라면 모든 걸 다 주어도 좋다고 생명까지도 아까울 것이 없다고 삶의 지렛대를 그의 이름 석자로 삼으며 살았던 짧지 않은 순간들이 있었다. 그런 그를 이렇게 대면대면하게 생각하게 될 줄 그 땐 상상도 못한 일이었다. 그의 생각 속으로 들어가기 위해 온 나절 회사에서 집에서 그 만을 생각하며 살았었다. 그런 그가 지금 불행의 늪 속에 빠져 허우적거리는 모습으로 보인다니 그저 웃을 수만은 없었다. 사실 그가 떠난 이유도 모른 채 사랑을 온전히 다 보내고 생명줄을 스스로 끊어야 했던 아픔이 지금 다 치유된 것은 아니다.

그런 지금 그의 불행이니 행복이니 하는 소릴 제 3자의 입을 통해서 듣는 일은 자연스러운 건 결코 아니었다. 한 때 서로의 행복을 함께 추구하며 살았던 만큼 그도 행복하길 빌었다. 그러나 성미가 본 단적인 그림이 그 두 사람의 모든 것이라고 생각할 수는 없다. 그러나 보기 좋은 그림으로 타인들에게도 비춰 진다면 그보다 더 바랄 것이 있겠는가. 순간 순간 억울한 생각이 들어서 아니 그 억울함은 소담의 사랑을 받아들이기 전까지의 순수한 감정이었지만 그 억울함이 그를 불행하게 하여도 좋다고 생각한 적도 있었다. 진실이 무참하게 짓밟힌 대가라면 그 보다 더한 아픔이 그를 짓눌러도 좋다고 생각하기도 했었다. 그러나 소담의 마음을 받아들이면서 그를 이해하려고 애를 쓰는 지금 다 이해하기도 전에 그의 불행이 바람결에라도 들린다는 건 가연을 상처 내는 일이기도 했다. 그 상처가 마치 연필을 깎다가 칼에 베인 자국처럼 피 몇 방울 흘리는 일로 끝나는 단순한 건 아닐 것임을 알기에. 아직은 자신 안에 겨울잠을 자듯 잠재해 있는 혁빈의 그림자를 느끼고 있기에 다 잊었다 말할 수 없다. 다 잊을 수 있을 거라고 말할 수도 없다. 잊혀지지 않으면 그런 데로 어쩜 흘러가게 놔두어야 할지도 모른다. 그러나 이제 생각해보면 그를 만났던 것도 그를 선택하게 된 것도 그를 보낼 수밖에 없었던 것도 운명이었다고 변명처럼 얘기 할 수 있을 날이 올 것도 같다. 그렇게 잊을 수 없을 것 같던 오빠의 일도 조금은 옅어진 걸 보면.

그러나 엄마의 기억은 오빠의 것과는 다른 거였다.

'너를 보고 있으면 내 안에 열 달 동안 너를 담고 있었다는 게 너무 싫어! 니가 꼭 내 분신인 니 오빨 갉아먹을 것 같아서 겁이나. 어떻게 하면 그 두려움 속에서 벗어날 수 있을까……'

엄마는 왜 그렇게 내가 싫었을까. 내 의지로 될 수 있는 것도 아니었는데. 무엇이 엄마로 하여금 날 밀어내게 한 것일까. 나를 잃어버리고도 엄만 단 한번 찾아오지 않았었다. 그건 일부러 역이나 시장터에 인지능력도 없는 나를 미아로 만든 거나 무엇이 다르랴. 엄마에게 난 고려장이었다. 엄마는 그렇게 라도 나를 잊어버리고 싶었던 것일까. 아버지의 말씀대로라면 엄마는 내가 어디에서 무엇을 하고 있었는지 알고 있었다는 것이다. 그리고 발신지가 미국으로 되어있던 엄마의 편지는 또 무엇이었나.

그 땐 경황이 없어서 깊게 생각할 겨를도 또 엄마에 대한 기억을 다시 떠올리고 싶지 않아서 덮어두었던 것이다. 그러나 어쩜 내 자신의 실체가 바닷가 모래성처럼 실바람에도 스르르 무너져 버릴까 겁이

나서였는지도.

'피해도 피할 수 없는 게 운명이라면 차라리 안개 속에 갇힌 듯한 희미한 것 보단 목욕탕 속의 거울처럼 뿌연 수증기를 닦아 내 듯 뿌득뿌득 닦아내고 내 실체를 정확히 보고 싶어.'

가연은 더 이상 닥쳐오는 불투명한 미래에 반쯤 노출된 채로 서 있고 싶진 않았다. 아니 차라리 한 올 걸치지 않고 당당히 알몸을 내어 놓으리라고 생각했다. 언젠가 TV 해외뉴스에서 본 것처럼 영국의 어느 모피코트 회사 앞에서 무언가를 열심히 쟁취하기 위해 누드로 시위하던 여성들을 떠올려 본다.

운명 앞에 인연 앞에 그리고 인간관계 앞에 스스로 나가 걸치고 있던 옷을 벗어 던지리라고.

사월 말일이었다. 미리가 회사로 전화를 한 건. 만나자는 그녀의 떨리는 음성을 인지하고도 거절을 했다. 그러자 그녀가 저녁에 회사 앞으로 찾아왔다. 그런데 하마터면 그녀를 못 알아 볼 뻔했다. 몇 달 지났을 뿐인데 그녀는 예전의 모습을 어디다 벗어 두고 온 것처럼 화장기 없는 얼굴로 주근깨지 기미인지 알 수 없을 정도로 잡티가 많은 거칠어진 상태였다. 아이를 가지면 여자는 영양분을 다 뺏기기 때문에 그렇다지만 그런 모성애 때문이라고 하기엔 너무 미리의 희생이 크다는 생각이 들었다.

계절 바뀔 때마다 백화점 커피숍에서 전화를 해 쇼핑이나 하자던 그녀의 모습은 어디에도 없었다. 아니 그녀의 머릿속에 그런 기억이라도 잊지 않고 갖고 있기나 하나 의심스럽기까지 했다. 색감에 대한 센스가 남달랐던 그녀였건만 전혀 그녀다운 모습은 어디에서도 찾아볼 수가 없었다. 아줌마 전용 슬리퍼에 일명 월남치마라고 불리는 긴

치마와 옷깃에 얼룩이 있는 원색스웨터를 입고 나온 그녀는 시골아낙네의 전형적인 모습이었다. 아니 극적으로 말해 요즘도 그렇게 하고 다니는 시골아줌마가 있을까 싶었다. 그녀의 입술은 트고 까실해져서 갈라지고 눈썹은 다듬지 않아서 쌍꺼풀 위까지 잔털이 덮고 있었다. 피부미용실에 다니며 안 해본 것 없이 다 해본 그녀의 피부가 지금은 햇볕에 노출이 심해서였는지 트고 갈라진 오래된 교자상 같았다. 어설프게 빗어 넘긴 파마머리는 노란 물이 들여졌고 커트가 자라서 단발도 아닌 어중간한 상태였다. 손톱은 항상 말끔하게 다듬어져 손톱갈이로 잘 갈려진 예쁘고 길죽한 것이, 이제는 제 기능을 찾았는지 일에 찌든 것처럼 부러지고 메니큐어는 반 이상이 벗겨져 있었다.

"차라리 여자가 매니큐어를 바르지 말던가. 난 여자가 칠칠맞게 손톱에 매니큐어가 반쯤 벗겨진 건 상스러워 보여서 싫어!"

혁빈은 매니큐어 바른 손으로 음식을 해줄 때마다 짜증 섞인 말투로 지적을 하곤 했었다. 그런데 그녀의 손톱은 지금 자신이 질책을 들었던 그 손톱엔 비교할 수도 없다. 커피를 시켜 놓고 두 사람은 말없이 수저로 커피잔의 녹을 것도 없는 원두커피를 휘휘 젓고 있었다.

"커피 몸에 안 좋을 텐데 우유나 녹차를 시키지 그랬어."

낮은 음성으로 먼저 가연이 말을 텄다.

"나 지금 너한테 부탁 있어서 왔어."

그녀는 커피나 우유나 지금 그게 나한테 무슨 의미가 있어? 다 귀찮아…… 라고 말은 안 했지만 표정은 그렇게 노출되고 있었다. 커피를 몇 모금 마시다가 심하게 기침을 해 댔다. 갑자기 얼굴이 빨갛게 달궈지더니 가방에서 뭔가 꺼내서 입을 벌리고 분무를 했다. 손에 그걸 쥐고 있다가 또 호흡이 곤란한지 몇 분도 안되어 입을 벌린 채 아까 보다도 더 길게 분무했다. 그녀는 가슴에 손을 얹고 쥐어뜯듯 웅크리고 있더니 가까스로 일어나 가연을 쳐다본다.

"많이 아파 보인다. 괜찮니?"

그녀는 고개를 끄덕였지만 이내 호흡이 거칠어지고 얼굴이 하얗게 질려 있었다. 그 자리에 오래 앉아 있기 거북해 보였다.

"말해. 할 말 있어서 왔다면서…… 들어줄 수 있는 거면……."

가연은 말을 잠시 끊었다. 그녀의 표정으로 봐서 들어줄 수 없는 거면 나도 어쩔 수 없어. 라고 말할 수 없을 것 같았다.

"돈이 좀 필요 해. 이천만원…… 정도면 되겠는데 이유는 묻지 말구. 좀 해 줬으면 좋겠어."

그녀는 지금 돈 얘기를 하고 있다. 이천만원이라면 그녀가 전남편과 함께 살 때라면 두어 달 생활비 밖에는 안 되는 돈이었다. 그런데 그녀는 지금 아주 어렵게 얘기를 꺼내고 있다. 그녀를 이렇듯 초라하게 만든 건 돈 때문이었는가 하는 생각이 미치자 그녀의 손가락에 끼워져 있던 다이아 반지가 생각나서 유심히 살펴보았지만 그녀의 손엔 그 싼 은가락지 하나도 없다.

"넌 궁금하겠지만 나 이혼하면서 그이한테 단 한 푼도 받지 못 했어. 시집식구들이 날 죄인 취급하고 마치 화냥년 취급하면서 그이 앞으로 되어 있는 재산 모두 시동생명의로 다 돌려 놨더라구."

그녀는 그 때의 서러움을 기억하고 싶지 않았는지 고개까지 가로저으며 안색이 하얗게 질려 있었다.

"그 사람이 다시 나하구 살겠다구 그러니까 내 앞에서 의절을 하겠다고 하면서…… 그래도 며느리로 산 세월이 얼만데 나한테 그렇게 모질게 할 수 있었는지 정말……."

그녀는 지금 원망의 맘을 털어놓고 있었다.

"나 정말 지금처럼 살다 간 미쳐 버릴 거 같애."

가연은 그녀의 얼굴에 서린 검은 그림자보다 그녀의 미쳐 버릴 거 같다는 호소보다 더 걱정되는 건 혁빈과 그녀의 관계에서 일어나고 있는 일들이었다. 그러나 물을 수 없었다. 입장이 입장이니 만큼 과거의 사랑했던 남자에 대해 지금의 여자에게 그에 대한 얘길 물을 수 없는 일이었다. 그러나 곧 그녀의 입에서 쏟아져 나올 것 같으면서도 그 말이 정작 쏟아져 나오면 어떻게 받아 내야 좋을지 자신의 처세에 대해서 생각하고 있었다.

"난 요즘 이 아일 낳아야 할지도 모르겠어. 정말 모르겠어. 이젠 정말 늦어 버린 걸까?"

"너 지금 무슨 말을 하는 거야. 아이가 무슨 죄가 있다구. 그러지 마. 무슨 일인 진 모르지만 잠시 지나가는 바람 때문에 나무를 베어 버릴 순 없잖니. 아이는 니 소유물이 아니야. 절대 그런 생각하지 마. 그래. 돈 때문이라면 내가 해줄게. 통장 번호만 알려 줘. 언제까지 해 주면 되는 거야. 응?"

그녀는 더 이상 아무 말도 하지 않았지만 더 감출 것도 내보일 것도 없다는 표정이었다. 그러나 가연은 그녀의 말하지 않은 부분의 것을 속으로 핥아 내고 있었다. 단 맛은 다 빠져 버린 껌처럼 그녀의 삶은 더 이상 달콤하지 않아 보였다. 몇 달 사이에 모든 게 달라진 걸 그녀는 아직도 믿고 싶지 않은 듯 보였다. 스스로 만들어 놓았던 덫에 그렇게 걸린 걸 알면서도 강하게 부정하고 싶었을지도 모른다. 그녀의 맘이 어떻든 간에 그녀는 지금 너무 많이 와 버린 걸 인정해야만 할 것이다. 그건 비단 그녀 혼자만의 일이 아니었다. 가연도 그녀처럼 가지 않은 길에 발을 들여놓고 그 길을 향해 가고 있는 것이니까.

"오해하지 말구 들었으면 좋겠어. 혁빈씨한테 혹시 전화오지 않았니? 아님 찾아오거나……."

그녀의 말끝에 약간의 떨림이 있었다. 그걸 가연은 예민하게 건져 올렸다.

"왜 그걸 나한테 물어야 하는지 모르겠네? 니가 그러지 않았니? 혁빈씨 만나거나 하는 그런 구차한 일 만들지 말라구. 니 말을 잘 들어서는 아니었지만 나 역시 이제 그 사람과 부딪치는 거 싫어. 아니 솔직하게 말하자면 이제 굳이 피하려고 애를 쓴다거나 만나게 될까봐 맘 졸일 필요를 느끼지 못해."

"그건 이제 너 하고는 상관없는 사람이 되었다는 얘기로 들린다?"

"아무래도 상관없어. 니 생각에 연연해서 못할 말과 가려야 할말을 찾는 그런 신경까지 쓸 정신없어. 난 나 사는 일에 신경 쓰는 것만도 벅 차니까."

그녀의 얼굴은 상기되어 갔다. 마치 그래 너 잘났다. 니가 언제부터 그렇게 잘났었어? 하는 표정이었다.

그 표정 뒤에는 어디 두고 보자 하는 격렬한 눈빛도 함께 담겨 있었음을 가연이 모를 리 없었다.

괜히 그런 감정의 찌꺼기를 그녀에게 보여 주었나 싶기도 했지만 더는 마음이 쓰이진 않았다. 예전 같으면 그녀에게 자존심상하는 말을 해서 상처를 주게 될까봐 많이 망설이고 하고 싶은 말의 100분의 1도 못했었으니까. 그녀는 목이 탔는지 남아있던 커피를 한꺼번에 다 마신 뒤 일어나려고 했으나 다시 쌕쌕거리다 주저앉았다. 그리고 힘들게 호흡을 몇 번 들이마시더니 가방에서 약을 꺼내 먹었다. 그리고 그녀는 자리에서 일어나며 가지고 온 손가방을 챙겨 간단한 인사를 남기고 가 버렸다. 그녀가 가 버린 뒤에도 가연은 자리에서 일어나지 못하고 식은 커피를 입안에 넣고 삼키지 못하고 있었다. 몇 십 분이 지났을까 헐레벌떡 뛰어 온 소담은 그녀의 표정을 살폈다.

"괜찮아요?"

"어떻게 알았어요. 나 여기 있는 줄?"

"좀 전에 가연씨 친구가 날 찾아왔었어요. 너무 기가차서 말도 안 나오던걸요."

"왜요?"

"가연씨 과거에 대해서 얼마나 아느냐구요. 그래서 다 안다고 하니까. 그럴 리가 없다면서 가연씨한테 들었던 그 얘길 낱낱이 다 떠벌리는 거예요. 나중엔 듣기 민망해서 그만 하라구 내가 화를 냈더니. 정신 나간 사람처럼 혁빈이 그 사람이 가연씰 지금도 못 잊고 있다면서 우린 피해자라 나요? 빈 껍데기만 안고 살고 있는 거라고."

그는 가연의 옆자리로 앉으며 더는 그 사람들로 인해 상처받는 거 바라지 않는다면서 가연의 마음을 토닥였다. 그리고 그녀가 성난 황소처럼 돌아서서 가다 말고 다시 뛰어와선 소담의 멱살을 움켜잡고 분명 후회하게 될 거라고 악담을 퍼부었다고 했다. 가연은 한숨이 절로 터졌다.

"그렇게 가슴 아파하지 말아요. 일말의 양심도 없는 사람이니까. 그런데 어디 많이 아픈 사람 같았어요. 꼭 천식을 앓는 사람처럼 호흡하기 곤란해서 몇 번씩 약을 분사하면서 얘기하던걸요? 그래도 그런 걱정스런 얼굴 하지 말아요. 당신이 걱정해 줄만큼 착한 사람도 아니던걸 뭐."

"그래도 그렇게 얘기하지 말아요. 내가 힘들 때 옆에 있어 준 친구 인걸요. 지금 너무 힘들어서 그렇게 변해 버린 거지 예전의 그녀는 안 그랬어요."

그는 가연의 맘을 읽었는지 더는 그녀의 얘길 꺼내진 않았다. 그러나 가슴에 먹구름처럼 짙게 끼어 버린 근심의 무게는 가벼워질 줄 모른 채 날은 가고 있었다. 돈을 그녀의 통장으로 입금시킨 지 이틀만에 '암 튼 고마워.' 라는 짧은 인사만 남긴 전화가 왔다. 그리고 봄을 밀고 여름의 작열하는 태양이 기승을 부릴 때쯤 가연은 뜻밖의 방송출현 제의를 받았다. 소담이 추진해온 MCW할로베스트가 벤처기업과 기술계약을 하게 된 것이 계기가 되어 계약금의 전부를 장애자협회에 내놓은 것이 화제가 된 것이었다. 소담은 병원에 있으면서 생각한 것들을 하나씩 추진해 나가고 있었다. 그 하나가 교통사고로 장애자가 된 사람들의 불편을 들어주는 상담교실을 인터넷에 방을 만들어 그들이 해결 못하는 일을 하나씩 처리해 나간 것이다. 그리고 인터넷 사이트에서 우연하게 접하게 된 사회복지법인에 관심을 갖게 되었다. 소담은 어디서 알아 왔는지 조화자매원이 IMF후 어렵다며 돕고 싶어했고 홈페이지인 www.Johwai.or.kr로 들어가 자세하게 훑어 보았다.

'조화 자매원에서 함께 일할 새 가족을 찾습니다. 자세한 것은 공지사항을 참고……Click'이라는 문구가 떠있어서 클릭을 해보니까 예쁜 그림이 그려진 천사의 집이 화면에 떴다.

'안녕하세요? 조화 천사의 집입니다. 저희 집은 정신지체장애(성인여자)를 가진 60여명의 천사들이 오손도손 살고 있어요. 언제든지 저희 천사의 집으로 천사들을 만나러 오세요. 그러면 우리 천사들은 더

용기를 얻어서 행복한 나날을 보낼 거예요. 여러분의 방문을 환영합니다.'

소담은 그 곳에 전화를 해서 자원봉사를 하고 싶다고 말하고 그 쪽에서 필요한 것들을 얘기하자 꼼꼼하게 메모해서 우선 급한 것부터 등기소포로 붙이고 주일마다 봉사를 다녔다. 그는 그 일에 보람을 찾고 있었다. 수많은 사람들이 그렇게 장애자의 서러움을 겪고 있으리라고는 이 일을 시작하기 전에는 알 수 없었다. 하루에도 수 백 건의 장애자들이 해결 못한 사건들을 놓고 변호사와 이리저리 쫓아다니고 그 일을 해결하면서 얻는 보람은 이루 말할 수 없는 것이었다. 그런 절차로 전국장애자협회에서 소담의 일을 돕겠다고 나선 자원봉사자들만 해도 수십 명을 넘고 있었다. 방송국에선 이런 저런 얘길 전해 들었다면서 장애인을 위한 특별 생방송을 방영할 예정이라면서 출연을 요청했다. 가연은 방송출연을 망설였지만 소담의 설득으로 인해 방송출연을 결정하고 말았다. 좋은 일은 그렇게 조용하게 하는 것도 좋은 일이지만 한 사람이라도 더 알아서 장애자협회에서 함께 일할 가족을 만나게 된다면 그 보다 더 좋은 일이 어디있겠느냐는. 그리고 억울하게 당하고 있는 장애자를 한 명이라도 구할 수 있다면 그것 역시 보람있는 일이 되지 않겠느냐며 적극적으로 방송출연에 협조를 했다.

"자긴 방송 출연이 한 두 번이 아니니까 그렇게 긴장되지 않은 지 몰라도 난 너무 떨려서 잠도 안 와요. 심장이 멈춰 버릴 것만 같아요."

"그렇게 긴장 할 필요 없어요. 사회자가 묻는 말에 그냥 편하게 대답하면 되는 거지 뭐."

"말처럼 그렇게 쉽나 그게 어디……."

"겁먹을 거 없어요. 누가 가연씨 잡아먹나? 뭐 좋은 일이잖아요. 가연씨 그 미모 세상에 다 알릴 기회도 되고. 혹시 알아요? CF찍자고 할지?"

"또 떡 줄 사람 생각도 않는데 김치국부터 마시고 있네?"

"떡 줄 사람이 생각도 안하고 있으면 떡 좀 달라고 하지 뭐?"

소담은 방송출연에 얼굴이 엉망으로 안 나오려면 마사지라도 해야 한다며 냉장고에서 오이며 계란이며 밀가루를 꺼내 그녀 앞에 내어놓았다. 그런 그를 책망하듯 눈을 흘기는 모습이 더 없이 행복해 보였다. 가연은 이런 날이 삶의 체 바퀴에 물리어 돌아갈 날이 있을 거라고는 생각도 못하고 살았었다.

그를 만나기 전에는.

방송은 성공적으로 끝났다. 방송이 끝나고 프로그램진들과 함께 식사를 끝내고 돌아오는 내내 가연은 꿈속을 걷고 있는 기분이었다. 꿈이라면 좀더 길게 이 행복에 젖어 미역가닥처럼 풀어놓고 싶다고 …….

"무슨 생각을 또 그렇게 골똘히 해요?"

"꿈이라면 깨고 싶지 않다구요."

"꿈이면 안 돼지. 우리의 사업이 점점 번창하고 있는데. 가연씨 우리 이번 기회에 사표 쓰고 본격적으로 이 사업에만 치중해야 하는 거 아닌지 모르겠어요?"

그가 진지하게 말했다. 가연도 그런 생각을 했었다. 잠이 모자라서 회사에 나가서도 꾸벅꾸벅 졸고 있는 그를 보면서.

방송출연 후 두 사람에게 변화는 한 두 가지가 아니었다. 하루종일 회사 전화가 불통이 될 정도로 축하전화 받는 일로 두 사람 모두 정신을 차릴 수가 없었다. 아예 회사로 장애자들이 억울한 사정을 들고 찾아와서 몇 시간씩 기다리다 돌아가는 일이 부지기수로 늘어났고 기사화 시키고 싶다면서 잡지사며 신문사에서 기자들이 찾아와서 취재를 해갔다. 눈 떠보니 유명해져 있더라 라고 하더니 정말 유명세를 톡톡히 치르고 있었다. 가연과 소담은 더 없이 바쁜 나날들 속에 갇히고 있었다.

15

완전한 이별

더위 때문에 잠을 이루지 못해 폭염으로 인한 인명피해가 잇따르고 있었다. 입추가 지났는데도 여전히 더위는 기승을 부리고 있었다. 지난 몇 주 동안 두 사람 모두 피곤이 누적되어 병원신세를 질만큼 바쁜 나날은 계속되었다. 그래도 누군가가 대신 해줄 수 있는 일이 아닌지라 두 사람 모두 일본에서 온 오파(Opper)의 날짜 맞추기 위해 또 밤샘을 해야만 했다. 지난 번 선적한 물건이 클레임을 먹었던지라 이번엔 온 신경을 다 곤두세우고 있었다. 일본만큼 주문이 까다로운 데는 없었다. 디자인 하나 하나 주문량이 틀렸고 신상품 개발한 것에도 트집을 잡기 일쑤였다. 소담은 일이 과중될수록 자꾸 월급쟁이였던 시절이 그립다고 투정을 부리기도 했다.

"좀 눈 좀 붙이고 와요."

"소담씨나 좀 자고 와요. 얼굴이 그게 뭐예요."

"가연씨. 우리 이번 일만 마무리지으면 여행이라도 다녀옵시다. 돈도 좋지만 어디 이게 사는 건가 싶으네? 참 우리 결혼식도 못 올리겠어요. 이러다간……."

잊고 지낸 일을 그가 들춰냈다. 가연은 가끔 그와 결혼을 안 했다는 생각조차 잊고 지낼 만큼 마음의 여유가 없었다. 지난주엔 아버지에게서 전화가 왔었다. 아무리 바빠도 결혼식은 올려야 하지 않겠느냐며. 성미가 사귀는 사람 집으로 데려오기로 했으니 이번 주 일요일엔 아무리 바빠도 꼭 좀 집에 다녀가라고. 성미는 결혼 같은 건 할 생각 없다고 하더니 어느 날 가연을 찾아왔다. 같은 산부인과 전문의인 게 마음에 걸리지만 결혼 후에 그 남자의 집에서 따로 개인병원을 차려주겠다는 말에 혹했다고 했지만 내심 그 남자를 많이 사랑하고 있음을 느낄 수 있었다.

야식을 만들기 위해 사무실을 나와 현관 앞에 섰을 때 그가 뛰어나왔다.

"빨리 전화 좀 받아봐요. 병원이래요."

달려가 받아 보니 미리의 엄마였다. 미리가 지금 병원에 있는데 수술비가 필요하다면서. 가연은 그와 함께 병원으로 달려갔다. 응급실에 누워 있는 미리의 얼굴을 하마터면 알아보지 못할 뻔했다. 의사는 천식을 심하게 앓고 있었는데 지금 임신중독증세까지 함께 보인다고 했다. 의사는 그 동안 천식 때문에 흡입제를 썼었는데 지난 번 병원에 왔을 땐 너무 심해서 경구용 스테로이드제를 처방했다고 했다. 의사는 지난달에 왔을 때 분명히 천식치료가 안되면 저체중아나 조산아 출생을 초래하게 될 테니까 몸조심하라고 그리고 산모의 폐기능과 혈액내 산소를 정상적으로 유지하는 것이 태아에게 산소공급을 위해 중요하다고 당부했었는데 급성빈혈증세까지 보여서 수술이 쉽게 끝나진 않을 거라고 하면서 수술대기실로 들어갔다. 많이 수척해 있는 그녀는 뱃속의 아이가 위험할지도 모른다는 말에도 얼굴 색 하나 변하지 않았다. 무엇이 그녀를 그렇게 냉정하게 만든 것인지. 수술실에 들어가기 전에 그녀는 가연과 단둘이 만나길 간호사를 통해 알려 왔다.

"수술은 잘 될 거야. 걱정하지 말고 맘 편하게 먹어."

"너한테 부탁이 있어. 내가 잘못되면 아이 니가 데려다 키워 줘. 부탁이야."

"무슨 말이야 그게. 별 수술 아니라니까. 잘 될 테니까. 너무 걱정하지 마."

"아니? 나 무서워. 혁빈씨한테 전화 좀 해봐. 빨리 좀 오라구."

"그래. 알았어."

"가연아. 내가 너한테 잘못한 거 다 용서해. 용서한다구 말해 줘. 어서……."

"그래."

"용서한다구 니 입으로 말해. 듣고 싶어."

"용서할게……."

그녀는 눈을 감았다. 눈물을 보이기 싫었던지. 그녀는 수술실에 들어가기 전에 가연에게 손을 내밀었다.

그녀의 차가운 손은 가연의 뜨거운 손바닥을 통해 따뜻한 온기가 전해 졌다. 수술실을 나와서도 그 앞을 떠날 수 없어 대기실의자에 앉아 기도하는 맘으로 앉아 있었다. 수술실에 들어간 지 몇 분이 흘렀을까. 아니 몇 시간이 흘렀을까 누군가 급히 뛰어오는 구두소리가 들렸다. 땀에 흠뻑 젖어 있는 와이셔츠가 등줄기에 붙어 계곡처럼 흘러내리고 있었다.

"지금 저 안에 있어요. 많이 기다렸는데."

"괜찮은지 모르겠어요."

그가 존댓말을 썼다. 어느새 정말 타인으로 어색함이 없이 두 사람 서로에게 멀어져 있었다. 겉으론.

"너무 걱정 말아요. 잘될 거예요."

"내가 너무 많이 미리한테 잘못했어요. 그렇게 망가지고 있었는데 난……."

"자책하지 말아요. 이제부터 잘하면……."

가연은 그 앞에서 그녀를 당부하듯 말하는 자신의 모양새가 우습다는 생각이 들었다.

"가연이 소식은 자주 접하고 있어. 사업이 번창한다니 잘됐네. TV도 시청했어. 아주 예쁘게 잘 나왔던 걸."

"고마워요. 걱정해 준 덕분……."

"행복해 보여서 내가 덜 죄책감에 시달렸어. 사실은……."

"………………………………."

그 때 소담이 자판기에서 커피를 뽑아 양손에 들고 왔다. 그리고 그를 보고 가벼운 목례를 한다.

"걱정 많이 되시겠어요."

"네."

그는 아주 짧게 대답을 하고 고개를 숙인다.

"이거 드세요. 마음이 좀 진정될 거예요."

그는 가연의 옆으로 서서 가연에게 남은 한 잔의 커피를 건넨다.

"소담씨가 마셔요. 난 됐어요."

"이렇게 떨고 있는데 되긴 뭐가 돼요. 어서 마셔요."

혁빈은 자리가 어색했는지 고개를 돌리고 앉을 곳을 찾는다. 그런 그에게 소담이 담배를 권한다.

"네. 고맙습니다."

"사실 언제 만나서 술 한잔하고 싶었어요. 우리가 이렇게 어색한 사이로 긴 세월 지낼 순 없지 않나 싶어서요. 생각하기 나름 아니겠어요. 우리 가연씨 알게 모르게 미리씨 땜에 맘 많이 아파했어요. 친구 잃고 싶지 않아서. 우리가 친구를 뺏을 순 없잖아요. 우리가 맘먹기에 따라서 좀 편한 사이가 될 수 있지 않나 한 번 생각해 봤어요. 충분히 그럴 수 있다고 생각하는데……."

혁빈은 소담의 적극적인 자세에 한 걸음 물러서는 거 같았지만 이내 밝은 표정이 된다. 그런 두 사람을 두고 가연은 기도하는 자세로 몸을 움츠리고 있는 미리의 엄마 옆으로 갔다.

"걱정 마세요. 미리 강하니까 건강한 애기하고 함께 저 문을 열고 나올 테니까."

"지난번에 가연이 아니었으면 우리 네 식구 길바닥으로 나앉을 뻔했어. 미리 아버지가 주식에 손을 잘못 대서 집 다 날리고…… 남아 있는 빚 우리 미리가 다 청산하느라고 그 고생을 다 했으니 내가 우리 미리 잡아먹은 거야. 그 애가 이 못난 인간 만나서…… 어려서부터 그 맘 고생 다 하고……."

"울지 마세요. 더 이상 미리 걱정 안 하셔도 돼요. 어머니도 아시잖아요. 미리 강한 거."

"그래. 가연이…… 우리 애 정말 괜찮아야 돼. 우리 미리 불쌍해서…… 일주일 전에만 병원에 데려왔어도 괜찮았을지 몰라. 밤에 애가 기진맥진해 가지고 집엘 왔어. 좀 쉬고 싶다면서…… 산달이 아직 멀었다 싶어서 식당 일자리 구한 지 얼마 되지 않은 터라 그 애 혼자 놔두고 일을 나갔었어. 얼마나 힘든지 그 애 얼굴만 봐도 알아야 했었는데 괜찮다는 그 애 말만 믿구. 그 날 새벽에 배가 몹시 아프다고 온 방바닥을 기어다니면서 잠을 한 잠도 못 잤는데 그 때만 병원에 데리고 왔어도 어쩜 이 지경까진 안 됐을지 몰라……."

미리 엄마는 무어라 말을 하려다 목이 메이는지 잠시 말을 끊었다. 그리고 다시 긴 한숨을 내쉬며 마른 입술을 혀를 굴리며 침을 적셔 본다. 그리고 꼭 쥔 두 손에 더 세게 힘을 주고 수술실 쪽으로 고개를 돌려 보이지 않는 딸을 더듬거리듯 눈동자가 불안스레 움직인다. 가연은 미리 엄마의 뜨거운 눈물을 보면서 모성은 저런 모습이야. 속으로 되새김질했다.

"난 말야. 미리가 결혼을 하겠다고 남자를 데리고 왔을 때 사실 말리고 싶었지만 그럴 수 없었어. 가난 때문에 지긋지긋하게 없신여김을 당하며 살아왔던 지난 날 때문에. 그 애를 통해서 좀 편하게 살 수 있지 않을까 싶어서 다른 건 아무 것도 눈에 들어오지 않았어. 그래. 사실 미리가 몇 번 이혼을 하고 싶다고 날 찾아와서 하소연을 하곤 했었는데 그 때마다 니가 무슨 복에 그런 사람 또 만날 수 있겠느냐면서 그 앨 윽박질러서 내몰았어. 그래도 결혼한 후에 불만 없이 잘 사는 거 같아서 내심 얼마나 감사했는지 몰라. 부부사이에 나이 많은 거 그거 별문제 안 된다고 사는 게 재미없다는 그 애를 타이르기만 했었어. 결혼이 무슨 연애냐 면서 재미는 무슨 재미타령을 하느냐구. 그런데 결혼 한지 2년 째 인가 그 애가 술에 많이 취해서 속아서 결혼했다면서 울고 불구 난리가 아니었어. 한 번 결혼했다가 실패한 사람이었다는 거야. 그래도 사회적인 직위가 있고 돈도 그만하면 평생 걱정 안하고 살면 그게 어디냐면서 배부른 소리 말라고. 그 때 안 일이지만 그 애가 시댁에서 얼마나 구박덩이였는지…… 없는 집구석 살리느라고 아들 등골 다 빼먹는다면서 그 앨 멸시하고 무시하고 그 몇 년이 얼마나 지옥이었는지. 그 때만이라도 내가 그애 입장에서 다시 생각만 했어도…… 내가 모진 년이지. 나 살자고 딸 잡아먹은 격이니. 가연이도 그거 모를 거야. 우리 미리가 얼마나 가연이를 부러워했었는지. 가연이처럼 단 하루만 살다가 죽었으면 좋겠다고 입버릇처럼 말했던 거. 이건 가연이한테 죽을 때까지 비밀로 하라고 한 건데 이제와서 숨길 게 뭐가 있겠어. 사실 우리 미리가 말야. 가연이 땜에 많이 가슴 아파했었어. 왜 혁빈이 저 사람이 강원도에 실습 나가 있을 때 말야. 그 때 미리가 신랑하고 홍천으로 결혼기념여행을 갔었거든. 거기서 혁빈이 저 사람이 다른 여자와 바람 피는 거 보고는 그냥 넘길 수가 없어서 사위를 먼저 올려 보내고 혼자 남아서 혁빈이 저 사람을 따로 만나서 설득했었나봐. 그 때 두 사람이 있어서는 안 될 선까지 넘었었나봐. 미리가 임신을 한 사실을 안 것도 여행에서 돌아온 지 두어 달 지나서였어. 미리는 가연이 하고의 관계를 끊을 수 없다면서 나한테 병원에 같이 가자고 했고 난 그 앨 따라 갔었지. 의사는 첫 아이를 유산하면 다신 아일 못 갖게 될지도 모른다고 했지만 미리는 수술을 받았어. 그 때 수술이 잘못 되어서…… 출혈이 무척 심했었어. 그 때 의사가 그랬어. 다시 임신을 하게될지 장담할 수 없다고. 위험할 거라고 …… 그 이후로 혁빈이 그 사람을 잊으려고 무던히도 애를 썼었는데 사람일 그렇게 자로 잰 듯이 감정처리가 되는 건 아니었는지 끝내 이렇게 되고 말았으니……"

가연은 미리 엄마 얘길 듣고 있었지만 무엇을 어디까지 들었는지 멍한 상태였다. 그 때 일…… 가연도 잊을 수가 없다. 술에 만취해서 찾아 온 미리는 알 수 없는 얘기만 주절주절 읊어댔었다.

"너 왜 결혼 안 해. 그렇게 사람 믿거니 하다가 어느 순간 끈 떨어진 연처럼 잡을 수도 없게 훨훨 날아가면 어떻게 할려구. 결혼식이 그렇게 중요하냐구? 그럼 세상 사람들 왜 결혼식이라는 절차를 거쳐서 사는 건데? 다 너보다 못해서 그런 줄 알아? 믿거니 하지마. 내가 봐도 혁빈씨 너무 매력 있어. 알아? 부부도 아니면서 하물며 같은 지붕 아래 있는 것두 아니구 따로 살면서 어떻게 그 사람 전부를 믿어. 차라리 니가 여기생활 정리하구 내려가든지. 너 자꾸 그럼 내가 혁빈씨 가로챈다? 그래도 돼? 후회하지 말구. 농담 아냐!"

그녀의 말이 농담이 아닌 진담이라고 했어도 절대 믿을 수도 믿고 싶지도 않은 얘기들이었다. 그녀는 술기운을 빌어 하고 싶은 얘기가 있으면 시간에 관계없이 찾아왔다. 그리고 술기운이 사라짐과 동시에 내가 취중에 실수하지 않았니? 라는 변명으로 모든 걸 다 지워버렸다.

그녀의 농담을 귀담아 듣지 않았던 그 날을 다시 되돌리고 싶었지만 이제는 모든 게 끝난 뒤이다.

흘러간 건 그대로 흘러가게 두어야 할 걸 알고 있었다.

미리 엄마는 가연의 하얗게 탈색되어 있는 안색이 신경쓰였는지 자꾸 괜찮으냐구 물었다. 저쪽에서는 혁빈과 소담이 아직도 무슨 얘긴가를 나누고 있고 수술 중이라는 전광판은 계속 깜박거리고 있었다.

수술은 한 참 만에야 끝나고 그녀보다 아이가 먼저 소형인큐베이터에 실려 엘리베이터를 타고 내려갔다. 잠깐 본 얼굴이지만 빨갛게 봉숭아물을 들여놓은 것 같은 인형같이 아주 작은 아이는 손가락을 꼭 쥐고 있었다. 빨갛기 보다 보라빛에 가까운 발은 파르르 떨리고 있었다. 혁빈은 뛰어가 아이의 얼굴을 한 번 이라도 더 보려고 했다. 미리 엄마는 수술실 문을 흔들며 미리의 이름을 불렀지만 간호사가 뛰어나와 좀 조용히 하라고 아직도 수술 중이라고 했다. 피를 너무 많이 흘려서 지금 혼수상태라고. 간호사의 말이 끝나기도 전에 여러 명의 수술가운을 입은 의사들이 몰려들어갔다. 모두들 긴장된 얼굴이었다. 혁빈은 다시 수술실 앞에서 담배를 피워 대기 시작했다. 소담은 그의 어깨를 감싸며 위로의 말을 아끼지 않았지만 더 불안했다. 그 심각한 분위기는 쉽게 가라앉지 않았다. 긴장감은 수술실 안보다 수술실 밖의 사람들을 더 옥죄이며 불안감은 시간이 흐를수록 안개처럼 차갑게 내려앉았다. 얼마의 시간이 또 숨막히게 지나가고 있었다. 그리고 수술실 안에서 우루루 의사들이 나와 보호자 들어오세요 라는 간단한 외마디와 함께 미리 엄마와 혁빈은 그 대형 문안으로 들어갔다. 그리고 사색이 된 얼굴로 두 사람 모두 나왔다. 땅바닥에 주저앉아 우는 미리 엄마와 힘없이 그 앞에 앉아 말도 못하고 고개만 숙인 채 등을 들썩이며 흐느끼는 혁빈. 그 두 사람의 슬픔이 무엇을 의미하는지 소담과 가연은 핥아 내고 있었다.

밝아 오는 새벽하늘에 물감처럼 빗물이 흘러내리고 있었다. 천둥소리가 요란해서 영안실 앞의 유리창이 모두 흔들렸다. 그 새벽 무슨 꿈을 꾸었는지 가연은 생각나지 않는다. 웅크리고 그녀의 아이를 유리문밖에 서서 지켜보고 있자니 미리의 독백이 자꾸 생각났다.

"가연이 니가 우리 아기를 꼭 맡아줬으면 좋겠어. 부탁이야……."

그녀는 비로소 홀가분해졌을까…… 그녀를 옭아맸던 모든 것에서

부터 자유로워졌을까?

혁빈을 꼭 닮은 아일 낳고 싶어했는데…… 그만큼 그녀는 혁빈을 사랑했었다고 믿고 싶었다. 혁빈은 소아과 선생님과의 면담을 신중히 끝내고 돌아와 깊은 슬픔에 젖어 있었다. 그의 슬픔이 만져져서 더는 그 옆에 서 있기가 민망했다. 소담은 그런 가연의 심중을 읽었는지 먼저 들어가겠다고 짧게 말을 끝내고 집으로 돌아가 버렸다.

"혁빈이 그 사람의 옛 여자가 아닌 가연씨의 둘도 없는 친구로 맘 편하게 있어요. 그렇게 가시방석인 양 있지 말구. 난 괜찮으니까. 가연씨 마음 불편한 건 정말 싫으니까."

미리를 화장시켜 벽제에 뿌리고 돌아오던 날 가연은 병원에 들려 인큐베이터의 그녀의 아기를 보았다. 아기가 손가락을 꼼지락거리며 마치 그녀가 보고 있는 걸 알기라도 한 듯 인사를 하는 것 같았다. 가연은 코가 찡했다. 마치 겨자를 먹은 것 같은 기분이었다. 혁빈을 닮은 아기를 갖길 바라던 그녀의 바램처럼 아기는 혁빈의 넓은 이마와 오똑한 코를 그대로 닮았다. 그러나 앵두 같은 도톰한 입술과 가지런한 눈썹은 그녀를 그대로 옮겨 놓은 것 같았다. 피아노를 잘 쳤던 그녀의 손을 닮은 길쭉길쭉한 아기의 손가락과 뽀얀 살결은 영락없이 그녀의 것 그대로였다. 한 참 아기를 바라보고 있자니 자신의 뱃속에서 잠시 살다간 아기가 생각났다.

'내 아이도 살아 있었다면 저만큼은 컸을 텐데…… 내 아이도 저렇게 예뻤을 텐데…….'

가연은 가슴에 커다란 가시가 박혀 위를 통과해서 창자의 구석구석을 휘젓고 다니는 것처럼 여기 저기가 따끔거렸다.

그렇게 한참을 아기를 보고 돌아가려는데 복도 저 끝에서 터벅터벅 걸어오는 혁빈과 눈이 마주쳤다. 그를 외면하고 돌아서서 계단으로 내려가려는데 그가 불러 세웠다.

"고마워요. 그 사람도 아마 나하고 같은 마음일 거예요."

그는 지금 미리를 자기의 사람이라고 분명하게 말하고 있다. 그런 그가 자꾸 가연의 여린 마음을 공격하고 있었다. 방어막을 제거하고 서 있는 그녀의 사랑에 허술해진 틈을 타고 금이 간 마음의 벽으로 그의 애처러운 삶이 흘러 들어오고 있었다. 다 지나간 시간이라고 애써 부인하고 있었지만 그새 범람하는 기억들을 막아낼 수는 없었다.

"미안해요. 이만 가봐야겠어요."

"잠깐만……."

바삐 그의 앞을 스쳐 지나가는 그녀의 팔을 그가 독수리처럼 낚아챘다. 그 힘에 그녀는 그만 휘청이며 그 앞에 다시 설 수밖에 없었다.

"이러지 말아요. 우리 안 본 것처럼 그냥 스쳐 지나가요. 부탁이에요."

"나 때문에 너무 마음 쓰지마."

"착각하지 말아요. 난 더 이상 당신 생각하지 않아요. 우린……."

그녀는 매몰차게 그의 손을 뿌리쳤다. 그리고 한참을 그의 눈을 뚫어져라 쳐다보았다. 독한 눈으로.

그러나 그는 조금도 뒤로 물러서지 않았다. 그녀의 그런 독한 눈을 즐기고 있는 것 같았다.

"그렇게 애써서 나를 밀어내지마. 그럴 수 없다는 거 알아. 가연인 그런 사람이 못돼. 알잖아."

"아니요. 날 다 안다고 하지 말아요. 예전이나 지금이나 같을 거라고 생각하지 말아요. 난, 당신이 알고 있던 그 옛날의 내가 아니라구요."

"나도 가연이가 그랬으면 좋겠어. 차라리. 정말 그 사람을 사랑해?"

가연은 그를 다시 노려보았다. 그 눈에서 원망의 잔뿌리가 그의 몸을 타고 기어올라가고 있었다.

"당신이 날 얼마나 알아! 난 당신이 아니라구. 내 사랑을 욕되게 하지마!"

"가연아. 그러지 마. 그렇게 널 버리지 마."

"이거 봐! 이건 미리 마저도 욕되게 하는 거니까. 미리는 당신을 정말 사랑했다구. 모든 걸 다 포기하면서까지 당신을 선택한 거야. 그거 알아? 미리가 임신하면 안 된다는 사실 알고도 당신 아일 갖고 싶어서 자기 생명하고 맞바꾼 거!"

"그게 무슨 소리야!"

"당신은 나도 미리도 다 죽인 거야. 그래. 당신이 영영 모르길 빌었어. 하지만 이젠 당신도 알 건 다 알아야 해. 나. 그래. 당신을 내 전부라고 믿고 살았던 나한테 당신이 어떻게 했어. 내 상처가 얼마나 컸었는지 당신은 몰라. 당신은 나만 죽인 게 아니라구. 당신이 미리하구 여행 갔을 때 내가 당신을 찾아갔었던 거 아는지 모르는지 모르지만 그 때 내가 어떤 상태였는지 알아? 내 몸 속에 당신의 아이가 자라고 있었어. 아무 것도 모른 채 엄마 아빠 사랑받으면서 태어나길 기다리고 있었다구.

그런데 당신 땜에 우리 아기 유산됐어. 당신이 미리하구 유희를 즐기고 있을 때 난, 당신이 근무하는 병원에서 그 어린 핏덩이를 잃고 얼마나 상심해 있었는지 당신이 그 아픔을 알아? 나도 당신도 우리 아기한테 죄인이야. 어떻게 다른 사람도 아닌 미리하고…… 날 감쪽같이 속이구."

그는 놀란 듯했으나 고개를 숙이고 무슨 생각에 잠기고 있었다.

"미리의 사랑을 의심하지 말아요. 그건 죄악이야. 당신이 더 큰 죄를 짓는 거 보고만 있을 순 없잖아. 미리가 어떤 마음으로 당신을 선택했는지 안다면……."

"난 한 번도 가연이 널 잊은 적 없어. 어쩔 수 없이 그 사람하고 그렇게……."

가연은 돌아서서 그의 뺨을 세차게 내리쳤다. 그리고 놀란 눈으로 그녀를 쳐다보는 그에게 단호하게 말했다.

"어쩔 수 없이 라고 말하지 마."

"가연아…… 믿지 않겠지만 나두 피해자라구. 미리가 풀어놓은 덫에 걸려서 하루가 지옥 같았어. 내가 어떻게 그 지긋지긋한 몇 달을 살았는지 넌 몰라!"

"아니? 더 이상 죽은 사람 욕되게 하지 말아요. 당신 거기서 멈추어야 해. 당신 아이를 생각해봐. 지금 저 좁은 인큐베이터 속에서 당신과 만날 날을 손꼽아 기다리고 있을 아이를……."

"난 이제라도 발을 빼고 싶어. 걸린 발이 너무 아파서 차라리 잘라내고 평생을 절름발이로 살게 될지라도 이젠 정말 좀 편하고 싶어. 넌 몰라……."

"그렇게 말하지 마. 그게 당신의 몫이야. 후회해도 돌이킬 수 없는 일이야. 모든 게 너무 멀리 와버렸어. 미리는 자기 방식대로 사랑한 죄값을 치른 거구. 당신은 당신 사랑을 지키지 못한 죄값을 치르고 있는 거야. 피해자라고 말하지마. 사랑엔 가해자만 있을 뿐이라구. 난 나대로 당신을 사랑한 몫을 톡톡히 치르고 있는 거니까. 사랑이라는 이름 아래 우린 너무 쉽게 서로를 믿고 서로에게 집착하고 서로를 애증의 늪에서 잡아당기고 있었던 거야. 이제는 미리처럼 서로를 놓아주는 연습이 필요할 때야. 그건 우리가 감당해야할 몫인 거야."

"니 자신을 속이지 마. 니가 사랑이라고 믿고 있는 그 허상 때문에 한 남자가 또 피해자로 남는다는 거 몰라? 그래. 우리 땜에 소담씨가 치루지 않아도 될 일들을 치루게 될 거야."

"그렇지 않아. 왜 내가 소담씨를 사랑하지 않을 거라고 생각하는지 모르겠네? 분명한 건 지나간 시간 안에 분명 당신을 끔찍하게 사랑했던 날들이 알알이 박혀 있는 건 분명한 사실이야. 그 것까지도 부인하고 싶진 않아. 내가 당신을 사랑하는 동안 너무도 행복했었으니까. 그렇지만 지금 소담씨를 향한 마음도 다른 형태를 한 사랑임에 분명하다고 확신할 수 있어. 당신 맘대로 당신의 생각대로 그런 연민이라는 감정이 아니라서 미안해."

"지금은 날 미워하는 마음이 남아서 그렇게 얘기할 수 있어. 하지만 시간이 흐르면 분명 날 밀어낸 걸 후회하게 될 거야."

"사는 게 다 지나고 나면 후회인 걸. 겁 안나. 난 더는 다른 생각 다른 미련 안 두면서 살고 싶어."

"그건 소담이 그 사람한테 최선을 다하면서 살고 싶다는 의지 같군."

"아니? 그런 의지도 우리 사이엔 필요 없어. 사랑하는 마음이 바탕이 되어 있으니까."

"그걸 사랑이라고 말하지마. 넌 나 아니면 안돼!"

"나도 당신 아니면 안 된다고 생각하면서 십 년이 넘게 살아왔었어. 그런데 그렇지 않았잖아."

"아니야. 날 잘 봐. 내 눈을 보라구. 내가 얼마나 널 갈망하고 있는지."

"다 소용없는 일이야. 당신도 나도 이젠 과거의 사람들이야. 난 한번 당신 땜에 죽은 걸로 충분해."

"가연아! 내 눈 똑똑히 봐. 정말 날 이젠 다 잊었다고 말할 수 있어?"

그녀는 그를 외면하고 걸었다. 그가 붙잡아도 소용없다고 생각을 굳히면서 흔들리는 자신의 한 쪽을 움켜잡고 그 잡은 손을 또 다른 손으로 다져 잡았다. 작은 바람에 그 손이 놓쳐 버려 그에게로 달려가게 될까봐. 그녀는 그가 달려와 자신을 붙잡을까봐서 빠른 걸음이 되고 있음을 인정하고 있었다.

그래. 잊는다고 잊을 수 있는 건 아니었다. 잊혀지지 않으면 그대로 남은 삶을 살아야 할지도 모른다. 그게 숙명이라면 받아들이며 살 거라고 다짐을 하면서 앞만 보고 걸었다.

일주일이 또 어떻게 지나갔는지 모르게 지나가고 있었다. 소담은 샘플(Sample)선적 때문에 하루종일 공장에서 발을 동동 구르고 그녀는 사무실에서 이런 저런 호소력과 설득력 있는 제품에 대한 편지를 쓰고 있었다. 누군가 손을 댄 적 없는 사업이란 게 이렇게 버거운 것인 줄 소담도 그녀도 새삼 깨닫고 있었다. 시장개방의 어려움은 선진국이 아닌 나라에선 바닷가에서 바늘찾기였다. 인터넷 시장에서의 호응은 좋은 편이었지만 생각 보단 힘에 부쳤다. 소담은 국내 시장으로 다시 시야를 좁히자고 의견을 냈다.

정형외과를 중심으로 선전을 해보자는 거였다. 할로베스트라는 기구에 필요한 옷이기는 하지만 교통사고 환자들 대부분이 밖으로 외출할 일이 그다지 많은 편이 아니고 어쩌다 한 번 외출하는데 고가격의 남방을 구입한다는 건 망설여지는 부분이기도 했다. 그래서 가연은 가격을 좀 낮추자고 의견을 제시하였지만 희귀성 때문에 그럴 수 없다는 거였다. 소담의 생각은 조금도 굽힘이 없었다. 추진한 일은 밀고 나가는 성격이었다. 그는 팔방으로 병원마다 돌아다녔다. 그리고 할로베스트 의료기 상사와 접촉을 시도했다. 그렇게 잠시 주춤했던 매출은 뜻하지 않게 다른 곳에서 오르고 있었다. 소담과 가연이 전에 몸 담고 있었던 속옷 전문회사에서 미국과 영국에 시장통로를 열었다며 할로베스트 전용 속옷을 함께 수출하자는 거였다. 마침 전부터 거래가 있었던 교포사장이 장애인들을 위한 자선모임이 있는데 거기서 장애인들을 위한 모금도 함께 벌이면서 상품도 선전하자는 제의가 들어왔다고 했다. 가연과 소담은 막혔던 혈관이 확 뚫려 다시 맥이 뛰는 것 같았다. 그런데 더 두 사람을 기쁘게 한 것은 지난 번 방송으로 인해 정부에서 장애자협회로 지원금을 보내오기로 한 것이다. 그리고 타 방송사에서 섭외가 들어왔다. IMF를 극복한 젊은 벤처 사업가 '그 성공한 사람의 이야기'라는 타이틀을 가지고 녹화하자는. 두 사람은 그 제의를 거절할 명목을 찾지 못해 그러마고 승낙을 하였고 두 사람 부부로 출연하는 게 어떻겠냐는 제의에 소담은 무슨 생각에서였는지 부부라는 명칭은 아직 쓰지 않았으면 좋겠다고 했다.

방송출연 하루 전이었는데 뜻하지 않게 미리 엄마에게서 전화가 왔다. 다급한 목소리엔 간절함이 묻어 났다. 가연은 만류하는 소담을 뿌리치고 병원으로 뛰어가지 않을 수 없었다. 차안에서 소담의 목소리가 발목을 붙잡는 거 같아서 마음이 무거웠다.

"가연씨. 언제까지 그 사람들한테 끌려 다닐 거예요. 네? 이제 벗어날 때도 되지 않았어요? 더는 그 인연의 끈을 잡고 있을 이유가 없어요. 당신이 거기서 멀리 떨어져 나와야 그 사람들도 더 이상 당신이 있다는 걸 잊고 지낼 거 아니에요. 그래야 자립심도 생길 거구. 언제까지 그 사람들 뒷감당을 하면서 살아야 하느냐구요. 난, 난 뭐예요. 당신한테……."

"소담씨. 날 이해해 주면 안 돼요? 당신이 뭘 염려하는지 알아요. 하지만 이젠 혁빈씨와 날 연관 짓지 말아요. 그러지 않아도 돼요."

"난 요즘 당신을 보고 있으면 불안해요. 자다가도 당신 방문을 열어 보고 당신이 있어야 맘이 놓여요. 이런 마음이 왜 드는지 나두 잘 모르겠어요."

"우리 결혼해요."

"지금은 아니에요. 그런 식으로 당신을 묶어 두기 싫어요. 억지로!"

"왜 그렇게 자신이 없어졌어요? 다 내 탓이에요. 당신을 그렇게 불안하게 만든 건."

"요즘은 가끔 당신의 슬픈 눈을 보고 있으면 나 때문이 아닌가 걱정돼요. 내가 당신을 그렇게 만들고 있는 건 아닌가 하구요."

"무슨 뜻이에요?"

"아니에요. 신경 쓰지 말아요. 내가 요즘 너무 예민해 졌나봐요."

"그러지 말구. 우리 빨리 결혼날짜 잡아요. 네?"

가연은 그의 침적되는 마음을 다독거릴 수 없었다. 그의 생각이 얼만큼 복잡해져 있는지 느낄 수 있었지만 자기가 들어갈 수 없는 좁은 구멍 속으로 그가 자꾸 숨고 있다는 생각이 들었다.

병원 입구에 차를 세우고 다급히 뛰어 들어가자 중환자실 입구에 미리의 엄마가 종종걸음으로 긴장하고 있는 모습이 보였다. 아이에게 무슨 일이 생긴 모양이었다.

"오늘 새벽에 의사선생님이 전화를 했어. 아기가 호흡이 거칠고 심장판막 증세를 보인다고. 우리 미리가 얼마나 걱정이 될까. 그 아이 이름도 아직 못 지어줬는데…… 제발…… 모진 사람 전화 한 통 없어. 어떻게 그럴 수 있는지 몰라. 그런 모진 사람을 사랑한 내 딸이

야속해. 지 딸 얼굴도 안 보고 싶은가 몰라. 어떻게 그럴 수 있지?"

미리 어머니는 혁빈을 모진 사람이라고 칭하고 있었다. 가연은 함께 살면서도 단 한번 그를 모진 사람이라고 생각해보지 않았다. 그는 사람들에게 상처를 주면서부터 모질어진 것인가.

"병원 일이 바빠서 그럴 거예요. 어머니가 이해하세요."

"우리 애기 호적에도 올려주어야 할 텐데. 미리가 생전에 그 위인한테 혼인 신고라도 올려놓자고 결혼식은 나중에 하더라도 그렇게 해달라고 무던히도 떼를 쓴 모양인데도 무슨 속셈이었는지 듣는 척도 안 하더니만 이런 일 있을 줄 알았나봐. 우리 미리만 불쌍하지. 지 엄마 얼굴도 한번 못 본 게 얼마나 세상 살아가면서 힘이 들까…… 누굴 의지하고 살런지 몰라."

가연은 정말 몰랐다. 혁빈과 미리가 혼인신고는 하고 산 줄 알고 있었다. 미리가 언젠가 전화해서 미련 버리라면서 절대 돌아갈 수 없는 사람이라고…… 그랬다. 이제는 혼인신고까지 올린 상태기 때문에 돌아가고 싶어도 돌아갈 수 없으니 단념하라고. 그러나 그 땐 그런 그녀의 말이 귓가에도 들리지 않았다. 혼인신고가 무슨 소용 있느냐고. 결혼하고도 이혼을 밥먹듯이 하는 데 혼인신고가 문제가 될 건 없다고 돌아온다면 그게 무슨 대수겠냐고. 그러나 지금 생각해보면 그 때 자신도 결혼식을 올리지 않고 살았던 걸 많이 후회했었다. 그래서 지금 소담과 함께 살림을 하지 않는 건 그런 후회가 많았었기 때문에 그 후회를 되풀이하지 않기 위해서이다. 그게 정당한 이유가 될지 모르지만. 그 역시 가연의 뜻을 존중해서였는지 모르지만 선동거 후결혼을 반대했었다. 단지 그가 이유를 붙인 건 남들처럼 도덕적인 절차를 통해서 부부가 되고 싶다고.

"불쌍한 것, 지가 지 복을 찼지. 지금 생각하면 그 때 말려 달라는 소리였는데 내가 무뎌서 그걸 못 알아들었지 싶어. 아일 지우고 싶다면서 왔었어. 아마 둘이 부부싸움을 하고 나서 홧김에 친정집이라고 찾아온 모양인데. 그 날 병원엘 갔었는데 5개월이 넘어서 소파 수술하면 위험할 수 있다고 의사가 겁을 주더라구. 그래서 그냥 돌아왔었는데 편히 쉬지도 못하고 빚쟁이들 땜에 그 날로 내려보내야 했었어. 그 때 내려가면서 그러더라구. 엄마 말이 맞았다구. 널 사랑해주는 사람하고 살아야지 니 좋아하는 사람하고 살면 너무 힘들 거라구 한말 두고 두고 생각나더라구. 왜 이혼할 때 좀더 강력하게 말리지 못했느냐구. 난 임신 때문에 그 애가 신경이 날카로워 그러려니 했었어. 그 때만 내가 눈치 빠르게 알아들었더라도 그 앨 그렇게 보내지 않아도 되었을 걸. 저 불쌍한 어린것 평생을 가슴앓이 하면서 살 걸 생각하면 더 앞이 캄캄해."

살다 보면 느끼는 것보다 깨닫는 게 많아진다더니. 두 여자는 가버린 여자를 생각하면서 아쉬움을 붙들고 있었다. 얼마의 시간이 흘렀을까 중환자실에서 의사와 간호사가 인큐베이터의 아기를 조심스럽게 끌고 나왔다. 그 작은 아기의 입에 산소 호흡기가 끼워져 있었다. 비 맞은 강아지처럼 바들바들 떨고 있는 아기는 힘들게 호흡을 하고 있었다. 팔목엔 흰띠가 끼워져 있었는데 미리의 이름이 적혀 있었다. 아직 이름도 없는 아기의 팔목엔 이미 가 버린 엄마의 이름으로 하루 하루 연명을 하고 있었다.

'미리야. 니 아이 데려가면 안돼. 세상 빛도 한번 못 봤는걸. 이 세상이 얼마나 아름다운지 니 아이한테 보여줘야 하잖아.'

가연은 속으로 속으로 그녀를 부르고 있었다. 세상에 나와서 말 못

하던 때부터 엄마한테 천대받았던 어린 자신을 숨아 내면서 그 아기를 통해서 다시 태어나고 싶었다.

병원에서 돌아와서도 파르르 떨던 아기의 손을 아니 미리의 이름 석자를 잊을 수가 없었다. 마치 작은 나무에 걸린 이름표가 바람에 떨어질 듯 날아갈 듯 아스라히 붙어 있는 것 같은.

가연은 그녀가 떠나던 날 아기를 부탁한다며 애절하고도 힘겹게 내뱉던 말들을 키위로 툴툴 털어 내고 진짜 그녀가 하고 싶었던 말을 골라내 본다. 그러나 무슨 뜻에서 아기를 맡아 달라고 한 건지 알 수 없다. 혹여라도 그녀가 혁빈과 자신이 다시 합쳤으면 좋겠다는 생각으로 그랬을 리는 없다고 생각의 문을 닫아 버린다. 그럴 수 없다고. 아니 그래선 안 된다고.

소담은 그녀에게 아무 것도 묻지 않았다. 사무실에 앉아 일에만 열중했다. 그리고 밤늦게까지 서류정리를 찾아가며 하고 있음을 가연은 짐작할 수 있었다.

"소담씨. 내일 방송출연 하려면 일찍 자야잖아요. 어서 내려가요. 네?"

"일이 정리되지 않아서 그래요. 먼저 내려가서 쉬어요."

"아니요? 소담씬 지금 일이 정리 안된 게 아니라 나한테 화가 나 있어요. 차라리 툭 터놓고 말해요.

그렇게 속으로 앓지 말고."

"아니라니까요. 먼저 내려가요 어서."

"당신 그렇게 혼자 생각하고 혼자 대답 내리고 언제부터 그랬어요. 항상 내 말이 먼저였어요. 내 생각 그대로 당신 맘속에 들여놔 줬었다구요. 그런데 지금은 내 진심조차 당신 맘속에서 거절당하고 있어요. 내가 지금 얼마나 힘든지 알아요?"

"그래요. 뭐가 그렇게 힘든지 말해봐요. 가연씨를 그렇게 힘들게 하는 게 뭔지……."

"……………………."

가연은 입을 다물어 버린다. 다문 입은 싱싱한 조개처럼 입을 벌릴 것 같지 않았다. 그대로 끓는 물에 풍덩하고 들어가 이미 말을 할 수 없을 때 그제서야 쫙 벌어질 것처럼. 그가 듣고 싶어하는 말을 해 줄 수 없었다. 또한 하고 싶은 말 또한 해서는 안 된다는 걸 알고 있었다.

"말 못하는 이유가 뭔 지 알아요? 가연씬 지금 날 떠나서는 안 된다는 도덕관념 때문에 머물러 있는 거예요. 감정이 하는 데로 놔둬요. 그게 더 솔직하니까. 그렇게 힘든 거 참을 필요 없어요. 떠나고 싶으면 떠나요. 약속 같은 거에 얽매여서 여기 그렇게 억지춘향으로 묶여 있지 말구. 좀 솔직해봐요. 차라리 그게 나아요. 나한테나 가연씨 자신한테도. 이젠 누굴 위해서 사는 당신 더는 볼 수 없어요. 당신만 생각하면서 살아요."

"정말 그게 당신이 바라는 거예요? 나두 내 맘을 모르겠는데 당신이 어떻게 그렇게 잘 알아요?"

"언젠가 가연씨가 나한테 그랬어요. 사랑하는 사람끼리 살아야 한다구. 또 이런 말도 했었죠. 내가 그 사람을 못 잊어서 괴로워 할 때 당신은 날 더러 보내는 것도 사랑의 미덕이라고 했어요. 바람에 날리는 연을 보면서 당신은 나한테 그랬죠. 저 연을 보라구. 잡아당기려고 하면 할수록 자꾸 멀리 도망치려고 한다고. 하지만 집착을 버리고 그 끈을 놓으면 더 멀리 나가지 못하고 그대로 추락해서 어느 한 곳에 멈추어 정착한다고."

"그게 이유예요? 날 보낼려구 하는 게?"

그는 입을 다물어 버렸다. 그리고 애꿎은 담배만 몇 개피째 피워 댔다. 가연은 그의 맘속에 자리잡고 있는 게 뭔지 알고 있었다. 그를 그래서 더 아프게 하지 말아야 한다고 속으로 속으로 되뇌였다.

그는 새벽 내 잠을 이루지 못하고 문밖을 서성이는 듯했지만 그녀는 문을 열지 않았다. 닫힌 그녀의 방문 앞에서 그는 어쩌면 쪼그리고 고양이 잠을 잤을지도 모른다. 그녀의 방문을 지키고 있는 순간 그는 맘이 편했는지도. 어쨌든 아침은 밝았고 그는 그녀의 방문을 두드렸다.

"가연씨. 아침 먹어요. 시간 없어요."

그녀는 황금색 실루엣을 그대로 걸치고 거실로 나왔다. 커피향이 그윽하게 온 집안을 장식하고 있었고 토스터기에서 다 구워진 빵을 꺼내 접시에 담아내고 있던 그가 지긋이 웃고 있었다.

"옷 안 갈아입고 나와요?"

"소담씨. 이리 와봐요. 할 말 있어요."

그는 접시를 든 채로 그녀에게로 다가와 조금은 편해진 얼굴로 귀를 그녀의 뺨에 살짝 갖다댄다. 가연은 자신도 모르게 속에서 용솟음치는 욕망의 갈고리가 그를 향해 뻗어 나오고 있는 걸 그대로 풀어내고 싶었다. 입고 있던 황금실루엣의 한쪽 어깨 끈을 다른 한 손으로 내리고 그가 들고 있던 접시를 내려놓고 그의 손을 남은 한쪽 어깨 끈에 갖다댔다. 그는 뜨거운 눈빛으로 곧 터져 버릴 것 같은 그녀의 입술을 탐닉하는 듯하더니 이내 돌아서서 싱크대로 향한다. 그런 그를 강하게 뒤에서 안았다.

"이제는 당신의 진짜 여자가 되고 싶어요. 오늘이 지나기 전에 내 전부를 당신한테 주고 싶어."

그러나 그는 등을 보인 채 돌아서지 않는다. 그리고 자신을 감싸 안은 그녀의 손을 꼭 쥔다.

　"가연씨. 미안해요. 이런 뜻은 아니었는데. 그래요. 당신 맘 고마워요. 하지만 지금껏 잘 지켜온 걸 우린 성인이에요. 내 소중한 당신을 여기서 이렇게는 싫어요. 눈부시게 하얀 면사포를 쓰고 웨딩드레스를 입은 당신을 내 팔에 감싸 안고 호텔 방문을 열고 여왕처럼 당신을……."

　가연은 돌아서서 그의 목을 끌어안았다. 그의 눈물이 그녀의 어깨 위로 떨어졌다. 가연은 행복해서 가슴이 터질 것 같았다.

　"이젠 완연한 가을인가봐. 아침 저녁으로 쌀쌀한 걸 보면."

　"소담씨. 우리가 바쁘긴 정신없이 바쁜가봐. 아직도 달력이 8월인 걸 보면."

　그는 한쪽 눈을 찡긋해 보이며 달력을 한 장 걷어낸다. 가을 추수하는 풍경을 그린 유화그림이 황금빛으로 번쩍였다. 달력엔 이미 한 달의 스케줄이 빽빽하게 적혀 있었다. 커피에 빵 몇 조각을 먹는 둥 마는 둥 하고 여의도로 향하면서 가로수가 은행잎으로 황금빛을 이룬 풍경이 너무 아름답게 펼쳐져 있어 눈을 뗄 수 없었다. 곧 우수수 떨어질 것 같은 은행나무 잎 새로 햇살이 쏟아졌다.

　방송국에서의 녹화는 생각보다 긴 시간 잡아먹지 않고 잘 끝났다. 사회자가 전해 준 방송용 대본을 몇 번 맞춰 보고 미리 팩스로 보내온 질문지에 대한 대답을 프린터로 뽑아 왔던 지라 그리 당황할 일은 없었다. 한 번이 어렵지 두 번째인 방송은 그리 부담스럽지 않았는지 실수없이 잘 끝냈다. 방송을 끝내고 돌아오면서 가연은 잠시 차에서 내려 은행잎이 떨어진 곳에 서서 긴 숨을 들이마셨다.

"이렇게 조금만 쉬어 가고 싶어요. 이대로 집으로 돌아가면 또 얼마나 바쁜 일정이 우리를 기다리고 있을까? 소담씨도 그렇죠?"

그는 대답대신 고개를 끄덕였다. 그러나 그녀보다 더 지쳐 있다는 걸 그의 거칠어진 얼굴로 읽어 낼 수 있었다. 거리의 차들이 매연을 내뿜어 대는 오후 한나절은 두 사람을 더 이상 거기에 머물러 있게 하지 않았다. 차를 돌려 집에 도착해 이층으로 올라가 그새 온 팩스를 확인하고 다시 바쁜 일들이 반복되었고 두 사람은 방송이 있던 날에도 자신들이 출연한 방송을 보지 못했다. 방송이 나간 걸 안 건 여기저기서 전화가 빗발쳐서 알게 됐다. 축하전화를 받느라고 전화기 앞에서 일어 설 시간조차 없었다.

사무실 전화는 하루 내내 거래처 전화와는 단절될 정도였다. 점심 식사도 거르고 저녁이 다 되어서야 정신을 차리고 식사를 할 수 있었다. 점심에 먹으려고 시켜 두었던 도시락을 꺼내 커피를 내린 걸 소담이 가지고 와 그것을 곁들여 식사를 할 때 전화가 왔지만 두 사람 모두 서로의 눈치만 보고 있었다. 그러다 마음 약한 소담이 일어나서 받게 되었다. 그런데 소담의 표정이 예사롭지 않았다. 그녀는 그의 표정을 살피다가 뭔가 자석처럼 끄는 힘에 이끌려 그의 옆으로 다가가 수화기 앞에 섰다. 그는 송수화기를 다 자기 몸에 대고 물었다.

"가연씨. 혹시 가인이라는 사람 알아요?"

"누구요? 가인?"

"남잔 대요. TV보고 전화하는 거래요. 자기가 아는 사람인 거 같다면서. 방송국에 전화해서 프로그램 담당자를 통해서 어렵게 전화번호를 알아냈다고 하면서 통화하고 싶다는데. 받아볼래요?"

가연은 순간 자신이 뭔가 잘못 들었거니 했다. 정신이 하얘진다는 기분이 이런 거구나 싶었다. 어떤 행동도 못하고 그대로 망부석이 되어버린 것처럼 몸을 움직일 수가 없었다.

"가연씨. 왜 그래요. 아는 사람이에요? 그냥 전화 끊을까요?"

그녀는 대답대신 고개를 강하게 저었다. 그리고 수화기를 받아 들었다. 그녀의 손은 바들바들 떨고 있었다. 그는 그녀의 등뒤에 서서 그녀를 의자에 앉혔다. 그리고 그녀의 얼굴을 감싸고 진정하라는 듯 눈을 지긋이 감았다가 뜬다.

"여보세요. 제가 하가연입니다."

"전 하가인이라고 하는데요. 혹시 제 이름을 기억하시겠어요? 아니 가연씨 이름이 본명이신가요?"

"네. 제 본명인데요."

"그럼 아름다울 가에 인연 연자를 쓰나요?"

"네. 그래요. 그런데 어떻게 제 이름을……."

"그렇다면 내 이름을 대면 기억이 날지 모르겠어요. 너무 오래된 일이라. 난 아름다울 가에 사람인자를 써요. 어려서 동생을 잃어버렸어요. 그런데 TV에서 가연씨 얼굴을 보니까 너무나 많이 닮은 거 같아서요. 나이가 33살인가요? 우린 쌍둥이이거든요. 가연씨가 손을 올릴 때 보니까 불에 데인 자국이 있던데 그거 무슨 상처인지 혹시 기억하나요?"

"그건…… 찍어 먹기라는 거 해먹다가 데인……."

"잠깐만요. 그게 아니라 찍어 먹기라는 설탕과자를 만들다가 내가 떠밀어서 그게 엎어지면서 동생 손에 엉겨 붙어서 난 상처예요. 나 때문에 생긴 상처라구요."

그 남자는 전화기를 붙들고 울고 있었다. 호흡이 거칠어 지고 흐느낌이 바로 옆에서 전해지는 것처럼 그 울림이 손끝으로 와 닿는 것 같았다. 가연도 더 이상 어떤 말을 해야 좋을지 해야 할말을 잃고 있었다. 그 쪽의 흐느낌에 화답이라도 하듯 함께 호흡이 가빠졌다. 그런 가연을 지켜보다가 소담은 수화기를 받아 들었다. 그리고 잠시 그를 진정시키고 다시 수화기를 건네주었다.

"저- 엄마는……."

"어머니는 지금 여기 안 계셔요. 미국에……. 어머닌 거기 스케줄 때문에 못 나오셨어요. 사실 나도 이번에 어머니 대신 바이어 만나러 왔다가 몸살이 나서 약속 내일로 미루고 호텔에서 쉬고 있다가 TV를 본 건데……."

"한 가지 궁금한 게 있어요. 난 그 때 오빠가 죽은 줄 알았어요. 왜 날 찾지 않았어요? 왜!"

"나두 지금까지 동생이 사고로 죽은 줄 알았어요. 어머니께서 동생에 대해서 묻기만 하면 죽었으니까 잊으라고. 어머닌 늘 이해할 수 없는 행동을 하셨었는데 이제는 왜 그러셨는지 알 거 같아요."

"어떻게 살아 있는 나를……."

"다른 건 모르겠어요. 어머니 속마음까지 내가 다 알 순 없는 거니까. 그렇지만 술만 드시면 밤새 가연아…… 가연아를 부르시며 널 위해서 그런 거야…… 나처럼 살까봐…… 라고 되풀이해서 말씀하셨어요."

"난 절대 엄마 용서 못해요."

"다른 건 모르지만 아마 어머닌 날 위해서 그랬던 거 같아요. 미국까지 가서 살 수밖에 없었던 것도 나 때문에 그런 거니까. 그 때 교통 사고로 난 두 다리를 절단해야 했어요. 거기다 뇌에 충격을 받아서였는지 실어증까지 앓아야 했으니까 어머닌 나를 살리기 위해서 미국행을 서둘렀던 거 같아요. 장애자를 보는 시선이 곱지 않았던 한국에서 나를 키우시기 버거울 거라고 판단하신 거죠. 아마 가연일 버릴 수밖에 없었다면 성하지 못한 내 몸 때문이었을 거예요. 평생 어머니 가슴에 한처럼 응어리 진 게 지금 생각해 보면 두고 온 딸 때문이었던 걸……."

"내가 얼마나 힘겹게 세상을 살아야 했는지 그거 알아요?"

"우리 만나서 얘기하면 안될까? 난 서울지리 잘 모르니까 가연이가 여기까지 와주면 고맙겠는데."

"모르겠어요. 죽은 줄만 알고 살았던 오빠를……."

"그래. 이해할 수 있어. 하지만 이제라도 우리 만나야 하잖아. 이렇게 살아 있는데 내 동생이!"

그는 아주 단호하게 울부짖었다. 늑대개처럼. 달 밝은 밤 잃어버린 동족을 향한 그리움의 몸부림을 하는 것처럼 느껴졌다.

"여긴 한강호텔 1102호야. 의족을 끼고 있을 거니까 그렇게 놀라진 마."

"모르겠어요. 정말. 갈 수 있을지."

"그래. 이십 년이 넘는 세월을 어떻게 한꺼번에 뛰어넘을 수 있겠어. 이해해. 하지만 오래 머물 순 없으니까…… 사흘 후면 돌아가야 해. 가연아. 보고싶어. 오빠 만나러 와야 해. 꼭!"

가연은 끊어진 전화를 놓지 못하고 한참을 그대로 앉아 흐느꼈다. 그런 그녀의 전화통화를 듣고 있던 그는 어떤 말로 그녀에게 위로를 해야 좋을지 생각나지 않았다. 그렇지만 그녀에겐 위로보다 필요한 게 축하한다는 인사가 아닌지 생각해 본다.

그녀는 다음날 아침까지 한번도 눈을 뜨지 않고 그대로 긴 잠을 잤다. 그도 그렇게 잠든 그녀를 깨우지 않았다. 그녀에게 지금 필요한 건 긴 잠이라고 아니 지쳐 있는 마음의 휴식이라고 생각했다. 온종일 잠만 자던 그녀가 일어 난 건 오후 늦게 였다. 작업실에서 샘플을 만들고 있는데 그녀가 문을 힘없이 열고 들어서며 말했다.

"같이 가줄래요. 겁이 나요. 만나고 나면 후회할 것 같아요. 하지만 만나지 못하면 사는 동안 내내 후회하게 될 거 같아요."

"그래요. 생각 잘 했어요. 옷 따뜻하게 입어요. 내가 함께 가 줄게요."

"알죠? 소담씨가 나한테 얼마나 소중한 사람인지."

"새삼스럽게. 그래도 가연씬 나보다 훨씬 행복한 사람이에요. 살면서 만나 볼 누군가가 있다는 거. 난 홀홀 단신 아무도 없는 걸요."

그녀는 그렇게 말하면서 허망한 눈빛이 되는 그를 편안하게 바라본다. 그리고 그의 어깨에 기대어 해넘이 광경을 지켜보고 있었다. 그가 말한다.

"아주 작은 행복이 생에 제일 큰 행복이 되기도 해요. 그건 어머니가 있다는 거죠. 누구나 있을 것 같은 어머니지만 누구에게나 있진 않아요. 난 가연씨가 그 행복을 누릴 수 있었으면 좋겠어요."

그녀는 그의 간절함이 배어 있는 눈 속으로 걸어 들어가 나오고 싶지 않았다. 그러나 해는 이미 지고 또 한 날이 가기 전에 오빠를 만나야 한다고 생각하고 자리를 박차고 일어났다.

16

인연의 사슬

호텔에 도착해서 잠시 생각에 잠긴 가연을 바라보고 있던 소담은
아주 조심스럽게 말을 붙였다.

"너무 깊게 생각하면 쉽게 행동할 수 없어요."

그녀는 고개를 끄덕이지만 여전히 동요가 없다. 바람 한 점 없는
강가의 잔잔한 침묵처럼. 그러나 그녀의 망설임을 이해 못하는 것이
아니기 때문에 재촉하고 싶지 않았다. 그 동안 무던히 속내를 끓였던
어머니에 대한 오빠에 관한 악몽 같은 기억들이 그녀를 반쯤은 사는
데 지치게 했었음을 그는 알고 있었기에. 사람들이 뜸한 시간이어서
일까 호텔 주차장에서 불어오는 바람이 싫지 않았다. 매연이 없는 서
울 공기란 상상도 할 수 없는 일이지만 이 정도면 가을 공기를 숨을
들이키며 즐길 만하다고 생각하면서 그녀가 심호흡을 길게 하는 모습
을 맘 편하게 지켜보고 있었다. 이내 그녀는 무슨 각오라도 하듯 발

걸음을 옮긴다. 그리고 호텔 안으로 들어서는 두 사람을 보고 정중하게 인사를 건네는 카운터로 가서 가인이 알려준 방 호수를 댄다. 그녀의 목소리는 떨리고 있었지만 침착했다. 인터폰을 하는 여자의 음성이 예의 바르면서도 감미롭게 퍼진다. 잠시 후 그녀는 엘리베이터 쪽으로 몸 전체를 돌리고 두 손을 뻗어 정중하게 안내를 해준다. 뒷모습이 더 아름답다는 생각이 드는 그녀는 염색된 파마 머리를 돌돌 꽈배기처럼 말아서 올려 아주 단정하다는 인상을 주었다.

"기다리고 계시답니다. 찾아 주셔서 감사합니다. 좋은 시간 되십시오."

안내를 하던 여자가 고개를 떨구어 인사를 끝내고 다시 무언가 확인한 사람처럼 손을 입으로 가져간다.

그리고 돌아서서 가는 두 사람에게 혼잣말처럼 가볍게 툭 던진다.

"TV에 출연하신 거 봤어요. 실물이 훨씬 아름답네요? 죄송합니다. 기다리고 계시겠어요 어서 올라가세요. 좋은 시간 되십시오."

그녀는 가연의 쑥스러워하는 얼굴을 읽었는지 이내 정중하게 인사를 하고 두 사람을 놓아주었다. 가연이 머쓱한 표정으로 소담을 쳐다보았다. 그런 그녀를 장난스럽게 눈인사를 대신하며 그가 지긋이 웃어 보였다. 엘리베이터를 기다리는 동안 뒤를 돌아 본 그가 긴장해 있는 가연의 귀에 대고 속삭였다.

"저기 좀 봐요. 우리가 어느 새 유명인사가 됐나봐요. 그 여자 목소리가 여기까지 들리는 거 같아요. 우리가 남의 입에 오르내릴 만큼 가십거리가 되다니 유명세 톡톡히 치르겠는걸?"

가연은 그의 그런 속삭임이 싫지 않았다. 엘리베이터가 '딩동' 하며 도착 종을 울렸다. 먼저 내린 가연의 등을 밀며 그가 문 열림 스위치를 누르며 말했다.

"아무래도 난 밑에서 기다리는 게 좋을 거 같아요. 가연씨 혼자 들어가는 게 나을 거 같은 데……."

가연은 그의 깊어진 눈을 쳐다보았다. 그리고 알맞게 익은 포도주가 크리스탈잔 안에서 잔잔하게 보석처럼 반짝이듯 그의 눈동자가 빛나고 있는 걸 보았다.

" 너무 오래 기다리게 하지 않을게요."

"오늘은 내 기다림이 길었으면 좋겠는 걸요? 그래야 내가 사랑하는 가연씰 꼭 닮은 또 한 사람을 만나볼 수 있는 기회를 얻을 테니까."

그녀는 소담의 마음을 담아 주머니 속에 넣고 떨리는 손을 꾹 찔러 넣었다. 그리고 소담의 마음이 날아가지 못하게 손을 꼭 쥐었다. 남은 한 손으로 벨을 눌렀다. 고개를 돌려서 그가 서 있던 자리를 쳐다보지만 그는 보이지 않는다. 잠시 후 문이 열리고 그 열린 문 안에서 오빠가 아닌 제복이 잘 어울리는 훤칠한 키의 호텔 근무자가 나왔다.

"들어가세요. 기다리고 계십니다."

정중한 인사가 몸에 배인 그는 그 한마디를 남기고 융단이 깔린 복도로 걸어 나간다. 그가 나왔던 문 안에서 아주 향긋한 향이 밖으로 나와 문밖의 향과 섞이고 있었다. 안에서 들어오라는 남자의 목소리도 이내 함께 섞였다. 가연이 발자국을 떼자 서 있던 자리가 도장처럼 찍혀 있었다.

안으로 들어서자 문이 저절로 딸칵하고 자동으로 잠겼다. 환한 불빛을 받고 앉아 있는 남자의 얼굴을 바로 쳐다보지 못하고 이내 탁자 밑으로 눈을 떨구었다. 휠체어의 바퀴가 너무 크게 보여서. 아니 가연의 눈에 들어온 건 그의 얼굴이 아닌 빛에 반사되어 반짝이는 휠체어의 바퀴였고 그 다음으로 눈에 보인 건 바로크무늬가 일률적으로 그려진 모직 담요 밑으로 11자로 놓여진 검은색 구두였다. 순간 눈물이 핑돌았다. 눈을 어디다 두어야 할지 가슴이 콩닥콩닥 뛰기 시작했다. 그리고 쥐고 있던 손에 더 세게 힘이 가해졌다. 쥐고 있던 손에선 벌써 땀이 배어 끈적거렸다. 그 때 그가 휠체어를 밀며 그녀 앞으로 다가섰다.

"놀랄 거 없어. 이리 와서 좀 앉아봐. 얼굴 좀 보게. 그렇게 서 있으면 내가 이렇게 올려봐야잖아. 목 아파. 어서?"

그는 아주 굵은 음성으로 말을 건네며 하얗고 커다란 손을 내밀었다. 순간 주머니 속에 넣고 있던 손이 움찔 더 깊게 들어갔다.

"이렇게 오랜만에 만났는데 악수도 안 해줄 거야?"

가연은 그가 앞으로 한 뼘 더 손을 내밀자 자신도 모르게 밖으로 기어 나온 손을 그에게 내밀었다. 그의 손에 힘이 들어갔다. 그리고 몇 초가 흘렀을까 그가 손을 놓았다.

"땀이 배어 있네? 많이 긴장되지 나두 사실은 아무렇지도 않은 척 할 뿐이야. 의족이 아니었다면 다리가 후들후들 떨리는 걸 니가 보았을 걸? 아마 난 너처럼 그렇게 서 있지도 못할 거야."

그가 탁자에 놓여진 수건을 내밀었다. 괜찮다고 말하고 싶었지만 그러기 보단 그가 내미는 수건을 받아 드는 게 더 쉬울 것 같아서 그렇게 했다. 그리고 허전했던 손을 감당 못할 것 같던 그 공허를 수건이 메꿔주었다. 그는 휠체어를 다시 뒤로 옮기고 그녀가 앉기 편하게 의자를 끌어 주었다.

"자 어서 앉아."

가연은 못 이기는 척 그가 내민 의자에 엉덩이를 살짝 걸쳤다.

"무슨 말을 먼저 해야 하는 거니? 나 두 이런 상황엔 좀 적응이 안

돼. 아직은…… 사실 사람들하고 만날 기회 그리 많지 않거든. 그 동
안 다 어머니가 해 오셨는데 요즘 건강이 안 좋으신지 나를 일선에
자꾸 내보내시네? 이번에도 어머니가 나오시려고 했었는데 건강이
여의치 않으신지 나를 보내신 거야.

　어머니가 뭔가 예지력이 있으셨나? 우리가 이렇게 만나게 될
줄……."

　그가 말끝을 흐렸다. 목이 많이 탔는지 그가 헛기침을 해 댄다. 그
리고 얼굴이 빨개져서 난처해한다. 가연은 얼른 냉장고에서 물을 꺼
내 투명한 유리컵에 물을 반쯤 따라서 그에게 건넨다.

　"고마워. 널 만난다고 생각하니까 아까부터 이렇게 목이 마르더라?
긴장 돼서 그러나봐."

　그는 따라준 물을 단숨에 다 마시고 빈 컵을 그대로 들고 있었다.

　"이리 줘요. 더 줄께."

　그녀가 그의 손에 쥐고 있던 컵을 받아 들고 냉장고 문을 열자 그
가 못 참고 말을 한다.

　"아직도 내가 낯서니? 난 안 그런데."

　그러나 뭐라고 말을 해야 하는데 말이 목구멍에서 터지질 않는다.
가연은 생각했다. 이럴 때 끓는 물에서 동동 떠 있던 만두가 속을 확
풀어내듯이 자신의 맘속에 있는 모든 감정들이 다 터져 버렸으면 좋
겠다고. 그러나 여전히 입 속의 말들은 조개처럼 벌어질 줄을 모른다.

　"그래. 그렇겠지. 실감이 안 날 거야. 죽었다고 믿고 있던 내가 이렇
게 살아서 니 앞에 서 있으니 말야. 내가 먼저 널 발견한 격이니 내
충격은 너 보다 먼저 한 발 앞서 여서 지금 이렇게 아무렇지 않은 척
침착할 수 있는 걸 거야. 이해해. TV 보고도 한 참 망설였었어. 제일

당혹스러운 순간이 언제였는지 아니? 니가 TV에 얼굴이 비치면서 내 얼굴과 너무 흡사하다는 거였어. 세상엔 닮은 사람도 많다지만 어쩜 저렇게 많이 닮을 수가 있을까 했는데 니 이름이 자막에 나오고 그 이름 옆에 나이를 표기해 놓은 걸 보고야 혹시 니가 아닐까 생각했는데 그 순간이 나한텐 제일 숨막히고 긴장된 순간이었어. 그 때 내가 생각한 게 뭔 줄 아니? 어머니한테 전화해서 죽었다는 니가 살아 있다고. 어머니가 그렇게 못 잊어서 술만 마시면 찾던 그 가연이가 서울에 살아 있다고 전화하고 싶었어. 그런데 그럴 수 없었어. 어머니가 그 충격 때문에 쓰러질까봐. 난 혹시라도 니가 날 모른다고 할까봐 또 걱정이 됐었어. 니가 그 충격 때문에 내가 실어증에 걸렸던 것처럼 영영 지난날을 기억 못하고 산 건 아닐까 하고 말야. 만약에 니가 모르는 것 같았으면 우선 미국으로 돌아가서 그 다음 방법을 찾았을 거야. 나두 널 이렇게 만나는 거 쉽지 않았다는 거 말하고 싶어. 숙명이라면 우리 받아들이자. 응?"

"나두 오빠처럼 쉬웠으면 좋겠어. 난 지금 오빠가 무슨 말을 하는지 다 이해하지도 인정하지도 못하겠어. 특히 엄마에 대한 부분은 더 그래. 엄마가 나한테 어떻게 한지 오빠도 모른다고 하진 마. 덮어두고 싶다고 덮어지는 것도 아니고 덮어 버릴 수도 없는 거니까. 엄마? 난 엄마 땜에 사는 동안 얼마나 힘들었는지 몰라. 오빠가 말하는 엄마와 내가 말하는 엄마는 같은 인물임에는 틀림이 없는데 느낌은 달라. 오빠에겐 꼭 필요한 사람이라면 난 난…… 차라리 엄마가 없었더라면 아니 엄마의 자식이 아니었더라면 지금만큼 가슴 아프진 않았을지 모른다고 그랬더라면 더 좋았을 거라고 생각하면서 살았어. 오빠가 엄마에 대해 잘못 알고 있는 게 있어. 다른 건 몰라도 오빠한테 그건 분

284

명히 말해 두고 싶어. 오빠도 알아야 할 부분이니까. 오빠는 엄마가 나를 버렸다고는 한 번도 생각 안 해 봤겠지? 하지만 난 엄마한테 버려졌었어. 분명히……."

"무슨 말을 하는 거야. 너 지금……."

"그래. 그렇게 놀라는 척이라도 해야 내가 덜 억울하고 덜 분하지. 오빠 생각나지 그 날…… 오빠가 피를 흘리면서 병원차에 실려 갔던 날…… 그 날. 난 웅성대는 많은 사람들 틈에 끼어서 오빠와 엄마를 부르면서 해가 지도록 울었어. 그런데 날 찾아온 건 엄마도 오빠도 아닌 경찰아저씨였어. 그래. 난 엄마한테 그 날 버려졌어. 그런데도 난 엄마가 날 아무리 미워했어도 분명 찾아 올 거라고. 날 데리러 올 거라고 믿고 있었어. 그런데 그 믿음에 처음으로 칼날을 던진 게 뭔 줄 알아. 미아로 처리돼서 어느 보육원 시설에 맡겨진 거야. 거기서도 엄마 아빠를 기다리는 아이들은 많았지만 나처럼 확실하게 버려진 애는 없었어. 엄마가 올 거라면서 유리창에 매달려 몇 날 몇 달을 울다가 지쳐서 그 어린 나이에 포기란 걸 배워야 했어. 누가 가르쳐 주지 않아도. 그렇게 울다가 지쳐서 그 창문아래서 잠이 들었어. 그 자리에서 깨어나서 다시 울며 보채면 나한테 돌아온 게 뭔 줄 알아? 거칠고 커다란 몽둥이였어. 그 걸로 엉덩이가 빨갛게 부르트도록 맞아야 했었다고. 그래야 내 울음은 끝이 나니까. 그 처절했던 심정을 오빠가 알아? 날 이해한다고? 그렇게 쉽게 얘기하지마! 날 어떻게 이해해? 그 매 때문에 난 엄마 보고싶다고 울지도 못하고 속으로 속으로 삭혀야 했었어. 보고싶은 맘까지 얻어맞은 심정 어떻게 이해한다는 거야? 그래. 그래서 난 그 때부터 매를 맞기보다 울기보다 아니 보고싶어 해도 소용없는 일보다 다 포기해버리는 게 내가 살아가기 편하다고 생각 한 거야. 그게 고작 일곱 살 어린 여자아이가 살기 위해서 한 생각이었다구. 그런데 그런 생각을 하고 있던 그 순간에도 오빠는 엄마의 간호를 받으면서 아프다고 울고 싶을 때 맘놓고 울고 보채고 했다는 거잖아. 그러면 엄만 또 오빠를 위해서 세상에서 하나밖에 없는 자식한테 하듯이 지극정성이었다는 거지? 그게 오빠하고 내 차이야. 우리가 언제 쌍둥이 이기나 했었어? 아니 많이 닮았다고 했어? 뭐가 닮았다는 거야. 외모는 이렇게 닮았으면서도 그렇게 지옥과 천국을 사이에 두고 있었다는 거 누가 알 거야. 누가? 오빠가 날 정말 이해할 수 있어? 그렇게 쉽게 얘기하지마. 그게 더 화가 나!"

가연은 돌아서서 창 밖으로 시선을 돌리고 있었다. 멈출 줄 모른 채 흘러내리는 눈물을 감당할 수 없어서. 그가 옆으로 다가와 가연의 손을 잡는다.

"미안해. 정말 미안하구나. 너한테 그런 많은 상처가 있는 줄……."

"지금 몰랐다구 말하는 거야? 그런 말 도 하지마. 오빠가 엄마 젖을 먹을 때난 차디차게 식은 분유를 먹어야 했었어. 그거 뿐인 줄 알아? 내가 설사병에 걸려서 탈진해 있을 때도 엄만 오빠 먹일 젖 부족할까봐 나한테 젖 한 번 안 물렸었데. 어떻게 아느냐구 지금 묻고 싶은 거지? 그래. 내 이름지어 준 옆방 선생님이 엄마 하는 행동이 너무 모질다면서 매 맞고 울고 있는 나를 데려다가 재우고 내가 잠든 줄 알고 셋 방 사는 아주머니들하고 얘기하는 거 다 들었어. 그게 엄마한테 선택받은 오빠의 대우와 늘 방치되고 버림받은 내 대우였어. 우린 그렇게 닮았으면서도 아주 다르게 자랐어. 그런데 이제와서 다 지난 일이니까 라는 말로 대신 할 수 있는 거야? 그러면서도 난 오빠를 아주 많이 의지하면서 살았었어. 엄마가 모질게 하면 할수록 오빠가 애처롭게 바라보는 눈 빛 하나만으로 난 위로받을 수 있었어. 그런데 오빠하구 엄말 따라서 시장엘 가서 그 보호막 같던 오빠를 잃어버린 거야. 난 숨도 쉴 수 없었어. 난 오빠가 피를 흘리던 그 모습만 내 기억 속에 살아 있을 뿐이야."

"가연아. 이젠 그 상처에서 벗어나자 우리."

"우리라구? 오빠하고 내가?"

"그렇게 얘기하지마. 나 두 널 생각하면 늘 미안하고 가슴 아팠어. 넌 내가 엄마한테 너 이상으로 사랑받으면서 맘 편했는 줄 알아? 그 날도 시장에서 엄마가 잠깐 널 나한테 맡기고 간 거였는데 니가 뭣땜에 였는지 엄마한테 맞고 눈이 퉁퉁 붓게 울어서 니 맘 풀어 줄려고, 차도에 니가 좋아하던 인형이 떨어져 있길래 그걸 줏어 주려다가 그 사고를 당 한 거야. 병원에서 눈을 떴을 땐 이미 내 다리는 잘려나가고 없고 엄만 매일 울기만 했어. 다신 걸을 수 없다는 의사선생님 말에. 니 생각은 할 수도 없었어. 머리엔 붕대를 친친 감고 있었고 다리는 매일 쑤시고 아프고…… 난 매일 울고 떼쓰고 살려 달라고 의사선생님만 보면 매달리는 엄마가 미웠어. 이렇게 아픈데 차라리 죽고 싶었어. 조그만 손으로 침대보를 쥐어뜯으면서 이렇게 아픈 날이 계속된다면 차라리 죽는 게 낫다고…… 다리도 없는데 그 없는 다리가 왜 아픈지 모른다고 어린 나는 생각했었어. 너 그거 알아? 엄마가 아무리 내 옆에서 날 위해 어떤 걸 해 줘도 내 아픈 다리는 영원히 생겨나지 않는다는 걸 안다는 거? 난 엄만 날 위해서 라면 내 다리도 다시 생겨나게 해 줄 수 있는 줄 알았었어. 엄만 날 위해서 뭐든지 다 해줬었으니까. 그런데 그렇지 않았어. 아픈 거 하나도 엄만 어떻게 해주지 못했어. 아프다고 울면 엄마가 아닌 간호사 누나들이 와서 커다랗고 긴 주사를 마구 찔러 대는 걸 엄만 보고 만 있었어. 단지 안 아프게 해 주세요 애원을 했지. 그런데 아무리 엄마가 안 아프게 해 달라고 애원을 해도 주사는 여전히 아팠고 다리는 날이 갈수록 더 아팠어. 그런데 내가 널 생각해 낸 건 내 옆자리에 어떤 여자아이가 맹장 수술로 입원해 있었는데 인형을 가지고 노는 걸 본 순간이었어. 그 순간 머리가 말도 못할 정도로 아팠고 열이 39도를 웃돌고 간호사들이 우왕좌왕하면서 나를 어디론가 침대에 눕혀 끌고 갔어. 침대에 누워서 빙빙 도는 천장의 무늬와 형광등 불빛을 하나 둘 세다가 정신을 잃어버렸어. 그 뒤로 난 말을 할 수 없었어. 엄마는 병 고치러 병원에 왔는데 애를 더 병신을 만들었다면서 병원이 떠나가도록 울면서 원장실로 들어가 선생님 멱살을 잡고 간호사들은 엄마를 뜯어말리고 엄만 욕설을 퍼붓고…… 난 말도 못하면서 어. 어…… 외마디 소릴 내면서 그 순간이 빨리 끝나길 기다렸어. 엄마는 그렇게 소리를 내고 있는 나를 보고야 정신을 차리는 것 같았어. 엄만 퇴원을 해야 한다면서 억지를 부렸고 얼마쯤 후에 병원에서 난 퇴원을 했어. 나중에 안 일이지만 엄마가 고소를 한다고 병원을 상대로 싸웠었대. 신문사를 동원해서…… 그래서 보상금으로 얼마를 받았고 엄마는 미국에 있는 이모집으로 가자고 했어. 미국에 와서도 엄만 내 병을 고치기 위해 여기저기 뛰어다녔고 내가 간 곳은 신경정신과였어. 한 이 년쯤 거기서 치료를 받았는데 그 의사가 엄마의 지극정성에 감명을 받은 거 같았어. 그 의사의 끊임없는 구애에 엄마도 이혼남이라는 거 알고 처지가 비슷하다고 생각하셨는지 아님 날 위해서였는지 내가 10살 되던 해에 결혼을 하셨어. 엄마의 결혼과 동시에 나한텐 머리가 노란 동생들이 둘이나 생겼어. 그런데 그 여동생이 가인이라는 내 이름이 발음이 안 됐는지 '가린……'이라고 부르는 거야. 그 때 나한테도 가연이라는 동생이 있었지 생각이 났어. 난 부엌에서 일하는 엄마를 불렀어. 그리고 엄마한테 '가연'이라고 니 이름을 자꾸 몇 번씩 반복해서 물었어. 엄만 내가 말을 했다는 것만 놀라고 있었던 거 같애. 나중에 말문이 트이고 엄마한테 너 보고 싶다고 했더니 그냥 울기만 하셨어. 그러다가 어느 날인가 한국에 있는 친구한테 연락이 왔는데 너 죽었다고…… 그러면서 잊으라고 하시더라. 그래. 그래서 난…… 엄만 자주 술을 드셨어. 아버진 그렇게 술에 취한 엄마를 이해 못했지만 그래도 나쁜 사람은 아니셨어. 엄마를 다독거리고 일을 가져야 한다면서 나를 데리고 함께 할 수 있는 일을 찾아 엄마를 자원봉사를 하도록 했어. 그러면서 엄만 물 만난 고기처럼 일에 푹 빠져 사셨어. 엄마는 평상시에 장애자인 내가 불편해 했던 걸 꼬박꼬박 적어 놨었는데 그걸 가지고 아이템을 개발하기 시작했어. 장애자용 옷걸이라든지 장애자용 휴대 변기 등…… 점점 엄마가 하는 일은 샌디에고에 알려지기 시작했고 사업이 점점 번창했어. 아버진 그런 엄마를 대견하게 생각했고 지금껏 엄마를 돕고 계시구…… 그래. 다른 건 몰라도 엄마가 널 버렸다고 생각하진 마. 엄마도 너 때문에 많이 힘들어하신 건 ……."

그가 더 말을 하려다 만 건 가연의 빨갛게 상기된 얼굴 때문이었다. 그녀는 곧 고양이처럼 발톱을 세우고 달려 들것만 같았다. 그러나 공격대신 꼬리를 낮추고 물 컵의 물을 천천히 마신다.

"가연아. 엄마를 이해해 드리면 안되겠니? 엄마 두 널 만나고 싶어 하실 거야."

"지금 이해라고 했어? 용서도 아닌 이해?"

"엄마 두 이젠 머리가 하얗게 바랜 쉰이 훨씬 넘은 나이야. 이젠 좀 편해지실 때도 되지 않았니. 그런 죄의식에서 벗어나실 때도 됐다고 생각해. 난."

"그런 말하지마. 오빠 두 아직 모르는 게 있어. 엄마가 날 버린 게 확실하다면 그래도 오빠가 나한테 엄마를 이해하란 말할 수 있을까?"

"그게 무슨 말이야? 넌 정말 엄마가 널 버렸다고 믿고 있는 거야?"

"믿고 있는 게 아니라 엄만 날 버렸어. 오빤 그 머리색도 피부도 피도 한 방울 안 섞인 사람을 아버지라고 불렀어? 단지 엄마의 동거인에 불과한 그 사람을?"

"그렇게 말하지 마. 나한테 얼마나 잘해 주셨는데. 엄마한테도 최선을 다하면서 사신 분이야."

"그래. 오빠 생각까진 내가 어떻게 할 수 없는 부분이니까. 하지만 오빠한테 아버지가 계신다면?"

"아버지라고 했니 지금?"

"그래. 오빠가 알아듣기 쉽게 말하자면 생부(生父) 말야."

"엄마가 그러셨어. 아버진 돌아가셨다구."

"그렇지 않아. 아버진 살아 계셔. 그것도 이 서울 하늘아래. 엄마가 날 버리면서 아버지한테 편지 한 장으로 날 인수인계 했어. 알아? 어디 무슨 보육원에 당신의 딸이 있으니 찾아다 기르든 말든 그건 당신의 뜻이라는……."

"아니야. 그럴 리가 없어."

"오빤 믿고 싶지 않을 뿐이야. 그 덕분에 난 생전 보도 듣도 못한 아버지 집에서 살게 됐었지. 그래 그런 구차한 말들이 왜 필요한지 모르겠네? 오빠 말대로 다 지난 일이야. 하지만 모든 건 다 지난 일이 될 수 있지만 있는 아버지가 없어지는 건 아니잖아?"

"……………………."

"놀라는 건 당연해. 처음엔 나도 받아들이기 힘들었으니까. 그래도 오빠 보단 내가 더 쉬웠을지 몰라. 그 때 난 버림받은 상태였으니까 아버지가 데리러 와 준 것만도 감지덕지였었어. 그 구박을 하던 엄마 대신 얼굴도 본 적 없던 아버지와 엄마라고 대신 불러도 될 사람이 있다는 게 때론 위안이 되기도 했으니까. 엄마는 나한테 치유될 수 없는 암 같은 존재야. 내가 죽는 순간까지 나를 옥죄이는."

"아버지도 내가 있다는 거 아시니?"

"아니? 나도 오빠가 죽은 줄 알고 있었으니까. 아버지한테 그런 말로 상처를 건드려 내고 싶지 않았어. 그 땐 내가 너무 어려서 눈치 밥 먹느라고 감히 그 쪽 집 엄마의 심정을 건드릴 용기가 없었고 자라면서는 그럴 기회가 없었고 또 죽은 사람이라고 믿고 있었으니까."

"아버지 어떻게 생기셨어? 어떤 분이셔?"

"내 기억에 내가 아버지 집으로 들어갈 당시의 모습이 지금 오빠 모습하고 많이 비슷했던 거 같애."

"그럼 내가 아버질 많이 닮았다는 거네?"

"왜? 만나 뵙고 싶어?"

"아니……."

"하지만 지금 아버지도 건강이 많이 안 좋으셔. 얼마 전에 콩팥수술 받으셨거든. 오빠가 있다는 존재사실도 모르시는 분한테 33년 동안 부재했던 자식이 일 순간에 존재한다고 하면 얼마나 놀라시겠어. 다 엄마가 끊어 놓은 인연인 걸. 나조차도 10년만에 아버지 앞에 나타나 그 집에서 가족이 아닌 잘못 억지로 끼워 놓은 퍼즐 조각처럼 살았었는데…… 오빠가 나타나면 얼마나 더 황당할 까? 그런데 참 이상하더라? 아버지 콩팥 이식수술 때문에 가족 전부가 병원에서 검사를 받았었는데 진짜 가족이라고 믿고 있던 그들 중 누구도 아버지한테 콩팥을 줄 수 없었는데 마지막으로 조직검사를 받은 내가 적임자라는 판명을 받고 얼마나 통쾌하고 기뻤는지 오빠 아마 모를 거야. 수술이라는 공포는 전혀 생각할 수도 없었어. 다만, 봐라 너희들이 암만 아버지핏줄이라고 해도 나만큼 완벽한 자식은 없다…… 이런 맘이었던 거."

"니 고생이 어땠는지 알 것 같아."

"아는 게 아니구 짐작한다구 해야 옳지. 그래. 난 그렇게 살았어."

"그래도 평생을 날 위해 사신 분 인 걸. 어머니 삶은 그게 전부였어."

"그래도 엄만 행복한 분이야. 당신을 이렇게 전적으로 믿고 옹호하는 오빠가 있으니까."

"그렇게 남처럼 말하지마. 니가 뭐라고 하든 넌 엄마 딸인 걸."

"그래? 엄마한테 난 뭐야? 엄마의 삶 전부가 오빠라면서 그럼 난 뭐였느냐구!"

"엄마의 생각 전부까지 내가 알 순 없지만. 암 튼 엄마가 널 버렸다는 생각은 틀린 거 같다. 그럴 만한 이유가 있을 거야. 엄마 그렇게 모진 분 아니셔."

"누구에게나 엄마가 오빠처럼 대하진 않듯 나한테 대하듯 누구에게나 는 아니겠지."

"어머니에 대한 원망이 깊구나."

"……………………."

가연은 입을 다물어 버렸다. 말장난처럼 자신의 아픔이 가벼워지는 것 같아서. 아픔은 그저 아픔이지 설명될 수 있는 게 아니란 생각이 들었다. 사람들이 흔히 쉽게 내뱉는 당신의 아픔을 고통을 이해해요 라는 말을 오빠에게서까지 듣고 싶지 않았다. 아니 싫었다. 두 사람 모두 잠시 침묵의 공간으로 들어가 있었다. 그렇게 폭발하기 일보 직전의 감정을 누르고 있었다. 가연은 알고 있었다. 상처를 다 드러내고 아픔을 호소하기 위해 긴 시간 입을 통해 할 수 있는 표현을 다 동원해서 폭발하는 심경을 털어놓고 나면 그 뒤에 남는 허무함은 말하기 이전보다 더 가중된다는 걸.

"난 그래도 널 만나서 기쁘다. 널 이렇게 볼 수 있어서 행복해."

가연은 오빠의 눈가에 맺혀 이슬처럼 흘러내리는 눈물이 뜨거울 거라고 생각했다. 손을 갖다 대면 '앗 뜨거' 외마디 비명이 나올 만큼 활활 타오르는 장작불같이 복받치는 감정에 눈물이 데워졌을 것 같아서.

다리를 덮어두었던 담요 위에 눈물로 동그란 무늬가 커지고 있었다. 가연은 오빠의 발이 점점 더 커져서 까만 구두가 찢겨지면 어쩌나 걱정스러웠다. 저 구두 속엔 어떤 가족(假足)이 진짜 발처럼 모양을 하고 숨어 있을까. 양말은 신겨져 있을까 아니 발가락 형태로 발톱까지 세밀하게 만들어져 있을까.

아니다. 양말을 신었다면 의족을 끼웠다 뺐다 할 때에 그 양말까지 벗겼다가 다시 신겼다 하는 번거로움을 반복할까 하는 생각으로 머리가 어지러웠다. 잠 잘 때는 의족을 빼고 잘까? 하는 생각으로 좁혀지자 갑자기 오빠가 가엾어져서 가슴이 떨렸다. 그런 불쌍하다는 생각이 온 머리 속을 점령하자 온 몸에 멈추었던 피가 다시 돌기 시작하듯 가슴이 뜨거워졌다.

"오빠. 행동하기 불편하진 않아?"

그는 가연의 부드러워진 어투에 긴장을 풀 듯 뺨이 발그스레해진다.

"불편하지 않다면 그건 솔직하지 못한 말이 되겠지? 하지만 적응이 돼서 이젠 내 몸의 일부가 된 의족이 없인 더 불편할 걸?"

"다행이야."

"그런데 넌 왜 아직 결혼 안 했어?"

"오빤 왜 안 했는데?"

"여자나이 하고 남자 나이하고 같니? 넌 정년기를 훌쩍 넘어 버렸잖아."

"오빤? 결혼에 정년기가 어딨어? 결혼하고 싶을 때 하면 그게 정년기지."

"그래도 여자나이 서른 셋이면 적은 나이는 아니잖니."

"그래. 알아. 누가 들으면 나보다 훨씬 나이 많은 줄 알겠네. 몇 분 차이 밖에 안 나면서……."

"얘가 몇 분 차이가 어딘데. 그 몇 분에 생명이 왔다갔다하고 그 몇 분 차이에 내가 너보다 숨을 쉬어도 삼백 번은 더 쉬었겠다."

"그래. 오빠 피 더 진해."

"그런 농담도 있니? 그게 아니던데? 우리 한국친구들이 니 똥 굵다라고 하던데?"

두 사람 서로 긴장이 풀린 탓이었는지 배가 고팠다. 그 배고픔을 호소한 건 가연이가 먼저였다.

"지금 이 시간에 먹을 수 있는 게 뭐가 있을까?"

"너도 배고프니? 나 두 출출하던 참인데. 하지만 밤에 먹는 건 좀 자제하는 편인데. 오늘은 예외지 뭐. 우리 가연이가 먹고 싶다는 데."

"왜? 먹으면 안 돼 면 그만 두자. 난 참을 수 있어."

"아니 별다른 이유가 있는 건 아니구. 니가 보다시피 내 처지가 이러다 보니 먹고 난 후에 운동을 할 수가 없으니 소화시키는 게 좀 문제가 되더라구."

"그럼 참자 우리."

"아니야. 나두 맥주 한 잔 정도는 문제없어. 우리 맥주 시킬까?"

그녀는 뭔가 생각을 하는 듯 하더니 이내 입을 열었다. 그리고 휠체어 뒤로 가서 그를 밀고 창가로 간다. 창 밖의 네온사인 불빛이 현란하게 번쩍이며 곧 유리창을 뚫어 버릴 것 같다.

"저 나 말야. 누구랑 같이 왔어. 오빠도 아는 사람이야."

"그래? 누구?"

"결혼을 약속한 사람."

"그럼 그 사람이겠구나. 같이 들어오지 그랬어. 그 사람 많이 기다렸겠다 어서 오라고 해."

가연은 핸드폰을 들었다. 그리고 번호를 꾹꾹 힘 주어 눌렀다. 신호가 가고 그가 기다렸다는 듯이 들뜬 목소리로 핸드폰을 받았다. 그리고 손에 뭔가를 들고 들어서는 그가 아주 정중하게 오빠에게 인사를 건넸고 오빠도 그의 인사를 예의를 다해 받았다. 가연은 누군가 자신과 피를 나눈 상대가 있다는 건 참 행복한 일이라는 생각을 했다. 그러면서 아버지의 포근한 웃음을 그도 맛볼 수 있게 해주는 건 또 어떨까 하는 생각도 해 본다. 한꺼번에 모든 게 달라져 버린 그래서 어지러운 하루였지만 가연은 피곤하지 않았다. 내일도 그는 서울 하늘 아래 있을 것이다. 그 보다 더 행복한 건 이제는 더 이상 오빠에 대한 악몽에 시달리지 않아도 된다는 거였다. 이제는 가벼워진 한쪽 어깨를 무엇으로 채울까…… 가연의 얼었던 마음에 새순이 돋아나듯 간지러움을 느꼈다.

가연은 돌아와서도 자꾸 오빠의 의족이 머릿속을 떠나지 않았지만 그래도 그렇게 라도 살아 있는 오빠를 보게 되서 참으로 다행스러운 일이라고 생각했다. 돌아오는 내내 소담은 그녀에게 아무 것도 묻지 않았다. 운전대를 잡지 않은 한 손으로 그녀의 달궈진 손을 꼭 쥐고 흔들어 댔다. 가연은 안다. 지금 그가 하고 싶은 말보다 묻고 싶은 말보다 그런 그의 행동이 더 위안이 된다는 걸.

17

사랑의 미로

오빠가 미국으로 떠난 지 사흘째다. 그런데 가연은 밤마다 잠을 이루지 못하고 있다. 소담의 말처럼 오빠 때문이라고 인정하진 않았지만 부정할 수도 없는 부분이었다. 떠나던 날 오빠는 가연을 끌어안고

"우리 함께 노력해 보자. 가연아. 때론 단순하게 사는 게 행복할 수 있지 않을까? 오빤 그렇게 생각하고 싶다. 그냥 오빠가 살아 있어서 엄마가 살아 계셔서 아무 때나 보고 싶을 때 전화할 수 있어서 행복하다고…… 아니 솔직히 니 맘속에 뿌리내린 미움 때문에 난 마음이 편하지 않아. 내 떨어져 나간 다리만큼 니 가슴에 상처가 깊어져 있는 거 같아서. 차라리 니가 믿고 있었던 것처럼 내가 여기에도 어디에도 없었더라면 그래서 니가 엄마를 향한 미움이 더 커지지 않았더라면 하는 후회가 된다. 나한테는 좋은 일이었지만 니 맘속의 원망과 미움은 줄기가 더 커진 거 같아서. 그래서 니가 더 힘들어하고 더 숨

막혀 하면 어쩌나 걱정돼. 가서 내가 먼저 전화하기 전에 니가 먼저 전화할 수 있었으면 좋겠어. 그래야 니 맘이 그만큼 풀어졌다고 믿을 수 있을 테니까. 난 아마 니가 전화하기 전엔 참는 시간으로 고통스러워 할 거야. 내 고통을 줄여 주기 위해서라도 니가 먼저 전화 해 줄 거라고 믿어도 돼지? 내가 먼저 전화하고 싶어도 참는 건 니 아픔이 얼마나 컸었을까 아니 또 얼마나 가중되었을까를 인정한다는 뜻이야. 그래서 기다리기로 했어. 니 맘이 스스로 열리기까지……를. 너무 많이 생각하지 마. 그리고 부탁인데 너무 오래 기다리게 하지 마."

오빠는 그렇게 혼자하고 싶은 말을 다 하고 떠났다. 가연은 어떤 말도 할 수가 없었다. 지금도 눈에 선한 오빠의 마지막 모습은 가연을 송곳처럼 찔러 댄다. 휠체어에 몸을 싣고 뒤를 돌아보며 마지막 안내방송이 나올 때까지도 안으로 못 들어가고 있었던 그래서 더 눈물이 났던. 오빠의 가연을 바라보고 있던 커다란 눈을 잊을 수 없을 것 같다.

"가연씨. 이거 먹어요. 며칠 째 이게 뭐예요. 잠을 못 잔다고 하니까 약국에서 세 알 이상은 안 된다고 하면서. 어서 먹고 좀 자요. 내일부터 또 바빠 질 텐데."

가연은 그가 주는 알약을 입에 넣고 삼켰다. 그리고 진짜 하루만 아니 몇 시간만 아무 생각 안하고 잘 수 있었으면 좋겠다고 생각했다.

그 바램이 먹혀들었는지 아님 약이 잘 받았는지 저녁 늦게까지 잠을 잘 수 있었다. 잠에서 깼을 땐 오후 8시가 넘어서였다. 그 때 전화벨이 울렸다. 잠든 사이에도 벨은 울렸었는지 두 번 벨이 울리다가 녹음으로 돌아가고 있었다. 그런데 아무 소리도 안 나고 숨소리만 들렸다. 뛰어가서 수화기를 들었다.

왠지 끌어당기는 어떤 힘이 작용한 것처럼 의지로가 아닌 무의식이 잡아당겼다. 숨 소는 여전히 끊기지 않고 거친 호흡을 내뱉고 있었다. 순간 가연의 입에서 믿기지 않을 만큼 다급하게 큰소리가 나왔다.

"엄마? 엄마죠? 여보세요? 엄마!"

가연은 자신이 한 행동이 지금 무엇을 뜻하는지 왜 그런 생각으로 엄마를 부르고 있는지 아직 잠이 덜 깨서 그렇다고 이해할 수 없는 자신의 행동을 타박하고 있었다. 그러면서도 수화기를 놓을 수 없어 몇 분을 그렇게 숨소리에 의존해 땀이 밴 수화기를 붙들고 있었다. 긴장하면서 빨리 그 쪽에서 단 한마디라도 해 주길 기다리면서. 그러나 전화는 뚜-하고 끊어지고 말았다.

"왜 그래요? 가연씨 무슨 일 있어요?"

그가 뛰어내려 왔다. 그리고 가연의 옆으로 바싹 다가가 하얗게 질린 그녀의 얼굴을 두 손으로 감싸 안았다. 넋 나간 사람처럼 그 자리에 주저앉아 엄마를 부르던 자신을 돌이켜 보고 고개를 강하게 젓는다.

'내가 무슨 짓을 한 거야. 엄마라니. 엄마?'

그녀는 서글펐다. 너무 기다리던 전화를 받듯 불러대던 자신의 잠재 의식 속의 그리움을 호두알처럼 망치로 까부수어 버린 것 같아서. 그래서 그 안에 있던 성하던 호두 알이 뭉개져서 이리저리 파편처럼 튀어 손을 갖다대지 않아도 번들거리는 기름이 묻어날 것 같았다. 미움이라고 믿고 있었다. 그 미움이 아니었다면 지금까지 버티지 못했을 거라고. 원망의 줄기를 쭉쭉 하늘로 늘켜오며 살았었는데. 바보같이 그리움이었어? 그리움?

가연은 소리내어 바닥에 주저앉아 울었다. 그런 그녀를 소담은 걱정스럽게 내려다본다.

"가연씨. 일어나요. 어서. 좀 더 자고 나면 괜찮을 거예요. 악몽을 꿨나봐. 약이 너무 독했나봐. 미안해요. 빈속이었는데 내가 그걸 깜박했어요. 이젠 괜찮을 거예요. 어서 들어갑시다."

그는 몇 시간이고 울 태세로 앉아 있는 그녀를 안아서 일으켰다. 그리고 방안으로 그녀를 밀어넣는다.

이불 속으로 들어가 누우려는 데 다시 전화벨이 울린다. 그녀는 또 자리를 박차고 나와 수화기를 든다.

"여보세요? 여보세요?"

"........................."

저 쪽에선 또 말이 없지만 분명 전화를 끊진 않았다. 가연은 이번엔 진짜 서러움이 복받친다.

"말을 해요. 그렇게 전화기만 붙들고 있지 말구. 말할 용기가 없었으면 왜 전화는 했어요. 네?"

소담은 그녀의 절박한 목소리가 땅에 떨어질까봐 조심스럽게 그녀를 부축하고 옆으로 섰다. 그리고 파르르 떨고 있는 그녀의 입술을 보고 있기 민망해서 그 자리에서 피해 주는 게 나을 것 같다는 생각을 하고 이층으로 다시 올라갔다. 층계를 다 올라갈 즈음 그녀의 고조된 목소리가 새어 나왔다.

"엄마? 차라리 용서해 달라고 하세요! 네?"

소담은 차라리 그녀가 그렇게 감정에 휘둘려서 폭발해 버렸으면 좋겠다고 생각했다. 그래서 다 산산조각이 나서 차라리 모든 그녀의 안에 있는 상처가 폭발 뒤의 잔재로 남았으면 좋겠다고. 상처가 난 자리는 또 다른 새 살이 나올 테니까.

아래층은 이내 울음바다가 된다. 그녀의 목소리는 더 큰소리로 긴

가사처럼 울려 퍼진다. 쉬지 않고.

소담은 내심 바랬다. 노래가 끝나지 않기를 그래서 그녀의 목소리가 다 쉬어서 더 이상 말소리도 못낼 지경이 되어도 좋다고.

그의 바램은 잘 전달이 된 듯했다. 몇 분이고 계속되는 그녀의 음성은 잠잠해 질 기미가 보이지 않았다.

시간이 지날수록 그녀가 저렇게 에너지를 다 분출하고 난 뒤 탈진이라도 하면 어쩌나 걱정이 될 정도였다. 그러나 거쳐야 할 건 거쳐야지 돌아서서 피해가면 또다시 맞닥뜨리게 될 텐데 하는 생각으로 점철되었다. 차라리 앓고 나면 면역이 생겨 더 씩씩하게 살아갈 힘이 될 거라고.

그는 새벽까지 아래층에 내려가지 않았다. 몹시 그녀가 걱정되고 아래층 상황이 궁금했지만 참고 있었다. 그녀 스스로 올라와서 말문을 틀 때까지 기다려야 한다고 생각했다. 그런데 예상대로 되진 않았다.

그녀가 새벽 동이 틀 때까지도 아무런 양태도 보이지 않았다. 답답해진 그가 내려갈 수밖에 없었다.

문을 열고 들어서자 전화기 앞에서 인어의 동상처럼 발 모양을 옆으로 뉘이고 한 쪽 팔을 소파에 지탱한 채 숨만 쉬고 있었다. 그러나 울고 있진 않았다.

"가연씨. 괜찮아요?"

그녀는 아무런 반응이 없다. 혼이 빠진 사람처럼. 그러나 걱정하는 그를 생각해서였는지 입을 열었다.

"걱정 말아요. 그냥 기운이 없어서 그래요."

"가서 누워요."

"아니요. 이대로 좀 있을래요."

"이렇게 해봐요. 얼굴이 엉망이네."

그는 뺨에 눈물로 엉겨 붙은 머리카락을 손으로 떼어 냈다. 그리고 머리핀의 자동장치를 풀고 다시 묶어 준다.

"다행이에요. 쓰러진 줄 알았는데. 우리 가연씨 천하장사 던 걸? 웬 여자 목소리가 그렇게 커요? 그 동안 내숭떨면서 살았나?"

그가 가연의 어깨를 끌어안으며 말했다. 그러나 그가 하고 싶은 말은 그게 아니었다는 걸 가연은 알고 있었다.

"그렇게 빙빙 돌리지 말구 물어봐요. 당신은 충분히 물을 만한 자격이 되니까. 나한테 일어나는 모든 일 다 당신도 알아야 하잖아요. 그럴 자격 당신한테 충분히 있어요. 난 당신 사람인 걸요."

가연은 그의 무릎에 얼굴을 묻고 차분하게 얘기를 시작했다. 그의 바램처럼 그녀의 목소리는 귀를 열고 듣지 않으면 알아들을 수 없을 만큼 갈라지고 쉬어 있었다. 그녀는 말했다. 아주 담담하게.

엄마의 얘길. 그녀가 그렇게 편안하게 엄마얘길 할 수 있을 거라고 상상도 못 했었다. 언제나 비 맞은 강아지처럼 가엾게 부들부들 떨면서 얘기를 했다가도 끝내는 울고야 말았던 일들이 옛날 일처럼 멀게 느껴졌다.

"보고 싶대요. 내가. 한국에 빨리 나오고 싶다고."

"그럼요. 모녀지간의 애틋한 상봉만 생각해도 가슴이 찡해지는 걸요?"

"용서 해 달라고 하는데 난 그렇게 하겠다고 대답 못 했어요. 그래서 엄마가 울었어요. 그 긴 세월 어떻게 다 용서 할 수 있느냐구. 엄마라면 그렇게 할 수 있느냐구 엄마 가슴에 대못을 박았어요. 난 내가 그런 모진 말을 할 수 있는 게 믿어지지 않았어요. 나두 어쩔 수 없는 엄마 딸이구나 그런 생각이 들어서 소름이 끼쳤어요. 나 나쁘죠.

소담씨 말해줘요. 그렇다구."

"그렇지 않아요. 전화를 그렇게 받을 수 있었던 건 벌써 가연씨 마음속에서 어머니에 대한 원망을 다 지웠다는 얘기가 되는 걸. 그걸 확인하기 위해서 전화기를 붙들고 어머니를 불렀던 거 아니에요? 어머니마음속의 멍에도 걷어 주기 위해서?

가연씨 잘했어요. 아마 오늘부터 어머닌 상처하나 덜어내게 됐을 거예요. 난 주위에서 자식 버리고 간 여자들 얘기 많이 들었는데 자식 버린 여자들 하나같이 그 자식을 가슴에 묻어 두고 죽을 때까지 가슴앓이 하다가 끝내 그 속병으로 인해서 세상 마감한다고. 그래서 부성은 없어도 모성은 있다고 하잖아요. 그래도 가연씬 용서 할 엄마라도 있죠. 나처럼 엄마 아버지 교통사고로 한꺼번에 다 잃어버린 사람은 외로워도 어디다 호소 할 곳도 호소 할 사람도 없는 걸요. 먼저 그렇게 가 버리면 어떻게 하느냐구 떼를 써도 소용없는 일인 걸. 그렇다고 원망할 수도 없는 일이고…… 가연씬 나보다 행복한 사람이라는 거 알죠? 응?"

가연은 그의 말을 다 듣기도 전에 이미 새근새근 잠들어 있었다. 어디까지 그녀가 얘길 들었을까…….

소담은 그녀를 번쩍 안아다 방에다 뉘이고 편안한 얼굴인 그녀를 바라보다 밖으로 나왔다. 그리고 뭔가 잊은 사람처럼 다시 방문을 열고 들어가 그녀의 뺨에 가벼운 키스를 했다. 순간 그녀를 그대로 다 갖고 싶다는 욕망이 거칠게 온 몸으로 뜨거운 피가 돌기 시작했다. 걷잡을 수 없이. 숨쉴 때마다 그녀의 볼록한 젖가슴이 위로 아래로 잔물결이 일었다. 그는 그녀의 가슴에 살포시 손을 얹었다. 그 숨결이 그대로 전달되어 등뒤에 식은땀이 고였다. 순간 그녀가 눈을 감은 채로 그의 뜨거워진 손을 옷 속으로 밀어 넣었다. 그녀의 몸이 몹시 뜨거웠다. 무슨 말이든 필요할 것 같았다. 그대로 무너질 것 같았다. 아니 무너져 버리고 싶었다. 그 때 벨이 울렸다. 전화벨이…… 그녀가 놀라 또 밖으로 뛰어나가 수화기를 든다.

"여보세요? 여보세요?"

그러나 이번엔 좀 다른 긴장감이 맴돈다. 소담은 조용히 그녀의 방에서 나와 자기 방으로 건너가 문을 잠근다.

"말해요. 왜 그래요. 그렇게 자신을 망가트리는 게 소원인 사람처럼."

그였다. 혁빈은 술에 많이 취한 사람처럼 숨소리가 거칠었다.

"가연아. 날 그렇게 버리지 말지 왜 버렸어. 난 이제 어떻게 살라구. 나 다 싫어. 나한테 이제 소중한 거라 곤 하나도 없어. 뭘 위해서 살아야 하지?"

"이제 와서 날 더러 어쩌라구요. 왜 그렇게 정신을 못 차려요. 네? 누굴 위해서? 당신의 아일 생각해봐요. 그런 말이 나오나. 그 어린 게 살려고 발버둥치는 걸 한 번 생각해봐요."

"니가 원망스러워. 왜 날 단 한번도 잡지 않았어. 그렇게 난 너한테 아무 것도 아니었어? 한 번만이라도 날 잡아 줬어야지."

"내가 잡지 않아서 그렇게 돌아섰다고 하고 싶어요?"

"가연아. 그렇게 말하지마. 난 다시 되돌리고 싶어. 다…….."

"이러지 말아요. 이제 우리 서로 갈 길이 다른 사람들이라구요. 이런 전화 이젠 다시 하지 말아요.

나 소담씨한테 미안해져요. 그 사람한테 최선을 다하고 싶어요."

"…………………."

그가 아무 말이 없다. 우는 것 같다. 그러나 그대로 전화를 끊어버렸다. 그러나 끊어진 전화기가 다시 울릴 것 같아 방으로 들어가지 못하고 있었다.

'소담씨. 지금 나와서 날 좀 안아 줘요. 제발……'

그러나 굳게 닫힌 방문은 열리지 않았다. 떨리는 가슴으로 문을 열고 들어가 그가 앉았던 자리에 쪼그리고 앉아 아침이 밝기를 기다렸다. 조금 전 그의 입맞춤을 생각하면서…….

일주일이 어떻게 지나갔는지 모르게 지나가 버렸다. 소담이 없는 집은 썰렁했다. 사무실에서 그에게서 오는 메일에 답 메일을 보내는 게 유일한 낙이었다. 아침에 눈뜨면 그에게서 온 메일을 읽는 것으로 새로운 날을 시작하는 신호가 되었다. 일본 출장이 부쩍 늘어서 그는 요즘 사원을 한 두 명 더 함께 일할 사람을 두자고 했지만 아직은 두 사람이 충분히 할 수 있다며 가연은 한사코 반대를 했다. 그래서 그의 일이 그만큼 더 많아졌고 출장 일수도 늘 수밖에 없었다. 그가 일본 출장을 떠나면서 가연에게 수수께끼 같은 문제를 던져 놓고 갔다.

"가연씨. 내가 돌아 올 때까지 이 문제를 풀어봐요. 사람의 힘으로도 어쩔 수 없는 거. 그게 뭔 지"

그녀는 가볍게 운명이잖아요. 더 무슨 생각이 필요해요 라고 하자 그가 지긋이 웃고 떠났다. 그 웃음이 예사롭지 않아서 가연은 잠들기 전 그를 생각할 때마다 되풀이해서 그 묘했던 웃음을 떠올렸다. 그 웃음은 마치 아니요 당신은 알고 있어요 그런데 감히 두려워서 말을 할 수 없을 뿐이지 하는 듯 했다. 그 웃음 때문인지 그 질문 같지 않은 질문 때문인지 심심하진 않았다. 그가 드러내 놓길 바라는 속내에 긍정하고 싶지 않은 부정이 진정한 답이라면 그것도 그는 안다는 것이다. 때론 이래서 연하의 남자와 사귀면 철없는 듯 한 면이 좋다고 들 하나? 하고 생각을 돌려보기도 했다. 철없음이라는 전제하에. 그러나 그는 나이어림에도 불구하고 생각이 깊어서 전혀 나이차이를 못 느꼈는지라 그의 생각을 읽어 내는 일 그것도 쉬운 일은 아니었다. 오늘 그가 보내온 메일 때문에 많이 혼란스러웠다.

'내 사랑하는 가연씨. 내 사랑보다 더 깊은 사랑을 받고 있는 당신. 몸은 좀 어때요? 난 괜찮아요. 단지 가연씨 보고싶은 거 참아 내는 게 힘들지만 괜찮아요. 이것도 내성이 생기면 정말 괜찮아 지겠지요? 예전엔 못 참을 일들이 하루 하루 지날수록 참을 만 한걸 보면 내가 많이 성숙해 진 건가요?

여기 와서 이상한 일 있었어요. 동성애자들과 성전환자들의 천국 같은 그래서 가버린 사람이 그리워지는 거 있죠?

그 사람이 여기서 태어났더라면 좀 더 편하게 맘 끌리는 데로 살다가 더 많이 살다가 갈 수 있었을지도 모른다는. 전엔 몰랐어요. 그 사람 때문에 내 삶의 한 쪽이 엉망이 된 것처럼 기분 나쁘고 지저분하고 가연씨한테도 다 털어 내지 못한 내 맘의 찌꺼기가 있었거든요. 그런데 그 불투명한 것들이 여기 와서 그 사람들과의 모임을 나가면서 정말 투명하게 그 사람을 이해할 수 있을 것 같았어요. 아니 이해하고 있어요. 사람의 힘으로도 어쩔 수 없는 게 뭔지 알아냈어요? 나한텐 그 사람에 대한 기억이 그래요. 사실 말하자면 가연씨한테 그동안 말 다 못한 부분 중에 하나가 그 사람을 다 잊었다고 생각했었는데 문득문득 그 사람이 내 가슴이 살아 꿈틀댔어요. 난 두려웠어요. 그런 내 속마음을 누군가가 읽게 될까봐. 그런데 요즘 들어…… 그 사람이 내 기억 속에서 뛰쳐나와 현실에서 나와 함께 생활하는 듯 했어요. 그가 즐겼던 그가 듣던 그가 해주던 음식들……에 나도 모르게 길들여져 있었다는 거예요. 어쩌면 사람을 사랑하게 된 속성까지도 그런 건 아닌가 두려웠어요. 그 사람이 트랜스젠더여서 그걸 감쪽같이 속여서 내가 여자라고 믿고 사랑했던 게 억울해서 배반당한 기분인 그 찝찝했던 기분이 다 없어졌다는 거예요. 거짓말처럼. 여기선 동성애자들과 성전환자들을 인격적으로 대우해서 그냥 보통사람들과 섞여서 생활하고 그들끼리 서로 사랑을 고백하고 그냥 평범한 사람들처럼 아니 그들도 평범한 사람들이었어요. 누구도 색안경을 끼고 보지 않았어요. 내가 가연씨를 사랑하는 맘과 별다른 게 아니라는 거죠. 그 사람도 그렇게 나를 사랑했었고 나도 그 사람을 그렇게 사랑한 거예요. 이젠 확신할 수 있어요. 가 버린 사람에 대한 연민으로 그 사람을 사랑했다고 믿는 게 아니라 사랑하는 맘으로 투명하게 사랑했다고. 그 사람이 주고 간 상처가 지금은 더 많은 걸 보게 만들었어요. 가연씨. 가연씨도 사람의 힘으로 어쩔 수 없는 게 뭔가 라는 답을 내릴 땐 가연씨만의 해답이 있었으면 좋겠어요. 여기 일은 잘 돼 가고 있어요. 하지만 약속한 날에 갈 수 있을지 모르겠어요. 아직도 여기서 해야 할 또 다른 일이 있거든요. 나 없다고 먹는 거 소홀하게 하지 말고 잘 챙겨 먹어야 해요. 그럼 또 멜 보낼게요. 가장 뜻이 잘 맞는 내 사업의 동반자. 안 농.'

몇 번을 반복해서 읽었다. 그리고 편두통 때문에 약을 먹고 다시 걸려 오는 전화들 때문에 정신을 가다듬어야 했다.

그가 약속한 날이 지났지만 그는 오지 않았다. 웬 일인지 그에게서 그 날 이후로 메일도 없었다.

그러나 거래처의 팩스로 보아 그가 며칠은 더 거기에 머물러야 할 것 같았다. 비행기를 타면 한 시간거리의 일본이 그렇게 멀게 느껴지진 처음이었다. 그가 마무리하다 만 일들을 정리하고 다시 새로운 오다를 작성하고 주문해온 디자인에 맞는 옷감을 고르기 위해 여기저기 남대문 시장을 돌아다녔다. 저녁이면 파김치가 되어 돌아와서 그가 없는 공간을 스스로 메꾸어 가고 있었다. 저녁을 먹는 둥 마는 둥 몇 수저 뜨다가 피곤해서 소파에서 잠시 몇 분을 잤을 까? 벨이 울렸다. 전화벨인 줄 알았더니 초인종 소리였다. 인터폰을 들어도 아무도 보이지 않았다. 누구세요 누구세요 반복해서 몇 번을 물었으나 아무 대답도 없었다. 누가 장난을 쳤나 싶어 커피를 내리려고 싱크대 쪽으로 몸을 돌리려는데 또 벨이 울렸다. 이번엔 벨소리가 멈추자 대문을 마구 때리는 거였다. 가연은 몇 번 누구냐고 묻다가 현관문을 열고 밖을 쳐다보았다. 검은 그림자가 땅 바닥에 주저앉아 문을 계속 두들기고 있다. 언뜻 보기에 낯이 익은 모습이었다. 가연은 얼른 일어나 문 앞으로 나갔다. 그리고 취해서 횡설수설하는 그를 향해 소리쳤다.

"여기서 뭐 하는 거예요. 동네사람 다 깨겠어요. 얼른 돌아가요."

"가연아. 나 이대로 돌아갈 수 없어. 내 인생에 최대의 실수가 뭔 줄 알아? 널 떠난 거야. 니가 내 옆에 있을 땐 정말 몰랐었어. 그냥 편하니까 그래 니가 다 해주니까 니가 언제까지도 옆에 있어 줄 거라고 믿어서 그래서……."

"돌아가요. 이런 모습 더 보이지 말구."

"날 용서해 줘. 부탁이야. 가연아 날 용서해."

"용서한다고 뭐가 달라져요? 그래요. 용서할게요. 제발 이러 지 말고 정신 차려서 살아요."

"너 없이 날 더러 어떻게 살라구. 더는 못 버티겠어."

"정말 대책 없는 사람이에요. 당신이란 사람."

"나 너없이 사느니 차라리 여기서 다 그만 둘래. 다!"

"맘대로 해요. 죽든지 살든지 !"

"가연아. 그러지마. 이건 니 모습 아냐. 너 아냐."

"돌아가요. 자꾸 이러면 경찰 부를 거예요. 어린애도 아니구 떼를 쓸 걸 써야죠. 나 곧 결혼한단 말예요."

"그렇게 말하지 마. 너두 그게 사는 거라고 말할 수 있어? 정말 나 없이 괜찮다구?"

"그래요. 난 지금이……."

가연은 바닥에서 뒹구는 그에게 더 긴말을 하고 싶지 않았다. 그를 그렇게 문밖에 세워 두고 집으로 들어와 버렸다. 그리고 집안의 모든 불을 다 꺼버렸다. 몇 시간이 흐르고 그가 돌아갔을 까 걱정이 됐지만 그렇게 맘 약해지면 안 된다며 자신을 돌아 앉혔다. 새벽 신문 던지는 소리가 나서 밖으로 나갔다. 그런데 혁빈은 그 때까지도 그 자리에서 신음을 토하며 대문에 기대어 있었다. 벌벌 떨면서.

그를 안으로 데리고 들어와 더운물로 몸을 마사지 해 주고 담요로 덮어 주었다. 그가 정신을 차리는 것 같더니 속엣 것을 다 토해냈다. 쓴 물까지 다 토해낸 그가 힘없이 눈을 감고 잠을 잔다. 그런 그를 안타깝게 쳐다보고 있던 가연의 가슴속에서 파란 멍이 번지고 있었다. 잠든 그를 놔두고 사무실로 올라와 샘플 정리를 하고 행가에 다 철을 해서 박스에 넣고 있었다. 언제 그가 와 있었는지 기운 없는 목소리가 곧 가라앉을 배 같았다.

"그 사람한테 전화 왔었어. 소담이 그 사람이 여기서 잤냐구 하더라. 그런데 아니라고 안 했어."

"상관없어요."

그는 그렇게 매몰차게 대답으로 일격을 가하는 그녀의 등뒤를 끌어안았다.

"놔요! 이러지 마. 이젠 당신이 그렇게 함부로 안을 수 있는 여자가 아냐!"

가연은 그의 팔에서 벗어나려고 안간힘을 썼다. 그런데 힘없이 떨어져 나갈 것처럼 기운 없던 그가 그녀를 더 세게 더 강하게 잡아당겼다. 그리고 일순간에 침몰시키고 있었다. 가연은 더는 못 버틸 것 같아서 그대로 눈을 감아 버렸다. 그리고 가해진 힘을 거둬 드렸다.

"맘대로 해요. 그래도 내 맘 변하지 않아."

그가 잠시 그녀를 놓아주는 듯 하더니 거친 호흡으로 달려들었다. 그리고 언젠 가의 여행에서처럼 긴 터널 속으로 그녀를 끌어들였다. 불빛이 잠식해 버린 바닷속 같은 동굴 속으로. 저 끝엔 환한 또 다른 세상이 펼쳐져 있을 거라고 믿고 싶었다. 그의 여자로 산 세월보다 긴 시간 터널 속에서 두 사람은 갇혀 버렸다. 가연은 생각했다.

'여기서 나가야 해. 여기서…… 조금만 더 가면 이 어두운 동굴에서 벗어나 빛이 환한 세상으로 나가게 될 거야.'

그 때 그가 그녀의 귀에 대고 속삭였다.

"널 사랑해. 지금까지 보다 더 많이. 오늘 이렇게 세상이 끝나 버려도 좋아. 너와 살았던 세월보다 오늘 이 시간이 내겐 더 소중해. 널 사랑해. 내 사랑이 끝나지 않게 도와 줘."

가연은 그의 그 말이 가슴속으로 보석처럼 박히지 않길 기도했다. 차라리 가시처럼 박혀서 사는 동안 그를 그리워하지 않아도 되길.

그 날 이후 혁빈은 하루에도 몇 번씩 그녀의 안부를 물었다. 그러나 늘 같은 목소리로 이젠 전화하지 말아요. 하룻밤으로 모든 걸 되돌릴 순 없어요 라고 단호하게 말하고 끊어 버렸다. 그래도 그녀의 바램처럼 그의 전화가 멈추진 않았다. 여전히 벨은 울리고 그의 목소리는 일방적으로 사랑한다는 말을 토해놓고 그녀의 안부를 걱정했다.

그런데 소식 없던 소담이 공항에서 핸드폰을 했다. 오늘 돌아왔다면서 집으로 지금 가고 있는 중이라고.

가연은 그의 목소리가 그렇게 부담스럽고 무겁게 들릴 수 있다는 게 믿어지지 않았다. 죄를 지은 사람처럼 그의 전화를 받는 시간이 길고 답답했다. 그가 돌아온다는 말에 걸려서 넘어진 채 일어서지 못하고 있었다. 몇 시간이 지났을까 가연은 안절부절 못하고 시계만 쳐다보고 있었다. 시계의 초침이 째깍째깍 천둥소리처럼 크게 들렸다. 밖에서 들려 오는 자동차소리에 신경을 곤두세우고 그가 문을 열고 들어 올 것만 같아서 맘을 다져 먹고 있었다. 그가 오면 솔직하게 다 얘기하자고. 그런데 저녁 늦도록 그는 오지 않았다. 다만 팩스를 보내 왔다. 일이 있어 지방에 내려가게 됐다면서.

그리고 또 며칠이 지났다. 그런데 기다리던 그에게선 연락이 없고 혁빈에게서 전화가 왔다.

"무슨 일이에요 또. 전화하지 말라고 했잖아요."

"어제 민소담 씨 다녀갔어."

"소담씨가요?"

"그래. 놀랠 건 없어. 별 다른 얘긴 없었어. 그냥 나한테 솔직하게 대답해 달라면서 가연일 정말 사랑하냐구 물었어."

"그래서요. 뭐라고 했어요. 네?"

"내가 뭐라고 그랬을 거 같애. 다 잊은 사람이라고 과거의 여자일 뿐이라고 하길 바래? 아니? 난 더 이상 내 맘 그 사람한테 속일 생각 없었어. 내 생각을 솔직하게 듣고 싶어서 온 사람인 걸. 그건 그 사람에 대한 예의가 아니라고 생각했어."

"그래서 사랑한다고 입에 발린 소리했나요?"

"그렇게 말하지 마. 가연아. 이제 우리 좀 솔직하자."

"난 늘 당신한테 솔직했었어. 지금도……."

그녀는 지금도 마찬가지야 라고 말하려다 잠시 말을 멈춘다. 진짜 자신의 속내에 있는 마음의 본 뜻은 무엇일까 진지하게 생각해 보았다.

"어제 민소담 그 사람이 그러더군. 사실 자기와 결혼해서 사는 게 나하고 사는 거 보다 행복하게 해 줄 수 있을지 자신이 없다고. 난 그 사람한테 그랬어. 기회를 단 한번만이라도 나한테 준다면 후회 없는 사랑을 너한테 주고 싶다고. 그 사람 그래 가연이 니가 사람은 잘 선택한 거 같아. 내가 봐도 괜찮은 사람이었어. 하지만 널 그대로 영영 놓치고 말면 안 될 것 같아. 한 번만 진지하게 니 인생을 돌이켜 보고 날 있는 그대로 좀 봐줘."

"혁빈씨. 날 좀 놔줘. 제발……."

"그렇게 힘드니? 날 받아들이는 게? 그게 니 진심이야?"

"……………………………………."

"사흘 전에 우리 애기 퇴원했어. 지금 이모님이 맡아서 거기 있어. 미리 어머니도 감당 할 수 없다고 하지 난 나대로……. 그래. 그게 변명이 될 수 없겠지. 하지만 니가 오해할까봐 얘기 해 두겠는데. 애기 땜에 널 필요로 하는 건 절대 아냐. 애기 때문이라면 내가 직장포기하고 그냥 이모님 옆에서 농사나 지으면서 그래 우리 아이나 키우면서 살 자신 있어. 너 우리 애기가 얼마나 이쁜지 모르지. 잘 듣지 못

해도 내 얼굴 보면 아빠 줄 알고 끙끙거리는 걸 보면 그래. 그 애 때문에 내가 올바르게 살아야 할 명목을 찾았는지도 몰라. 이젠 진실되게 속마음 속이지 않고 솔직하게 앞으로 내 남은 삶을 살고 싶어. 너랑 우리 애기랑 같이."

"아기가 왜…… 듣지 못해?"

"그래. 뇌에 물이 차서 수술 받았는데 그게 잘못되어서……애가 좀 크면 네 살 이후에 재수술 받을 수 있다니까 거기에 희망을 걸어봐야지 뭐."

"…………………………"

"가연아. 지금이 아니라도 좋아. 좀 깊이 생각해봐줘. 부탁이야. 나 기다리고 있을 게. 나 너 만큼은 절대 포기할 수 없어."

그는 그렇게 포기할 수 없다며 전화를 끊었다. 가연은 자꾸 미리의 떨리는 음성이 들리는 것 같아서 뒤를 돌아다보았다. 그러나 아무도 없었다. 정말 누구도 없었다.

'가연아. 내가 잘못되면 니가 우리 애기 맡아 줘. 부탁이야……'

미리는 과연 어떤 뜻으로 그런 말을 남기고 간 것일까. 이렇게 자신의 발목을 붙잡아 놓기 위해? 가연은 그녀는 또 이렇게 그녀에게서 헤어나지 못하도록 자신을 감금시켜버린 것 같아 섬뜩했다. 그것도 그녀의 이기심은 아니었는지.

밤은 깊어 가고 도로의 차들은 생각없이 달리는 기계처럼 어떤 작동에 의해 일률적으로 움직이는 것처럼 보였다. 차안에 탄 사람들의 표정은 한결같다. 그들의 생각 속으로 걸어 들어가면 뭔가 색다른 걸 찾을 수 있을까 하는 생각이 들었다. 잠을 이루지 못하고 소파 위에 몸을 걸쳐놓고 누군가 문을 두들기다 돌아가게 되지 않을까 염려가 되어 TV며 라디오며 모든 잡음을 끄고 집지키는 개처럼 귀를 쫑긋 세우고 있었지만 아침이 되도록 그는 돌아오지 않았다. 선적이 이 번 주말에 있는데…… 그는 일 때문이라도 분명 집엔 들릴 거라고 불안한 마음을 부여잡고 있었다. 핸드폰이 울리는데도 모를까봐 그래서 그가 하고 싶은 말을 놓치게 될까봐 손에 꼭 쥐고 다녔다. 잠시 화장실에 갈 때도 샤워를 할 때도 집 앞 수퍼마켓에 갈 때도……. 가연은 그 동안 느끼지 못했던 정적이 자신을 단 몇 초에 삼켜 버릴 것 같은 두려움이 암세포처럼 번지고 있는 듯 했다. 울리지 않는 전화벨이 무서웠다. 그 안에서 커다란 손이 나와서 자신의 입을 틀어막고 목을 조르고 겁탈할 것 같았다. 아무도 없다는 건 공포였다. 그가 있어서 이 큰집에서 인적이 떨어진 곳에 집을 얻어 올 수 있었던 걸 이제야 깨닫게 되었다. 아파트를 처분하고 소담이 제의한 디자인실을 겸한 사무실로 쓰기 위해선 서울외곽으로 나가 보자고 그래서 아주 싼 가격에 급매에 내놓은 땅을 구입해 사무실 그리고 디자인실과 소담과 자신이 쓸 수 있는 방 2개와 화장실 샤워실 또 남은 공간은 창고로 쓸 수 있는 2층 가건물을 지어서 온 것이다. 언제나 이 이층 가건물엔 불이 켜져 있었다. 이층엔 소담이 디자인 때문에 밤을 세우기 일쑤였다. 그래서 텅 빈 공간일 때도 가연은 일층에 내려와서 달콤한 잠에 몇 시간을 푹 빠져 있을 수가 있었고 그를 위해서 음식을 만들어 그와 함께 먹는 즐거움이 있기도 했었다. 그러나 그가 없는 요즘 일층도 이층도 사람냄새가 자재냄새에 먹혀 자고 일어나 사무실에 나가면 썰렁한 것이 음침하기까지 하다고 느껴졌다. 소담이 없는 이 집에선 단 일순간도 있기 싫었다. 이 집에서의 생활이 행복했었던 건 소담, 그가 있어서였었다. 그가 늘 틀어 놓아 현관문만 열면 들려 오던 비

발디의 사계도 불꺼진 오래된 아궁이처럼 오디오엔 먼지만 풀풀 날아다녔다. 아침이면 밥 먹고 나가요 또 그렇게 아침도 거르고 커피만 마시지 말구 라며 감자에 계란을 풀어 감자탕이라며 내밀던 그의 어설픈 요리. 거기 내 남방 다리면서 가연씨 것도 다려 놨어요 라고 선심을 베풀던 목소리. 보일러가 고장이라서 냄비에 물 데워 놨으니까 찬물 섞어서 세수해요 라며 샤워실에 물을 날라다 주던 손길. 감기기운 있는 거 같아서 생강에 대추 넣고 물 끓여서 보온병에 담아 놨으니까 수시로 먹어요 건강을 잃으면 우린 다 잃는 거예요 라고 건강을 챙겨 주던 세심한 마음도 이젠 그가 없는 공간에선 다 소용없는 것들이었다. 가연은 그런 그의 마음과 배려를 어느 순간부터 당연한 것을 당연히 받아야 하는 것으로 따로이 감사한 마음을 잊고 타성에 젖어 있었던 것이다. 그가 옆에서 챙겨 주던 것들이 이제 손수 해야 하는 불편함을 느끼면서 새삼 그의 존재가 소중함을 뒤늦게 깨닫고 있는 자신이 야속했다. 갑자기 모든 게 멈추어 버린 것 같다. 세상이 너무 조용하다. 그래서 시끄럽게 돌아가는, 그래서 살아 있는 게 실감나는 공간에 자신을 떨어트리고 싶다. 창문을 열고 멀리 보이는 인가의 불빛에 대고 '나 무서워요. 누구 없어요?'라고 소리를 지르고 싶다. 그러면 누구라도 문을 열고 자신의 존재를 확인 해 줄 것 같다. 그런 적막한 속에서도 피곤에 지쳐 잠시 잠이 들 수 있는 게 신기할 정도였다. 몇 시간이나 눈을 붙였을 까 또 아침은 밝아 있었다.

소담에게 핸드폰을 넣었지만 전화를 받을 수 없는 상황입니다 라는 기계음이 돌아 갈 뿐이다. 소리 샘으로 연결된다는 안내문이 끝나고 1번을 꾹-길게 눌렀다. 그리고 음성을 남겼다.

"소담씨. 당신한테 무슨 변화가 있는 거죠? 그래요? 나 미칠 것 같아요. 당신 없는 집에서 내가 요즘 얼마나 힘든지 당신은 몰라요. 메세지 받는 대로 연락 줘요. 부탁이에요. 이번 주에 뉴욕으로 나가는 물건 선적 때문에 당신 없으면 안 된다는 거 알죠? 꼭 연락 줘요.”

　그러나 이틀이 지나도 그에게선 연락이 없었다. 이제는 그의 안부가 걱정이 되어서 도통 일이 잡히질 않았다. 경찰서로 연락을 해야 하나 병원으로 연락을 해봐야 하나? 하는 방정맞은 생각들이 꼬리를 물고 있을 때 그가 커다란 가방을 들고 집안으로 들어왔다. 그를 본 순간 가연은 그에게 달려가 그의 뺨을 세차게 내리쳤다. 그리고 자기 방으로 들어가 문을 잠궜다. 문밖에서 그가 세게 두들겼다.

　“문 열어요. 미안해요. 걱정시킨 거…….”

　그러나 그녀는 울기만 할 뿐 문을 열고 나오지 않았다. 가연은 그가 돌아오기만 하면 아무것도 묻지 않고 잘해 줄 거야 그래 그가 스스로 지금 끙끙 앓고 있는 걸 말 할 때까지 기다릴 거야. 제발 아무 일 없이 그가 돌아와 주기만 한다면…… 속으로 몇 백 번을 다짐했는지 모른다. 그런데 생각과 다른 행동이 그에게 무참하게 가해 질 줄 몰랐다. 어떻게 그런 행동을 그에게 할 수 있었는지…… 가연은 그가 차라리 열쇠로 문을 열고 들어와 준다면 그에게 안겨서 너무해요 왜 날 이렇게 안절부절 못하게 해요 당신을 이만큼 사랑하는 지 몰랐어요 날 안아 줘요 라고 말하리라고 그리고 그가 미안해요 라고 말하면 괜찮아요 우리 이 계절이 가기 전에 식 올리고 정식으로 부부가 되어서 당신 사람으로 죽는 날까지 살고 싶어요 라고 말하리라고 그를 기다리고 있었다. 그러나 그는 밖에서 조용하다. 그 어떤 행동도 없다. 그렇다고 문을 열고 나갈 상황도 아니었다. 가연은 일 분 일 초가 하루보다 긴 시간처럼 느껴졌다. 문에 등을 기대고 문밖의 상황에 온

세포를 다 곤두세우고 그를 느껴 보려고 애를 썼지만 그를 느낄 수가 없다. 가연이 문을 열고 밖으로 나온 건 저녁이 다 되어서였다. 그가 피곤에 지쳐 그의 방에서 잠을 자고 있었으면 좋겠다고 생각하면서 그의 방문을 살짝 열어 보았다. 그런데 그가 없다. 여행가방은 열린 채 옷가지가 너부러져 있었고 이불은 개어진 모양 그대로였다. 가방 속의 옷을 꺼내 탈탈 털어서 세탁바구니에 담고 속옷과 런닝셔츠는 한 쪽으로 꺼내 놓았다.

가방의 좌측 쟈크를 열자 누런 봉투가 있어서 열어 보니 현란한 불빛을 받으며 화장한 남자들에 엉키어 그의 모습이 웃고 있었다. 한 두 장이 아닌 여러 장이었는데 그 중의 사진 한 장은 눈을 뗄 수 없었다.

그대로 호흡이 멎는 것 같았다. 소담이 어떤 남자와 어깨를 나란히 하고 찍은 사진이었는데, 언젠가 그가 내밀며 보여주었던 사진이 생각났다. 그가 그 사진을 내밀며 말했었다.

"세상에 단 한 장 남은 그 사람의 모습이에요. 정말 아름답죠."

소담의 가방 속에서 나온 사진 속의 남자와 언젠가 한 번 보았던 사진 속의 얼굴과 너무도 많이 닮아 있었다. 사진 속의 소담의 얼굴은 정말 행복하게 웃고 있었다. 더 이상 다음사진을 볼 용기가 나지 않았다. 가방을 한 쪽으로 밀어 놓고 옆으로 몸을 뉘여 그대로 눈을 감았다. 빙빙 도는 것 같은 벽지와 소담의 방에 놓여진 물건들이 마구 그녀에게 던져지는 느낌이어서 눈을 뜰 수가 없었다. 그렇게 몇 분이 흘렀고 정신을 가다듬고 일어나 앉았다. 그리고 가방 속의 것들을 다 꺼냈다. 그 속에서 두툼한 서류봉투가 나왔다. 봉투 속엔 통장이 대 여섯 개와 회사도장과 민소담 그의 인감도장 그리고 인감증명 몇 통이 들어 있었다. 봉투 뒷면에 그의 친필로 메모가 되어 있었다.

'가연씨. 이건 당신과 MCW 할로베스트와 속옷으로 번 돈 모두가 든 통장이에요. 아마 2억은 수월찮게 들어 있을 거예요. 다 당신한테 주고 싶어요. 그리고 이번 주 선적은 제 친구한테 맡겼으니까 걱정 안 해도 될 거예요. 이번 달 말일에 지난 번 선적한 물건 인수금으로 사천 오백만 원이 회사 통장으로 입금 될 거구 이 집과 땅 문서도 그 안에 들어있어요. 이 돈은 다 당신으로 인해서 번 돈이니까 당신이 처분해서 어떻게 써도 난 괜찮아요. 내가 당신과 함께 일하면서 함께 봉사 다녔던 천사의 집에 당신 이름으로 오천 만원 입금 시켰어요. 당신이 유독 예뻐했던 성찬이가 이번에 골수를 줄 사람을 만났대요. 그래서 수술비로 필요하다고 해서 그렇게 했으니까 그렇게 알고 있었 음 좋겠어요. 가연씨. 당신은 참 좋은 사람이에요. 내가 살아오면서 만났던 사람들 중에 아마 오래도록 내 가슴속에 남아 있을 거예요. 당신을 많이 좋아했어요. 내가 당신한테 상처로 남지 않았음 좋겠는 데…… 정말 그랬으면 좋겠어요. 사실 일본에서 만난 바이어와 함께 그가 다닌다는 모임에 나갔었는데 거기서 그 사람과 너무 많이 닮은 사람을 만났어요. 처음엔 그 사람에 대한 내 미련이 남아서이겠거니 했는데 차츰 내 일본여행이 길어지면서 그게 아니라는 걸 알았어요. 그 땐 정말 혼란스럽고 뭘 어떻게 해야 좋을지 몰랐어요. 가연씨를 안고 싶다 가고 난 내 안에 잠재해 있는 그 사람의 기억들 때문에 그 럴 수 없었어요. 더는 가버린 그 사람에 대한 기억들을 아니 추억들 을 묻고 살 수 없을 것 같았어요. 뭐라고 이런 감정을 표현해야 가연 씨의 이해를 도울 수 있을지 모르겠어요. 하지만 당신을 속이고 평생 을 살고 싶진 않았어요. 그건 투명한 당신의 영혼을 죽이며 사는 일 이고 나를 속이면서 나를 죽이면서 사는 게 될지 모른다고 생각했어요. 용기가 필요했어요. 내가 지난 번 당신한테 용기를 내서 고백하고 싶었는데 못 한 건 정말 당신을 물리치고 내가 가야 할 길에 대한 확신이 필요했던 거예요. 사람의 힘으로도 어쩔 수 없는 거…… 그래요. 그건 나한테 가 버린 사람에 대한 기억이고 추억이었어요. 당신과 함께 있으면서 그 사람에 대한 모든 걸 지워 버린 척 잊은 척 했을 뿐이에요. 나도 이렇게 내 안에 잠재해 있는 또 하나의 모습을 부정하고 평범하게 당신의 사랑받으면서 살고 싶었어요. 그냥 모른 척 지나가면 될 거라고 생각하기도 했어요. 그렇지만 나를 속이는 게 무엇보다도 힘들 거 같았어요. 나를 내 안의 것을 속이면서 당신과 함께 산다면 그건 당신한테 모욕이라고…… 날 굳이 이해하려 하지 말아요. 그게 당신한테 상처가 될 테니. 내 스스로 당신 앞에 나타날 용기가 생기면 그 땐 웃으면서 편한 마음으로 만날 수 있길 바래요.

　가연씨. 당신을 많이 좋아했던 사람의 부탁이라고 생각하고 들어줄래요? 혁빈씨 사랑 받아 들여요. 그 사람 당신 땜에 많이 고통스러워해요. 당신도 아마 혁빈씨의 사랑을 져 버릴 순 없을 거라고 믿어요. 당신 스스로에게 물어봐요. 혁빈이 그 사람을 얼마나 사랑하는지 그리고 그 사람없이 정말 평생을 살 수 있는지…… 당신 나와 함께 있으면서 그 사람얘길 자주 했던 거 기억해요? 당신은 평생 그 사람 가슴에 묻고 못 살아요. 나처럼 당신도 스스로에게 솔직해 졌으면 좋겠어요. 얼마나 자유로운지. 경험해 보길 바래요.

　추신: 나 일본으로 가요. 출국 날자는 아직 몰라요. 여기서 유학에 필요한 서류 준비해야 하니까. 사업에 관한 건 그 친구한테 일임했어요. 그 친구 우리와 비슷한 의료기 벤쳐 사업하다가 자금 때문에 잠시 쉬고 있거든요? 그런데 그 직장동료들과 함께 우리 회사를 인수하

길 바라고 있어요. 경험이 많으니까 아마 잘해 나갈 거라고 믿어요. 가연씨가 계속 함께 일하겠다면 그렇게 하겠다고 했는데…….

내 생각은 가연씨가 하고싶은 공부 다시 시작해 보는 것도 좋을 것 같은 데. 아마 좋은 드라마작가 될 거예요. 어느 날 일본에서 당신이 쓴 드라마를 볼 수 있게 됐으면 좋겠어요. 우리 얘기도 좋은 소재가 되지 않을까요?

당신 행복하길 진심으로 빌게요. 내 짐은 그 친구한테 부탁했어요.'

그의 편지를 몇 번씩 반복해서 읽었다. 그리고 그 날도 그 다음날도 혼란스런 마음 때문에 정신을 차릴 수가 없었다. 그러나 그럴 수밖에 없어서 그랬을 거라고 그의 마음을 읽어 내려고 애를 썼다. 선적은 그의 친구가 와서 차질 없이 끝냈고 그의 짐들은 그가 봉고차에 싣고 가 버렸다. 그리고 가연은 그 친구에게 회사를 인수케 하기로 맘을 먹었고 며칠만에 일은 진행되었다. 아주 빠르게…… 혼자서는 힘들 거라며 혁빈이 서울로 올라와 전반적인 일을 다 처리하고 내려갔다.

그 집을 나오면서 가연은 바빠서 하루에 한 번도 보지 못했던 하늘을 이젠 시도 때도 없이 볼 수 있겠구나 생각하니 위에 깍두기처럼 걸려 있던 딱딱한 것이 쑤욱 내려가는 것 같았다.

모든 게 하룻밤 꿈처럼 휙 지나가 버린 것 같았지만 너무도 많은 일이 일어났었고 변화가 있었다. 그게 다 이미 정해진 숙명이었다면 겸허하게 받아들이리라고 맘속으로 속삭였다.

'그래도 살아 있는 우리는 행복한 거지?'

민소담 그의 말처럼 산다는 건 때론 후회하면서 때론 돌이킬 수 없는 일을 아쉬워하면서 지나간 것들에 대해 기억하며 추억하며 사는 걸지도 몰라. 인생엔 그의 지론처럼 정답이 없거든.

가연은 그가 냈던 수수께끼를 곱씹어 본다.

사람의 힘으로 어쩔 수 없는 거? 어쩜 그건 내게 있어 인연인지 몰라. 가연은 뒤에 낑낑대며 가방을 들고 오는 혁빈을 향해 소리쳤다.

"혁빈씨. 사람의 힘으로도 어쩔 수 없는 게 뭐라고 생각해?"

"글쎄? 그건 사랑이 아닐까?"

"사랑?"

가연은 그가 두 번 생각도 않고 사랑이라고 자신 있게 말하는 모습을 한 참 동안 바라보고 있었다. 혁빈은 너무도 비싼 값을 치르고 사랑이라는 걸 깨달았을지 모른다고. 그녀의 생각을 그가 읽은 것처럼 뒤에서 뛰어와 손을 덥석 잡는다.

"그래. 아직은 당신 맘 열지 못 했다면 기다릴 게. 하지만 내 사랑을 의심하진 마. 당신의 사랑을 내가 조각 냈다면 그건 다 내 탓이지만 당신이 내게 주었던 사랑은 흠집하나 나지 않은 새 거니까."

가연은 그가 예전과 달라진 배려하는 모습을 익숙하게 바라보면서 무엇이 그를 이렇게 달라지게 했는가 잠시 쓸데없는 잡념에 젖어본다.

'저 안에 민소담 그의 마음이 담겨 있는 거 같애.'

혹시 민소담 그는 절망에 빠져 있는 자신에게 천사였던 건 아니었을까? 좌절의 늪에 빠지지 않도록 수호신이 되어 잠시 하늘에서 다녀간?

가연은 진짜 천사는 어쩌면 자신의 몸 안에서 다 자라지 못한 채 날아가 버린 어린 생명이었을지 모른다고 그래서 혁빈을 다시 돌아오게 했는지도 모를 일이라고 생각하면서 하늘을 오래도록 바라보았다.

가을 하늘에 솜털구름이 유화처럼 그려지고 있었다.

18

가연 佳緣

　부안 혜민병원에서 5분 거리에 아파트를 전세 얻어 이사한 지 벌써 보름이 넘었다. 가연은 병원사택으로 들어와 살자는 혁빈의 제의를 그대로 받아들일 수 없었다. 그의 말대로 어떤 확신 없이 또다시 그와의 삶을 정착하고 싶지 않아서이기도 했지만 민소담에 대한 감정이 깨끗하게 정리되지 않아서라고 하는 게 더 정확한 대답이었다. 그가 어쩌면 아직도 서울하늘아래 있을지도 모른다는 생각이 아니 언제고 핸드폰이 울릴 것 같은 생각이 하루에도 열 두 번도 더 드는 건 어쩔 수 없었다. 그에게 무슨 말이든 자신의 심경을 어떻게 든 표명해야만 될 것 같이 빚진 기분을 털어 버릴 수 없었다. 그건 여기 부안에 내려와서 더 확실해 졌다. 재래시장으로 장을 보러 나갔었는데 모든 게 낯설지 않았다. 낯선 풍경이었던 모든 그림이 눈에 익어 있었던 것이다. 그와 함께 먹었던 순대국과 그와 함께 머물렀던 호텔 그리고 그 생경했던 부안 시내의 모든 걸 그로 인해서 섭렵하게 된 것도 다 일

순간에 지워 버릴 수 없는 거였다. 세월이 약이겠지요 라고 그랬던 가. 어느 날 죽어도 못 잊을 것 같던 것들을 아무렇지 않게 무심코 지나치게 될 수 있을지. 그런 날이 올 것 같지 않다. 지금 이 마음 같아서는.

그러나 그를 사랑해서라고 말 할 순 없다. 그의 말대로 솔직한 심정으로 자신의 마음을 읽어 낸다면.

처음 그를 보았을 때 느꼈던 연민 같은 아님 자기를 닮은 듯한 동질의 느낌 때문에 시작된 그 마음을 사랑이라고 굳이 이름표를 달았던 건 불투명한 미래의 모든 걸 지금까지처럼 살고 싶지 않아서 어떻게 라도 점찍고 싶어했던 간절한 마음 때문이었는지도 모른다. 지친 마음을 그에게 정착하고 싶어서?

그러나 지금도 그와의 달콤했던 키스를 잊을 수 없다. 사랑이 쓰다고 느낄 때 그의 혀를 통해서 핥아 낼 수 있었던 달콤함. 그건 다시 사랑이란 걸 하고 싶다는 욕망을 자신 안에서 끌어 내주었었다.

아직도 혁빈에게는 다 못한 말이 있다. 그리고 앞으로도 하지 못했던 말들은 더 깊숙이 숨겨야 할지 모른다. 그러나 민소담에겐 숨긴 말이 없다. 속엣 것 다 보이고도 부끄럽거나 자존심상하지 않았었다.

그는 가연에게 그런 사람이었다. 그것만큼은 확실한 답이 될 수 있다. 그도 그럴 것이다. 자신의 마음속의 말들을 다른 누구에게도 털어놓은 적이 없었다고 했고 또 앞으로도 그럴 수 있을지…… 그러나 가연에게 첫 날부터 거리낌없이 다 털어 내 보여 주었다. 그런 편안한 사람이었다 서로에게.

가연은 빌었다. 그가 어디에서고 늘 맘 편하게 살수 있다면 행복할 수 있다면 자신이 아니 여도 좋다고. 어쩌면 지금 가지고 있는 이 감정을 오래도록 간직할 수 있게 민소담 그가 먼저 생각해 낸 추억의 보물상자 같은 것인지도 모른다고. 그래서 살면서 무덤덤해질지도 모르는 관계를 미리 막아 보려는 그의 배려일지도 모른다고 그렇게 생각의 물꼬를 터 본다. 그러면 그를 이해하는데 도움이 될 것 같았다. 이혼한 부부들이 친구로 지내요 라고 이해할 수 없는 인사를 하며 헤어지는 것 같은 맥락의 것이라고. 그래도 그 부부들은 약속 같은 말을 잊고 지내는 데 죄의식 같은 걸 느끼지 못한다. 의례 그런 것이라고 그렇게 낯선 시간을 어찌해보려고 만들어 낸 공식 같은 인사치레라고 스스로를 자위할지 모른다.

서로 맞지 않아서 서로 감정이 지칠 대로 지쳐서 한 집에서 도저히 얼굴을 맞대고 살 수 없어서 헤어지면서 '우리 좋은 친구로 남아요' 라고 말하는 건 억지고 억측이다. 그걸 알면서도 서로 그러마고 받아들이는 인사로 점철해 버린다. 돌아서는 순간 모든 건 끝나는 관계이면서.

가연은 그와 자기도 그런 모순된 관계를 설정해놓고 지금 돌아서려고 하는 건 아닌가 돌이켜본다.

그는 이미 돌아서서 가버렸다. 뒷모습조차 보여주지 않은 채. 소식을 일방적으로 끊어 버린 그.

그리고 자기 혼자 하고 싶은 말을 남겨 놓은 채 이쪽의 답은 기다리지도 않고 갔다. 그건 정말 완벽한 혼잣말이었다. 이렇게 지내다 보면 어느 순간 자신들도 모르게 지나쳐갈 순간도 있을까? 아니면 자신이 믿고 있는 사람의 힘으로도 어쩔 수 없는 인연에 의해 만날 사람은 어떻게 든 만나질까?

어쩌면 그의 입버릇처럼 당신의 아름다운 인연이라는 이름처럼 우리의 처음도 끝도 같음 얼마나 행복할까를 꿈처럼 실행에 옮기고 싶었던 걸까.

가연은 지금 그가 몹시 보고싶다. 그의 밝은 웃음이 그립다. 그러나 그 사람을 그리워하고 싶진 않다 절대로! 보고 싶은 건 현재형이라면 그리운 건 과거형이라고 그가 말했었으니까. 기다림의 끝이 있다면 만남 이전에 보고픔이 있었기 때문이라고 그가 장난스럽게 말했다. 그래서 가버린 사람을 그리워는 해도 바보처럼 보고싶어 하진 않는다고.

혁빈은 일주일에 두어번씩 들려서 그녀의 안부를 물어보고 이것저것 챙겨 주고 갔지만 그녀의 집에서 자고 가진 않았다. 지난주엔 그와 이모댁에 다녀왔다. 이사와서 벌써 두 번째 다녀온 거다. 이모님은 아이가 혁빈과 가연의 아이로 알고 계셨다. 그래야 아이한테도 좋을 것 같아서 결코 부인하고 싶지도 부인하지도 않았다. 그냥 그가 설명하기 편한 대로 그대로 놔두었다. 이모는 늦둥이를 낳으신 것처럼 너무도 사랑스런 눈빛으로 아이에게 대했다. 그리고 지난주엔 그가 이모님의 동거인에게 이모부라고 불러서 이모님을 기쁘게 했다. 이모님의 눈물이 맑고 깨끗하게 떨어지는 걸 아이가 손가락으로 찍어냈다. 슬퍼하는 것으로 알았을 까 아이가 입을 삐죽거리며 따라 울었다. 그 모습이 얼마나 아름답던지 보고 있던 가연의 마음이 찡하고 코끝이 짜릿했다. 이모님은 밥상에서 혁빈에게 아일 넘겨주면서 아주 작은 소리로 말했다.

"아이 더 크기 전에 호적에 올려야 할 텐데. 올 해 넘기기 전에 결혼식 올려야 하지 않겠어? 왜 그렇게 사는 거야. 나처럼 배운 게 없는 것도 아니고……."

이모님은 배우고 못 배우고를 말씀하고 싶었던 건 아니었을 것이다. 결혼식을 올려서 정당한 부부가 되어야 하지 않겠느냐는 질책이었을 것이다. 아니 당부였을 것이다. 그 말씀 끝에 혁빈은 알았어요 그렇게 할게요 라고 대답을 드렸지만 그 목소리에 힘이 없었다.

돌아오는 길에 혁빈은 그녀에게 하고 싶은 말이 있었는지 자꾸 눈치를 살폈지만 끝내 아무 말도 못하고 헤어졌다. 그러나 가연은 안다 그의 입 속에서 잠식해버린 말이 무엇이었는지.

날씨가 많이 쌀쌀해진 전형적인 초겨울을 느끼던 오후였다. 신문에 난 광고를 보고 가연은 가위로 그 광고를 오려서 책상 위에 놓았다. 그리고 언제 이렇게 나이를 먹었는지 스무 살 땐 빨리 나이를 먹어서 어떤 위치든 자신의 입지를 확고하게 하고 싶다고 생각했다. 그러나 그 땐 서른이 넘은 지금처럼 나이를 먹는다는 게 서글픔이 될 줄 상상도 못한 일이다. 신문을 놓으려다가 언뜻 스친 신문의 귀퉁이에 민소담의 사진이 명함판만하게 나있는 게 보였다. 놀란 가슴을 안고 신문을 다 읽는 동안 그가 건강하게 자기 일에 최선을 다하며 사는 것에 대한 감사함이 온몸의 피를 거꾸로 돌게 하는 거 같았다. 한국 유학생 민소담(28) 동성애자들의 모임에 1억2천만 원을 희사하다. 그는 한국에서도 벤처 사업가로 이름을 떨친 바 있고 장애자협회의 회장을 역임할 때 많은 장애자들을 위해 봉사활동을 꾸준히 해온 것으로 밝혀졌다. 또한 그 모임에서 만난 한국 유학생 강모군의 에이즈 치료 시술로 들어가는 모든 비용을 부담하기로 해 학교 내에서 화제가 되고 있다는 그런 기사였다. 가연은 그가 떠난 이유에 대해 더 이상 궁금해하지도 그를 이해하지 못해 안달하지도 않기로 맘을 다스렸다. 충분히 그 대답이 되었다고 생각하고 싶었다. 그가 무엇 때문에 한국이 아닌 일본에 머물러야만 하는지 그 이유를 찾으려 애쓰지도 않겠다고. 다만 보여지는 대로 그가 남겨놓은 편지의 사연대로 그대로 있는 그대로를 받아들이자고 스스로를 다잡았다. 명백한 무엇을 기대하고 있었다는 게 어리석게 생각되었다. 분명한 것이란 없다. 산다는 건 수학공식이 아닌데 분명한 답을 낼 수 있는 게 아니라고. 그가 떠난 이유에 더는 ?를 달지 않으리라고. 혁빈도 그 기사를 읽었는지 전화를 걸어서 알려 왔다. 그러나 그녀는 아무 것도 모르는 사람처럼 그러냐고 아무 감정 섞이지 않은 듯 전화를 받았다. 그 날밤 민소담의 생각으로 잠을 쉽게 이룰 수 없었는데 뜻하지 않게 핸드폰이 울렸다.

"가연씨? 나예요. 벌써 날 잊은 건 아니죠? 신문기사가 날 줄은 생각도 못했는데 친구 녀석한테 연락이 왔더라구요. 그래서 가연씨도 보기 전에 내가 먼저 전화하는 게 나을 것 같아서요. 난 잘 있어요. 가연씨. 듣고 있어요?"

"네. 나도 잘 지내요. 그런데 그런데……."

"울어요?"

"아니요. 감기기운이 있어서요. 목소리 들으니까 좀 안심돼요. 건강한 거 같아서."

"부안으로 내려갔다면서요? 그래요. 잘 했어요. 나도 한가지 걱정은 덜었네요."

그가 무슨 말을 하고 있는지 그의 생각을 보지 않아도 보이지 않아도 읽을 수 있었다.

"결혼식 언제…… 나한테 연락 줄 거죠? 아무리 바빠도 꼭 참석할게요."

" ………………………………"

"그래요. 대답하기 곤란하면 이만 끊을게요. 참 이번 작품전에 냈던 거 가연씨한테 보내주고 싶은데

거기 주소 좀 불러 줄래요?"

"뭔 데요?"

"송충이가 솔잎 먹어야지 별수 있어요? 속옷이에요."

"계속 그 공부하고 있는 거예요?"

"아니요. 사회복지학과에…… 그 전반적인 여러가지 공부 복합적으로 하고 있어요. 여기서 나가면 사회사업가나 되어 보려구 본격적으로 그거 공부하고 있어요. 이건 가을 학기 축제 때 낸 작품이에요. 의상학과 제치고 금상 받았어요."

"그래요. 소담씬 뭐든지 잘할 거예요."

가연은 그와 긴 시간 통화를 했다. 그러나 멀리 있다는 실감이 들지 않아서 지금 놀러오면 안돼요?

라고 말을 쏟아 낼 뻔했다. 전화를 끊고도 그의 통통 튀는 음성이 방바닥을 탁구공처럼 굴러다녔다.

가연은 송수화기를 들고 생각나는대로 번호를 힘주어 눌렀다. 벨이 울리고 굵은 저음이 들려왔다.

"아버지? 저예요. 건강은 어떠세요?"

"난 괜찮다. 넌 요즘 왜 통 연락이 없었어."

"걱정하셨어요? 전 잘 있어요."

"그래 너 성미하고 며칠 전에 만났다면서."

"네. 오늘도 아마 올지 몰라요. 금요일마다 온다고 했는데 아직 안 오네요."

"그런데 성미한테 이상한 소리 들었다. 너 결혼할 사람 있다던

데…… 성미하고 같은 병원 사람이라면서.

아무튼 니 일은 니가 다 알아서 잘 하리라고 믿는다. 내가 이제와서 무슨 염치로…… 아버지 노릇 한다는 것도 우습고…….”

“죄송해요 아버지. 찾아 뵙고 말씀드릴 게요.”

아버진 분명 민소담과 왜 헤어졌는가가 묻고 싶으셨을 거다. 그러나 처음부터 다시 다 설명하기란 곤혹스러운 일이 아닐 수 없다. 차라리 아버지가 그렇게 함구해주시는 게 자신을 위해서 좋은 일이라고 생각했다. 아버지께 그 일을 말씀 드리려면 아마도 몇 번은 가시 있는 생선을 넘기다가 걱걱대듯이 이야기를 끝까지 하기 위해선 몇 번의 용트림을 해야할지 모른다.

그 날 성미가 찾아와서 내주에 결혼할 사람과 아버지께 인사를 같이 가지 않겠느냐고 물었다. 혁빈에게 넌지시 의견을 들어보니 자기도 이번에 같이 묻어가서 인사를 드렸으면 좋겠다고 말했다면서.

언니 생각은 어떠냐고 물었지만 선뜻 대답할 수 없었다. 가연은 안다. 피해갈 길도 피해갈 이유도 없는 혁빈과의 결혼. 그러나 예전과는 달라진 마음으로 그에게 지난 시간 안에서처럼 잘 할지 아니 잘할 수 있을지 자신이 없었다.

가연은 며칠 째 음식을 먹을 수가 없었다. 입이 거칠고 속에서 느물느물 무언가 기어다니는 것 같았다. 늘 아침을 걸러온 건 아니지만 속이 쓰리고 마치 언젠가처럼 위염이 도진 것 같은 증세가 나타났다. 냉장고에 넣어 두었던 겔포스를 꺼내 가위로 윗 봉을 자르고 손가락에 힘을 주어 치약 짜듯이 약을 짜내어 입 속으로 밀어 넣었다. 하얀 액체가 치약처럼 입안 구석구석으로 밀착되어 목안으로 넘어가는 게 느껴졌다. 하지만 넘긴 양의 잔재 량이 남아있는지 혀끝에 붙어 있는 기분이 그리 좋진 않았다. 그래도 속이 개운하지 않았다. 요즘 들어 부쩍 소화가 되지 않아서 활명수를 콜라처럼 병째로 들고 마셔야만 될 정도로 더부룩하다. 가연은 겁이 났다. 방정맞은 생각으로 뇌세포가 빠르게 흡수되고 있었다. 혹시 위암이 아닐까? 신경을 많이 쓰고 스트레스를 많이 받으면 암이 생긴다던데…… 아니 화병 비슷하게 요즘 잠잘 때마다 속에서 뜨거운 게 목선을 타고 올라와 냉장고에 있는 물을 벌컥 벌컥 들이켜야 다시 잠들 수 있었고 발바닥이 뜨거워져서 침대 옆의 5Cm쯤의 공간에 발을 넣고 벽에서 배어 나오는 찬기에 몸을 식혀야만 잠이 들었다. 새벽에도 몇 번씩 깨어서 소변을 보는 습관도 생겼다. 혹 방광염은 아닐까 아니 오줌소태가 난 건 아닐까 의심스러웠지만 산부인과에 가서 진찰을 받는다는 건 그리 유쾌한 일은 아니어서 차일피일 미루고 있던 차에 이제는 위염처럼 속 쓰림과 오바이트를 할 것 같은 증세가 함께 나타나고 있는 것이다. 가연은 9시가 되길 기다렸다가 병원으로 향했다. 다른 때 같으면 택시를 탔거나 버스를 탔을 테지만 오늘은 울렁증이 가라앉을 것 같지 않아서 걸어서 가기로 했다. 곧 눈이라도 쏟아질 것 같은 회색빛 하늘이다. 온통 얼굴을 찌푸린 하늘에서 진눈깨비가 바람에 날릴 것 같았다. 가연은 이 길을 영영 잊을 수가 없을 거라고 생각하면서 차를 타고 갈 때도 걸어갈 때도 아주 천천히 지나갔었다. 오늘도 여전히 이 길엔 향수가 배어 있었다. 사람은 옆에 없어도 그 사람의 향취가 남아서 아지랑이처럼 재잘거리는 것 같다. 돌아보면 금방이라도 가연씨…… 라며 이름을 불러 줄 것 같은 데 그럴 수 없다는 걸 알기에 억지로 목에 힘주어 앞만 보고 걸었다. 가로수 나뭇잎이 언제 저렇게 다 낙화되어 버렸는지 바람에 이리저리 힘없이 굴러다닌다. 차도로 뛰어든 나뭇잎은 쉴 새도 없이 다시 지나가는 차들의 바퀴에 깔렸다가는 바람에 휘몰려 다닌다. 앙상한 가지에 걸린 라면봉지가 연처럼 반짝이며 꼬리를 흔들고 있다.

'벌써 일 년이 지났어. 언제 이렇게 시간이 많이 흘러 버린 걸까?'

묵은 해의 발악 같은 사건들이 연속 터지고 있는지 지나가는 택시에서 긴급뉴스라면서 한 옥타브 올라간 아나운서의 목소리가 새어 나왔다. 한꺼번에 가족 일곱 명이 농약을 먹고 자살을 했는데 그 비관 자살의 원인은 주식투자로 인해 빚이 산더미처럼 쌓여서 갚을 능력이 되지 않는데 빚독촉 때문에 아이들이 학교도 나갈 수가 없다는 이유였다. 그런데 우연찮게도 같은 아파트의 같은 층 그리고 마주보고 있는 집에서 서로 자살한 사건으로 다루고 있었다. 다른 한 집에선 부부싸움 끝에 남자가 10층 베란다 문을 열고 뛰어내리고 여자는 음독자살을 시도했는데 다행히 경비아저씨에게 발견되어 병원으로 후송되어 중태에 빠져 있다고 했다. 자살? 겨울이면 많아지는 자살은 계절 탓일까? 그의 사랑하는 사람도 그렇게 가 버렸다. 그 때문에 민소담 그도 그 상처받은 마음을 혼자서 감당 못해 휘청이며 이 거리를 걸었었다. 그의 슬픈 눈동자가 아직도 이 거리에 남아서 별처럼 반짝일 거 같은데.

병원에 도착해서 접수를 하고 기다리는 데 혁빈이 X-Rey필름을 가지고 나오다가 그녀를 발견하고 무슨 일이냐는 듯 눈을 크게 한 번 움찔거린다. 그리고 고개를 오른 쪽으로 돌려 두 번 흔들었다. 그건 휴게실에서 커피 한 잔 하고 있으라는 그 만의 몸짓이었다. 층계를 오르려 다간 검지손가락을 번쩍 세우고 몇 번 까딱거린다. 그건 10분 안에 올 테니까 기다리는 뜻이었다. 가연은 접수처에서 의료보험증을 찾아 동전을 꺼내 자판기에 넣고 설탕프림커피라고 쓰여 있는 스위치를 누르려다가 속 쓰림에 좋을 것 같지 않아서 율무차를 눌렀다. 철컥하고 종이컵이 떨어지는 소리가 나더니 이내 쉭-하고 물이 섞이는 소리가 났다. 몸을 굽혀 컵을 꺼내 손으로 감싸 쥐고 잠시 향나무 앞에서 병원전경을 둘러보았다.

낯설지 않은 풍경이 다시 펼쳐지고 마치 영화의 한 장면처럼 그녀는 우수에 젖은 여인처럼 율무차를 한 모금 입에 물고 지난 겨울 민소담과 함께 입원해 있던 병실을 쳐다보았다. 어느새 그녀의 눈에서 눈물이 가득 차서 뺨 위로 흘러내렸다. 흘러내리는 눈물보다 흥건하게 괴어 있는 눈물이 멈출 것 같지 않았다. 그렇게 샘물처럼 자꾸 솟아나는 눈물을 억제 할 수가 없어서 큰기침을 몇 번 해 본다. 그리고 쌓아 놓은 돌담에 엉덩이를 붙이고 걸터앉았다.

"왜 추운데 여기 있어. 들어가서 기다리라니까."

"많이 춥지 않은데 뭐. 괜찮아요."

그가 팔을 끌어당기자 괜찮다며 그대로 고집을 피우고 있었다.

"나 만나러 온 거야?"

그는 자신을 만나러 왔다고 확신했는지 생각도 못한 횡재를 했다는 듯한 표정이다.

"너무 일찍 온 거 같은 데? 아직 점심시간까진 3시간이나 기다려야 되는데 괜찮겠어?"

"나 검사 좀 받을 까 해서 왔어요."

그는 그녀에게서 떨어져 앉으며 당황하는 기색이 역력했다.

"어디가 아픈데?"

"위 내시경 좀 해 볼까 하구…… 속이 많이 쓰리고 자꾸 구토증이

나고 음식을 영 못 먹겠어서……."

"접수했어?"

"네."

"그럼 어서 가 보자. 아마 별 거 아닐 거야. 가연이 아침 굶는 습관 때문에 생긴 거지 뭐."

그렇게 얘길 하면서도 그가 긴장해서 말을 더듬고 있었다. 옆으로 서서 가는 그의 어깨가 유난히 높게 보였다. 가운도 오늘따라 더 희게 보이고. 날씨 때문에 그랬을까? 가연은 그의 뺨이 많이 수척해진 것 같아서 조금은 안쓰러웠다. 그도 많이 신경을 쓰고 있구나 하고.

내시경검사를 하는 동안 구역질은 더 심했지만 화면을 보면서 설명을 하는 의사의 표정은 심각하지 않았다. 같이 화면을 보면서 설명을 듣고 있는 가연의 눈에도 빨갛게 조금 염증이 있을 뿐 그렇게 심각하지는 않게 보였다. 검사가 끝나고 의사는 위에 염증이 약간 있긴 하지만 걱정 할 정도는 아니라면서 증세를 다시 차근차근 묻더니 산부인과로 가 보는 게 옳을 것 같다면서 산부인과로 인터폰을 넣었다.

잠시 후 산부인과 1실에서 내진을 하기 전에 소변검사를 하자고 했다. 소변을 검사하는 동안 지난 날 생리일이 언제냐고 물었는데 그러고 보니 지난달엔 생리가 없었다. 그 때 간호사가 임신반응 테스트결과라면서 의사에게 건네주었다.

"좀 누워 볼래요? 초음파 좀 해봅시다."

배에 끈적한 젤리 같은 걸 바르고 마우스 같은 걸로 이리저리 문질러 방향을 잡더니 화면에 하얀 점이 등대처럼 깜빡이는 걸 짚으며 말했다.

"임신이에요. 축하 드려요. 여기 보이죠? 이게 애기 심장 뛰는 거예요. 건강한데요? 초음파 사진 드릴 테니까 산모수첩과 함께 받아 가시고 한 달에 한 번씩 꼭 나오세요. 그런데 소파수술 받은 적 있으세요?"

"네. 작년 이맘때……."

"자궁벽이 약하게 보이니까 행동에 각별히 조심해야 해요. 잘못하면 습관성 유산되기 쉽거든요. 지금이 가장 위험해요. 임신 3-4개월이 임산부들이 가장 신경을 많이 써야 하거든요."

"저기 다음 달부턴 하성미 선생한테 진료 받으면 안 될까요? 사실제 동생이거든요."

"그래요? 그렇게 하세요. 상관없어요. 편하실 데로 하세요. 하성미 선생 이제 곧 이모가 되겠네요?"

"감사합니다."

가연은 심장이 뛰었다. 그리고 다리가 파르르 떨렸다. 좋아해야 하는 지 아님 당황스러워 해야 하는지

자신의 감정을 다스릴 수 없었다. 그런데 나쁘진 않았다. 묘한 기분이었다. 지난 번 그가 몸을 덮쳤을 땐 악몽이었다. 그에게서 벗어나려고 몸부림을 쳤는데 그 밤의 일이 이런 상황을 만들 거라고는 전혀 생각을 못 했다. 왠지 서글퍼졌다. 서로 사랑하는 마음으로 같은 생각으로 같은 열정으로 나누었던 밤이었더라면 이런 기분이 들진 않았을 거다. 그런데 지금은 좀 무엇엔가 뒤통수를 얻어맞은 기분이다. 마치 드라마의 갈등상황을 억지로 종용시키기 위해 인위적으로 조작한 듯한 결정타 같아서.

드라마 공식처럼 되어버렸으니 이제 정말 드라마에서처럼 못 이기는 척 끌려가야 하는가. 가연은 그에게 당분간 비밀로 하고 싶었다.

자신의 맘이 정말 투명하게 그에게로 수문이 열릴 때까지 만이라도.

그래서 성미를 만나고 오려다가 그만 두고 집으로 돌아와 버렸다. 발을 씻고 물을 마시려다 우유를 꺼내 500ml를 다 마셨다. 그리고 밥통에 새로 밥을 짓기 위해 쌀을 씻어 앉혔다. 전원 스위치를 누르고 된장을 풀어 끓는 물에 섞으려는데 구역질이 단번에 나왔다. 그 때 전화벨이 울렸다.

"왜 그냥 가 버린 거야. 응? 놀랐잖아. 내가 내과에 콜 해서 물어 보려다가 가연이한테 직접 듣는 게 좋을 것 같아서 전화했어."

"걱정 할 거 없어요. 괜찮대요. 신경성이래요."

"정말이야? 다행이다. 그래 내가 오늘 들릴 까?"

"아니? 그러지 마. 나 좀 쉬고 싶어."

"그럼 그렇게 해. 귀찮게 하지 않을게."

"그래요. 이해해줘서 고마워요."

전 같으면 그는 자기 뜻대로 오고 싶을 때 오고 가고 싶을 때 갔을 것이다. 가연의 생각은 안중에도 없는 사람처럼. 그런데 그의 성격이 많이 달라져 있었다. 천성은 바꿀 수도 바뀌지도 않는다더니 그렇지도 않은가 보다 싶었다. 아니면 그의 노력이 그를 변하게 있는지도 모른다. 암 튼 그의 그런 작은 노력들이 그다지 기분 나쁘지 않았다.

뱃속에 혁빈과 자신의 아이가 자라고 있다고 생각하니 모든 게 달라져 보였다. 새롭게 다시 해석이 되었다. 가연은 배를 움켜쥐고 다시는 놓치지 않을 거라며 힘 주어 말했다. 아기가 꼭 듣고 있을 것만 같아서…… 널 만나고 싶어. 널 만나기 위해서 몇 개월을 더 기다려야 한다는 게 너무 힘들 거 같지만 엄만 의연하게 널 기다릴 거야. 좋은 생각만 하고 좋은 것만 먹고 좋은 말만 하고 좋은 것만 들을 거야. 잘

걸러 낸 정제된 사랑만으로 널 키울 거야. 아가야. 니가 날 엄마로 선택해 줘서 너무 고마워. 나한테로 와 줘서…….

가연은 미리가 했던 말들이 아직도 생생하다. 혁빈의 아일 자신의 몸을 빌어서 낳고 싶었다던…….

미리는 진정 그를 닮은 아이를 낳고 싶은 욕망과 자신의 생명과 맞바꿔짐을 행복하게 받아들였을까?

죽는 순간까지? 그녀는 아이를 단 한번도 볼 수 없었으니 아마 아이에 대한 미련은 없어 차라리 다행이다 싶었다. 그녀의 아이와 자신의 아이는 운명처럼 한 남자의 씨를 받아야 했던 걸 먼 훗날 이해할 수 있을까? 가연은 생각이 복잡해 졌다. 자신의 아이가 남아이든 여아이든 아무튼 배다른 자매로든 남매로든 엮어져야 한다는 게. 운명은 속인다고 속여지는 게 아닐 것이다. 잠시의 바람이 이렇게 엄청난 일을 만들어 버렸다. 저 세월의 뒤안길에서.

만약 혁빈을 돌아서서 혼자 살아간다면 자신의 삶은 미혼모인 엄마의 일생을 똑같이 걸어야 할지 모른다. 그러나 결코 엄마처럼은 살고 싶지 않다. 살아오면서 엄마처럼은 살기 싫다고 절대 그럴 수 없다고 좌우명처럼 여기면서 살아왔는데 그런 절차를 밟아야 한다면 그건 죽기보다 싫은 일이고 어떻게든 피하고 싶다. 가연은 지난 번 임신사실을 알았을 때 미리가 항상 입버릇처럼 주절대던 대로 하고 싶었다. 혁빈과 헤어지더라도 아이는 낳아서 키울 거라고. 이미 물거품처럼 되어 버린 일이지만.

미리의 말처럼 결혼은 안 해도 여자로 태어났으니 애는 낳아서 키워 보고 싶다던 맥락과는 다른 의지였지만 아무튼 자신의 뱃속에 터를 닦았던 그 앨 낳고 싶었다. 그런데 지금도 그런 생각은 변함없다.

한 때 그런 생각들이 어쩌면 엄마에 대한 보복 심리 같은 것 때문에 생겨난 건 아닐까 되짚어 생각해 보기도 했었다. 어디에서고 살아 있다면 당당하게 자신이 낳은 아일 사랑하는 걸 보여 주면서 자식은 이렇게 키우는 거라고 당당하게 말해주고 싶었는지도.

그러나 그런 게 다 소용없는 일이었음을 지나간 시간 안에서 잠시 살다간 생명 때문에 깨닫게 되었다.

가연은 일어나서 약방에 들려 손수 철분 함양제와 몸에 좋다는 아니 임산부한테 좋다는 약을 이것저것 권하는 것 모두를 샀다. 그리고 수퍼에 들려 우유를 1000ml 두 개와 정육점에 들려 사골도 샀다. 과일집을 지나칠 수가 없어서 귤과 사과를 한 박스씩 배달을 부탁해 놓고 왔다. 집에 오자마자 사골을 가스 불에 얹어 놓고 책장을 뒤져 임산부가 지켜야 할 일들을 조목 조목 따져서 메모해 냉장고에 붙였다.

식탁에도 하루에 필요한 임산부요리가 열량별로 계산 된 것을 오려 유리 밑에 넣었다. 가연은 생각했다. 건강한 아이만 태어날 수 있다면 할 수 있는 모든 방법을 다 동원하리라고. 그 생각을 하다보니 이모님 댁에 있는 가빈이에게 미안해졌다. 이모님이 이름없이 개똥아 개똥아라고 부르자 혁빈은 듣기 거북했는지 가빈이라는 이름이 있는데 왜 자꾸 개똥아라고 부르냐고 질책하는 눈으로 이모님을 공격했었다. 이모님은 혁빈의 항변에 서운한 표정이 역력했지만 그래야 무병 장수하는 거라고 나름대로 육아철학을 토로하시고야 네 뜻대로 하면 되지 않겠느냐고 그렇게 까지 화낼 건 무에 있느냐며 이름은 뭐 그리 어렵냐고 그래서야 어디 입에 쉽게 익겠느냐고 하셨다. 혁빈은 또 그런 이모님의 말씀을 듣고 가만있진 않았다. 이름은 평생을 꼬리표처럼 달고 다녀야 하는 자기를 칭하는 건데 그것도 여자이름이 입에 익어서 무엇하나 좋을 것 있냐고 했다. 어디서 그렇게 어려운 이름을 지었느냐는 마지막 말에 혁빈은 엄마 아빠 이름에서 한자씩 땄다고 하자 더 이상 이모님은 토를 달지 않으셨다.

가연은 자기가 지금 정성을 다해 태아 때부터 잘 키우고 싶다는 의지를 가졌듯이 미리도 그녀의 아이에게 그렇게 했을 것을 짐작해 보면서 앞으로 가빈과 뱃속에 있는 아이를 똑같이 사랑할 수 있을지 염려가 되었다. 가연은 시계를 보았다. 그리고 혁빈에게 전화를 했다. 퇴근 후 집에 들려 달라고.

전화를 끊고 시장으로 나가 가빈이에게 줄 여러 가지 장난감과 내복을 몇 벌 샀다. 그리고 제일 비싼 분유와 이유식을 먹일 때 필요할 것 같아 선반이 달린 유아의자를 샀다. 보행기도 배달해 달라고 주문을 하고야 마음이 좀 홀가분해졌다. 다른 날 보다 퇴근을 일찍 한 그가 아파트 부근에서 전화를 했다.

뭐 필요한 거 없느냐고…… 사 가겠다고. 그러나 그가 아파트에 들어오는 걸 막기 위해서 그냥 밑에서 기다리라고 내려가겠다고 그를 만류시켰다. 운전을 하면서 그는 자꾸 가연의 홍조 띤 얼굴을 관찰하듯 자주 쳐다보았다. 뭔가 그가 알고 있기라도 한지 가연의 가슴이 콩닥거렸다. 그러나 그는 좋아하는 것 싫어하는 걸 마음속에 오래 두질 못하는 성격인지라 아마도 임신 사실을 알았다면 아파트로 올라와서 확인 도장을 받듯 가연을 다그쳤을 것이다. 그는 CD를 틀었다.

"어디로 모실까요 마님?"

"이모님 댁으로 가요. 가빈이가 보고 싶어요."

"정말이야? 고마워……."

그는 핸들에 놓여졌던 한 손을 가연의 손으로 옮겨 잡으며 힘 주어 쥐었다 놓았다를 몇 번씩 거듭했다.

"가연이 마음이 조금은 풀어졌다고 믿어도 되는 거지? 억지로 끌려 오는 게 아니지? 앞으로 잘 할게.

날 믿어 줘. 우리 보란 듯이 행복하게 잘 살자."

"만약에 말예요. 내가 당신하고 결혼해서 아이를 가지면 그 땐 어떻게 하죠?"

"그게 무슨 소리야. 당연히 우리 아일 가져야지. 나도 빨리 가연일 꼭 닮은 아일 갖고 싶어."

"그럼 가빈인 어떻게 하구요."

"어떻게 하긴. 가빈이도 또 우리가 결혼해서 나을 애기도 다 우리 자식들인걸……."

"나 요즘은 좀 두려워요. 내가 아일 낳게 되면 가빈이랑 그 애랑 똑같이 사랑할 수 있을지……."

"걱정하지 마. 가연인 잘 할거야. 그리고 만약 그렇게 되지 않더라도 가연이 원망하지 않을게. 우리 노력하자. 자기 배 아파 낳은 자식도 아닌데 자기자식처럼 키우는 거 그게 그렇게 생각만큼 쉬운 거 아니라는 거 잘 알아. 하지만……."

그는 더 무슨 말을 하려다 만다. 그런 그의 속내에 어떤 말이 감추어져 있는지 말하지 않아도 느낄 수 있을 것 같았다.

"우리 이번 주말에 서울에 가서 부모님께 인사 드려요. 올 해 가기 전에 결혼식 올려야 할 거 같아요."

"그래. 가연아. 그 말을 내가 얼마나 기다리고 있었는지 알아?"

"당신 땜에가 아니고 나 때문이에요. 배불러 오면 곤란하잖아요."

"무슨 소리야 그게? 그럼 임신했단 말야?"

"오늘 병원에 갔다가 알았어요. 4개월로 접어들었대요."

"고맙다. 가연아. 나 정말 잘하면서 살께. 가연이한테도 아이들한테도. 좋은 남편 좋은 아빠가 되도록 노력하면서 살 거야. 실망시키지 않을 거야."

그는 짐짓 무슨 다짐이라도 하는 사람처럼 온 몸에 힘이 들어가 있었다. 그러는 사이 차는 어느새 이모님 댁에 와 있었다. 이모님은 주일도 아닌데 어떻게 왔느냐며 저녁전인데 잘됐다고 좋아하셨다.

이젠 가빈이가 자기를 알아보는지 오라고 손을 내밀면 덥석 이모님 품에서 떨어져 가연에게 안겼다. 날이 갈수록 미리를 꼭 닮은 커다란 쌍커풀의 눈은 깊고 그윽했다.

머리숱도 많아져서 이젠 제법 아이 같다. 비록 알아듣지 못하는 웅얼거림이지만 옹알이를 제법 해댔다. 하고 싶은 말이 많아 진 걸 보면 마음이 더 안타까웠다.

아이를 두고 돌아오면서 가연은 발길이 떨어지지 않음을 느끼면서 이렇게 모성에 길들여졌으면 좋겠다고 생각했다. 이런 안타까움이 모성이라고 해석될 수 있는 감정이라면 이렇게 한 식구가 되어가고 있음을 더 짙게 느끼고 싶었다. 혁빈을 보내고 소파에 기대 따뜻한 우유를 손에 쥐고 이모님 댁으로 전화를 걸었다. 그리고 가빈이의 울음은 그쳤느냐고 물었다. 그 어린것이 가연과 혁빈이 옷을 주섬주섬 챙겨 입자 가려는 줄 어떻게 알았는지 가연의 품에서 떨어지지 않을려고 떼를 쓰고 억척스런 몸부림을 쳤다.

동물처럼 울어대는 모습은 더 마음을 아프게 했다.

부모님께 인사를 드리러 가기로 한 날 혁빈은 성미와 동행을 할 수 없을 것 같다고. 아마 둘이 사랑싸움을 했는지 언니 먼저 다녀오라고 했다면서. 그는 이것저것 가연이 차 안에서 먹을 것을 챙겨서 차에 미리 실어 났는지 차에 앉자마자 김밥냄새며 커피 냄새가 코를 찔렀다. 몇 분쯤 갔을 까 가연은 갓길에 차를 세우고 구토를 했다. 그녀의 하얗게 핏기 없는 얼굴을 두 손으로 감싸 쥐고 그는 안타까운 맘을 미안하다고 몇 번씩 뱉어 냈다. 그가 뱉어 낸 말을 가연은 그대로 주워먹었다. 그의 그렇게 여려진 마음을 언제 느껴 봤는가 싶자 가슴이 또 울렁거렸다. 휴게소마다 쉬어 가느라고 다섯 시간도 더 걸려서야 서울에 도착했다. 집엔 오빠 내외와 어머니가 손수 음식을 만들고 있었는지 벨이 울리자 모두들 반갑게 맞이하며 현관까지 나와 일렬로 서 있었다. 아버지는 의자에 앉아서 인사를 받으셨지만 얼굴이 부어 보였다.

"아버지 인사 받으세요. 어머니도 앉으세요."

"됐다. 절은 무슨 절……."

그러시면서도 기다렸다는 듯이 못이기는 척 한번의 사양을 인사로 얹어 놓으신 채 절을 받으셨다.

아버진 여느 아버지들처럼 딸의 행복을 약속받으시듯 혁빈의 대답을 듣고 싶어하셨고 그도 그런 아버지의 속내를 읽었는지 열심히 사랑하면서 살겠습니다 라고 대답을 드렸다. 어머니께서는 이번 기회에 결혼 날짜 받아 놓고 내려가라고 하셨다. 그 날 가연의 헛구역질 때문에 온 가족이 임신사실을 눈치 챈 것 같았지만 가연의 입에서 아무런 말이 나오지 않아서였는지 모른 척 다른 화제로 돌렸다. 그 날 오빠와 아버지 그리고 혁빈은 새벽 3시가 넘어서까지 술자리를 함께 했다. 술에 취한 남자들은 남자들대로 여자는 여자들끼리 한 방에서 잠을 자야 했다. 잠자리에서 어머닌 넌지시 가연의 손을 잡으시며 좀 더 잘해주지 못해서 미안하구나 축축하게 젖은 목소리로 말씀하셨고 가연은 그런 어머니의 마음을 모르지 않다며 한 쪽 팔을 자기 머리에다 받치며 모로 누워 어머니의 품에 꼭 안겼다.

"어머니. 난 늘 이렇게 어머니 품에 한 번만 안겨서 자 보는 게 소원이었는데 그거 모르셨죠."

가연의 눈물이 어머니의 팔에 닿았는지 어머닌 그녀의 얼굴에 흐르는 눈물을 훔쳐주시며 말했다.

"난 니가 속이 깊어 성미하고는 달리 표현이 없는 니가 어려웠어. 야단을 칠 일도 만들지 않던 니가 어느 날 학교에서 어머니모시고 오라는 데도 나한테 말을 안해서 선생님한테 직접 전화를 받고 얼마나 미안했던지…… 그 때 생각나니? 선생님은 생활기록부에 니가 어머니성함이라는 난에 성이 다른 두 이름을 써서 선생님께서 어째서 두 분이나 썼느냐고 물어도 대답도 안 한 채 울기만 했다면서 날 만나고 싶으셨다고 하셨어. 넌 미술시간에도 어버이날을 주제로 그림을 그리라고 했더니 도화지에 점 하나만 찍어 놓고 울기만 했다면서…… 난 그 때 너를 이해하기 보다 그 어린 마음에 무슨 속이 들었는지 두려웠다. 원망으로 가득 차 있을까봐서. 난 널 정말 내 속으로 난 딸처럼 키우고 싶었다. 그런데…… 하지만 니가 혼자서도 그렇게 당당하게 사회에서 제 몫을 다 해내고 있는 걸보고 정말 대견스러웠어. 니가 집을 나간 후에도 난 대문에 불을 켜 놓았었어. 그 큰집에서 니가 아무리 불러도 모를까봐 현관에 작은 소파를 놓고 거기서 몇 년을 잤던 거……."

"죄송해요 어머니."

"아무튼 장혁빈 그 사람 좋은 사람인 거 같아서 맘이 놓인다. 널 충분히 행복하게 해 줄 사람이라고 난 믿고 있어. 사람은 얼굴에 나타나거든. 모진 사람은 아닌 거 같아서 정말 다행이다."

"어머니. 결혼하기 전에 어머니께 꼭 해 드리고 싶은 게 있는데 자존심상해 하시지 말고 제 소원 들어 주실래요?"

"뭘 또 어쩔려구. 난 더 이상 니 신세 지기 싫다. 이 아파트도 니가 얻어 줘서 지금 이나마 편하게 지내고 있는 걸. 나 더 이상은 염치없어서 싫다. 너 결혼 할 때도 뭔가 해 줘야 되는데……."

"그런 걱정은 마세요 어머니. 그리고 저 하고 있던 사업 정리한 거 아시죠? 돈 많이 벌었어요. 정말 평생을 벌 돈을 다 벌어버린 거 같애요. 그런데 돈이란 게 행복은 아니던걸요? 그래서 제가 봉사활동 다니던 장애들이 모여 사는 천사의 집에 다 기증했어요. 그리고도 남은 게 있더라구요? 그래서 저 사는 아파트하고 결혼자금으로 얼마 떼어 놓고 저기 화장대위에 올려놨으니까 성미 결혼자금으로 써 주세요. 성미가 결혼예단 때문에 요즘 고민이 많은가봐요. 시댁이 쟁쟁한 집안인 거 같더라구요. 성미가 결혼 날짜 잡기 전에 부모님들 상견례를 자꾸 미루는 것도 그런 이유 때문일 거예요."

"난 너한테 해준 게 없는데 너한테 이런……."

"어머니. 그런 말씀 마세요. 성미는 내 동생인 걸요."

"고맙다. 정말 고마워."

아침에 이불을 개다 보니 어머니의 베개 잎이 눈물로 얼룩져 있었다. 우리 나라 지도가 반쯤은 그려진 것 같았다. 어머니는 아침 일찍 외출했다 오시더니 봉투에서 길일이라면서 몇 개의 결혼날짜를 잡아 오셔서 혁빈과 가연이 앞에 내어놓았다. 그리고 한 해에 두 결혼은 올릴 수 없으니 가연인 올해 안에 결혼식을 올리고 성미는 내년에 하면 좋겠다고 덧붙이셨다. 날을 받아 오신 걸 아버님께서 보시 곧 12월 20일이 좋을 것 같은 데 가연이는 어떻게 생각하느냐 물으셨다. 혁빈과 가연은 아버지의 생각을 존중하고 싶었다. 집으로 돌아오는 내내 가연은 한가지 생각으로 머리가 깨질 것처럼 어지러웠다. 미국에 계신 엄마와 오빠에게도 연락을 해야 좋을지…… 어차피 못 올 거면 마음에 짐만 만들어 줄 것 같아서.

아파트에 도착한 시간은 꽤 늦었지만 혁빈의 자고 가면 안되냐는 말에 그냥 병원에 가서 자는 게 좋을 거 같다고 그를 돌려보냈다. 밤이 늦었지만 잠을 이룰 수가 없어 뒤척이는 데 이럴 때 민소담이 옆에 있었다면 맘을 툭 털어놓고 이런 저런 의논을 할 수 있었을 텐데 하는 생각에 그가 보고 싶었다. 가연은 그런 생각을 하다가 자신의 의지보다 더 빨리 손가락이 전화번호를 누르고 있었다. 이래선 안 되는데 하고 있는데 저 쪽에서 전화를 받아서 끊을 수가 없었다.

"나 예요."

"가연씨? 어쩐지 오늘 아침부터 좋은 일만 있어서 샐리의 법칙에 걸려들었나 했더니 그게 아니네?"

"나 결혼……. 해요."

"정말 요? 언제?"

"12월 20일 토요일이에요."

"그래요? 그럼 무슨 일이 있어도 가봐야죠. 우리 가연씨가 웨딩드레스 입은 모습 보러 가야죠."

"소담씨. 혹시 후회하지 않을 까? 나?"

"절대 그런 일 없을 거예요. 가연씨 분명 행복하게 잘 살 거예요. 날 실망시키지 않기 위해서라도……."

"소담씨. 오늘은 소담씨가 내 옆에 있었으면 얼마나 좋을까?"

"왜 또 무슨 고민 있구나?"

"사실은……."

"그거 내가 알아 맞춰 볼까요? 미국에 연락을 해야 하나 말아야 하나…… 그렇죠?"

가연은 그가 자신의 일에 예민한 더듬이를 곤두세우고 있는 거 같아 지금 이렇게 보고 싶어하는 맘까지 읽었을지도 모른다는 생각이 들었다.

"내 생각은 가연씨가 전화를 드리는 게 좋을 거 같아요. 그 이유는 말 안 해도 가연씨가 알 거 같으니까 생략할게요."

"참. 회사 정리한 돈 말 예요 그거……."

"알아요. 천사의 집에 다 기증했다면서요?"

"어떻게 알았어요?"

"누구한테 들은 건 아니구 가연씨라면 그렇게 할 거 같았어요."

"암 튼 소담씬 나 하구 악연이야…… 악연."

"악연?"

그가 또 봄날처럼 웃었다. 가연은 지금 그가 어떤 얼굴로 어떤 포즈로 앉아 있을지 그리고 어떤 표정으로 웃고 있을지 눈앞에 서 있는 거 같았다. 그와 통화를 끝내고 미국으로 전화를 해서 아주 간단하게 결혼 소식을 알렸다. 구차하게 엄마가 늘어놓는 울음 섞인 얘길 듣고 있을 수 없을 거 같아서.

어느 새 결혼 날짜가 눈앞에 닥쳤다. 사흘 후면 진짜 결혼을 한다. 가연은 결혼준비를 하기 위해 혼자 돌아다니며 혼수를 장만하면서 엄마에 대한 원망이 더 커졌다. 낮에 본 혼수백화점에서의 어느 다정한 모녀의 그림 때문이었을까. 어머니로 보이는 중년 여성이 골라 놓은 그릇세트를 젊은 여성은 이런 게 무슨 소용 있느냐면서 티격태격 하는 모습이 너무 부러웠다. 태어나서 지금까지 엄마가 자신에게 해 준 건 무엇이었나 원망스러웠다. 이런 때 엄마가 옆에 있었다면 얼마나 좋았을까. 그런 꿈같은 생각을 해 봤지만 이내 흔들리는 마음을 여몄다. 서울 어머니가 내려오시겠다는 걸 부득불 거절했던 건 미국에 있는 엄마를 덜 원망하기 위해서 라는 걸 엄마는 알까?

"괜찮아? 멀미하지 않겠어?"

혁빈은 결혼준비에 지친 그녀를 안쓰럽게 바라봤다.

"이제 정말 이틀 남았네? 참 핸드폰 챙겼어?"

"핸드백 속에 있어요. 근데 왜?"

"아니 연락 올 데가 있어서 그래."

"자기 건 어쩌구 내 걸루?"

혁빈은 그냥 지긋이 웃었다. 그리고 시계를 자꾸 보았다. 차가 생각보다 많이 밀렸다. 서울집에 도착한 건 오후 5시였다. 너무 피곤했었는지 방에 들어가서 눕자마자 잠이 들었다. 얼마나 잤을 까…….

혁빈이 그녀를 깨웠다. 그리고 잠이 덜 깬 그녀의 손에 핸드폰을 쥐어 준다.

"누구예요?"

"받아봐. 아는 사람이니까."

그리고 그는 조용히 밖으로 나가 방문을 꼭 닫아 주었다.

"여보세요?"

"나다. 에미야. 놀랬니? 그럴 테지……."

"왜 전화하셨어요."

"나 지금 여기 한국이다. 니 결혼식에 참석 할려구 니 오빠하고 같이 나왔다."

"어려운 걸음 하셨네요. 하지만 어쩌죠? 전 별로 엄마 만나구 싶지 않은데. 그냥 지금까지처럼 모른 척 하고 살아요 우리."

"⋯⋯⋯⋯⋯⋯⋯⋯⋯⋯⋯."

"왜요. 내가 너무 한가요? 그래요?"

"미안하구나. 너한텐 정말 할말이 없다."

"낳았다구 다 엄만가요?"

"그래. 니 마음속에 가득 차 있는 그 원망 쏟아 내버려. 엄마가 다 받을게. 그래야 내 맘도 조금은 편해질 수 있을 테니까."

"아니요? 엄마마음 편하게 해 줄 생각 요만큼도 없어요. 사는 동안 엄마도 나처럼 한을 불태우면서 사는 게 어떤 건지 느껴 보셔야 해요. 내가 어떻게 살았는지 엄만 모를 거야. 피멍든 가슴을 안고 사시라구요. 엄말 용서하라고 하셨어요? 용서라구요?"

"가연아. 엄마 한 번만 만나 줘. 너한테 꼭 해 줄 말이 있어. 제발⋯⋯ 기다릴게."가연은 핸드폰을 접어 버렸다. 일방적으로 끊어 버리고 나서 핸드폰을 이불 위에 던지고 화장실로 뛰어 들어갔다. 그녀가 화장실로 들어가자 곧 핸드폰이 울렸다. 그녀는 울리는 핸드폰소리를 들었을 텐데도 나오질 않았다. 혁빈은 핸드폰을 받았다. 그리고 짧게 몇 마디를 하고 핸드폰을 놓고 밖으로 나왔다.

거실에 있던 가족들은 가연의 행동에 모두들 걱정스런 표정이었지만 혁빈은 결혼식 때문에 예민해져서라고 일축하고 바람 좀 쐬고 오겠다고 하고 그녀를 데리고 밖으로 나왔다.

"어디 가는 거예요."

그는 대답이 없었지만 가연은 알고 있었다. 그가 어디를 가고자 하는지. 그래도 모른 척 그의 대답을 듣고 싶었다.

"혁빈씨. 어떻게 된 건지 물어봐도 돼요?"

"민소담씨 한테서 전화가 왔었어. 그리고 그 동안 가연이가 얼마나 힘들게 살았는지 그리고 미국 전화번호 알아서 전화해 준다고 하더니 다행히 자기 수첩에 적어 놓은 게 있었더라면서 알려 줬어. 가연 이가 그 사람하고 같은 집에 살 때 탁자 위에 적어 놓은 걸 혹시 필요할지 몰라서 적어놨다고 하더군.

이제부터는 가연이가 나한테 그런 얘기 해 줬으면 좋겠어. 가연이가 힘들어하는 모든 걸…… 다."

가연은 더 묻고 싶은 것도 더 물을 것도 없었다. 민소담의 마음이 느껴져서 목선으로 차갑고 달콤한 눈물이 짜릿하게 넘어갔다. 마치 알맞게 얼어 있는 식혜처럼 달콤하게 눈물이 넘어갔다.

그는 더 묻지도 않고 차를 호텔 주차장에 파킹을 시켰다. 그리고 잠시 그녀의 표정을 살폈다.

"나 혼자 들어갈래요. 여기서 기다려 줘요."

"그래. 그게 편할 거 같으면…… 그렇게 해."

가연은 아주 씩씩하게 호텔 안으로 들어갔다. 그 걸음에 뭔가 다부진 생각이 접혀서 따박따박 구두 밑창에 껌처럼 달라붙어 따라갔다. 혁빈은 그녀가 어떻게 든 마무리를 지어야 할 일이라고 생각했다.

엘리베이터에서 내리자 오빠가 어떻게 알았는지 먼저 복도에 나와 있었다. 아마 혁빈이가 전화를 했을 것이다.

"잘 왔다 가연아. 안에 계셔. 난 휴게실에 내려가 있을 게. 장혁빈씨가 할 얘기가 있다고 하니까. 내려갔다 올게. 참 민소담 씨한테서 전화 왔었어. 너희 두 사람 참 좋은 짝이 될 거라고 생각했었는데…….
그 사람한테 다 들었다. 그 동안 어떤 일이 있었는지…… 니가 알아
야 할 것 같아서 하는 말인데. 남자는 남자가 더 잘 안다. 민소담 그
사람이 널 떠난 이유 말야. 그건 진짜 이유가 아닐 거야. 니가 쉽게
혁빈이 그 사람에게 돌아갈 수 있도록 배려를 한 거지. 그러니까 더
행복하게 잘 살아야 해.”

　가연은 오빠의 휠체어가 사그락 소리를 내며 지나가길 기다렸다가
엘리베이터 종이 땡하는 소리와 함께 문을 열고 들어갔다. 어머니는
등을 돌린 채 서 있었다.

　“난 엄마하고 화해할려고 여기 온 거 아니에요.”

　“그래. 날 이해해 달라고 말 할 순 없다. 하지만 내가 널 그렇게 두
고 긴 세월 악몽처럼…… 여기까지 올 수밖에 없었던 건, 니가 나처
럼 살게 될까봐 겁이 났었다. 인생유전이라고 나도 내 엄마처럼 남의
첩실로 평생을 살다가 첩 자식이라는 손가락질 받았던 수모를 너한테
물려주기 싫었다. 사랑은 내가 선택한 거지만 넌 나 때문에 평생을
호적에도 못 오른 채 미혼모의 근본도 없는 자식이란 소릴 듣게 할
수 없었어. 그래서 그 날 너희 둘을 니 아버지한테 맡기려고 가던 길
이었다. 너희를 낳은 줄도 모른 채 살고 있는 니 아버지한테 어떻게
알려야 좋을 지 몰라서 망설이다가…… 그냥 집으로 너희들을 데려가
려 했었다. 그런데 그럴 수 없었어. 내가 세상의 응달에서 산 것처럼
너희들도 그렇게 살게 내 버려 둘 순 없었다. 그래서 느이 아버지를
만나서 너희를 데려가게 하려고 공중전화를 찾다 보니 그렇게 오래
너희를 기다리게 했던 거야. 난 장애자가 된 너희 오빠를 내 손에서
떠나 보낼 순 없었다. 그래서 이 것도 내 업보거니 받아들였다. 니 오

빠 때문에 널 그렇게 버려 둘 수밖에 없었어. 너도 이담에 애 낳아서 키워봐. 성한 아이는 어찌 되었든 혼자서도 잘 살아갈 수 있지만 장애가 있는 느이 오빠는 나 없인 아무 것도 못했어. 그래…… 내가 너한테 했던 모진 일들 그것도 어쩜 날 닮은 너를 보면서 내 자신에게 한 행동이었다고 생각해 줘. 넌 나였어. 그 땐 그랬다. 언제 죽을지도 모르는 니 오빠를 팽개치고 널 찾아다닐 수가 없었어. 그래…… 날 용서하지 말아라. 차라리 지금처럼 나도 평생 널 내 가슴에 묻어 두고 사는 게 내 죄 갚음이 될 테니까. 하지만 내가 널 사랑하지 않았다고 생각하진 마. 난 널 하루도 잊고 산 적 없어. 그 때도 그래서 니 아빠한테 보낼 수밖에 없었던 거야. 너 까지 내가 데리고 그 낯선 미국 땅에서 살아갈 자신이 없었다. 미안해 가연아……."

엄마는 끝까지 등을 돌리지 않았다.

"하실 말씀 끝난 거 같으니까 이만 가겠어요."

가연은 엄마가 돌아서서 가지마! 라고 자신을 끌어안으면 그 품에 안겨 소리내어 엉엉 울면서 가슴속에 있는 멍울이 다 터트리고 싶다고 생각했지만 엄만 그대로 서 있었다. 문이 스르륵 잠겨 버리고 가연은 그대로 돌아서서 혁빈과 오빠가 있는 휴게실로 내려왔다.

"엄만 어떻게 하고 계시든?"

"…………………."

"두 사람 결혼식장에서 보자구. 난 이만 올라갈게."

오빠의 휠체어를 밀기 위해서 그가 등뒤에 바싹 따라붙었다.

"나 혼자서도 괜찮아. 늦었는데 어서 돌아가 두 사람 의견투합해서 잘 살 거라고 믿어."

오빤 못내 가연에게 섭섭했는지 그녀 쪽으로 얼굴을 돌리지 않고 그대로 가 버렸다. 오빠가 빠져나간 자리를 넋 나간 사람처럼 쳐다보고 있는데, 누군가 뒤에서 두 사람의 이름을 부르며 다가왔다.

"이거 오랜만이네요. 이렇게 뵙게 될 줄……."

김창섭 그였다. 미리의 옛 남편. 그는 겸연쩍은 얼굴로 입가에 아주 옅은 미소를 짓고 있었다.

그는 전 보다 배가 많이 나와 보였지만 얼굴은 꺼뭇꺼뭇 여전히 야윈 듯 느껴졌다.

"두 분 아주 좋아 보여요."

그가 떨리는 음성을 가다듬지 못하고 그대로 뱉어내고 있었다. 그때 그의 옆으로 바짝 다가서던 여자가 말을 건넸다.

"언니. 오랜만이에요. 우리 신혼여행 중이에요. 태국으로 가려고 했는데 병원 너무 오래 비워 둘 수 없어서 여기서 며칠 지내기로 했어요."

그녀는 두 사람의 결혼을 그런 식으로 표명하고 싶었는지 목소리를 띄워가며 그 말속엔 행복하다는 걸 보여 주고 싶어하는 맘도 끼워져 있는 것 같았다. 그녀의 얼굴엔 예전과는 다른 화사한 웃음이 말하는 내내 걸려 있었다.

"우리 지난 날처럼 편한 관계일 수 있었음 좋겠군요. 다음에 또 뵙죠. 그럼……."

그는 혁빈에게 악수를 청했고 혁빈은 그의 손을 멋쩍게 잡았다. 가연은 두 남자 사이에서 타인처럼 서 있었다. 잠시 어색한 시간이 무겁게 가라앉고 있을 때 솜털처럼 가벼운 목례를 하며 그녀가 김창섭의 팔짱을 끼고 돌아섰다. 그녀는 이제 미리가 안주했던 자리에 여왕처럼 창섭의 아내로 자리 매김을 할 것을 생각하니 마음이 씁쓸해 졌다.

가 버린 사람은 어디에도 흔적을 남기지 못했는지 돌아서서 가는 창섭의 얼굴은 화사한 젊은 아내의 미소를 닮아가고 있는 듯 보였다.

혁빈은 아무 말도 하지 않았지만 그의 얼굴에서 아픔이 만져졌다. 두 사람은 그들이 멀어진 만큼 앞으로 걸어 나오며 호텔 밖의 네온싸인 불빛에 잠식해 버릴 듯 마음이 버거웠다. 혁빈은 차에 시동을 걸고 잠시 생각에 잠기는 듯 하더니 이내 쌍라이트를 한 뻔 깜박이고 액셀을 힘껏 밟았다. 이내 요란한 소리를 내며 두 사람은 서울거리를 벗어나고 있었다.

'그래. 지나간 시간의 거리만큼 아픔이 옅어질 수 있었음 좋겠어.' 가연은 소리내지 못하고 말을 삼키고 있었다. 혁빈이 그녀의 마음을 더듬었는지 땀이 베인 손을 힘주어 잡았다간 살며시 놓았다.

밤 새 잠을 못 이루고 뒤척이고 있는데 혁빈이 와인을 큰 유리잔에 따라와서 먹고 눈 좀 붙여 보라고 하고 나갔다. 잠시 잤는가 싶었는데 밖에선 분주하게 움직이는 소리가 났다. 일어나려고 할 때였는데 혁빈의 목소리가 들렸다.

"아직 시간 있으니까 한 30분만 더 자게 놔두세요. 어제 잠을 못자고 뒤척이던걸요."

그래서 그대로 누워 있었다. 몇 분을 잤을까 그가 들어와 귀에 대고 속삭였다.

"그만 일어나. 미용실에 가야잖아. 어서."

그는 가방을 다 챙겨서 문 앞에 내어놓았고 그녀의 옷가지를 따로 차에 실을 수 있게 커버를 뒤집어 씌워 옷걸이에 걸어서 성미에게 부탁을 한다.

"오늘부터는 하선생이라고 안 하고 처제라고 해도 돼지? 처제 언니 좀 옆에서 도와줘."

성미는 그렇게 부르는 소리가 듣기 싫진 않았는지 한 쪽 눈을 윙크하듯 감았다 뜨며 가연을 바라보았다.

예식시간보다 1시간 일찍 도착해서 신부대기실에서 드레스를 매만지고 헝클어져 보이는 머리를 가다듬고 화장을 다시 성미가 마무리하듯 메이컵을 다시 잘 만져 줬다. 가연은 잠시 화장실에 다녀온다며 나와서 복도에 서있는 사람들을 이리저리 둘러보았다. 민소담과 사업을 할 때 알았던 거래처 사람들이 아는 척을 하며 반갑게 손을 흔들었다. 갑자기 식장이 복잡해지면서 사람들이 우루루 몰려들었다.

천사의 집 아이들이 손에 장미를 한 송이씩 들고 가연에게로 몰려들었다. 가연은 그들이 건네주는 꽃송이를 하나씩 받아 들고 품에 안아 주었다. 아이들은 또 우르르 식장 한 켠으로 줄을 서서 앉았다.

지도하는 선생님의 뜻을 잘 알아듣기라도 하듯 이내 웅성거리던 식장은 조용해 졌다. 식장 안을 두리번거리다 들어가는 가연의 등을 쓸어 주며 혁빈이 한마디 거든다.

"염려 마. 오실 거야. 가연이가 기다리고 있다는 걸 아실 텐데 뭐."

"나 안 기다려요."

"정말?"

그는 밖에서 부르는 친구들 때문에 밖으로 다시 나갔고 성미는 부케가 왔는지 그걸 쥐기 좋게 만지작거리더니 그녀에게 건네준다.

"후리지아 향이 너무 좋다. 언니 나두 이걸루 해야겠다. 장미는 너무 흔하잖아. 그치?"

가연은 대답대신 고개를 끄덕였다.

"언니. 내 가방에 청심환 있는데 줄까? 혹시 필요할지 몰라서 챙겨

354

왔는데."

"아니 괜찮아. 평생에 한 번 하는 결혼식인데 이런 떨림 그냥 느껴 보고 싶어."

"말도 잘해 암 튼."

그녀는 비디오 찍는 아저씨가 들어오자 밖으로 피해 나가듯 쏘옥 빠져나갔다. 그리고 혁빈이 그 자리에 들어와 선다. 아저씨가 하라는 데로 그는 능숙하게 포즈를 취해 주었다. 촬영이 대강 끝나고 사회자의 음성이 들려 왔다. 신부입장 해 주세요. 잠시 후 웨딩마치가 울렸다. 장미꽃으로 장식 된 아치형 문 앞에 서서 아버지의 손에 사뿐히 한 손을 얹었다. 그리고 관객들을 한 번 둘러보았다. 뒷문 쪽에 오빠와 엄마가 손님처럼 앉아 있었다. 엄마의 눈에선 벌써 홍건하게 눈물이 떨어지고 있었다. 가슴에 뭉클하고 찡하게 눈물이 솟았다. 가연은 울지 않을 거야 울면 안돼…… 를 반복해서 속으로 속으로 되 뇌이면서 멀리 서 있는 혁빈을 향해 한 발 한 발 다가가서 아버지가 건네주는 그의 손위에 자신의 손을 올려놓았다. 신부 부모님자리에 나란히 앉은 아버지와 어머니의 흐뭇해하는 표정에 상반한 구석에 앉아 있는 엄마의 표정은 서글픔에 달여져 있었다. 아버지는 결혼식 내내 엄마가 와 있다는 걸 눈치 못 채고 있었다. 가연은 가슴이 조마조마했다. 신랑신부 퇴장을 외치자 아버지는 문 쪽에 있는 엄마를 발견한 것 같았다. 아버지의 굳어진 표정과 엄마의 흘러내리는 눈물을 억제 못하는 표정은 그렇게 한 그릇에 담겨 섞여지고 있었다. 가족사진을 찍고 폐백을 드리는 내내 아버지의 표정은 굳어 있었다. 어머니는 딸을 보내는 아버지의 심정을 이해한다는 또 다른 표정이었다. 그렇게 결혼식은 끝나고 모두들 피로연회장으로 발길을 옮기고 하나 둘 빠져나가는 인파 속에 엄마도 오빠도 일어나 나가려고 했다. 가연은 어머니께 아버지와 인사드릴 사람이 있으니 먼저 가시라고 하고 바쁜 걸음으로 나가는 오빠의 휠체어를 잡았다.

"잠깐만 오빠."

"너무 이쁘구나. 우리 가연이. 그래. 행복해라. 엄마하고 난 오늘 저녁 비행기 타고 간다."

"오빠 잠깐만 기다려. 여기까지 왔는데 아버지 뵙고 가야지. 여기 좀 있어."

엄마는 놀란 표정으로 서 있었지만 이내 이 상황을 받아들이고 있는 것 같았다. 아버지는 아주 조심스럽게 두 사람 앞으로 다가왔다.

"오빠. 인사해."

오빠의 눈에는 커다랗고 투명한 풍선 같은 눈물이 굵게 떨어졌다. 오빠는 휠체어에 앉은 채로 고개를 최대한 숙여 정중하게 인사를 했고 아버지는 오빠의 손을 잡고 떨리는 입술로 가연이와 많이 닮았구나 만 몇 번 되풀이해서 말씀하셨다. 돌아서서 아버지 얼굴도 제대로 보지 못하고 있는 어머니의 등을 혁빈이 돌려 세웠다. 그리고 엄마와 아버지 두 분만을 남겨 두고 식장 밖으로 나가 있었다. 한 마디 못하고 울고 있는 엄마의 등을 다독거리며 뭐라고 말문을 트신 건 아버지 쪽이었다. 아버진 울고 있는 엄마에게 수건을 건네며 계속 작은 소리로 말씀을 이어 나가셨다. 엄마는 고개를 끄덕이며 짧은 대답을 했다. 그렇게 서 있는 두 분의 풍경이 아주 오래된 사진첩 속의 색 바랜 결혼사진처럼 보였다. 잠시 후 아버지가 엄마의 등을 떠밀며 식장을 나오셨다.

"그래요. 가서도 몸 건강하구려. 살다 보면 또 이렇게 만나지는 날

이 있겠지……."

아버지는 오빠의 등을 다독거리며 먼길 와 줘서 고맙다고 몇 번씩 되풀이해서 같은 말만 하셨다.

그리고 돌아가서 엄마 잘 보살펴 달라고 외로운 사람이라고 당부의 말씀을 잊지 않으셨다. 오빠는 걱정 마세요 라고 짧은 대답이었지만 어떤 긴말보다도 더 깊고 길게 들렸다.

층계를 내려가려는데 엄마가 가연에게로 다가와서 품에 꼭 안았다.

"널 이렇게 한 번 안아 보려고 16시간을 비행기를 타고 왔어. 가연아. 널 사랑하지 않았다고 생각하지마. 난 널 잊은 순간이 단 한순간도 없어. 믿어 줘."

"알아요…… 엄마! 이젠 나한테서 자유로워지세요."

그녀의 하얀 예복위로 눈물에 지워진 마스카라가 먹물처럼 지도를 그리며 떨어졌다. 그 때 등뒤에서 민소담이 사탕바구니를 건네며 악수를 청했다.

"언제 왔어요? 못 봤는데……."

"잘생긴 신랑 옆에 있다고 난 안중에도 없다 이거죠? 저쪽에 서 있었는데 다음에 비디오 나오면 봐요. 많이 찍히려고 계속 카메라 앞에 있었으니까……."

"고마워요. 와 줘서."

혁빈은 그를 포옹하며 등을 두들겼다. 그와 나란히 서 있던 민소담은 그녀 앞으로 바싹 붙어 귀에 속삭였다.

"가연씨가 진짜 행복해 보여서 나까지 행복해요. 알죠? 내 맘?"

가연은 대답대신 고개를 끄덕이며 혁빈의 표정을 살폈다. 혁빈은 그런 그녀의 얼굴에 얼룩져 있는 눈물자욱을 흰 장갑을 벗어 조심스럽게 닦아주었다. 혁빈의 어깨 뒤로 소담의 지긋한 미소가 무지개처럼 초롱대는 그의 눈망울위로 떠 있었다.

'그는 온전하게 날 보낼 수 있을까? 그의 인생 중 어느 한 날 내 기억으로 잠을 설치게 되지나 않을까?'

가연은 그 무지개를 안타깝게 바라보며 그가 늙어서 생을 마감하는 날까지 사라지지 않고 떠있었으면 좋겠다고 생각했다.

피로연이 끝나고 축하해 주는 사람을 뒤로 하고 차에 올라타 손을 흔드는 가연은 행복했다. 차에 시동을 걸고 출발을 하자 땡그렁거리며 매달린 깡통소리가 요란하게 아스팔트를 타고 서울시내 전역으로 울려 퍼질 것 같았다. 공항으로 가는 내내 지나가는 차안의 사람들이 부러운 듯 쳐다보았고 그런 그들을

환하게 웃는 얼굴로 바라보았다. 그 때 FM에서 DJ의 옥구슬 같은 목소리가 음악을 배경으로 흘러나왔다.

'사랑이라는 미명아래
우리는 사소한 일로 서로의 가슴을 할퀴고 있다
그러나 또 사랑이라는 이름아래 모든 것이 용서되는 건
너와 나를 넘나드는 사랑의 힘으로 가능한 걸
우리는 너무도 쉽게 생각한다
그래서 우리는 아주 작은 일로 이별을 부르기도 한다

사랑이라는 이름아래
우리는 사소한 일로 서로의 마음에 상처를 낸다
그러나 또 사랑이라는 묘약으로 모든 것이 치유되는 건

너와 나를 이어 주는 사랑의 힘으로 가능한 걸

우리는 너무 쉽게 잊고 산다

그래서 우리는 아주 작은 일로 사랑을 잃기도 한다.'

혁빈은 DJ의 읊어 주는 시가 끝나자 얼굴에 홍조를 띠면서 미안스럽게 그녀를 바라본다.

"가연아. 널 만난 건 내 생의 유일한 행운이었던 거 알지?"

"행운이 아니고 아름다운 인연이었지."

"그래. 그래. 가연이었어!"

"혁빈씨. 원래 내 이름의 의미가 뭔 줄 알아?"

"아름다운 인연이라며……."

"아니야. 내 이름엔 우리 엄마의 한이 배어 있어. 어찌 보면 내 이름을 지어준 선생님도 엄마의 한을 풀어 주고 싶었던 거 같기도 해. 그래서 남이 지어준 이름인데도 엄마가 마다 않고 불렀던 거 같구……."

"그게 무슨 뜻이야?"

"내 이름의 원래 뜻은 가연(佳緣), 그러니까 부부관계나 사랑을 맺게 될 연분이란 뜻이야. 엄마가 아버지와 맺지 못한 인연을 그렇게라도 엮어내고 싶었던 거 같애."

그녀는 곧 눈이라도 내릴 것 같은 하늘을 그윽한 눈으로 오래도록 바라보고 있었다. 그 잿빛 하늘을 배경으로 엄마와 아버지의 얼굴이 나란히 결혼사진처럼 걸려 있었다.